Hannahs Danach

Friederike Nehls
Hannahs Danach

Bibliografische Information der Deutschen Nationalbibliothek: Die
Deutsche Nationalbibliothek verzeichnet diese Publikation in der
Deutschen Nationalbibliografie, detaillierte bibliografische Daten sind
im Internet über http://dnb.dnb.de abrufbar.

© 2020 Friederike Nehls
Herstellung und Verlag:
BoD – Book on Demand, Norderstedt

ISBN: 978-3-750-44197-2

Danksagung

Als erstes möchte ich mich bei meinen Eltern bedanken, die mir die Zeit gegeben haben, meine Fantasien zu entwickeln, und mich gelehrt haben, Menschen nicht in Schubladen zu stecken und zu verschließen, sondern die Schubladen immer ein Stück offen zu halten.

Ich danke meiner Freundin Julia, die mich einfach gut kennt und wusste, dass ich in Sylvia eine kompetente Lektorin finden würde. Danke, Sylvia.

Und ich danke all den Menschen jüdischen Glaubens und/oder jüdischer Herkunft, die geblieben sind und auch kommen und weiter unsere Kultur und unser Land bereichern. Wir brauchen Euch. Danke.

Hanna, hörst Du mich? Wo immer Du sein magst, verzage nicht, Hanna! Die Wolken reißen auf, die Sonne bricht durch, Hanna! Aus Finsternis und Dunkelheit kommen wir zum Licht! In eine neue Welt, in eine Welt, in der die Menschen sich von Habgier, Hass und Brutalität frei gemacht haben.

Sieh doch nur, Hanna, die Seelen der Menschen haben Flügel bekommen. Sie werden sich emporschwingen, hoch empor, dem Licht und der Hoffnung und der Zukunft entgegen, einer Zukunft, die Dir, mir und uns allen, die allen Menschen gehört. Schau nach oben, Hanna, schau nach oben!

Charlie Chaplins letzte Worte in dem Film: Der große Diktator (1942)

TRAUM

Das Wasser umschlingt ihren nur mit schwarzen schweren Schnürstiefeln bekleideten mageren Körper und zieht sie immer weiter runter in die Tiefe des dunklen Sees.

DANACH

Und da war er. Der Moment, vor dem ich mich am meisten fürchtete, und den ich doch wie keinen anderen so sehr herbeisehnte.
Durch nichts hatte er sich angekündigt. Nichts Außergewöhnliches war mir passiert, kein ungewohnter Traum als die, die ich immer wieder träumte, keine innere Stimme. Nichts. Nichts hatte den Moment angekündigt. Ich erschrak, so wie ich immer erschrak, wenn jemand vor meinem Haus erschien. Das Grummeln im Bauch setzte wieder ein, so wie es immer einsetzte, wenn jemand geklopft hatte. Es gab noch immer keinen Strom und die Klingel funktionierte nicht. Es klopfte erneut. Ich atmete tief ein und trat zur Tür, mit dem sicheren Glauben, gleich wieder erleichtert zu erkennen, dass jemand Unbedeutendes vorm Haus stand. Und doch hörte das Grummeln nicht auf und ich zögerte, bis ich die Tür öffnete. „Elli." Er war schneller an der Tür und versuchte ohne Erfolg an die Klinke zu kommen. „Das denke ich auch", antwortete ich dem kleinen Jungen, der erwartungsvoll auf das Eintreten meiner Schwägerin hoffte. Ich streifte meine feuchten Hände an meiner Schürze ab, räusperte mich und öffnete die Tür, sicher, gleich wieder nicht zu wissen, ob ich enttäuscht oder erleichtert sein sollte, dass es eben doch nur jemand anderes war, der vor meiner Tür stand.
Die Tür ging auf. Da ich das Kämpfen meiner Erleichterung und Enttäuschung schon gewohnt war, setzten die widersprüchlichen Gefühle sofort ein, und es dauerte, bis ich verstand, wer da vor meiner Tür stand. Das einzige, was ich sofort erkannte, waren ihre Augen. Groß, mit brauner Iris, umhüllt von dichten, schwarzen, langen

Wimpern, sahen sie mich nur kurz an. Augen, so ähnlich denen, die mich jeden Tag so oft ansahen. Vom Rest des Körpers war nichts mir Bekanntes geblieben. Erschrocken und doch ruhig atmend, wollte ich Jakobs Hand greifen, doch er hatte sich hinter meinen Beinen versteckt und schlang seine kurzen Arme darum. Von dort aus sah er ängstlich auf die Frau, die vor der Tür stand, und nun zu ihm runter sah. „Wer ist das", war die Frage, die er wohl in seiner kindlichen Sprache, ängstlich und doch neugierig, gestellt hatte. Ich räusperte mich und antwortete: „Deine Mutter."

Ich weiß nicht, wie lange wir da so standen. Sie hielt Zeichnungen in der Hand. Zwei Blätter von ihnen rieselten zu Boden. Verlegen sah ich auf die heruntergefallenen Papiere und bekam sofort eine Gänsehaut, als ich erkannte, was dort so tadellos gezeichnet war. Eine Person von hinten, im gestreiften Kleid, blickte auf einen Stacheldrahtzaun.

MITTENDRIN

„Miriam, drucken." Ihre tiefe holländische Stimme, gepresst durch ihre vollen Lippen, drang in Hannahs Ohren. „Los." Sie nickte Hannah zu, die immer noch ihre Jacke gebündelt festhielt und weiter auf ihre Anweisungen wartete. Hannah sah auf die Frau auf der Pritsche. Miriam. In der Dunkelheit konnte Hannah ihre kurzen dichten schwarzen Haare genauso wenig erkennen wie ihre markante Nase, die hohlen Wangen und die schwarzen Augen und auch den Rest vom Rest des Körpers, der gerade so stark kämpfte, konnte sie nur spüren.
Hannah sah aus dem Fenster. Selbst der Mond war verschwunden, hatte sich hinter dicken Wolken versteckt und wollte wohl auch nicht sehen, was hier gerade passierte. Ein gepresstes holländisches Wort, welches wohl jetzt bedeutete, holte Hannahs Gedanken an die Pritsche zurück. Sie nahm die zerknüllte Jacke und beugte sich zu Miriam runter. Nun glaubte sie Miriams Gesicht doch zu erkennen, welches sich wieder schmerzhaft verzog, und Hannah drückte ihr das Jackenbündel erneut in ihr weißes Gesicht. Vielleicht, Hannah dachte kurz nach, ja, vielleicht sollte sie ihr das Bündel fester ins Gesicht drücken. Miriam nicht nur ihre Schreie nehmen, sondern gleich ihr ganzes Leben oder zumindest

das, was davon noch übrig war. Auf einen mehr oder weniger kam es ja nun wirklich nicht mehr an. Im Gegenteil. Sie würden ihr sogar dankbar sein. Gleich zwei Fliegen mit einer Klappe. Bravo, Hannah, danke, Hannah. Eine Ration Brot extra, Hannah.
Ein Arm berührte ihren und holte sie erneut zurück in die Gegenwart. Die tiefe dunkle Stimme bat sie, das Bündel wieder hoch zu nehmen. Schnell und erschrocken folgte Hannah der holländischen Stimme und tat, was sie verlangte. Warum aber? Die Gesetzmäßigkeiten einer gesunden Zivilisation galten hier ja schon lange nicht mehr. Tat sie Miriam nicht vielleicht sogar einen Gefallen? „Gleich hast du es geschafft", vernahm erneut Hannah die tiefe Stimme und doch schien sie verändert. Nicht mehr so rau? Hannah versuchte in ihrem Gesicht abzulesen, ob sie es richtig wahrnahm. Aber die Dunkelheit ließ es nicht zu. „Noch einmal." Erst als sie erneut Hannahs Arm berührte, merkte sie, dass sie angesprochen war, und presste zum letzten Mal das Bündel in Miriams Gesicht. Das Gestöhne unter Hannahs Händen schien kurz heftiger und die Jacke schaffte es kaum, den folgenden Schrei zu dämmen, und dann war sie still. Tot? Hannah merkte, wie ihr Zittern stärker wurde, und sie nahm zaghaft die Jacke wieder hoch. Miriam atmete schnell und erschöpft. „Los, nimm das Messer." Woher die Holländerin es hatte, wagte Hannah nicht zu fragen, sondern nahm den metallenen Gegenstand, hielt ihn unbeholfen in der Hand und folgte weiter den Anweisungen der großen herben Frau. Es schien ewig zu dauern, bis Hannah es schaffte, die glitschige Schnur zu durchtrennen. „Los, nimm es und leg es ihr auf den Bauch. Sollte es anfangen zu weinen, leg es ihr sofort an die Brust." Sie hustete leise und Hannah nickte und sah zu, wie sie mit ihrer Jacke versuchte das Blut von dem Neugeborenen wegzuwischen. „Geschafft." Hannah atmete tief durch, nachdem sie getan hatte, was die Holländerin ihr befohlen hatte.
„Ach, wie schön, so wie Eva und Joseph, es fehlen nur noch die Tiere." Eine einzige der namenlosen Frauen war neugierig zu ihnen getreten. „Maria und Joseph", verbesserte die Holländerin die Frau und schob sie unsacht weg. „Ruhe", rief irgendwo eine andere.
Von dem Wunder, *was hier soeben geschehen war, hatte wohl kaum eine etwas mitbekommen und wenn, war es nicht von Interesse. Ihr Schlaf war wichtiger. „Danke", flüsterte Hannah und reichte der Holländerin das Stück Brot, welches sie in ihrem Kleid bewahrt hatte.*

Sie biss hinein und gab Hannah den Rest zurück. „Gib es ihr, sie wird es brauchen." Emotionslos nahm sie die blutverschmierte Jacke und hielt sie Hannah hin, die nun ihre weniger verschmierten Hände versuchte daran abzuwischen. „Es ist ein Mädchen", flüsterte sie Miriam zu und wandte sich ein letztes Mal an Hannah, mit der Bitte, dass sie sich zu ihrer Freundin und dem Baby legen sollte, um sie zu wärmen. Dann verschwand sie wieder in der Dunkelheit, aus der Hannah sie geholt hatte.

„Wir brauchen dich", hatte Hannah ein paar Tage zuvor gefleht. Ein Stück Brot in der zitternden Hand. Woher Hannah wusste, dass sie Hebamme war, wusste sie nicht mehr, genauso wenig, dass sie Holländerin war. Mit ihr gesprochen hatte Hannah bis zu diesem Zeitpunkt noch nie. Was, wenn sie kein Wort verstand? Hannah wusste, sie hatte keine Wahl, und reichte ihr das Stück Brot. Desinteressiert hob die Angesprochene ihre Schultern und sah an Hannah vorbei, während sie sich ihre kurzen blonden Stoppeln kratzte. Hannah sah zum Revers ihrer Jacke und dann in ihr Gesicht, dazu musste sie nach oben blicken, denn die Holländerin überragte sie um mindestens zwei Köpfe. Die blauen Augen sahen weiter uninteressiert an ihr vorbei und Hannah sah erneut den Wimpel an. Gelb, genau wie ihr eigener.

„Nach hinten." Sie hatte eine Stimme. Tief rau und mit einem starken holländischen Akzent. Hannah erschrak, als sie erkannte, wer da vor ihrer Pritsche aufgetaucht war, und fing eilig an, ihre wenigen Habseligkeiten zusammenzusuchen. „Nicht du." Sie zeigte auf Hannahs Pritschennachbarin. Erstaunt beobachtete Hannah, wie die angesprochene Namenlose ohne zu murren ihre wenigen Habseligkeiten und ihre Geschichte nahm und dahin verschwand, wohin die Holländerin zeigte. „Na, dann lasse ich den Zaun noch ein wenig warten." Hannah war nicht sicher, ob sie die Worte richtig verstanden hatte, und fragte auch nicht nach.

Inzwischen waren ein paar Tage vergangen, seitdem Hannah die Holländerin um Hilfe gebeten hatte, und Hannah hatte es aufgegeben, Miriam ihre Angst nehmen zu wollen. Womit hätte sie denn ihre Freundin auch beruhigen können. Ein Kind zur Welt zu bringen. Hier. Hannah wusste nicht, ob sie erleichtert sein sollte, als sie zur Seite rutschte und der blonden Frau Platz machte. Sie überlegte kurz, ob sie sie nach ihrem Namen fragen sollte. Doch sie ließ es, es gab keine

Namen hier drin, nur Nummern und Wimpel, die kamen und gingen. Einzig Miriams Namen wusste sie. Eine der wenigen, die länger blieb, so wie sie selber. Es hatte gedauert, bis Hannah erkannte, dass Miriam im Gegensatz zu den anderen immer runder unter ihrem gestreiften Kleid wurde. Wobei, wirklich rund war sie nun wirklich nicht und wer sie nicht weiter beachtete, würde es auch nicht sehen. Wie sollte ein Baby darin wirklich wachsen können? Ihren eigenen Hunger unterdrückend, hatte Hannah Miriam einiges ihrer Rationen abgeben wollen, doch Miriam hatte es nur selten angenommen. Einzig die Holländerin war noch fester als all die anderen. Hatte sie schon mehreren Frauen geholfen und ihre Rationen bekommen. Hannah lenkte ihre Gedanken in andere Richtungen, es war auch egal. Sie war da.

„Wie heißt du?", fragte Hannah dann doch mutig und wusste dennoch, dass sie ihren Namen sicher nicht nennen würde. Sie reagierte tatsächlich nicht und Hannah sah ihren Hinterkopf an, die kurzen blonden Haare erahnte sie nur in der schnell eingesetzten Dunkelheit.

„Sieht dir sehr ähnlich", hatte Max gelacht und auf ein Plakat gezeigt. „Komm, lass uns gehen", hatte Hannah gedrängt und ihn weggezogen. Was auf dem Hetzplakat geschrieben stand, daran konnte Hannah sich nicht erinnern, und an den überzeichneten Juden, der abgebildet war, wollte sie sich nicht erinnern. Und doch ließ sich das Bild nicht verdrängen, niemanden kannte sie, der so aussah mit wulstigen Lippen, großer klobiger Nase und verschmitztem Grinsen und doch musste sie zugeben, dass die Menschen hier hauptsächlich dunkelhaarig waren, vielleicht auch mittelblond, doch hellblond? Warum war sie hier, wer hatte sie verraten?

„Meinen Namen." Hannah erschrak, als sie die tiefe Stimme hörte. „Meinen Namen habe ich meinen Kindern mitgegeben." Es dauerte einen Moment, bis Hannah verstand, was sie gesagt hatte. Deswegen. Der Zaun. Hannah musste schlucken, erstaunt, noch etwas Mitleid zu haben, glaubte sie doch, jedes Mitgefühl war ihr dort ausgetrieben worden. „Wie viele?", fragte Hannah leise und diesmal bekam sie keine Antwort. Sie griff in ihren Schuh und fühlte, ob die Zeichnung noch an ihrem Platz war. Vorsichtig und leise nahm sie das zusammengefaltete

Blatt, drückte es an ihr Herz und fiel das erste Mal seit Wochen in einen mehr als eine Stunde dauernden Schlaf, und bekam nicht mit, wie die Frau vor ihr in eine ihrer letzten traumlosen Nächte weinte.

„Es reicht nicht.“ Miriam hielt das Baby auf ihrem Arm vor ihrem leeren Busen. „Wie auch.“ Hannah sah von Miriams ausgemergeltem Körper zu Marie.

So hatte sie die Holländerin still getauft. Marie, der Name ihrer ersten Puppe. Ein großer Porzellankopf umrahmt von gelben aufgemalten Haaren. Irgendwann hatte sie sie fallen lassen, ohne Absicht, aus Versehen. Der Kopf war in Hunderte Teile zersprungen. Keine andere Puppe hatte ihr über den Verlust helfen können. Marie war wieder da und nahm Miriam das Baby ab.

Sie sahen zu, wie Marie das kleine Wesen unter ihr Kleid schob. Unter dem gelben Wimpel und der Nummer erklangen tatsächlich schmatzende Geräusche. Hannah sah zu Miriam, sie gab ihre Gefühle nicht preis, nur Hannah war anzusehen, dass sie erleichtert war, dass das Baby tatsächlich satt zu werden schien.

Zwei Tage schaffte es das Fräulein unbemerkt zu überleben. Doch, obwohl Hannah und Miriam ihre kargen Rationen des Essens mit Marie teilten, reichte ihre Milch dann doch nicht. Das Weinen schallte durch die Baracke.

„Wo ist es?“ Die Tür war aufgestoßen worden und Agnes die Schreckliche, gefolgt von ihrem Hochstab, betrat die Baracke. Sie hatten es gehört. Wie hatten sie nur hoffen können, dass es nicht so war, oder waren sie verraten worden? Hatte eine von ihnen für ein Stück Brot ihre Seele verkauft? Zeit für weitere Gedanken blieb Hannah nicht, die erschrocken zu Miriam sah, die vergebens versuchte ihre Tochter zu beruhigen. „Zur Seite.“ Mithilfe ihres berüchtigten Stockes bahnte sich die Aufseherin ihren Weg durch die nun schaulustig gewordenen Mitgefangenen. Miriam versuchte das Baby hinter ihrem Rücken zu verstecken, doch ihr hungriges Weinen war nicht zu verbergen. Hannah versuchte sich neben Miriam zu stellen und fing laut an zu husten. Jemand drückte ihr etwas in die Hand. Verwirrt sah Hannah auf den Gegenstand. Schwarze Schnürstiefel. Hannah kannte sie. Sie erkannte

14

Marie, die sie kurz fest ansah, bevor sie Hannah unsacht zur Seite schob und etwas an sich nahm. „Du kannst noch mehr bekommen, ich will nicht mehr." Miriam schien zu perplex, um sich zu wehren, und sah genauso wie Hannah zu, wie Marie das weinende Baby schnappte und sich Agnes, die nun gefährlich nahe vor ihnen ankam, entgegenstellte. Hannah schaffte es gerade noch Miriam wegzuziehen und ihr den Mund zuzuhalten, der nun klar geworden war, was hier passierte. Jemand versuchte die Stiefel zu schnappen, Hannah, die immer noch Schwierigkeiten hatte Miriam ruhig zu halten, trat kräftig zur Seite und klemmte die Schuhe zwischen ihre Füße und bekam nicht mit, wie Marie und das Baby weggeführt wurden. Die Barackentür wurde geöffnet und geschlossen.

WEITER DANACH

Unsere Köpfe berührten einander leicht, als wir uns nach den Zeichnungen bückten. Sie griff schneller, meine Hände zitterten so stark, dass ich Mühe hatte sie zu kontrollieren. Jakob hielt sich immer noch an meinem Bein fest. Obwohl ich das Wort Mutter sehr leise ausgesprochen hatte und wusste, dass er es nicht verstanden haben konnte, beobachtete er unseren Gast weiter neugierig. Sie drehte die zweite Zeichnung um. Ein weiteres gestreiftes Kleid, diesmal eine Frau von vorne. Unter dem Kleid mit einem Wimpel und einer Nummer schien etwas zu stecken, auf das die Frau mit einem entrückten Blick schaute. Marie. Beeindruckt sah ich auf die mit Kohle gemalte perfekte Zeichnung, bevor ich sie ihr reichte und sah, wie sie die andere Zeichnung davor steckte. Die Frau vor dem Stacheldrahtzaun.

DORT

Der Blick. Hannah kannte ihn, hatte ihn schon oft gesehen. Einige bekreuzigten sich an dieser Stelle, andere murmelten etwas vor sich hin, manche sahen einfach nur in den Himmel und einige schlossen kurz ihre Augen, bevor sie losliefen. Nichts von dem bei Miriam. Sie sah nur mit leeren Augen in die Ferne, zu dem, was hinterm Zaun lag. Ein weiterer Schritt nach vorne. „Nicht." Hannah nahm Miriams Arm und hielt ihn fest.

„Warum nicht?" Miriams Blick änderte sich, nun sah sie fest zum elektrischen Zaun vor sich. Warum nicht. Hannah wusste auch keine Antwort. Was war noch zu erwarten. Hier! War es nicht vielleicht der klügere Schritt? Hannah wusste in dem Moment nicht ehrlich zu sagen, ob es nicht nur der Wunsch war, nicht allein zu bleiben, der sie davon abhielt Miriams Arm loszulassen. „Sie hatte noch nicht mal einen Namen." Miriams leere Augen sahen an Hannah vorbei. Sie machte einen Schritt weiter Richtung Zaun. „Nicht." Hannahs Griff wurde fester. „Schau mal, vielleicht fliegt ihre Seele gerade in den Himmel." Hannah wusste, wie blöd ihre Worte klangen, doch sie hatte sich nicht vorbereiten können, und wenn, was hätte sie auch sagen sollen. Hannah sah von Miriam auf den Schornstein hinter ihnen, der grauen Rauch hinausspuckte. Seelen, die sich auf ihre Wege machten. „Komm mit mir, der Zaun kann warten, bitte, Miriam." Nun sah Miriam Hannah direkt in die Augen. „Warum, Hannah, warum, nenne mir einen Grund." Hannah trat von einem Fuß auf den anderen, wie erwartet waren Maries Stiefel eine Nummer zu groß, doch sie waren heile und fest. Hannah spürte die zusammengefaltete Zeichnung darin. Ihr Grund weiter zu leben.

„Wir werden die Sonne wiedersehen." Hannah war bewusst, dass auch diese Worte pathetisch klangen, doch ihr wollte kein weiterer Grund für Miriam einfallen. Miriam sah in den wolkenreichen Himmel und lachte sarkastisch auf. „Du glaubst wirklich daran?" Hannah nickte und wusste doch, dass Miriam nicht daran glauben wollte.

WEITER DANACH

Das Grummeln hatte aufgehört, auch die Hände waren nicht mehr feucht, nur das Herz wollte nicht aufhören schneller zu schlagen. Sie stand immer noch vor der Tür, die Blätter nun geordnet in der Hand. Ihr Gesicht schien immer blasser zu werden. „Bitte kommen Sie rein." Ich führte sie direkt ins Wohnzimmer zum Sofa. Doch sie blieb stehen, ihren Blick auf Jakob geheftet, der sich langsam von meinen Beinen löste. „Milch, ich." Genauso wenig wie mein Herz und meine immer noch unruhigen Hände, hatte ich auch meine Stimme nicht im Griff. Die Nervosität wollte mich nicht verlassen oder war es die pure Angst, die es mich nicht schaffen ließ, ganze Sätze herauszubringen. „Ich habe frische Milch da", versuchte ich es erneut. Jakob zupfte an meinem Rock, seine Sicherheit wiederbekommend, im Gegensatz zu mir. „Du bekommst natürlich auch ein Glas." Er hatte losgelassen und folgte mir in die Küche. Und jetzt? Ich stützte mich auf den Herd. Weiter als bis zu diesem Moment hatte ich es mir nie vorgestellt. Alle möglichen Varianten waren durch meinen Kopf gekreist. Ein Brief von ihr. Ein Telefonat. Sie in der Bäckerei. Sie auf irgendeinem Weg im Dorf und auch so wie es tatsächlich gekommen war. Sie steht vor der Haustür. Jegliche weiteren Gedanken hatte ich erfolgreich verdrängt. Mechanisch goss ich zwei Gläser Milch ein, so gut es meine zitternde Hand zuließ. Günthers Armbanduhr hatte mich die Flasche gekostet und erleichtert sah ich, dass ich nichts verschüttet hatte. Vorsichtig sah ich in die Stube. Sie stand immer noch und sortierte die Zeichnung in eine Mappe mit wohl weiteren Zeichnungen, auf einer von ihnen blieb ihr Blick haften.

KURZ DAVOR

„Vorwärts, los, Marsch." Die Worte knallten auf die laufenden Gefangenen. „Wo bringen sie uns hin?" Hannah hatte sämtliche Geschichten, von denen sie gehört hatte, durchdacht, während sie weiter vorwärtsgetrieben wurden. „Sicher nicht ins Schlaraffenland." Die Frau neben ihr zog zwei kleine Kinder mit sich. Jakob schien zu schlafen. Trotz des dicken Mantels spürte Hannah sein kleines Herz schlagen, ruhig und gleichmäßig. Im Gegensatz zu ihrem eigenen, welches raste.
„Dreckiges Judenpack." Der Marsch führte durch ein Dorf. Welches? Wo waren sie? Auf dem Weg in den Osten? Tatsächlich, die Sonne war neben ihr und warf lange Schatten von stolpernden, ängstlichen

Menschen auf matschige Straßen. „Macht, dass ihr fortkommt." Hannah sah Frauen an ihren sauberen und gepflegten Gartenzäunen stehen. Alte, junge und vereinzelt auch Kinder, alles, was vom Dorf übriggeblieben schien. „Na los, ab ins Lager und nie mehr zurück." Hannah sah zu dem Mädchen, welches die Worte ausgespuckt hatte. Eine gestreifte Katze auf dem Arm, zwei dicke blonde Zöpfe um ein noch wohlgenährtes Gesicht. Der Marsch stoppte und Hannah lief auf die Frau vor sich auf, die stehengeblieben war. Jakob bewegte sich unter Hannahs Mantel. Vorne schien jemand umgefallen zu sein. Hannah konzentrierte sich auf das Baby unter ihrem Mantel, das wieder ruhig geworden war. „Aufstehen, sofort." Wieder die schneidige harte Stimme, irgendein Hannah unbekannter Dialekt. Ein Schuss. Jakob erschrak und fing an zu wimmern. Der Marsch ging weiter. Hannah griff in ihren Mantel und streichelte Jakobs kleinen Kopf. Er wimmerte weiter. Irgendetwas lag im Weg? Nicht irgendwas. Irgendjemand. So wie die anderen vor ihr, stieg auch Hannah darüber und versuchte nicht hinzusehen. Jakobs lauter werdendes Wimmern lenkte sie ab. „Bitte nicht weinen", flüsterte Hannah. „Und nie mehr zurück." Die Stimme des Mädchens mit der Katze, echote durch Hannahs Kopf. Nur noch ein paar Häuser und das Dorf schien zu Ende zu sein.

„Bitte nicht weinen", wiederholte Hannah und spürte Panik in sich aufkommen. Eine Hand. Ein Apfel. Hannah sah auf. Ein ebenfalls sauber gestrichener Zaun. Diesmal eine Frau davor und nicht dahinter. Äpfel in einer Schürze, die immer weniger wurden. Die Haare versteckt unter einem Kopftuch. Ihr Alter konnte Hannah nur schätzen. Ihre Blicke trafen einander. Warme grüne Augen in einem gütigen Gesicht, wie Hannah glaubte. Glauben wollte. Hoffte. „Merk es dir. Ihr Gesicht. Merk es dir. Ihr Haus. Merk es dir. Ihr Dorf." Hannah sah zum Haus. „Und nie wieder zurück." Zwei Sekunden, vielleicht drei. Hannah zählte nicht. Ein Griff. Ein Wort. „Jakob." Hannah sah nicht mehr zurück. Sie lief weiter. Der Schmerz wollte der Erleichterung nicht weichen. Er überkam sie und hielt sie fest und Hannah glaubte, dass er sie nie wieder loslassen würde.

DANACH

„Ist das die Hexe." Die Gläser Milch schwappten über. Erschrocken sah ich von Jakob über die verschüttete Milch zu ihr.

Hatte sie Jakobs Frage gehört? Sie stand bei meiner Anrichte und hielt ein gerahmtes Foto in der Hand. Günther. Schnell stellte sie es wieder zurück. Günther in Uniform. „Mami", zog er an meinem Rock und ich glaubte, er würde es noch einmal fragen. „Pst, Jakob", fuhr ich ihn durch gepresste Lippen an. „Es gibt keine Hexen." Jakob setzte sich auf den kalten Fußboden und ich sah, wie seine Augen feucht wurden. Noch nie hatte ich ihn so angeherrscht. Schnell reichte ich ihm ein volles Glas Milch und hoffte ihn so abzulenken. Meine Hand zitterte immer noch. „Doch, gibt es." Jetzt rollte eine Träne aus dem rechten Auge. Natürlich hatte ich ihm Märchen vorgelesen, aus dem alten Märchenbuch meiner Oma, in Sütterlin geschrieben, von ihnen verboten, hatte ich es dennoch aufgehoben, so wie einige andere Bücher auch. Dornröschen und die Feen, Schneewittchen und die Zwerge, Aschenputtel und die Tauben, Hänsel, Gretel und die Hexe. Ich streichelte seinen Kopf und sah zu, wie er langsam und vorsichtig von der kostbaren Flüssigkeit trank. „Hexen gibt es nur im Märchen", erklärte ich und wusste es doch besser.

„Da sind ja wieder welche." Christinas hohe Stimme krächzte zu meinen Ohren und schien sich einzunisten. „Seht mal, echte Hexen", krächzte sie weiter zu den wenig Neugierigen, die sich zu uns gesellt hatten. Wieder die gestreifte Katze auf ihrem nun auch nicht mehr ganz so wohlgenährten Arm.

Ich starrte in ihre Gesichter, in ihre Augen, das einzige, was ich noch erkennen würde. Inzwischen sahen sie sich alle so ähnlich. Jakob machte sich von meiner Hand los und wollte Christinas Katze streicheln gehen. Schnell nahm ich ihn auf den Arm ohne meinen Blick von den Schlürfenden loszulassen. Von Marschieren konnte keine Rede mehr sein. Die Rücken gebeugt, die Schritte langsam und die Bäuche leer, kamen sie diesmal aus der anderen Richtung. Ein Blick traf mich, leer und ausgelebt. Ich sah schnell weg. Nichts hatte ich mehr, was ich in ihre mageren Hände hätte drücken können. Alle Äpfel waren gegessen. „Los, schneller." Eine andere Stimme, bestimmt, aber die gleiche Uniform, das gleiche Gewehr. Ein Pferd zog einen Wagen, auf dem eine Decke erfolglos versuchte, seinen Inhalt zu verbergen. Zwei leblose Füße sahen hervor und verrieten, was noch darunter lag. „Zur Seite." Ein Soldat schob Christina zur Seite, die gerade ansetzte, auf eine der Frauen zu spucken.

„Eines Tages werde ich deine Katze nehmen und zu Ragout verarbeiten", versuchte ich meine Gedanken von den Menschen, die an uns vorbeiliefen, zu lenken, und musste tatsächlich lächeln, bei dem Gedanken, ihr die Worte entgegen zu schmeißen. „Du Hexe", fügte ich innerlich hinzu und wünschte mir den Mut sie anzuspucken. Anstatt dessen schwieg ich und ging schnell mit Jakob zurück in mein Haus, stürzte mich auf unser letztes Brot, doch die aufgekommene Übelkeit siegte und ich behielt den Bissen nicht in mir.

Nun war sie da. Sie schlief, ihren Kopf auf die Sofaecke gelehnt, einen unruhigen Schlaf. Ihren Mund leicht geöffnet, ihre Atmung unruhig, schüttelte sie sich ab und zu heftig. Auch ihre Lider, die schwarzen dichten Wimpern, wollten keine Ruhe finden und flatterten hin und her. „Trank?" Ich erschrak, wie lange hatte ich hier schon gestanden? Jakob hielt sich erneut an meinem Bein fest. Ich sah zu ihm runter, die Tränen in seinen Augen waren verschwunden und schienen einem kleinen Milchbart gewichen. Normalerweise ein Moment, in dem ich lächeln würde. Doch ernst hob ich die Schultern. „Ich weiß nicht", flüsterte ich und sah mit ihm gemeinsam weiter zu ihr. Seiner Mutter. Ich atmete tief ein und aus. Mein Herz schien ruhiger geworden zu sein und obwohl meine Hände auch nicht mehr feucht waren, wischte ich sie mir imaginär an meiner Schürze ab. Was hatte ich eigentlich gemacht, bevor sie geklopft hatte? Wie spät war es eigentlich. Vor dem Wohnzimmerfenster sah ich die Sonne sich verabschieden. Ich trat zu ihr und wollte ihr die Beine hochlegen. Sie schlug nach mir. Erschrocken wich ich zurück.

„Entschuldigung." Auch sie schien ebenfalls erschrocken zu sein und versuchte aufzustehen, doch ihr Kreislauf zwang sie zurück. „Ich muss gehen." Erneut versuchte sie aufzustehen. „Wohin?" Hilflos sah ich zu ihr. „Ich", stammelte ich weiter, „hole erst einmal das Glas Milch." Ohne auf eine Reaktion zu warten, lief ich mit Jakob am Bein in die Küche, um festzustellen, dass ich das Glas schon auf den Sofatisch gestellt hatte. Sie trank das Glas in kleinen Schlückchen halb leer. Jakob beobachtete sie weiter neugierig. „Möchtest du das Glas austrinken?" Sie hielt Jakob das Glas hin und er sah fragend zu mir. Ich nickte ihm zu und konnte aber kaum zusehen, wie er zu ihr trat und leicht zitternd das Glas nahm. Etwas blitzte in ihrem Gesicht auf, wie ein kurzer Sonnenstrahl, der über ihr Gesicht huschte. Ich spürte meinen Hals trocken werden, musste schlucken und sah aus dem Fenster, wo der Tag nun endgültig zur Neige ging. „Bitte bleiben Sie." Ich hatte den Mut wiedergefunden zu ihnen zu sehen. Sie nickte und sah zu Jakob, der sich inzwischen wieder an meinem Bein festhielt. Dann legte sie wieder ihren Kopf auf die Lehne. Mutig trat ich zu ihr und diesmal ließ sie es sich gefallen, dass ich ihre Beine hochlegte. „Nur bitte die Schuhe nicht berühren." Erschöpft schloss sie die Augen und ließ es sich gefallen, dass ich ihren mageren Körper zudeckte.

„Bleibt sie bei uns?" Manchmal fiel es mir schwer seine Worte richtig zu verstehen und zu deuten. Doch diesmal verstand ich die Worte, welche er durch seine breite Zahnlücke gesprochen hatte. Ich war noch einmal zu ihr gegangen, um ihr eine brennende Kerze hinzustellen. Die Decke lag auf dem Boden, sie zuckte kurz, als ich ihr die Decke über die Beine legte, ließ aber die Augen geschlossen.

Obwohl die Nächte nicht mehr so kalt waren und die Monsterflieger nun nicht mehr über unser Haus flogen, kroch Jakob doch weiter jeden Abend zu mir ins Bett und ich hielt ihn nicht auf, sondern nahm wie jeden Abend seine kleine Hand in meine. „Ich weiß nicht, ob sie bleibt", antwortete ich und streichelte über seinen nun fest schlafenden Kopf.

„Mami, Mami." Erschrocken fuhr ich hoch. „Sie ist vom Sofa tefallen." Jakob stand völlig aufgeregt an meinem Bett und zog an der Bettdecke. Schnell war ich hellwach und auf den Füßen, brauchte aber einen Moment, bis ich mich erinnerte, wen das Kind meinte. Mit Jakob auf dem Arm betrat ich das Wohnzimmer. Tatsächlich lag sie neben dem Sofa, die Beine angezogen, atmete sie weiter unruhig. Vorsichtig stellte ich Jakob auf den Boden, ging zu ihr und legte ihr erneut die Decke über ihren Körper und ließ meine Gefühle miteinander kämpfen. Fragen schwirrten durch meinen Kopf. Wie lange würde sie bleiben? Wie viel Zeit hatte ich noch? Ein lautes Klopfen befreite mich von meinen Gedanken. Das Grummeln setzte sofort wieder ein und auch meine Hände drohten feucht zu werden. Warum? Es dauerte ein weiteres lautes Klopfen, bis mir klar wurde, dass es nun ja keinen Grund mehr gab unruhig zu werden. Sie war da und wachte nun auch auf. Verwirrt setzte sie sich auf und brauchte einen Moment, um sich klar zu machen, wo sie war. „Ich gehe öffnen." Ein drittes Klopfen, fest und fordernd. „Open the door."

Ich hatte den Türgriff schon fast in der Hand, als die Worte durch das Haus schallten. Er suchte nicht meinen Blick und sah an meinen Augen vorbei, eifrig mit einem Blatt in seiner Hand wedelnd. „What's your name?" Immer noch wedelnd. Überrascht sah ich zu dem Mann in Uniform, der mir immer noch nicht in die Augen sehen wollte. „Your name", wiederholte er unruhig. „Steht auf dem Klingelschild", traute ich mich nicht zu antworten. Versucht freundlich nannte ich meinen Namen und merkte doch die Unruhe in mir aufsteigen. Er fing an, etwas von einem Zettel abzulesen, doch sein Deutsch war für mich kaum zu verstehen und doch nickte ich, als er mir das Blatt Papier reichte. Ein Lächeln um seinen Mundwinkel? Ich folgte seinem Blick. Jakob kam vorsichtig angelaufen und krallte sich erneut an meinem Bein fest. Ein Hupen schreckte uns auf. Wir sahen einen Jeep auf dem Weg vorm Haus. Scheinbar aufgeregt winkte ein weiterer Soldat aus dem Auto in unsere Richtung. „Don't talk, only the paper." Mein weniges Englisch reichte. Ich verstand, was er meinte. Kurz trafen sich unsere Blicke, sein Gesicht hatte die anfängliche Härte wieder angenommen. „See you later", keine Floskel, ein Befehl.

„Was erwartest du denn?" Vor ein paar Tagen hatte Wolfgang seiner Frau erst die Frage gestellt, während sie sich aufregte. „Wir sind ihre Feinde", hatte er versucht zu erklären, während ich den Mehlsack aufschnitt, den zuvor ein Soldat in die Backstube geknallt hatte. „Ja, ja Frateisierungsverbot", versuchte meine Schwägerin das schwere Wort erfolglos richtig auszusprechen.

Ohne sich umzudrehen, sprang er in den Jeep und ich sah, wie sie weiterfuhren, zum nächsten Haus gegenüber. Das Haus der Schneiders. Diesmal stieg der andere Soldat aus und fing an mit einem Zettel zu wedeln. „Da wird niemand öffnen", sagte ich zwar laut, aber wissend, dass sie es nicht hören würden. Ich sah zu der weißen Fahne, die sicher mal ein Bettlaken oder eine Tischdecke gewesen war und nun verwaist an einem Stock aus einem Fenster hing. Auch bei mir und Jakob hing ein weißes Laken, doch im Gegensatz zu den Schneiders hatte ich sie nicht zu früh hingehängt. Wie erwartet, öffnete niemand. Fraternisierungsverbot, hörte ich die Stimme meiner Schwägerin und sah an mir herunter. Die Kälte kletterte unter mein Nachthemd. Nachthemd. Ich hatte im Nachthemd geöffnet, auch Jakob trug noch sein Nachtgewand. Verlegen schloss ich schnell die Tür und ging in die Küche. Wieder stützte ich mich auf den Herd und fing an zu zittern, was nicht nur an der Kälte lag.

Ob es das Nachthemd war oder doch nur die Nerven, konnte ich nicht beantworten. Es schien auch egal, ich hatte keine Chance gegen das, was in mir ausbrach. Scheinbar unkontrolliert fing ich an lauthals zu lachen. Jakob, der mir gefolgt war, sah mich unsicher an, doch es änderte nichts. Ich lachte weiter und konnte nicht mehr aufhören. Natürlich hatte ich ihre Anwesenheit nicht vergessen. Im Gegenteil, war sie auch ein Grund für das, was mit mir passierte. Ein nicht enden wollender Lachanfall. Nur kurz hörte ich auf, als sie die Küche betrat, um dann doch wieder wie geschüttelt weiterzulachen. Sie sah zu Jakob, der beschlossen hatte, nun auch zu lachen, was blieb ihm auch anderes übrig. Ich schien nun völlig übergeschnappt. „Es ist vorbei." Ich sah zu ihr und wollte ihren Namen nennen, doch ich wusste ihn nicht. Auch diese Erkenntnis ließ mich nicht aufhören. Im Gegenteil, ich lachte weiter. Inzwischen tat mir mein Bauch weh und Tränen liefen über mein Gesicht. „Es ist vorbei, endlich ist es vorbei." Nun sah sie mich nicht mehr verwirrt an, während sich unsere Blicke kurz trafen, sondern nickte mir zu und ich bildete mir ein, ein leichtes Lächeln in ihren Augen zu erkennen.

Bitte finden Sie sich heute um 12 Uhr am Dorfplatz ein! Bitte stand zwar am Anfang, aber dennoch war es ein Befehl. „Was das ist?" Mit honigverschmierten Fingern tippte Jakob auf dem Blatt Papier herum. „Was ist das", verbesserte ich und sah wie Jakob nun in das Brot biss. „Schön danach die Finger ablecken." Hatte meine Mutter mich jemals dazu aufgefordert? Eine ihrer wenigen Broschen hatte ich für das Glas Honig geben müssen. Ich sah auf die Aufforderung und erklärte Jakob nicht zu wissen, was uns erwarten würde. Ihr Teller war auch noch nicht aufgegessen. Langsam kaute sie auf einem Stück hartem Brot und beobachtete Jakob, der erstaunlich ruhig auf seinem Platz sitzenblieb. „Sicher wird es nicht lange dauern." Wie konnte ich nur so ein Versprechen abgeben ohne zu wissen, was mich erwarten würde? Jakob stürzte sich regelrecht erneut auf meine Beine und krallte sich fest.

Mir blieb wenig Zeit, wissend, mein Zuspätkommen würden sie nicht dulden, und genauso glaubte ich zu wissen, dass ich Jakob lieber nicht mitnehmen wollte. Ich sah auf die Standuhr, die den Zeiten zu trotzen schien und immer weiter stündlich schlug. Es blieb keine Zeit mehr Jakob zu meinem Bruder und seiner Frau zu bringen. Und auf einmal blieb die Zeit stehen, obwohl ich das Pendel schlagen hörte. Jetzt war es also so weit. Ich sprach sie direkt an und bat sie aufzupassen und sie nickte mir zu. So einfach war es. Mein Hals wurde trocken und hastig trank ich einen Schluck gesammeltes Regenwasser. Der Kloß in meinem Hals wollte nicht verschwinden, sondern breitete sich noch aus. Sie würden nicht mehr da sein, wenn ich wiederkommen würde. „Ich werde dir ein Märchen erzählen." Ihre Stimme klang weich und ich hörte keinen Dialekt heraus. Er nickte sie unsicher an und sie lächelte zurück, das erste Mal, dass auch ihre Augen zu lächeln schienen.

Die Uhr tickte weiter und ließ mir keine Zeit mehr meine furchtbaren Gedanken weiterzudenken. Ich musste los. Schnell nahm ich meinen Hut und meinen Mantel und sah noch einmal zu Jakob. Ein letztes Mal? Auch er sah zu mir und kam angelaufen. „Jakob mittommen." Verlegen sah ich zu ihr. Sie nickte mir zu. Ihr Lächeln war verschwunden.

„Ich bin auch noch sehr müde." Ihr Blick ging an uns vorbei. „Geh ruhig mit deiner ..." Sie stockte und verlegen sahen wir einander an. „Schuhe holen." Jakob hatte mich losgelassen und zusammen sahen wir zu, wie er versuchte seine Schuhe anzuziehen.

„The child stays here." Wieder die Uniform der Sieger, doch diesmal steckte ein dunkelhäutiger Mann darin. Jakob sah fasziniert zu dem Mann und hätte ihn sicher gern berührt, doch die Angst, von mir getrennt zu werden, machte ihn mutlos. Wir waren nicht die einzigen gewesen, die unsanft auf einen Wagen gescheucht wurden. Ich erkannte einige Nachbarn und grüßte unsicher. Auch sie schienen nicht zu wissen, was auf uns zukommen sollte, und beobachteten weiter die Soldaten. Eine Frau, gefolgt von einem Mädchen, kam angelaufen. Erst als sie sich mir gegenübersetzten, erkannte ich sie. Zumindest das, was von ihnen übriggeblieben war. Ihre Überheblichkeit schien verschwunden und hatte Trotz platzgemacht. Sie grüßten niemanden und saßen mit versucht erhobenen Köpfen zwischen uns anderen. Der Motor wurde gestartet und wir setzten uns in Bewegung.

Den Jahreszeiten hatte der Krieg nichts anhaben können. Sie hatten sich nicht durcheinanderbringen lassen und so blühten vereinzelte Blumen links und rechts des Weges. Ich erkannte Mohn und blaue Feldblumen, auf deren Anblick ich versuchte mich zu konzentrieren, ahnend, dass etwas Schlimmes uns erwartete. Jakob nahm meine Hand und ich hielt sie fest. Sie tuschelte mit ihrer Mutter, den Kopf immer noch gerade erhoben, so wie damals auch.

KURZ DAVOR

„Er sieht Ihnen aber gar nicht ähnlich." Vier Augenpaare starrten auf den Jungen. Da das Dorf mittlerweile fast alle Männer in den Krieg entlassen hatte, half sie ihrem Mann bei der Ausübung seines Amtes. Ich hatte keine Gedanken frei zu überlegen, was genau sein Amt war. Vorher hieß es einfach Bürgermeister, doch mit den braunen Uniformen waren auch neue Titel gekommen. Neben dem penibel aufgeräumten Schreibtisch stand sie und schrieb mit, was wir besprachen. Ihre Tochter saß an einem weiteren Tisch und malte, ihre Haare ordentlich geflochten, ebenfalls in braune Uniform gekleidet, schien sie nicht zu interessieren, was wir besprachen. Die ganze Nacht hatte ich Worte gesucht und versucht sie auswendig zu lernen. Doch ganz andere sprudelten aus mir heraus. Unsortiert hoffte ich, dass sie einen Sinn ergaben. Bombenalarm in Berlin, das Haus meiner Cousine, zerstört.

Die Cousine tot, das Baby, oh Wunder, unversehrt. Der Vater irgendwo wahrscheinlich in Russland, seit Monaten kein Lebenszeichen mehr.

Die Tante selber Witwe, das einzige, was nicht gelogen war, nicht in der Lage, sich um ein Baby zu kümmern, dort in der Großstadt. Jakob auf meinem Arm schien aufzuwachen und ließ mich die Geschichte noch schneller vorantreiben. Ich sah zu dem Mädchen, das immer noch desinteressiert völlig talentfrei ein Tier malte: Eine gestreifte Katze, vermutete ich. Das Krankenhaus, fuhr ich fort, hoffend, dass mein lautes Herzklopfen nur ich hörte, zerstört. Ich atmete aus und wiederholte den Teil mit dem Krankenhaus, in dem sie entbunden hatte, ebenfalls zerstört. Die Papiere verschüttet. Jakobs einsetzendes Quengeln unterbrach meinen Redeschwall und übertönte mein Herz. Ich sah ihn direkt an. Er blätterte in einem Ordner und nickte seiner Frau zu. Jakobs Weinen vermied eine peinliche Stille und ich wusste nicht, ob mir das helfen würde. „So, so." Sie hatte sich hingesetzt und schlug ihre Beine übereinander. Jakob hörte abrupt auf zu weinen und da war sie, die peinliche Stille. Selbst die Tochter hatte aufgehört zu malen und sah von ihren Eltern zu mir und zurück. Nach gefühlten hundert Minuten hustete er kurz auf und sah weiter in den Ordner vor sich.

„Sie werden sich ja sicher um Ersatzpapiere kümmern." Keine Frage, eine Aufforderung. „Ja, natürlich", log ich. „Dann kommen Sie wieder." Er erhob sich und hob seinen rechten Arm. „Aber es kann noch eine Weile dauern", hoffte ich Zeit zu gewinnen, aber bereute die Worte doch sofort, wie sollte ich auch ahnen, dass Jakob den Mann in seiner braunen Uniform, überhaupt nicht interessierte. „Heil Hitler, Herr Bürgermeister." Ich hob Jakob auf die andere Seite, um ebenfalls meinen rechten Arm ausstrecken zu können. „Heil Hitler, Herr Ortsgruppenleiter", verbesserte das Kind mich und sah stolz zu ihrem Vater, der mich desinteressiert ansah. Ich nickte verlegen, drückte Jakob an meinen Körper und verließ, darauf achtend nicht zu schnell zu laufen, erst sein Büro und dann das Gebäude. Erst als ich mein Haus sah, rannte ich los.

DRINNEN

Sein Blick verriet, dass er keinen Widerspruch dulden würde. „The child stays here", wiederholte er. „Einen Moment", bat ich. Nein, bettelte ich. Es half nichts, er schob mich unsacht in einen weiteren Raum, in dem andere Kinder spielten. Eine Soldatin verteilte etwas an manche der Kinder, was sie neugierig auspackten und anfingen zu kauen. Jakob fing, wie erwartet, an zu weinen. Die Soldatin, ebenfalls etwas kauend, sah von Jakob zu mir. Ihr ausdrucksloses Gesicht verriet nicht, was sie dachte. Sie griff in einen Karton und sah zu Jakob, der sich an meinem Bein festhielt. Lächelte sie? Erst jetzt sah ich, was sie in der Hand hielt und Jakob zeigte. Ich musste würgen. Ein alter zerzauster Teddybär, ein Ohr zur Hälfte abgerissen, ein Auge fehlte ganz. Jakob nahm den Bären und drückte ihn an sich. Die Übelkeit breitete sich weiter aus, stellte ich mir vor, welchem Kind dieses Kuscheltier wohl zuvor erfolglos versucht hatte, seine Ängste zu nehmen. Wie wohl alle wusste auch ich, wo ich jetzt war. „Come on." Der dunkelhäutige Soldat ließ mir keine weitere Zeit Abschied zu nehmen und schob mich raus, dann nahm er sich einen Mundschutz, setzte ihn auf und überließ uns dem Geruch und dem Anblick.

WEITER DANACH

Sämtlicher Trotz war aus ihren Gesichtern gewichen. Selbst Jakob quasselte nicht, sondern sah still zu seinem neuen Kuscheltier.
Das gerade Gesehene ließ uns alle schweigen. Hatte ich noch am Morgen gelacht? Ja. Hysterisch zwar, schließlich wollten Angst und Erleichterung in Einklang gebracht werden, aber es war ein Lachen gewesen. Nie wieder würde ich das können. Das soeben Erlebte würde das nicht mehr zulassen. Verlegen streichelte ich über Jakobs Kopf und merkte, wie stark ich zitterte. Egal. Niemand wagte es den anderen anzusehen. Die Übelkeit wurde stärker. Der Auspuff gab den Geruch nach verbranntem Benzin frei und ich fing an ihn tief einzuatmen und in meine Nase zu ziehen, erschien es mir doch in dem Moment wie Parfum. Ich kannte viele unangenehme Düfte, der nach verbranntem Brot, Jakobs Hinterlassenschaften in seinen Windeln und sogar den Geruch des bevorstehenden Todes meiner kranken Mutter. Doch dieser Geruch übertraf alles und ich war sicher ihn niemals wieder abschütteln zu können, genauso wenig wie die Bilder, die sich nun unauslöschlich in meinem Kopf eingebrannt hatten. Christina hielt ebenfalls zitternd die Hand ihrer blassen Mutter. Kurz glaubte ich ein

wenig Mitleid zu empfinden. Sie hatten ihn mitgenommen, den Ortsgruppenleiter, und nun das. Sie war doch auch noch ein Kind. Unsere Blicke trafen einander und hielten sich kurz fest. „Alles Hexen." Keine Bilder, nur Worte, aber auch diese scheinbar unauslöschlich. Der Laster hielt an, entließ seine Insassen und nahm neue auf. Während ich Jakob runter hob, sah ich zu Christina, die ihre Mutter stützte, und genauso wie wir alle in den letzten Stunden um Jahre gealtert schien. Sie waren kaum am Dorfbrunnen vorbei, als die Mutter, immer noch von ihrer Tochter gestützt, sich übergab. „Warte einen Moment." Ohne auf eine Reaktion zu warten, setzte ich Jakob auf eine Bank am Brunnen und sah noch kurz, wie er anfing mit seinem neuen Freund zu sprechen. „Jetzt oder nie." Sie setzte sich auf einen Baumstumpf und ich zögerte kurz, bevor ich diesmal die Worte laut zu mir sagte: „Jetzt oder nie." Ich holte tief Luft und trat auf sie zu. „Sie hatten recht." Christina sah verwirrt von mir zu der Angesprochenen und zurück. Nun sah auch ihre Mutter zu mir. Ein Tuch vor den Mund haltend, ihr Gesicht umrandet vom kalten nassen Schweiß. „Jakob sieht mir tatsächlich nicht ähnlich." Christinas Blick, verwirrt und doch glaubte ich etwas Kaltes darin zu sehen, wanderte weiter hin und her. Ich sah zu Jakob, der immer noch mit dem Teddybären beschäftigt war. „Er kann mir nicht ähnlichsehen, er ist der Sohn einer Jüdin und wissen Sie was", kurz war ich selber erstaunt über meine Worte, die fest und klar meinen Mund verließen. Schon so oft gedacht und endlich ausgesprochen. „Sie hat überlebt und wartet auf uns zu Hause und deswegen", ich drehte mich um, „kann ich mich nun auch nicht weiter mit Ihnen unterhalten. Einen schönen Tag noch." Ich drehte mich nicht mehr um. Diesmal war ich es, die erhobenen Hauptes zu dem Kind ging, welches nun nicht mehr mir allein gehörte. „Nach Hause." Ein kleines Haus. Vier Räume, eine große Küche und ein kleiner Garten. Aber meins. „Wolfi bekommt die Bäckerei und du dafür das Haus", hatte Mutter verkündet, einen Brotteig knetend, das faltige Gesicht bedeckt mit Mehlklecksen. Zu gerne hätte ich die Bäckerei übernommen, doch fand Mutter, schon seit dem ersten Weltkrieg Witwe, stand sie jeden Morgen bis fast zu ihrem Tod mit in der Backstube und half, wo sie konnte, dass ich als alleinstehende Frau wohl ungeeignet war. Also blieb mein Wunsch unerfüllt und doch stand ich jeden Morgen mit meinem Bruder in der

Bäckerei und versorgte das Dorf mit Brot und Brötchen. „Hunger, Mami." Jakob zerrte an meiner Hand und brachte mich zurück in die Gegenwart. Er zog mich in Richtung Haus. Ob sie noch da war? Wollte ich, dass sie noch da war? Sie. Ich wusste nicht einmal ihren Namen. Jakob zerrte weiter und ich ließ ihn los. Wie konnte ich ihn noch halten? Ich blieb stehen und sah zum Haus. Nichts deutete auf ihre Gegenwart hin und ich spürte kurz eine Leere, die durch meinen Körper wanderte. „Tom, Mami." Jakob war angekommen und wartete auf mich. „Also gut", sagte ich leise zu mir und machte mich auf den Weg. Sie war noch da und außer meinem erneuten innerlichen Erschrecken bei ihrem Anblick spürte ich kein weiteres Gefühl. Jakob hielt ihr sein neues Spielzeug hin und ich musste würgen, bei dem Gedanken an den Vormittag. „Ein-Auge-Teddy", stellte ich vor, hoffend, die Bilder kurz aus meinem Kopf zu verbannen. Sie nickte und trat zu mir. „Ich heiße Hannah." Ihre dunklen Augen suchten meine und wir sahen einander. Was hatten ihre Augen alles mit ansehen müssen, welche Dämonen musste sie besiegen? Ihre mageren knochigen Finger drohten zwischen meinen zu zerbrechen. „Ich heiße Irene", antwortete ich verlegen und sah auf unsere Hände, die einander immer noch festhielten. Sie zog ihre Hand zu sich und sah auf ihre Finger. Unsicher tat ich es ihr nach. Auch meine Finger waren einmal fleischiger gewesen. Auch mir hatte der Krieg die Fülle genommen. Wie konnte ich nur an mich denken? Beschämt sah ich, wie sie sich zu Jakob bückte. Wie lange war ich dort gewesen? Ein paar Stunden vielleicht? Wie lange war sie… „Und du bist Jakob." Sämtliche Gedanken an dort verschwanden, schneller als sie gekommen waren und waren nur noch bei dem kleinen Jungen, der scheinbar selbstbewusst Hannah zunickte. Ich spürte meine Hände feucht werden. Jetzt war es also wirklich soweit. Gedanklich fing ich an seinen Koffer zu packen. Was würde er brauchen? Was nicht? „Hunger, Mami." Es dauerte einen Augenblick, bis seine Worte mich erreichten. „Anna auch Hunger?", fragte er und sah, wie ich, ihr Nicken. Ich versuchte ein Lächeln. Es gelang mir kaum. „Dann zaubere ich ein Abendbrot." Froh über die Ablenkung machte ich mich daran, aus dem wenigen, was meine Speisekammer hergab, etwas zu zaubern, und zwang mich, meine Konzentration nur auf die Kartoffel in meiner Hand zu richten.

„Ist das Ihr Mann?" Hannah stand in der Wohnstube und hielt ein gerahmtes Bild in der Hand. „Das war mein Mann", antwortete ich, während ich versuchte den Herd anzufeuern. Nachdem ich es immer wieder aufschob einen Trauerflor daran zu befestigen, hatte ich es am Ende ganz gelassen. Wann sah ich auch je zu dem Foto?
„Günther war sein Name." Das Feuer im Herd brannte und spendete Wärme.

„Ein guter Name, Günther", hatte meine Mutter festgestellt. Die schwere Lungenentzündung hatte sie ins Bett gezwungen. „Und ein guter Mann, Rinchen", hatte sie betont, bevor ein neuer Hustenanfall ihr das Weitereden erschwerte. „Du wirst nicht mehr so viele Gelegenheiten haben", hatte sie weiter hervorgehustet. Trocken, emotionslos und doch um mich besorgt, um ihr Rinchen, wie sie mich in den wenigen warmen Momenten nannte. Nicht mehr so viele Gelegenheiten? Es hatte noch nie eine einzige gegeben, abgesehen von einem kurzen harmlosen Kuss, irgendwann während der Volksschule. Ich sah in die Fensterscheibe, die ein wenig mein Gesicht spiegelte, während die Lungen meiner Mutter weiter um Luft kämpften. Nichts Besonderes. Nichts besonders Hässliches, aber eben auch nichts besonders Hübsches. Eine zu runde Nase in einem zu runden Gesicht, grüne Augen, die wenig strahlten, Sommersprossen tanzten auf einem immer zu blassen Gesicht mit einem schmalen Mund, der nicht dazu passen wollte. Das Getuschel meiner wenigen Freundinnen, wenn sie über Männer oder Jungens sprachen, hatte mich immer gelangweilt. Und während sie sich Fotos von Hollywoodstars wie Johnny Weismüller oder Laurence Olivier an ihre Wände hängten, hätte ich gerne den Mut gehabt Fotos von Greta Garbo oder Marlene Dietrich zu sammeln.
Günther war irgendwann in der Bäckerei erschienen. Unscheinbar und unbemerkt und doch nun jeden Tag brav sein Hörnchen kaufend. Irgendwann fragte er mich, ob ich ein Glas Wein mit ihm trinken wollte. Ich wollte nicht und doch sagte ich ja. Ein paar Monate später fragte er, ob ich seine Frau werden wollte. Ich wollte nicht und doch sagte ich auch diesmal wieder ja.

„Er ist im Krieg geblieben." Die Kartoffeln fingen an zu kochen und ich stellte die Flamme kleiner. Ich wischte meine Finger an der Schürze ab und trat zu ihr.

Die Heirat hatte im kleinen Kreis stattgefunden. *Unser* Führer hatte gerade beschlossen in Polen einzumarschieren, was meine Stimmung noch zusätzlich drückte.

Im Gegensatz zu der Stimmung meines Ehemannes, der es kaum erwarten konnte im Krieg mitzuspielen. Meine Mutter, kaum noch in der Lage frei zu atmen, hatte es sich nicht nehmen lassen ihr Brautkleid so umzunähen, dass es mir passte.

Ich nahm das Hochzeitsfoto hoch, welches in einem kleinen Rahmen hinter den anderen Bildern stand, und hielt es ihr hin. Günther und ich. Nebeneinander. Zwei Fremde, kein Körperteil, welches sich berührte. Mein schwaches Lächeln neben seinem breiten Grinsen. Unsere Hochzeit, bei dem Gedanken daran lachte ich kurz auf. „Es war keine große Liebe", erklärte ich in ihr fragendes Gesicht. Das Foto landete wieder hinter den anderen. „Er war Lehrer", versuchte ich die einsetzende Stille zu übertönen, froh, immer noch abgelenkt zu sein. Sie nickte scheinbar interessiert. „Sicher kein guter", fuhr ich fort weiter zu erzählen. „Feige." Ich machte eine kurze Pause „Der Rohrstock sprach oft für ihn."

Hannah nickte und ich glaubte wirklich sie hörte zu. „Er konnte es kaum erwarten abgezogen zu werden und in den Krieg zu ziehen." Komisch, eigentlich hatte es nicht so zu seinem feigen Charakter gepasst. Aber so wie wir alle, wusste auch er nicht wirklich, was auf ihn zukam, fuhr ich diesmal nur in Gedanken fort. „Sie haben keine Kinder." Erschrocken sah ich zu Jakob. Er lag auf der Couch und schien zu schlafen. Ich schüttelte den Kopf, immer noch den Blick auf Jakob gerichtet. „Es sollte wohl nicht sein." Ich redete leise weiter, um Jakob nicht zu wecken. Es hatte durchaus Versuche gegeben, die Günther scheinbar Spaß gemacht hatten. „Zwei Kinder, die es nicht auf die Welt schafften", vielleicht auch nicht wollten, fuhr ich in Gedanken fort. „Das tut mir leid." Ich glaubte echte Betroffenheit in ihrem Gesicht zu sehen, bevor sie einen anderen Rahmen hochhob.

Erneut das Foto eines Brautpaares. Meine Eltern, auch sie berührten einander nicht. „Es gab nicht viel Liebe in meinem Leben." Ich flüsterte die Worte und sah zu Jakob, der alles geändert hatte und mir nun einen Kloß in den Hals trieb. „Die Kartoffeln", erklärte ich und ging zurück in die Küche.

Die Gefühle hatten mich selbst überrascht. Vom ersten Augenblick an hatten sie mich überschwemmt und nicht mehr verlassen. Ich behielt die pathetischen Gedanken für mich und versuchte eine Suppe zu kochen. Sie trat auch in die Küche und setzte sich an den Küchentisch. Ich konnte nicht anders und redete weiter, vielleicht in der naiven Hoffnung Zeit zu gewinnen. Übermannt von den Gefühlen, war ich gar nicht in der Lage, mir eine Lüge für Günther auszudenken und so erzählte ich ihm die Wahrheit. Er hätte die Geschichte von der Cousine eh nicht geglaubt, im Gegensatz zu den Dorfbewohnern, die allerdings in ihren Geschichten gefangen waren und kein Interesse für Antworten hatten. „Du wirst es wegbringen." Er hatte es nur kurz angesehen, bevor er mir die Worte entgegenspie.

Eine Woche hatte sein Fronturlaub gedauert. Diesmal war ich es, die feige war, und Jakob zu meinem Bruder brachte. Während ich an nichts anderes denken konnte, vermied Günther das Thema und kam erst an seinem letzten Urlaubstag drauf zu sprechen. Ihm war natürlich klar, was ich mit Jakob gemacht hatte, und warum ich nie pünktlich von der Bäckerei zurückkam. „Wenn ich wiederkomme und das Kind ist noch da, werde ich es eigenhändig dorthin bringen." Er sah an mir vorbei und ich glaubte anzufangen zu brennen, so wie einige Städte nun schon seit Tagen um uns rum. „Wohin?", fragte ich und versuchte gar nicht erst das Klägliche aus meiner Stimme zu verbannen. In der Not würde ich auch betteln. „Leg es einfach dort vors Tor." Er zog sich seinen schweren Mantel an und gab mir keine Zeit, weiter um Jakob zu kämpfen. „Vor welches Tor?" Nie hatten wir darüber gesprochen, was sich dort, nur einige Kilometer von unseren Häusern entfernt, befand. Nun nahm er seinen Rucksack, schmetterte ein lautes „Heil Hitler", in die kalte Abendluft, bevor er ohne sich noch einmal umzudrehen verschwand. Ich stellte die Teller auf den Tisch und hielt mich an ihnen fest. Sie sah immer noch an mir vorbei, nur kurz trafen sich unsere Blicke. „Und dann?" Ich hatte wieder an Scarlett O'Hara gedacht und ihren letzten Satz. Am nächsten Tag würde ich mir die Gedanken machen. „Kaum war er weg, da habe ich ihn wieder zu mir geholt." Die

Suppe landete dampfend auf den Tellern.

„Ein paar Wochen später", fuhr ich fort, während ich versuchte das harte Brot zu schneiden, „flatterte ein Brief ins Haus, begleitet von einem resigniert schauenden Soldaten. Ich wusste sofort, was es bedeutete." An das Gefühl der Erleichterung erinnerte ich mich auch noch, erzählte aber Hannah nicht davon. „Zwei Tage später fand eine kleine Andacht statt. Ein Jahr, nachdem ich Waise geworden war, war ich nun auch Witwe geworden." Die Suppe füllte meinen Mund und ließ mich schweigen und doch an die Beerdigung denken. Bis auf zwei ehemalige Schüler, die kläglich das Ave Maria mitsangen, waren nur Frauen in die Kirche gekommen. Die Einberufungen waren in die Häuser geflattert, hatten die Männer mitgenommen und noch nicht wieder zurückgeflogen. Jede Woche fanden neue Andachten statt, manchmal auch zwei einem Tag.

Schweigend aßen wir die Suppe und ich gab auf mir zu überlegen, wie ich sie hier halten konnte. Was waren meine Geschichten gegen ihre? „Mami." Jakob war aufgewacht, erschrocken sah ich zu Hannah, die auch aus ihren Gedanken aufgeschreckt schien. "Mami", ein einfaches Wort. Ich zögerte mit dem Aufstehen, Jakobs Weinen wurde lauter. „Er wird Hunger haben." Sollte ich einfach aus dem Haus gehen? Sie alleine lassen. Hannah stand auf und ging zum Küchenschrank. „Ich mache ihm schon mal einen Teller fertig." Ich verstand und ging zu Jakob, der inzwischen vom Sofa aufgestanden war und mir seine Arme entgegenstreckte. „Ich bin müde." Sie war auch im Wohnzimmer erschienen und sah an uns vorbei.

„Morgen werde ich sie fragen." Erleichtert, ein wenig Zeit gewonnen zu haben zu haben, hielt ich Jakobs Hand, während ich versuchte auch einzuschlafen. Hannah lag nebenan in Günthers altem Zimmer. Durch meine tränenverschleierten Augen sah ich aus dem Fenster. Es war dunkel, ich glaubte Ein-Auge-Teddy riechen zu können, den Jakob in seiner anderen Hand festhielt. Die Gedanken an dort ließen mich nun auch nicht mehr zu Ruhe kommen und so dauerte es, bis die ersten Vögel anfingen zu singen, bis ich endlich in einen traumlosen Schlaf fiel. Sie schlief zwei Tage und zwei Nächte. Ab und zu sahen wir nach ihr. Meine Fantasie reichte nicht aus mir vorzustellen, warum sie manchmal im Bett lag und manchmal zusammengerollt davor, stets die dicken Stiefel an ihren Füßen.

„Irene, ich musste dorthin." Wie so oft unangemeldet war Elisabeth bei uns reingeschneit. Sie hielt flaches helles Brot in ihrer Hand. „Keine Hefe", hatte sie entschuldigend gesagt und sich auf die Stufen vor der Haustür gesetzt. „Wir haben es doch nicht gewusst." Sie sah mich an, während sie ihren Tränen freien Lauf ließ. „Oder?" Ich setzte mich neben sie. „Doch, Elisabeth, wir haben gewusst." Das blasse Gesicht verschwand auf ihren Knien. „Aber doch nicht, was sie dort machen." Sie schluchzte laut auf. Ich dachte kurz darüber nach sie an ihrer Schulter zu berühren, sie sogar in den Arm zu nehmen. Es gab nur einen Menschen, dem ich meine Berührungen schenkte. Ich sah zu ihm. Er war dabei Pusteblumen zu pflücken und erfreute sich daran sie anzupusten. Ein-Auge-Teddy lag neben ihm und trocknete in der Sonne. Noch bevor Jakob wach geworden war, hatte ich Wasser geopfert und ihn sauber geschrubbt. Wenn ich die Bilder niemals verbannen konnte, so hoffte ich doch wenigstens den Geruch für immer loszuwerden. Schweigend sahen wir zu Jakob, der nun Ein-Auge-Teddy eine Butterblume zeigte und auf ihn einbrabbelte. „Und stell dir vor", wie so oft war es auch diesmal meine Schwägerin, die die kurze Stille unterbrach und weitersprach, während sie versuchte mit Hilfe des Rockzipfels ihr Gesicht trocken zu bekommen. „Was macht die Thalheim, sie beschwert sich doch tatsächlich, was ihnen denn einfiele sie dorthin zu bringen. Sie, die Frau des Schuldirektors", versuchte sie die Frau nachzuahmen. Elisabeth lachte höhnisch auf, auch ich musste lächeln, denn ich kannte die eingebildete Art der Frau des Direktors.
„Rinchen, wir müssen ihre Einladung annehmen", hatte Günther erklärt, und mir war nicht bewusst, was schlimmer war. Ein Abendessen bei seinem Schuldirektor und dessen Frau oder dass er mich Rinchen nannte. Es klang so absurd aus seinem sonst so trockenen Mund. Nur meine Mutter hatte mich je so genannt und auch bei ihr hatte es immer ein wenig befremdlich geklungen. Artig war ich mitgegangen und artig hatte ich zwischen ihren zwei braven Mädchen gesessen, während ihr Vater stolz verkündet hatte, dass unser Dorf nun judenfrei war. Ich erinnerte mich, dass es mir nicht den Appetit verdorben hatte und ich mich eher fragte, wer denn eigentlich bei uns jüdisch war und nun fehlte. Mir war niemand eingefallen. „Sie soll ruhig kommen und ein

Brot haben wollen." Elisabeth schien wieder bei sich zu sein. „Das kleinste Brot wird es werden und drauf spucken werde ich." Sie tat, als wenn sie in die Luft spuckte. „Aber so, dass sie es sieht." Ich sah zu ihr. Ja, das traute ich ihr durchaus zu, und ich sagte nichts, um es ihr auszureden.

„Ich war auch da." Es dauerte einen Moment bis sie verstand, was ich sagte. Ihr Schalk war verschwunden und verwundert sah sie mich nun an. „Aber du, du hast doch Jakob", stotterte sie. Ich hob die Schultern. Jakob, der seinen Namen gehört hatte, kam zu uns und reichte seiner Tante die gepflückten Blumen. „Ach, Jakob, die Menschen sind so grausam", erklärte sie und streichelte Jakob über sein kleines Köpfchen.

„Irene." Ich erschrak, als ich ihre Stimme hörte, und es dauerte einen Moment, bis ich wieder in der Gegenwart war. Elisabeth war zurück zu ihren Männern gegangen und hatte mich in der Vergangenheit zurückgelassen. Hannah hielt ein unbenutztes Schulheft Günthers in ihrer Hand und zeigte es mir. „Darf ich das haben?", fragte sie leise. Ich nickte ihr zu und sah ihr hinterher, wie sie erneut nach oben in Günthers Zimmer verschwand. Diesmal für zwei Tage und zwei Nächte. Sie ließ die Zimmertür offen und während Jakob nur am Anfang zögernd ihren Raum betrat, war ich doch zu unsicher hineinzugehen und so brauchte es ein paar Stunden, bevor ich etwa zu essen hinstellte. Hannah lächelte dankbar und wendete sich gleich ihren Zeichnungen zu, die Günthers Schreibtisch immer voller werden ließen. Auch einige Bilder lagen auf dem Boden, auf dem Jakob auch ab und zu saß und versuchte zu malen. Hannah versuchte nicht. Sie konnte. Wir redeten nicht und ich war froh, dass sie mich zuschauen ließ. Vielleicht bemerkte Hannah mich auch gar nicht. Zu versunken schien sie dabei zu sein, Orte und Menschen detailgetreu auf Papier zu bringen. Ab und zu hörte ich sie mit Jakob sprechen und glaubte sie auch einmal kurz lachen zu hören. Am dritten Abend schlief sie, als ich ihr ein Glas Milch hinstellen wollte, ihren Kopf auf einen Arm gestützt. Auch Jakob schlief unterm Tisch. Sein Kopf lag auf einer Zeichnung. Beim Versuch sie hervor zu ziehen, stieß ich versehentlich an Hannahs Bein. Sie war sofort wach. Erschrocken nahm ich die Zeichnung und reichte ihr sie, eine Frau mit hohlen Wangenknochen sah mich an.

KURZ DANACH UND DOCH NOCH MITTENDRIN

„Los, weiter." Der Hunger hatte ihr nicht nur ihre Sinne geraubt, sondern auch scheinbar jedes Schmerzempfinden. Wie in Trance lief sie weiter, immer weiter.
„Wofür." Hannah hatte unbeabsichtigt die Frage laut gestellt, ohne zu glauben eine Antwort zu erhalten. Doch sie folgte. „Für dein Kind, für Jakob." Jemand zog sie weiter. Eine vertraute Stimme. Wann hatte sie ihr von Jakob erzählt? Hannah spürte die Zeichnung in ihrem Stiefel, sie rieb an ihrer Ferse und hatte bis jetzt genauso wie Hannah überlebt und war der einzige Grund sie weiter laufen zu lassen. „Los, halt durch." Wieder die so vertraute Stimme.

WEITER DANACH

„Miriam." Sie hielt mir die Zeichnung hin. Also kein Selbstportrait. Ich nickte und sah zu, wie sie einen Bleistift spitzte. Sie reichte mir eine weitere Zeichnung.

WEITER KURZ DANACH

„Aufstehen." Erneut die schneidige männliche Stimme, die sie vorantrieb. Jemand war hingefallen. Oder hatte sich fallen lassen? So einfach war das. Einfach hinfallen. Einschlafen. Nicht mehr aufwachen. Hannah glaubte erneut die Zeichnung in ihrem Stiefel zu spüren und lief weiter. Eine Frau vor ihr blieb abrupt stehen und Hannah prallte gegen sie. „Weiter." Niemand sah zu der hingefallenen Frau. Wenn es Miriam war. Bitte nicht. Sollte sie hinsehen? „Los, erschießen." Hannah sah nicht hin. Zwei Soldaten schienen um den leblosen Körper zu stehen. Das Geräusch einer Pistole, die scharf gemacht wurde. Hannah hatte es sich abgewöhnt zu zittern und fing an innerlich ein Kinderlied zu singen. Frère Jakob, frère Jakob. „Lass gut sein, sparen wir die Kugel, die ist hinüber." Der Marsch ging weiter. Aber wohin? Sie stieg über den

Körper und lief vorwärts. Wohin? Seit Wochen, seit Monaten, die erste Frage, die sie sich stellte. Und ganz langsam fing sie an wieder zu denken und es dauerte nicht lange, bis ihre Gedanken anfingen zu rasen, und es ewig zu dauern schien, bis sie klar wurden. Wohin würden sie wohl gehen. In die Freiheit. Sicher nicht. Ein leichtes Ziehen im Bauch lenkte sie ab. Hunger fühlte sich anders an. „Sicher nicht", hatte Miriam gesagt und freiwillig die Pille geschluckt. „Das ist, damit wir unsere Periode nicht mehr bekommen", hatte sie weiter erklärt. Woher sie das wusste, wollte Hannah gar nicht wissen, und hatte die Tablette weggeworfen. Irgendeine Ratte würde sie schon futtern. Hannah bekam ihre Regel eh kaum noch, ihr Körper hatte sich ganz der Umgebung angepasst. Doch diesmal war sie doch gekommen. „Anziehen", hatte die Aufseherin am Morgen geschrien und ihr eine Hose und Oberteil zugeworfen, während sie auf das Malheur an Hannahs blauweiß gestreiftem Kleid sah. Hannah tat, wie befohlen, und zog die Kleidungsstücke an.

Sie sah an sich herunter. So einfach schien es auf einmal. Sie merkte das erste Mal ein Zittern und griff doch in ihre Hose und weiter. Erleichtert spürte sie ein wenig von der warmen Flüssigkeit und schmierte sie sich um den Mund. Jetzt oder nie. Langsam glitt sie zu Boden und blieb liegen. Der Grasgeruch gelang in ihre Nase und sie sog ihn ein, bevor sie aufhörte zu atmen. Die Augen auf oder zu. War es nicht egal, sie lag auf dem Bauch. „Aufstehen." Ein Stiefel versuchte sie umzudrehen. Frère Jakob, frère Jakob. Hannah hatte vergessen die Augen zu schließen und so ließ sie sie offen, während sie umgedreht wurde. Bloß nicht blinzeln. Frère Jakob. Jakob, sein kleines Gesicht. Wieder eine Pistole, die scharf gemacht wurde. „Die ist auch hinüber. Los, weiter." Füße, die über sie stiegen, sie traten und berührten.

DANACH

Jakob drehte sich im Schlaf. Ich nahm ihn vorsichtig hoch und merkte, dass ich zitterte. „Und dann?" Erst, als die Frage laut gestellt war, merkte ich, wie indiskret sie vielleicht war. Im Gegensatz zu meiner Schwägerin, die es liebte hinterm Tresen zu stehen, hasste ich Klatsch und Tratsch. Immer noch verlegen sah ich, wie sie eine Seite umblätterte. Zwei gelebte Gesichter sahen mich nun an. Verhärmt und doch irgendwie freundlich. Auch sie sah auf die Zeichnung und erzählte weiter.

KURZ DANACH

Sie waren weitergelaufen und doch traute Hannah sich nicht sich zu bewegen. Sie hatte die Augen geschlossen und atmete vorsichtig ein und aus. Es dauerte eine ganze Weile, bevor sie den Mut fand ihre Augen zu öffnen und nachzusehen ob es schon dunkel wurde. Bis zur Nacht wollte sie warten, um aufzustehen. Der Geruch nach Gras ließ sie schwindelig werden. Wann hatte sie ihn zuletzt gerochen?
Sie sah weiter in den wolkenbehangenen Himmel. „Ein Elefant", hatte sie gesagt und darauf gewartet, dass Max ihr widersprach. „Natürlich nicht, einwandfrei eine Lokomotive." Ihnen blieb keine Zeit zu streiten. Die Wolken hatten schon längst wieder ihre Formen verändert und neue Möglichkeiten ihr Aussehen zu interpretieren geschaffen. Sie hatten nebeneinander gelegen. Max wie immer einen Grashalm zwischen seinen Lippen. Wann war das gewesen? Hannah wusste es nicht mehr und doch spürte sie, dass ihre Sinne wieder anfingen zu arbeiten und so war es der Geruch, den sie kurz vor dem dazu gehörenden Geräusch wahrnahm. Ein Pferd. „Ruhig, Dicker." Eine tiefe Männerstimme. „Was hast du vor, Werner?" Diesmal vernahm Hannah eine Frauenstimme. Alles andere als ruhig und tief. Hannah hielt die Luft an. Eine Kutsche, mindestens zwei Menschen. Bitte weiterfahren, betete sie innerlich und wurde nicht erhört. Das Pferd fing an zu grasen, ganz in ihrer Nähe. „Werner." Wieder die Frauenstimme. Er schien von der Kusche geklettert. „Was machst du da?" Bitte nicht meine Stiefel. Hannahs Panik wurde immer größer. Frère Jakob. „Ich werde ihn hier sicher nicht liegen lassen." Ein Hannah fremder Dialekt. Wo war sie? „Bitte, Werner, nicht." Ihre Stimme wurde lauter, quietschender, hysterischer. „Sigrid." Er klang bestimmt und fest. „Wenn hier ein verletztes Tier liegen würde, wärst du als erste bei ihm gewesen." Eine raue Hand hob Hannahs Kopf an. Sie roch nach Erde, nach Leben. Hannah konnte die

Luft nicht mehr anhalten und atmete neue ein. „Er atmet." Geschickte Arme griffen unter ihre. „Komm runter, Sigrid, ich schaffe es nicht alleine." Die Kutsche knarrte, scheinbar stieg jemand herunter. Hannah versuchte sich aufzusetzen, wollte sagen, dass sie gut weiter alleine kommen würde, doch ihr Kreislauf versagte ebenso wie ihre Stimme. Sie sackte zusammen. „Sigrid, komm runter und fass mit an." Wie seltsam ruhig seine Aufforderung klang, im Gegensatz zu den gebellten Befehlen, die sie vorher vernommen hatte. Jemand drückte sie sanft zu Boden, sodass Hannah wieder lag, und fasste diesmal ihre Beine. „Nein, nicht die Stiefel." Ihre Stimme war wieder da, aber ob er sie gehört hatte? „Wenn uns jemand erwischt." Wieder ihre hohe schrille Stimme, diesmal glaubte Hannah auch Angst darin zu hören, und doch knarrte erneut die Kutsche. „Keine Sorge, Alte, die nächsten Soldaten, die hier vorbeikommen, werden sicher nicht unsere Uniformen tragen." Und wieder griff jemand unter ihre Schulter. „Los, bei drei." Er zählte und tatsächlich wurde sie hochgehoben und landete unsanft zwischen Gras und Kohl. Sie sog den Duft ein. Das Pferd setzte sich in Bewegung und hielt doch ziemlich bald wieder. „Werner, nein." Hannah öffnete die Augen und sah in den nun wolkenlosen Himmel. „Du kannst sie doch nicht alle einsammeln." Er war schon wieder von der Kutsche gestiegen. „Sigrid, nicht so laut." Noch immer klang seine raue Stimme sanft. „Diesmal ist es eine Frau." Er atmete tief durch. „Los, sie wiegt höchstens noch achtzig Pfund, wenn überhaupt." Die Kusche knarrte, doch schien die alte Frau nicht runter zu klettern. „Sie werden Krankheiten mitbringen, bitte, Werner, nicht." Ihre Stimme schrillte erneut durch die Landschaft und doch stieg sie herunter. Noch bevor sie sah, was dort zu ihr gelegt wurde, roch sie es. Der Geruch breitete sich sofort aus und übertönte den Duft des Kohls und des Heus. „Wen sollten sie schon anstecken?" Er nahm eine Decke und legte sie über ihre Körper. Gierig sog Hannah den Duft nach Pferd ein und doch schaffte er es nicht, den schon so gewohnten Geruch zu verdrängen. Das Pferd setzte sich in Bewegung. Hannah öffnete die Augen. Direkt neben ihr lag eine Frau und sah sie aus gelebten leeren Augen an. War sie tot? Erschrocken griff Hannah unter der Decke nach der Hand der anderen. Irgendwo glaubte Hannah einen Puls zu spüren. „Durchhalten", flüsterte sie leise, und sah an der Frau vorbei. Immer noch ein Feldweg, stellte Hannah fest. „Jetzt oder nie." Zu schnell setzte sie sich auf und merkte, wie ihr erneut

schwindelig wurde. „Runterspringen, laufen." Sie sah an sich herunter.
Das gestreifte Kleid würde sie überall verraten. Das Ruckeln der Kutsche
ließ nicht nur ihren Körper immer müder werden, auch ihr Wille ergab
sich, und bevor sie den Bauernhof erreicht hatten, war Hannah in einen
traumlosen und festen Schlaf gefallen.

DANACH

Obwohl sie die ganze Zeit erzählt hatte, war es mein Hals, der nun
trocken war, und ich sehnte mich nach dem Wasserfass im Garten. Fast
das ganze Wasser hatte ich gebraucht, um Ein-Auge-Teddy
abzuschrubben, bevor ich ihn mit einem alten Parfum von Mutter
vollgesprüht hatte. „Ich hole etwas Wasser." Hannah nickte und
zeichnete weiter, so wie sie es beim Erzählen auch getan hatte.
Ich sog die warme Abendluft ein und sah in den Himmel. Kaum Wolken
kündigten keinen Regen an. Ich tauchte einen Krug in das Fass und
schaffte es kaum ihn ganz zu füllen.
Was hatte sie alles erleben müssen?
Ich setzte mich auf die Bank und wollte einfach sitzenbleiben. Oft hatte
ich hier gesessen und in den Himmel gesehen, gewartet auf die dicken
Flugzeuge und doch auch gewusst, dass sie ihren tödlichen Inhalt
woanders abladen würden. Sicher hatte auch mein Herz gerast, wenn
ich die Bomben aufschlagen hörte, irgendwo weiter weg in den
nächsten Städten. Was hatte ich mitansehen müssen? Ich schloss
meine Augen.

„Mach bitte einen Umweg", hatte Wolfgang gewarnt, nachdem er zu mir
gehumpelt war.
„Warum?", hatte ich gefragt und in sein entsetztes Gesicht gesehen.
„Die Schneiders." Er schien tatsächlich Tränen in den Augen zu haben.
Warum tut man gerade das, wovor man gewarnt wird? Natürlich bin
ich direkt vor mein Haus getreten und sah in ihre Richtung. Ein weißes
Laken an einem Besenstil befestigt, hing aus einem der oberen Fenster.
Mein Bruder hatte sein humpelndes Bein vergessen. Das Bein, welches
ihn erfolglos daran hindern sollte noch eingezogen zu werden, und

zog mich zurück. Ich hatte nur ihre Beine baumeln sehen. „Warum?" Der Schock hatte jede Emotion aus meinem Körper gezogen. Ausgerechnet die Schneiders. Linientreu hatten sie zu jedem Anlass artig ihre rotschwarze Fahne rausgehängt, so wie ich auch. Doch diesmal hatten sie die falsche Flagge gewählt, wie zumindest unser Ortsgruppenleiter empfand, und so hatte er es sich auch nicht nehmen lassen persönlich die Schilder zu beschriften, die laut Wolfgang nun an ihren Hälsen hingen. *Vaterlandsverräter* stand auf ihnen. Geschockt und auch unsicher hatte sich mein Bruder doch noch für den Krieg gemeldet und war tatsächlich noch geholt worden. Zwei Tage später hing auch an unserem Rathaus die weiße Fahne und hing dort immer noch, genauso wie das zerzauste Tuch bei den Schneiders.

Hannah saß bei Jakob auf dem Bett und streichelte ihm eine Locke hinter sein Ohr. Er schlief immer noch. Vorsichtig stellte ich den Krug auf Günthers alten Schreibtisch und schob dafür vorsichtig einige Zeichnungen zur Seite. Ich erkannte einen Bauernhof, ein mageres Pferd und vereinzelte Hühner und ein magerer Hahn auf einem Misthaufen.

KURZ DANACH

„Bitte nicht die Hühner." Eine hohe hysterische Stimme. Hannah schoss hoch. Es dauerte einen Moment, bis ihr bewusst wurde, wo sie war. „Nicht die Hühner."
Erneut die hohe Stimme, die ängstlich durch ihr Fenster drang. Sigrid, erinnerte Hannah sich. Sie versuchte aufzuspringen und wurde doch gleich wieder zurückgeworfen. Sterne tanzten vor ihren Augen und durch das Zimmer. „Nein." Wieder hörte Hannah die hohe ängstliche Stimme, diesmal gefolgt von einem Schuss. Erneut versuchte Hannah aufzustehen und schaffte es schließlich bis zum Fenster. Eine alte Frau, Sigrid, wie Hannah vermutete, trug sie doch dasselbe Kopftuch wie ... Hannah erschrak, wie lange war sie hier? Jemand hielt die alte Frau, ein alter Mann. Werner? Ein erneuter Schuss ließ Hannah zusammenzucken. So schnell es ihr kraftloser Körper zuließ, ging sie

zur Zimmertür. Nicht abgeschlossen, stellte sie erleichtert und kurz überrascht fest und sah auf die steile Treppe, die dahinter nach unten führte. „Hoffentlich führt sie zu einer Hintertür", dachte Hannah laut, ehe sie an sich heruntersah. Kein gestreifter Anzug. Anstatt dessen ein langes weißes Herrenhemd und dicke Wollsocken an den Füßen. Socken! Die Panik kam so schnell, dass Hannah erneut schwindelig wurde. Schnell sah sie sich im Raum um.

Ein Mädchentraum. Drei Puppen beobachteten aus einem verstaubten Regal Hannah, die sich weiter panisch im Zimmer umsah und erst wieder ruhig wurde, als sie Gesuchtes entdeckte. Schnell griff sie unters Bett und zog die Stiefel an sich. Kurz hielt sie inne, bevor sie in einen Stiefel griff und erleichtert die Zeichnung fühlte, die sie nun schon seit ewigen Zeiten begleitete. Nachdem sie die Stiefel wieder über ihre kaputten Füße gezogen hatte, stand sie vom Bett auf und ging zur Tür. Dann eben im Hemd, besser als im gestreiften Anzug. Kurz roch sie an ihrem Ärmel, Lavendelseife, wie sie vermutete. Mit dem Geruch in der Nase stieg sie vorsichtig die steile Stufe herab. Keine Hintertür. Direkt in den Hof führte sie. Laute fremde Stimmen. Die Sprache… Nicht Deutsch. Werner hatte recht gehabt, es waren keine deutschen Soldaten. Ihre Kräfte schwanden, als Hannah auf den Hof trat. Die Sonne knallte ihr ins Gesicht und blendete sie kurz. Kurz danach erkannte Hannah Sigrid, die noch immer von ihrem Mann festgehalten wurde, und nun zu ihr sahen. Zwei Männer folgten ihren Blicken. Soldaten in fremden Uniformen, ihre Gewehre nun auf sie gerichtet. Erst jetzt erkannte Hannah die roten Sterne auf ihren Mützen. Die Erleichterung raubte ihre letzte Kraft und sie rutschte am Türrahmen nach unten. Es war vorbei. Ein Stern näherte sich ihr, immer noch das auf Gewehr sie gerichtet und zog sie unsanft hoch, um sie dann doch wieder loszulassen. Erst jetzt sah Hannah, dass ein dritter Soldat dabei war etwas einzusammeln. Hühner. Tote Hühner, die verteilt im Hof rumlagen. „Nein." Sigrids erneuter Schrei ließ Hannah erneut zusammenfahren. Sie schaffte es sich aus der Umklammerung ihres Mannes zu befreien und lief einem Soldaten entgegen, der ein Pferd aus einem Stall führte. „Bitte nicht unser einziges Pferd." Sie warf sich an den Hals des Pferdes und zitterte am ganzen Körper. Werner sah zu Hannah und lief an ihr vorbei nach oben und konnte nicht sehen, wie ein Soldat seine Frau unsacht zur Seite schubste. Sie fiel zu Boden und blieb weinend dort liegen. Jetzt weg, dachte Hannah und sah sich um, und doch hielt sie etwas ab einfach zu gehen. Sie wollte zu der weinenden Frau gehen und blieb doch wie versteinert sitzen. Etwas flog an ihr vorbei aus dem Zimmer, in dem sie selber noch vor wenigen Minuten gewesen war. Werner polterte die Treppe herunter, lief in den Hof und hob das Geworfene auf. Ein gestreiftes Kleidungsstück, welches Hannah sofort erkannte, obwohl es nun gewaschen zu sein schien. „Sie Jüdin." Werner fuchtelte mit dem Anzug vor einem Soldaten herum und zeigte auf Hannah. Der Soldat sah verwundert Werner an und schien nicht zu verstehen, was das bedeutete.

Langsam ging Hannah auf den Hof, brach einen Ast von einem Baum der dort stand und begann langsam damit in den Staub zu zeichnen. Ein Dreieck und ein weiteres anders herum. Der Soldat mit dem Pferd ließ es los und trat zu Hannah und ihrem gezeichneten Davidstern. Die Gewehre wurden auf den Boden gestellt und dann war nichts mehr zu hören, nicht mal das Pfeifen in den Blättern des Baumes, von dem Hannah zuvor den Ast abgebrochen hatte. Sie hatten verstanden und doch dauerte es eine Weile, bis der Soldat, der zuvor das Pferd gehalten hatte, ein Wort nannte. „Jiddisch?" Hannah nickte. Unsanft nahm er ihren Arm. Schob den Ärmel hoch und drehte den Arm scheinbar etwas suchend hin und her. Dann nahm er Werner den gestreiften Anzug ab und schien auch dort etwas zu suchen. Doch diesmal fand er etwas. Den gelben Stern. Abfällig schmiss er die Kleidungsstücke auf den Boden und Hannah spürte, wie sie anfing zu zittern. Ein anderer Soldat stellte sich vor ihn und fing an ihn auf Russisch zu beschimpfen. Dann sah er Hannah an und sie erkannte, dass er kaum älter als zwanzig Jahre alt sein konnte. Er trat zu ihr. „Auschwitz?" Das Wort kam ihr bekannt vor, eines der vielen, die durch die Baracken gewandert war. Ein Mensch? Ein Ort? Hannah wusste es nicht und sah ihn fragend an. Er wiederholte das Wort und Hannah schüttelte den Kopf. Er hob die Uniform hoch und sah sich den gelben Stern an. „Jiddisch." Diesmal nickte Hannah. Er zeigte auf sich und Hannah glaubte zu verstehen, was er sagen wollte. „Shlomo", stellte er sich vor und nun wusste sie, was er sagen wollte.

„Hannah", nannte sie ihren Namen und nahm verlegen seine Hand. Sie hielten sich noch einen Moment fest, bevor er den anderen Soldaten etwas zurief. Hannah beobachtete, wie der eine das Pferd losließ und die anderen einige Hühner auf den Hof warfen, bevor sie die restlichen *in ihren Laster warfen, kurz bevor sie selber einstiegen und mit Shlomo den Hof verließen.*

WIEDER DANACH

Das Bild war fertig. *Shlomo* hatte sie darunter geschrieben und es zu den weiteren Zeichnungen von dem *Hof der leblosen Hühner* gelegt. Ihre Erlebnisse hatten mich müde werden lassen und ich glaubte mich kaum noch auf den Beinen halten zu können. Ich sah an Hannah vorbei hinaus aus dem Fenster. Der Himmel war nun ganz rot und überließ damit der Sonne ihren letzten Auftritt des Tages. Ich unterdrückte ein Gähnen, doch schien sie meine Gedanken zu lesen. „Sie sind müde." Ich nickte, sah zu dem schlafenden Jakob, den ich aufs Bett gelegt hatte, und trat zu ihm. „Sie hatten mich gebeten bei ihnen zu bleiben." Ich nickte erneut, wobei ich im Moment nicht wusste, von wem sie sprach. Ihre Tochter war gestorben als sie ein Kind war, erzählte Hannah weiter, und ich nahm den Faden erneut auf. So erzählte Hannah weiter, von der erschreckenden Erkenntnis, dass der Mann, den sie da aufgehoben hatten, doch eine Frau war, und der Bauer, nachdem er sie fast ausgezogen hatte, aus dem Zimmer gestürzt war. Das erste Mal hatte Hannah gelacht und auch das Ehepaar war mit in ihr Lachen gefallen. Sie lächelte bei der Erinnerung daran und fing eine neue Zeichnung an. „Die andere war noch auf dem Karren gestorben." So schnell wie ihr Lächeln gekommen war, verschwand es auch wieder. Ein Kreuz vor einem Erdhügel erschien mit Hilfe von Hannahs Fingern. Ich sah erneut zu Jakob. Sollte ich ihn mitnehmen? Oder einfach liegen lassen? „Ich werde noch eine Weile brauchen." Sie deutete auf die Zeichnungen. Ich nickte und wir sahen einander kurz an. „Sicher noch ein paar Tage", fuhr sie fort und ich nickte noch einmal. „So lange Sie wollen", sagte ich leise und ließ die Tür offen. Erleichtert setzte ich mich auf mein Bett. Nicht morgen und auch nicht übermorgen. Ich atmete tief ein, froh über die verbleibende Zeit.

Der Geruch nach Mutters Parfüm streifte meine Nase. Ein-Auge-Teddy. Mittlerweile war es schon fast dunkel und ich konnte ihn kaum sehen, doch der Geruch ließ ihn mich leicht finden. Vor ihrem Zimmer hustete ich leicht. Sie hatte eine Kerze angezündet und sah nicht auf, als ich Ein-Auge-Teddy zu Jakob legte und wieder aus dem Zimmer verschwand, diesmal schloss ich ihre Zimmertür.

Ein Weinen. Sein Weinen. Jakob in der Ferne, in meinen Traum? Es dauerte, bis ich realisierte, was ich, inzwischen wach geworden, hörte. Sein Weinen nun direkt vor meiner Zimmertür. Ein Klopfen. Ehe die Türklinke sich bewegte, war ich aufgesprungen, und öffnete die Tür. Hannah hielt das verschlafene Kind auf dem Arm, welches sich sofort mir entgegenstreckte. „Ist ja gut, Jakob", sagte ich sanft und nahm Hannah das Kind ab. Sofort hörte er auf zu weinen und ich wusste in dem Moment nicht, ob ich froh darüber sein durfte. „Ich kriege ihn nicht aufs Papier." Erst jetzt fiel mir auf, dass der Tag dabei war anzubrechen. Hatte sie die ganze Nacht gezeichnet? „Wen kriegen Sie nicht gemalt?", fragte ich und wusste in dem Moment, wen sie meinte. „Sein Gesicht, es ist weg." Sein Gesicht. Natürlich, es gab nicht nur sie. Es gab auch einen Vater. Wieso hatte ich nie an ihn gedacht? Ich spürte meine Hände unruhig werden und wusste nichts zu antworten. Sie streichelte kurz Jakobs Kopf und ging zurück in ihr, in Günthers Zimmer. „Ich habe nicht mal eine Fotografie."

Wolfgang war nicht gekommen, das Zeichen, dass die Bäckerei zu blieb. Zum Frühstück war sie nicht runtergekommen und ich versuchte ein Mittagessen zu zaubern. Akribisch putzte ich den Dreck von den wenigen Kartoffeln. Jakob lag unterm Tisch und sprach mit Ein-Auge-Teddy, der ihm im Gegensatz zu mir geduldig zuhörte. Das nicht wissen, was ich denken sollte und wollte, hatte mich ungeduldig gemacht. Ich hörte die Stufen knarren und schrubbte weiter. Sie erschien im Türrahmen und blieb stehen. „Anna", hörte ich Jakob, der seine Höhle verließ und zu ihr ging. Eine mit wenig Honig beschmierte Brotscheibe lag noch auf dem Tisch und wartete gegessen zu werden. Ich nahm sie und reichte sie Hannah. Sie dankte und biss vorsichtig in die harte Stulle. Die Kartoffeln plumpsten in das kalte Wasser. „Wahrscheinlich werde ich nie wieder darüber reden, alles verschließen und nie wieder rauslassen." Ich sah zu ihr. Sie sah aus dem Fenster und ich spürte, wie Tränen versuchten sich erneut in meinen Augen zu bilden, obwohl ich nicht wusste, was sie genau meinte, nur ahnte. Nur

Jakobs Brabbeln war zu hören und das Kartoffelwasser, welches sich anmachte zu kochen. Selbst der Ofen darunter schien zu schweigen. „Ich habe es wirklich versucht." Sie reichte mir ein Blatt Papier, nur schemenhaft war ein junges Männergesicht zu erkennen. Ich sah auf die Zeichnung, die darunter lag, und spürte einen Kloß im Hals aufsteigen. Es hatte einen Moment gedauert, wen die detailgetreue Zeichnung darstellte. Ein junges Gesicht, die Nase selbstbewusst, sogar ein wenig frech, in den Himmel gestreckt, vereinzelte Punkte darum spielend, ein weicher Mund, warme braune Augen, umrandet von dunklen Haaren, die sich schwer bändigen ließen.

DAVOR

„Nein, keinen Spiegel, Hannah Hertz." Er nahm ihr den Spiegel weg und sah ihr über die Schulter. „Wie immer perfekt, vielleicht zu perfekt, probieren Sie es doch mal ein wenig phantasievoller." Hannah wusste, was er meinte. Gerade hatten sie über Picasso gesprochen. Ein Wunder, dass sie es schafften, in diesen Zeiten noch über Kunst zu reden. „Wir werden den Spuk aussitzen", hatte er erklärt. Er, ihr Professor. „Lange kann es nicht mehr dauern", hatte er verkündet, nachdem alle arischen Kommilitonen das Atelier verlassen hatten. Fast alle. „Bitte, Professor, seien Sie nicht so sicher und gehen Sie weg." Knallrot war sie geworden. Erika, glaubte Hannah sich an den Namen zu erinnern, ihr Nachname fiel ihr nicht mehr ein. Sicher ein typisch deutscher. Wie alle seine weiblichen Studenten, war auch Erika ein wenig vernarrt in ihren Kunstprofessor. Doch ebenso wie Hannah, Max und zwei weitere jüdische Studenten, hatten sie ihre Warnungen nicht ernst genommen und sich weiter heimlich getroffen und weiter studiert. Immer an einem anderen Ort. „Schauen Sie." Fast ein wenig stolz reichte Erika, die auch nicht auf seine Anwesenheit verzichten wollte, ihm ihr Selbstportrait. Sie war bis zum Ende gekommen, immer schön brav in ihrer adretten braunen Uniform. „Tarnung", hatte sie es genannt und weiter mit ihm geflirtet.

DANACH

Obwohl ich jedes Wort auswendig kannte, hielt ich das Buch in der Hand. Sie hatte die Stulle, ihre Notizen genommen und war zurück in Günthers Zimmer gegangen. Mittags hatte ich ihr die Kartoffeln gebracht, Jakob blieb bei ihr, ab und zu hörte ich sie oben sprechen und lachen. Ob ich je wieder lachen würde? „Nomal", hatte Jakob gemurmelt, von Müdigkeit keine Spur. „Warum ausgerechnet dieses Märchen", hatte Elisabeth sich beschwert, als sie mitbekam, von welchem Märchen Jakob wohl nicht genug bekommen konnte. „Das Mädchen stirbt am Schluss", hatte sie festgestellt. Der Krieg war inzwischen näher gerückt und so waren Jakob und ich zu meinem Bruder und seiner schwangeren Frau gezogen. „Eben", hatte ich versucht zu erklären. „Jakob soll wissen, dass der Tod nichts Schlimmes ist", hatte ich erfolglos versucht zu erklären, warum ich ihm gerade immer wieder das Märchen von dem Mädchen mit den Schwefelhölzern vorlas. Regen prasselte an die Scheiben. Endlich, dachte ich, während ich das Märchenbuch zu den anderen Büchern stellte. Ich strich über die Rücken der geretteten Bücher, viele waren es nicht. „Tucholsky", geradezu gespuckt hatte Günther den Namen des Autors, bevor er auch das Buch zu den anderen aufs Bett warf. Er sah weiter auf den Zettel in seiner Hand und zu meinen Büchern. „Hol mir einen Karton", befahl er. Nicht nur erschrocken über seinen Befehlston, blieb ich stehen und tat nicht das Befohlene. Unsacht schob er mich zur Seite und ging selber los. Schnell war ich zum Bett gegangen, hatte wahllos vier Bücher geschnappt und sie schnell unters Bett geschoben. Günther hatte es nicht gemerkt und so blieben sie bis zu seinem Tod darunter liegen. Die restlichen Bücher verbrannte er im Küchenofen. Ich zog *Emil und die Detektive* heraus, ob ich es je Jakob vorlesen würde? Ich sah zu dem Kind, welches mittlerweile weiterschlief, und wollte den Blick nicht abwenden. Der Regen prasselte weiter und gab der untergehenden Sonne kaum Möglichkeiten Licht zu spenden. Erst ihr zweites Klopfen erreichte mich und ich öffnete leise die Zimmertür. Sie hielt ein Tintenfass in der Hand und fragte mich, ob sie es benutzen dürfte. Ich nickte, nichts von Günther sollte übrigbleiben. Sie wollte sich umdrehen, doch irgendetwas in meinem Zimmer schien ihre Aufmerksamkeit zu erregen. Ich sah dorthin, wo auch sie hinsah. Der

Jugendstilstandspiegel, das einzig Wertvolle in diesem Raum, in diesem Haus. „Darf ich?" Sie wartete keine Antwort ab, sondern trat zum Spiegel. Ohne reinzusehen blieb sie daneben stehen und atmete tief ein. Ganz langsam trat sie davor. „Ich habe mich schon lange ..." Sie schluckte die letzten Worte herunter und ich wollte das Schlafzimmer verlassen. „Würden Sie bitte bleiben." Unsere Blicke trafen sich und das wenige Licht ließ es zu, dass sich unsere Blicke festhielten. Das erste Mal sah sie mich an und nicht durch mich durch. Ich nickte und trat zu ihr. Die Tränen, die ich am Morgen noch erfolgreich zurückdrängen konnte, machten sich wieder auf ihren Weg. Sie trat vor den Spiegel. Das Kleid rutschte herunter und übrig blieb eine schlabberige Herrenunterhose. Ich hielt die Luft an. Erfolglos sah ich zum Fenster und doch erschienen erneut die Bilder, die sich Tage zuvor unlöschbar in meinen Kopf eingeprägt hatten. Es hörte auf zu regnen und die Sonne kam kurz vorbei, um sich dunkelrot zu verabschieden. Erneut sah ich zu ihr und es dauerte einen Moment, bis die Toten verschwanden und der Lebenden allein platzmachten. Sie lebte. Sie atmete. Sie bewegte sich. Ihr Gesicht zeigte keine Regung, langsam drehte sie sich hin und her. Ich gab mir keine Mühe mehr die Tränen zurückzuhalten und ließ sie fließen. Trotz ihrer Magerkeit strahlte sie eine unglaubliche Schönheit aus, und es fiel mir schwer wegzusehen. Sie tastete über ihre spitz herausschauenden Beckenknochen, bevor ihre Hände durch die kurz geschnittenen und schief nachwachsenden Haare fuhren. Ich trat ein wenig hinter sie. Unsere Blicke trafen sich im Spiegel und ihre Lippen formten ein Danke, glaubte ich zumindest durch die tränenverhangenen Augen lesen zu können. Ich nickte unsicher und konnte doch nicht meinen Blick von ihr lassen. Sie hob das Kleid auf und hängte es über den Spiegel, bevor sie nur mit der Unterhose und ihren Stiefeln bekleidet mein Zimmer verließ.

„Mami." Ich erschrak. Wie lange hatte ich dagestanden? Ich wusste es nicht. Die Sonne hatte einem abnehmenden Mond Platz gemacht, zumindest war es er, den ich vorm Fenster sah. „Schlaf weiter, kleiner Mann", versuchte ich Jakob weiter zum Schlafen zu bringen. Doch erst, als er meine Hand greifen konnte, wurde sein Atem wieder ruhiger und wir schliefen beide ein.

Das Kleid hing immer noch über dem Spiegel. Nur das Mondlicht war wieder dem Sonnenlicht gewichen. Jemand atmete ruhig neben mir und jemand unruhig unter mir. Hannah. Ich beugte mich vorsichtig über Jakob und sah neben das Bett. Tatsächlich lag sie, die Beine angezogen, nur mit einem Pullover und ihren Stiefeln bekleidet, da und atmete unruhig. Ich stand vorsichtig auf und legte ihr eine Wolldecke über den mageren Körper. Sie öffnete kurz die Augen, doch diesmal blieb sie ruhig und ließ es sich gefallen. An der Zimmertür drehte ich mich kurz um und sah zum Bett. Hannah hatte ihre Hand unter Jakobs und meine Bettdecke gelegt. Wahrscheinlich streichelte sie seinen Rücken. Obwohl ich mich nicht von der eingesetzten Eifersucht lösen konnte, rührte mich das Bild und ich schloss leise die Tür.

Arbeitseinsatz ab mittags. Elisabeth oder Wolfgang hatte den Zettel mit der Nachricht unter die Haustür geschoben. Das würde mich ablenken, hoffte ich, und lenkte mich erstmal mit dem Zubereiten des Frühstücks ab. Bilder von gebratenen Eiern mit Speck schoben sich vor die Bilder von Hannah und Jakob. Ich legte das restliche harte Brot auf den Tisch und träumte es mir weich und frisch.

„Irene, ich muss los." Die Gedanken an die köstlichsten Gerichte hatten tatsächlich jeden anderen Gedanken verdrängt und ich erschrak, als Hannah mit Jakob an der Hand die Küche betrat. Sie hatte ihn angezogen, was mich überraschte, ließ er sich doch von niemandem außer mir anziehen. Ich nickte. Wahrscheinlich spürte das Kind doch, wer ihn da an der Hand hielt. „Sehen, wer übriggeblieben ist." Nun war es also tatsächlich soweit. Ich wischte die sauberen Hände an meiner Schürze ab und wartete auf die Reaktionen meines Körpers. Kein Grummeln setzte ein, meine Hände blieben trocken und auch der Boden blieb fest unter meinen Füßen. Nur mein Hals wurde so trocken, dass ich glaubte nicht sprechen zu können, und trotzdem versuchte ich es und hoffte sie gefasst anzusehen. „Natürlich." Der Kloß im Hals zwang mich zum Husten. „Ich packe noch ein paar Sachen für ihn ein." Erneut wischte ich meine Hände an der Schürze ab und wollte an ihnen vorbei ins Schlafzimmer gehen. Sie hielt mich an meinem Arm fest. „Warte." Ich blieb stehen und sah, wie sie sich zu Jakob runter beugte. „Ich muss auf eine Reise gehen." Erstaunlicherweise blieb Jakob ruhig stehen und hörte Hannah aufmerksam zu. „Wann du wieder tommen." Hannah und meine Blicke trafen sich und ich glaubte auch in ihren Augen Tränen zu sehen, war mir aber nicht sicher, da sich meine Augen schon wieder ungewollt gefüllt hatten.

In der Tonne befand sich tatsächlich ein wenig frisches Wasser. Jakob bekam wie jeden Morgen erst einmal ein Glas Wasser, bevor ich ihm etwas Milch gab, sofern ich welche hatte. Damit war sein kleiner Bauch schon ein wenig gefüllt, bevor wir das karge Frühstück zu uns nahmen. „Sie werden Geld brauchen." Ich nahm einen Schluck des wässrigen Kaffeeersatzes und verbesserte mich. „Naja, Geld ist wohl auch nichts mehr wert." Sie schüttelte den Kopf. „Du." Ich verstand nicht und sah sie wohl fragend an. „Du wirst wohl Geld brauchen." Sie lächelte in mein immer noch fragendes Gesicht. „Naja, nachdem du mich schon …" Sie sah zu Jakob und ich sah sie wieder vor mir, unbekleidet vor dem Spiegel und konnte die leichte Röte, die sich in meinem Gesicht bildete, nicht unterdrücken. „Du wirst Geld brauchen." Wie leicht es funktionierte, sie nun nicht mehr zu siezen. „Nein, die Bauersleute haben mir ein wenig Silberbesteck mitgegeben." Jakob kletterte vom Stuhl und ich ließ ihn. „Bild holen." Erst jetzt stand ich auf und trug ihn nach oben zu seinen Zeichnungen. Er nahm eine und ich dachte kurz daran ihn zu fragen, was die Striche darstellen sollten. Ließ es aber und sah zu, wie er sie Hannah überreichte. „Wann wirst du wiederkommen?", war die eine Frage, die durch meine Gedanken sauste und ungefragt blieb. Die zweite wagte ich nicht mal ganz zu denken.

Jakob sprang in jede Pfütze und ich ließ ihn. Der Regen hatte nicht nur mein Fass ein wenig gefüllt, sondern auch die Blumen am Wegesrand hatten ihn aufgesogen und blühten nun vor sich hin. Die Sonne stand fast am höchsten, als ich mich auf den Weg zur Bäckerei machte. Wenn sie schon kein Geld wollte, so bestand ich aber darauf ihr etwas Brot mitzugeben. Der Laden tauchte langsam vor uns auf und mit ihm mir bekannte Stimmen. Die meines Bruders außergewöhnlich laut. Einige Dorfbewohner standen schon erwartungsvoll vor der Bäckerei und es dauerte einen Moment, bis ich Wolfgang und Elisabeth erkannte. „Von Prioritäten bekommen wir Baldur aber leider nicht satt." Nun hatte seine Stimme wieder seinen typischen ruhigen Klang. Elisabeth hatte Mühe ihn ausreden zu lassen und ich erkannte nun, worum es ging. Die Kreidetafel, die sie an sich gelehnt hatte, das Stück Kreide schwenkte in der Luft, redete sie weiter. „Wir bekommen doch eh kein

Geld." Sie wandte sich der Tafel zu und begann zu schreiben. Jakob entdeckte seine Tante und ließ die Pfützen Pfützen sein. Freudig umarmte Elisabeth ihren Neffen. „Kannst du sie bitte auf den Teppich holen, ich bin machtlos." Auch er begrüßte Jakob, streichelte mit seiner mehlbehafteten Hand vorsichtig über Jakobs Wangen und versuchte die Spuren dann lächelnd und ohne viel Erfolg wieder zu beseitigen. Jakob hielt Ein-Auge-Teddy in Baldurs Kinderwagen und schien ihm seinen Cousin vorzustellen. Elisabeth beachtete uns nicht weiter und wandte sich erneut der Tafel zu. Erst jetzt sah ich, was sie geschrieben hatte.

MEIN DAVOR

„Für die paar Juden im Dorf lohnt es sich ja nun wirklich nicht." Ich hatte die Luft angehalten und von meinem Bruder zu der Frau des Bürgermeisters gesehen. Sollte ich seinen Mut bewundern? Eher nicht. Mit der Frau des Bürgermeisters oder wie immer er sich nun nannte, verscherzte man es sich lieber nicht. „Mach schon, Wolfgang." Elisabeth bewunderte ihren Verlobten nicht und stand ungeduldig neben ihm. „Und was ist mit Jesus, darf ich nun auch kein Weihnachten mehr feiern." Fast hätte ich schmunzeln können bei dem neuen Katholizismus meines Bruders, doch ich spürte ihren harten Blick und sah, wie Elisabeth die Kreide nahm, während mein Bruder kopfschüttelnd wieder in die Backstube trat. Und so blieb es an meiner zukünftigen Schwägerin, das Befohlene auf die Tafel zu schreiben, die von nun an vor der Bäckerei stehen sollte und nun die wenigen jüdischen Mitbewohner davon abhalten sollte unseren Laden zu betreten.

WEITER DANACH

„Wir geben nichts an Kriegsverbrecher und Nazionalsozialisten." Ich wusste nicht, ob ich schmunzeln sollte, und hielt nach der Frau des

Bürgermeisters Ausschau, doch sie gehörte nicht zu den Schaulustigen. „T." Wolfgang sah zu mir. „Sag ihr, dass das Wort Nationalsozialisten mit einem t geschrieben wird, auf mich hört sie eh nicht." Er sah an mir vorbei und nickte Hannah zu. Verlegen, unsicher? Auf jeden Fall fragend. Er sah in den Laden, in dem zwei Soldaten darauf warteten uns beim Backen zu kontrollieren. Elisabeth verbesserte das Wort und begrüßte mich wie immer herzlich, dann sah sie Hannah, die hinter mir stand. Jakob hatte wieder eine Pfütze entdeckt, in der er rumsprang. Elisabeths Blicke rannten hin und her, bevor sie Hannahs Hand nahm und sich vorstellte. Auch nachdem Hannah ihren Namen genannt hatte, ließ Elisabeth ihre Hand nicht los. Ungewöhnlich still sah sie erneut von Jakob zu Hannah. Die Schaulustigen machten sich daran eine Schlange zu bilden und ich nahm den Geruch von frischem Brot wahr. Hannah riss sich los und trat schnell hinter mich. Ihr Atem wurde unruhig und sie hielt sich an meinem Kleid fest. Dann rannte sie zu Jakob, nahm das verwunderte Kind und stellte sich wieder hinter mich und ich merkte, wie sich ihr Gefühl auf mich übertrug. Auch ich kannte das Gefühl, in mancher Nacht, wenn die Flugzeuge mit ihrer tödlichen Fracht über uns flogen, und die Tage, an denen sie Wolfgang doch noch geholt und an die Front geschickt hatten. Aber so stark hatte ich das Gefühl noch nie gespürt, wie in dem Moment, als Jakob anfing zu weinen und ihre Hand sich nun nicht nur mehr in mein Kleid krallte.
Ich spürte keinen Schmerz, nur ihre Angst, die nun anfing auch mich zittern zu lassen. „Guten Tag, Frau Schmidt." Elisabeth sah von der neu dazugekommenen hungrigen Dorfbewohnerin verwirrt zu mir und Hannah, die immer noch hinter mir stand, den weinenden Jakob auf den Arm. Die Angesprochene nickte kurz, bevor sie sich auch hinter die anderen Dorfbewohner stellte. „Ich möchte gehen." Sie setzte Jakob ab, hielt ihn aber weiter fest. Ängstlich sah sie zu der Frau, die sich als letztes angestellt hatte. Natürlich, es dämmerte mir nicht nur, sondern schlug direkt ein. „Die Uniform." Ich hatte immer geahnt, nein gewusst, wozu sie gehörte, doch darauf angesprochen hatte ich die leicht verhärmte Frau nie. Hannah drückte mir den immer noch weinenden Jungen in den Arm. Ihr Gesicht war noch blasser als sonst und ich wunderte mich, dass dies möglich war. Ich sah zu der Frau, die sich ordentlich angestellt hatte und schon eine ganze Weile keine Uniform mehr trug.

Sie hatten den Laden verlassen. Jakob saß auf dem Boden und knabberte an einer Brotrinde. Einer der Soldaten streichelte ihm über den Kopf und verließ mit den anderen Soldaten die Bäckerei.

„Wahrscheinlich ist es auch besser für einen Mann gehalten zu werden." Hannah hatte zuerst dagegen protestiert, dass ich ihr ein paar Anziehsachen meines Bruders einpackte, und sah dann doch zu, wie ich zwei Pullover in ihren Rucksack steckte. „Oder für einen Knaben", fügte ich in Gedanken dazu. „Was machst du da?" Die hohe Stimme meiner Schwägerin erreichte ihr Schlafzimmer und uns. Hannah sah mich kurz fragend an. Ihr Zittern hatte aufgehört und doch war sie immer noch sehr blass.
„Nagel rein, neues Bild drüber." Ich sah zu Hannah und hob meine Schultern. Während mich das aufbrausende Temperament meiner Schwägerin häufig amüsierte, konnte ich mir nicht vorstellen, wie es auf Hannah wirkte. Sollten wir im Zimmer bleiben? Ich sah aus dem Fenster, viel Zeit ließ der Tag Hannah nicht mehr, um ihre Reise anzutreten.
Wie wollte sie vorwärtskommen? Ich hatte versprochen nicht danach zu fragen.
Baldur lag im Stubenwagen und weinte. Hunger, vermutete ich, und sah zu Elisabeth, die eine Windel über ihre Schulter gelegt hatte, das Zeichen, dass Baldur gefüttert werden sollte. Jakob hatte seine Brotrinde aufgegessen und beobachtete seine Tante, die aufgebracht neben meinem Bruder stand. Wolfgang schüttelte seinen Kopf und doch erkannte ich ein Lächeln in seinen Augen. „Elisabeth, es ist Vergangenheit, wir müssen nach vorne schauen." Er hatte geflüstert, doch wir hatten ihn verstanden. Er griff nach einem Hammer, um einen bereitgelegten Nagel in die Wand zu hauen. Die Umrisse des alten Bildes hoben sich von der blassgelben Wand ab und machten einen hässlichen Fleck. „Und falls du es vergessen haben solltest, war es dein Wunsch, sein Portrait dort aufzuhängen." Elisabeths Gesicht lief rot an, nachdem sie uns eintreten sah. „Nenn ruhig seinen Namen." Baldur weinte weiter und ich nahm ihn vorsichtig aus seinem Wagen. Wolfgang hielt den Nagel bereit, doch Elisabeth hielt ihn eisern am Arm fest. „Adolf Hitler." Jetzt spie sie doch selbst den Namen heraus und

ich zuckte zusammen. „Ich schäme mich so." Ihre Fäuste trommelten auf den Brustkorb meines Bruders, der versuchte sie festzuhalten.

„Ich weiß einfach nicht, wohin mit meiner Wut." Ihre Hände, inzwischen zu Fäusten geballt, suchten weiter ihr Ziel, die Brust und Schultern meines nun hilflosen Bruders. „Wie konnten wir nur auf ihn reinfallen, sieh uns doch an, was hat er mit uns gemacht. Willenlose Marionetten." Ihre Hände blieben liegen und Wolfgang hielt sie fest. „Was war ich glücklich ihn leibhaftig gesehen zu haben." Sie fing an zu schluchzen und vergrub ihren Kopf an Wolfgangs Schulter.

Auch ich hatte kurz überlegt Elisabeth zu begleiten, aber die vielen Menschen und das Wissen, ihn höchstens ganz kurz zu sehen, hielten mich zurück. „Ich habe ihn gesehen, leibhaftig", hatte Elisabeth geschwärmt, die Wangen gerötet und ein sanfter Glanz in ihren Augen. Kaum ansprechbar war sie die nächsten Tage umhergeschwebt. Nur Baldurs Weinen war zu hören und Elisabeth löste sich von ihrem Mann, das Gesicht nun tränenverschmiert. Sie nahm mir Baldur ab. „Adolf wollte ich dich nennen." Nun lachte sie leicht hysterisch auf. „Doch mein Vater war dagegen, zu heilig sei der Name, dann könnte ich ihn ja auch Jesus nennen." Sie wischte sich die Nase mit der Windel ab, die sie noch über der Schulter hängen hatte. „Ja, mein ach so gläubiger Herr Papa, jeden Sonntag ab in die Kirche und zu Jesus beten." Sie lachte erneut. „Zu Jesus, einem Juden." Sie sah mich an. „Hast du nicht auch einen bei dir hängen." Ich nickte, unfähig meine Schwägerin zu erden. Ich sah meinen Bruder an. Hatte er nicht eine Idee? Die Klingel an der Eingangstür rettete uns.

„Haben Sie noch etwas Brot?" Ausgerechnet Frau Hofnagel. Ich sah zu Elisabeth, darauf gefasst, eine weitere Rede zu hören. „Bitte nicht", flehte ich sie an und sah, dass mein Bruder sie herausführte. „Keine fünfzehn Jahre war er alt, der kleine Eckhart", hörte ich sie noch sagen und sah erschrocken zu Frau Hofnagel, Eckhards Mutter, die mit ansehen musste, wie ihr Sohn in den schon verlorenen Krieg geschickt wurde. Ich schüttelte den Kopf und sah von Frau Hofnagel zu Hannah, die das Bild umdrehte, welches an der Wand lehnte. Ein hässliches Blumenstillleben. Die Wand blieb frei.

Die Buchstaben verloren ihre Reihenfolge und tanzten vor meinen Augen sinnlos hin und her. Auch der dritte und vierte Versuch weiterzulesen gelang mir nicht und ich legte den Roman zur Seite. Ich sah zum Fenster raus, lange würde mir die Sonne kein Licht mehr spenden. Ich lauschte, kein Stift, der übers Papier gezogen wurde, keine Schritte, die durch den Nachbarraum schlurften. Sie war weg. Nur Jakobs regelmäßiger Atem war zu hören. Ich trat in ihren Raum. Ordentlich hatte sie sämtliche Stifte angespitzt und weggeräumt. Nur eine Zeichnung lag auf dem Tisch. Eine Frau hielt einen kleinen Jungen auf dem Arm. Innig und vertraut sahen sie einander an. „Für zwei liebe Menschen", hatte sie unter die Zeichnung geschrieben. Ich heftete das Bild von Jakob und mir an die Wand und begann Günthers Reste zu beseitigen. So landeten seine Anziehsachen, Schulbücher und alles, was ich greifen konnte, in einem großen Koffer. Die Sonne, die dabei war nun unterzugehen, gab mein Tempo vor. Nur die Erinnerung an Hannah sollte hier noch Platz haben.

„Da." Ich hatte Jakob nicht reinkommen hören und sah zu erschrocken zu dem Kind, welches neben dem Papierkorb stand und ein gefaltetes Blatt Papier in der Hand hielt. „Das verbrennen wir morgen im Ofen", erklärte ich und brachte Jakob und mich zurück ins Bett.

Im Ofen lag noch unverbranntes Holz und ich wollte den Zettel zu dem Haufen neben dem Ofen legen. Um es vielleicht besser stapeln zu können oder warum auch immer, ich faltete es auseinander. Es drohte auseinander zu reißen, so oft schien es schon gefaltet zu sein. Eine Nummer, die mir nichts sagte, auf der einen Seite, und eine Zeichnung auf der anderen Seite. Ein kleiner Junge lief in die Arme einer strahlenden Frau. Seiner Mutter. Ich sah zu Jakob, der auf einem Brotrand kaute. Ich wartete nicht, bis er aufgegessen hatte, nahm ihn auf meinen Arm und drückte ihn zehn Minuten später meinem erstaunten Bruder in den Arm. „Ich habe etwas zu erledigen." Mehr erklärte ich nicht, die Angst, über mein Vorhaben nachzudenken und es nicht durchzuführen, ließen mich ungewöhnlich resolut auftreten. Wolfgang sah mir verwundert hinterher.

Ihr Name stand auf dem Klingelschild. Nach zweimaligem lautem Klopfen öffnete jemand die Tür. „Frau …" Sie sah mich, nach meinem Namen suchend, verwundert an. Unaufgefordert trat ich an ihr vorbei ins Haus. „Wir haben etwas zu besprechen." Mein Herz raste vor Aufregung und im Gegensatz zu ihr kannte ich den Namen der Person, die vor mir stand, und sprach sie an. „Frau Schmidt."

Es gab keine Haustür mehr. Die Bewohner und Besucher gingen so rein und raus.

Einige Fenster waren mit Pappe und Holz bekleidet. Andere Fenster waren unbekleidet und boten keinen Schutz. Aber wenigstens stand es noch, was von einigen der Nachbarhäuser nicht mehr zu behaupten war. Die Wohnungstür wurde geöffnet und geschlossen. Hannah behielt die Augen zu, ihren Rucksack zwischen die Beine geklemmt, saß sie auf den Stufen, den Kopf an die Wand gelehnt. Wo sollte ihre Suche beginnen. Wo sollte sie hin? Ihr Name stand nicht auf der Klingel. Und doch war es die richtige Etage, die richtige Tür. Sie hatte geklingelt. Natürlich auch kein Strom, doch auch nachdem sie geklopft hatte, öffnete niemand. Natürlich hatten sie sie auch geholt. Jemand kam mit schlurfenden Schritten die Stufen hoch. Hannah hielt die Augen geschlossen und rückte noch näher an die kalte Wand und wartete, dass der Jemand an ihr vorbei schlurfte. „Bitte lassen Sie mich hier sitzen", flehte sie stumm. Das Schlurfen setzte aus und Hannah öffnete doch kurz die Augen, die einen Augenblick brauchten zu erkennen, wer da stand. Eine müde ältere Frau, dreckige, fast graue Haare unter einem staubigen Kopftuch, zerbeulte Hosen, die sicher mal einen Mann gekleidet hatten. Hannah nickte ihr kurz zu, bevor sie erneut ihre Augen schloss. „Nun schlurf schon weiter", betete sie erneut tonlos. „Hannah." Eine Pause, die reichte, um Hannah die Augen zu öffnen. „Hannah Hertz." Sie sah zu der Frau hoch, die einmal eine Dame gewesen war. „Sie leben." Erleichtert sah Hannah die Frau an, ohne zu ahnen, ob es sie auch freute. Sie schob einen Schlüssel ins Wohnungsschloss. „Kommen Sie von der kalten Treppe." Hannah brauchte einen Moment, um ihr zu folgen. In der Wohnung beobachtete Hannah, wie sie ihre Hände an einem alten Männerhemd versuchte sauber zu wischen. Sicher eines seiner Hemden. Hannah musste schlucken. „Das Schild, an der Tür, der Name", stotterte Hannah, nicht in der Lage flüssig zu sprechen. Warum war sie hergekommen? Was hatte sie erwartet. Hannah wünschte sich auf die kalten Stufen zurück. „Nach der Scheidung hatte ich meinen Mädchennamen wieder angenommen." Sie sah fragend zu Hannah. Hatten sie nicht darüber gesprochen? „Man hatte mir dazu geraten." „Man." Sicher der Mann, den Hannah nur als *Professor* kannte. Die Wohnung schien unverändert, außer, dass ein halbes Fenster mit Pappe zugehängt war und eine

Menora trotzig vom Küchenbüfett herunter zu schauen schien. Daran angelehnt ein Foto. Hannah spürte ihre Hände unruhig werden und verbarg sie in der Hosentasche. Ein Bild von ihm. Der Professor ohne Trauerflor lächelte sie an und Hannah sah schnell weg.

DAVOR

„Das ist meine Gerda", hatte er sie nicht ohne Stolz vorgestellt. „Ich nenne sie immer Gerd", hatte er gelacht und sie an sich gedrückt. Er, der große stämmige attraktive Mann und die kleine rundliche nicht so attraktive Frau, wie Hannah erstaunt festgestellt hatte. Dann hatte er ihnen die Wohnung gezeigt. „Bis auf weiteres euer Zuhause", hatte er verkündet und an seinem Bart gespielt, so wie Hannah es oft lächelnd beobachtet hatte. Diesmal lächelte sie nicht und auch Gerda lächelte nicht. „Es wird nicht lange dauern", versuchte er die Frauen zu beruhigen und sicher auch sich selbst.

WEITER DANACH

Gerda stellte einen Blecheimer auf den Küchentisch und fing an Rüben daraus zu holen.
Sie trug noch das Kopftuch und es fiel Hannah immer noch schwer die Frau zu erkennen, die Gerda einmal war. Hatte Hannah sie je kochen sehen? Sie hatte es vermieden Gerda anzusehen, glaubte sie doch niemals etwas wie Wärme oder Mitleid zu erkennen, sondern immer nur die pure Angst.

NOCH EINMAL DAVOR

„Natürlich wirst du gehen." Sie hatten versucht zu flüstern, doch Hannah und Max verstanden selbst durch die geschlossene Tür jedes

Wort. *Selbst die Sirenen hielten ihre Stimme kaum in Schach. „Ich kann dich doch nicht allein hier oben lassen." Sie hatten es besprochen, ganz nüchtern hatte sie versprochen zu gehen, wenn es soweit sein würde. Sie hatte genickt und weiter die Karten verteilt und nun? „Gerda, sie werden sich wundern, wenn du nicht erscheinst." Die Stimme des Professors, wie immer ruhig, und doch vermutete Hannah, dass er sie herausschob. Ein Stuhl knarzte und irgendwo schlug eine Bombe ein. Er kam zurück. Allein.*

WEITER DANACH

Hannah versuchte ihre zitternden Hände zu beruhigen. „Das Schlimmste kann nur der Tod sein, aber ein schneller", hatte der Professor versucht sie zu beruhigen. Wäre er eine Erlösung gewesen? Die Bilder danach durchflogen Hannahs Kopf, unsortiert brachten sie Hannah noch mehr zum Zittern. „Jakob", versuchte sie sich zu beruhigen und ihre Frage zu beantworten. „Bitte." Gerda sah ausdruckslos zu Hannah. „Nichts", wollte sie antworten, doch Gerda sprach weiter. „Sie finden seinen Namen nicht." Mit ihren immer noch geschwärzten Fingern hatte sie angefangen die Rüben zu zerschneiden. Was hatte sie gesagt? Hannah immer noch in Gedanken, brauchte einen Moment, um Gerdas Worte zu verstehen. Mit immer noch zitternden Händen trat sie zu Gerda und nahm ein zweites Messer. Deshalb lief Gerda noch immer gerade, zwar langsamer, aber aufrecht, deshalb waren ihre Augen zwar müde, aber nicht leer. Hannah sah zu dem Foto vor der Menora. Deshalb hatte es keinen Trauerflor. Hannah musste schlucken und trotz leeren Magens wurde ihr übel. Gerda hoffte, nein, Hannah war sich sicher, dass Gerda nicht hoffte, sondern glaubte, dass der Professor noch lebte. Sie ließ das Messer auf den Küchentisch fallen.

KURZ DAVOR

„Die Frauen hoch auf den Wagen, die Männer zu mir." Das Tageslicht blendete Hannah so stark, dass es einen Moment dauerte, bis sie zusehen konnte, wie sie Max wegzogen und mit ihm den Professor. Sie versuchte hinterher zu laufen und Max zu greifen mit der einen Hand, die andere versuchte das Baby unter ihrem Pullover zu halten. „Max." Hannahs Stimme hallte durch die noch intakte Straße. Noch schaffte sie es sich an ihrem Verlobten festzuhalten, zu krallen. Doch ein Uniformierter griff grob Hannahs Arm. „Auseinander." Jakobs Wimmern ging in ein lautes Weinen über. Etwas Hartes bohrte sich in Hannahs Rücken und trieb sie zu einem der beiden Laster. „Einsteigen, sofort." Hannah sah an dem auf sich gerichteten Gewehr vorbei zu Max und dem Professor, die in eine andere Richtung getrieben wurden. Menschen liefen schnell vorbei. Niemand schien zu ihnen zu sehen. Nur ein Mann stand in einem Hauseingang, ruhig, einen Hut tief ins Gesicht gezogen, rauchend. Hannah versuchte in den Laster zu steigen, in dem schon andere Menschen saßen, und sie mitleidig ansahen. Der Motor wurde gestartet und Hannah und Max schafften es einander noch einmal kurz anzusehen, während der Professor in einen Hauseingang gezerrt wurde. Der Laster setzte sich in Bewegung, laut ratternd, und doch hörte Hannah ihn, den Schuss.
Jemand fiel zu Boden. Aus dem Hauseingang, in dem zuvor der Professor verschwunden war. Hannah konnte noch sehen, wie das Blut aus seinem Kopf floss und sich auf den kalten Asphalt ergoss. Ein weiterer Schuss. Hannah vergaß das Baby und hielt sich schnell die Hände vor ihr Gesicht, bevor der Laster die Straße verließ.

WEITER DANACH

Hannah schaffte es nicht ihre Hände ruhig zu halten. Sie trat zum Fenster und sah hinaus. Ein leichter Wind blies ihr ins Gesicht.
Von dem Blut war nichts mehr zu sehen. Steinhaufen türmten sich dort, wo er gelegen hatte. „Ich tauge nicht dazu." Sie flüsterte die Worte in den Abendhimmel. „Wenn ich früher Kartoffeln geschält habe, blieb

meist nichts vom Fleisch übrig." Hannah hörte nicht zu, als Gerda aus ihren Kindheitstagen berichtete, sondern sah weiter aus dem Fenster. „Und heute essen wir die Schalen mit, nein, wir kochen sie sogar extra." Lachte sie? Hannah sah zu Gerda, die inzwischen den Ofen zum Brennen brachte. „Was haben Sie vor, Hannah?" Es dauerte einen Moment, bis die Frage Hannah erreichte, und doch beantwortete sie sie nicht. „Ich tauge nicht dazu", wiederholte sie die zuvor an den Abendhimmel gerichteten Worte und versuchte Gerda in die Augen zu sehen, bevor sie erneut zum Foto vor der Menora sah.

DAVOR

„Ich komme nur mit, wenn Max …" Erst nachdem Hannah die Worte ausgesprochen hatte, wurde ihr bewusst, wie unverschämt ihre Forderung klang. Wusste er überhaupt, wen sie meinte? Sie überlegte nicht lange und wollte das Gespräch beenden. „Wenn Maximilian Rosenthal …" Wenn, dann kannte er sicher seinen ganzen Namen. „… mitkommen kann", fuhr sie fort. „Wir sind verlobt." Den Grund dafür behielt sie erst einmal für sich und vermied es sich über den leicht gewölbten Bauch zu streicheln. Er kratzte, wie üblich, an seinem Bart und hatte sie amüsiert angesehen. „Na schön", überlegte er nicht lange. „Dann kommt ihr Verlobter eben mit."

DANACH

Hannah setzte sich und nahm ihren Rucksack auf den Schoß. Selbst in schwarzweiß sah das Blut noch dramatisch aus. Selbst den Mann in dem Hauseingang hatte sie gemalt. Ich kann ihr doch nicht ihren aufrechten Gang nehmen, ihren Blick leeren und die letzte Hoffnung stehlen. Die Hoffnung, an die auch Hannah sich klammerte, kurz blätterte sie auf eine Seite am Anfang ihres Heftes, auf der sie ihre Eltern freundlich ansahen, so wie sie sie in Erinnerung hatte. „Was haben Sie da?" Gerda hörte auf im Kochtopf zu rühren und trat zu

Hannah und ihrer Vergangenheit. „Zeichnungen", antwortete Hannah und ließ das Heft aufgeschlagen. „Wo ist denn meine Brille?" Während Gerda sich auf die Suche machte, verschwanden Hannahs Gedanken erneut in ihre Vergangenheit.

KURZ DAVOR

„Sei nicht so eitel, meine Große", hatte der Professor seine Frau geneckt und ihr seine Brille gereicht. Widerwillig hatte sie sie genommen und das gerade Geschriebene vorgelesen. Max trug Jakob durch das Wohnzimmer und Hannah zeichnete ihn, während sie versuchte den Worten der Ehefrau des Professors zu lauschen. Der Professor applaudierte und Hannah konnte nicht erkennen, ob seine Begeisterung ehrlich oder gespielt war. Sie selber hatte Schwierigkeiten dem langen Gedicht zu folgen und konzentrierte sich weiter darauf, ihren Verlobten und ihren Sohn aufs Papier zu malen. „Lauter Talente", lobte er und trat hinter Hannah. Wie immer wurde sie verlegen und versuchte ihren Stift ruhig zu halten, was ihr wie immer wenig gelang, wenn er ihr zusah. Er trat zu Max und flüsterte ihm für alle hörbar etwas ins Ohr, was Hannah zusammenfahren ließ. „Verrate ihr niemals, dass sie weitaus talentierter ist, als ich es jemals war." Hannah legte den Stift ab, da ihre Hände immer unruhiger wurden, während Max lachte und es ihm versprach. Er war ihr Professor, durfte er so etwas sagen? Hannah sah sich in dem Wohnzimmer um und versuchte eine Erklärung zu finden und fand nur eine. Er glaubte nicht daran, dass sie jemals wieder seine Studenten sein würden.

WEITER DANACH

Stoff war dazu gekommen. Hannah beobachtete, leicht irritiert, wie Gerda eine Kerze auf den Tisch stellte und dazu ein Brot legte. An keinem Freitag hatten sie je dieses Ritual begangen. Der Professor hielt es eher mit Marx und dessen Meinung zur Religion, woraus er selbst im Hörsaal keinen Hehl machte. Gerda hielt ein Streichholz an die Kerze und ließ sie anfangen zu brennen, dann setzte sie sich an den Tisch und legte ihren Kopf auf die verschränkten Arme. „Ich weiß nicht einmal, wie man diesen Abend begeht", schluchzte sie heiser. Hannah trat zu ihr und legte ihre magere Hand auf Gerdas Schulter. „Aber ich weiß es."

DAVOR

„Geh, Kind." Pathetische Worte waren eigentlich nie sein Stil gewesen. Auch dass er flehte, war Hannah fremd. Aber wer war schon ganz bei sich. „Und ihr?" Ihr Bemühen, nicht ängstlich auszusehen, war sicher nicht gelungen. Sie spürte einen dicken Kloß im Hals und hoffte nicht weinen zu müssen. „Unkraut vergeht nicht." Wenigstens ihre Mutter war ihrer Sprache treu geblieben. Hannah beobachtete, wie sie einen vollgepackten Koffer schloss, den einzigen, den sie mitnehmen durften. Die Aufforderung dazu lag aufgeschlagen auf dem Küchentisch. „Wir werden zurechtkommen", versprach Hannahs Mutter und wuschelte durch Hannahs noch volle Haare. „Masel tov, Hannah." Nun nahm ihr Vater sie in den Arm. „Und Masel tov, Enkelkind."

DANACH

Das Wachs hatte sich auf dem Tisch ausgebreitet und Gerda ließ es laufen. Nur ihren Tränen ließ sie noch immer keinen Lauf.
„Er hat mir geraten, nein", verbesserte sie sich. „Er hat es mir nicht geraten, sondern bedrängt oder ...", sie schien nach Worten zu suchen. „Befohlen hat er es." Gerda nahm ein Stück Brot und kaute lange darauf rum, bevor sie weitersprach.
„Aber dein bester Freund ist doch auch Jude, habe ich gesagt." Nun war sich Hannah nicht mehr sicher, dass Gerda über den Professor sprach. Sie gab vorerst auf Gerdas Worten zu folgen und einen Sinn

finden zu wollen. Doch Gerda sprach weiter und Hannah war froh ihren eigenen Gedanken entkommen zu können. Fragend sah sie ihr Gegenüber an und fand ihren Blick. „Richard", antwortete sie auf Hannahs nicht ausgesprochene Frage. „Mein einziger Bruder." Nun sah sie nicht mehr zu Hannah, sondern nahm die Kerze und verließ die Küche.

Die Einsamkeit legte sich um sie wie ein viel zu großer Mantel. Gerda war noch einmal zurückgekommen und hatte Hannah eine neue Kerze und Streichhölzer in die Hand gedrückt. Dann war sie gegangen und hatte Hannah allein gelassen. Hannah lauschte und glaubte nichts zu hören. Kein Mozart gepresst durch die Wand, kein Atem außer dem eigenen. Keine Sirenen, keine einschlagenden Bomben. Hannah fröstelte und kurz sehnte sie sich nach den Sirenen, was sie noch mehr frösteln ließ. Doch Sirenen bedeuteten Leben. Gerdas Diskussionen mit dem Professor nicht hinunter zu gehen. Max' beruhigende Worte. Sein Arm um Hannahs Schultern. Jakobs Wimmern unter ihrem Versuch ihm die Ohren zuzuhalten. Der Professor, der seine Frau unter weiteren Protesten regelmäßig aus der Wohnung schubsen musste. Schuhgeklapper auf den Fluren. Leben.

Hatte sich etwas verändert? Dieselbe Bettwäsche lag noch auf den Matratzen. Sie setzte sich darauf und griff unter das provisorische Bett. Die Zeichnungen. Natürlich lagen sie noch darunter. Hannah zögerte sie zu nehmen und stellte die Kerze ab, die schon einige Spuren auf ihren Händen hinterlassen hatte. Hannah spürte das heiße Wachs nicht, sondern nahm sich ein Kissen und hielt es sich vor die Nase. Es roch nach nichts. Wo war sein Geruch geblieben? Wonach hatte er gerochen. Hannah glaubte sich zu erinnern, doch die Erinnerung vermischte sich mit dem Geruch und der Sehnsucht nach Jakob. Und sie fand den Mut erneut unter die Matratze zu greifen.

Der Professor auf seinem Sessel, die Pfeife, seit langem ungefüllt, im Mundwinkel. Sein Blick, typisch schelmisch und geradezu trotzend der Zeit, vergnügt über Rembrandt, Da Vinci oder sonst einen Künstler dozierend, in die Ferne schweifend. Sein Element. Hannah griff ein weiteres Blatt. Ein Baby über die noch kräftige Schulter gehängt, ein Pinsel im Mund. Maximilian. Erschrocken sah Hannah hoch und glaubte kurz im schwachen Licht den Schaukelstuhl des Professors hin und her wippen zu sehen. Eine weitere Zeichnung, diesmal sah er sie direkt an. Die Augen wach, der leicht geöffnete Mund deutete seine Zahnlücke an. Zitternd faltete Hannah die Zeichnungen zusammen und legte sie in ihr Notizbuch. Angst oder Einsamkeit? Auch diesmal hatte sie keine Wahl. Und doch sehnte sie sich nach der Angst. Die Angst, die hoffen ließ, dass danach alles gut werden würde, so wie es Max zu Anfang noch jeden Abend versprach. Bevor auch er immer mürber und hoffnungsloser wurde. So wie sie auch. Sie löschte die Kerze und überließ sich der Leere der Nacht.

Irgendwo habe ich gelesen, dass Alpträume nie zu Ende geträumt werden. Bevor es unerträglich wird, wacht der Träumer auf. Das stimmt nicht. Hannah wachte nicht auf. Und trotzdem wartete ihr Wachwerden nicht bis zum nächsten Morgen. Es dauerte einen langen Moment, bis ihr klar wurde, wo sie sich befand. Trotz der Kälte des Raumes war sie schweißgebadet. Hannah schob ihre Decke zur Seite und lauschte in die Stille. Sie nahm das Kissen und drückte es an sich und nahm einen Zipfel der Bettdecke in die andere Hand. So mit *Jakob* an sich gedrückt, *Maximilians Hand* in ihrer und dem Versuch ihre lachenden Eltern vor sich zu sehen, versuchte sie weiterzuschlafen. Es gelang ihr erst in den Morgenstunden. Stimmen, die vertrauten Geräusche. Hannah öffnete ihre Augen und erkannte Tageslicht durch die leicht angelehnte Tür hereinschauen. Der Professor redete mit Gerda und Jakob? Sie nahm das Kissen und wusste doch, dass es nur ein Kissen blieb und doch drückte sie es erneut fest an sich. Ihre Koffer standen noch da. Oben ihrer, darunter seiner. Sie ließ sich Zeit beim Aufstehen und öffnete dann seinen Koffer. Kleidungsstücke wahllos durcheinander, ebenso ein paar Bücher, Zeichnungen, die Hannah nicht zeigen wollten, was sie darstellen sollten. „Kunst", sagte sie laut in den leeren Raum und musste lächeln. Sie zog einen dicken Wollpullover heraus und seine schwarze Baskenmütze, die ihn nicht wie Picasso aussehen lassen wollte.

Gerda wunderte sich nicht über ihre Aufmachung. „Es ist praktisch, wie ein Junge auszusehen." Hannah sah, dass Gerda alleine war. Nur zwei benutzte Tassen zeugten davon, dass sie eben noch nicht alleine war. Oder hatte sie sich die Tassen hingestellt, so wie Hannah sich das Kissen nahm. „Draußen, ich denke." Gerda nahm die Tassen vom Tisch, bevor sie weitersprach. „Als Junge hat man es sicher einfacher. Man hört die schlimmsten Sachen, was sie mit Frauen machen."

Hannah sah an sich herunter. „Mich rührt sicher so schnell niemand an." Gerda wischte die Tassen mit einem Stück Stoff aus. Dann wandte sie sich einem Besteckhaufen zu, den sie in einen weiteren Stoff wickelte. „Heute würde dich dein Mantel mit dem Stern wahrscheinlich noch schützen." Sie schüttelte den Kopf. „Entschuldige meine absurden Gedanken. Und ..." Gerda holte Luft. „Du bist immer noch eine schöne Frau." Kurz sah sie Hannah an, die ihrem Blick auswich. Sie wollte nicht sehen, wie sie angelogen wurde. Ohne zu fragen nahm Gerda Hannahs Rucksack und stopfte das soeben eingewickelte Tuch hinein. "Das wirst du sicher gebrauchen können." Sie schnürte den Rucksack zu und sah in Hannahs verwundertes Gesicht. „Das kann ich nicht annehmen." Hannah schnappte sich den Rucksack und machte sich daran, das Besteck wieder heraus zu holen. "Und ob du kannst. Ich habe etwas gut zu machen." Die ganze Zeit hatte sie geglaubt, Jakobs Geburt wäre der Verrat gewesen. Die ganze Zeit hatte sie die Schuld bei Hannah gesucht und doch wusste sie nicht, ob die neuesten Gedanken, die besseren waren. Die ganze Nacht war sie durch die Wohnung gewandert und hatte gesucht. Gesucht und nicht gefunden, was sie verraten hatte.

Viele Besuche hatte es nicht gegeben. Viel zu sagen hatten sie einander schon lange nicht mehr. Sie und ihr Bruder. Richard, der noch als alles in Schutt und Asche lag, große Reden auf den Führer und seinen Endsieg hielt, während Gerda angestrengt lauschte, ob Geräusche hinter der Küche zu hören waren. Auch sein Sohn, Richard der Zweite, hatte ihn manchmal begleitet. Gerda glaubte sich an eine Handvoll Besuche zu erinnern, war er doch meist an irgendeiner Front, stolz sein Vaterland verteidigend. Im Gegensatz zu seinem Vater, der sich am liebsten selber reden hörte.

Und immer noch hoffte eines Tages Richter werden zu können, verhielt sich sein einziger Sohn ruhig und introvertiert, je älter er wurde. Als Kind hatte er aus klaren blauen Augen, von dichten schwarzen Wimpern umrandet, neugierig und klug in die Welt gesehen. Doch der Krieg hatte seinen Blick verschleiert und ihm die Neugierde genommen. „Ich werde es irgendwie wieder zurückzahlen", versprach Hannah, die wusste, dass sie das Silberbesteck sicher brauchen würde. „Was hat uns verraten, Hannah?" Gerda blickte sich suchend in der Küche um. „Was zum Teufel?" „Wer", wollte Hannah fragen, sich immer noch keinen Reim darauf machend, wem Gerdas Verdacht galt. Doch scheinbar nicht mehr ihr und Jakob. Jakob, den sie fest an sich drückte, manchmal musste sie ihn Max geben, weil sie Angst hatte ihn zu erdrücken, während draußen Mozart vom Grammophon her erklang. Wollte sie es überhaupt wissen? Was sollte sie mit der Antwort anfangen? „Das Baby", durchbrach Gerda Hannahs Gedanken. Also doch Jakob. „Vielleicht", sagte sie leise und hatte auf einmal den starken Drang die Enge der Wohnung zu verlassen. Raus auf die Straße, weg von der Vergangenheit, rein in die Gegenwart. Der Rest Farbe schien Gerdas Gesicht nun auch noch zu verlassen. „Oh mein Gott, Hannah." Es hatte nie geweint, wenn Besuch da war, da war sie sich so sicher. Dann doch der Doktor? Sie wollte nicht weiterdenken, nur die Küche, die Wohnung und Gerda so schnell wie möglich hinter sich lassen.

„Wir müssen auch für das Kleine beten." Sie setzte sich an den Tisch und faltete ihre Hände, eine Geste die Hannah noch nie bei Gerda gesehen hatte. Und die so verwirrte, dass es einen Moment brauchte, bis sie Gerdas Worte verstand. „Nein." Hannah glaubte fast lachen zu müssen. Sie trat zu Gerda und berührte vorsichtig ihre Schulter. „Nein, Jakob, er …" Sie musste schlucken vor Erleichterung und die Wohnung erschien wieder grösser. „Er lebt." Es war eine Festlegung und keine Frage, auf die Hannah trotzdem zur Antwort nickte. Gerda atmete tief aus. „Wenigstens."

Sie holte einen Kanten Brot und reichte ihn Hannah. „Aber du musst ihn zu dir holen." Hannah schüttelte den Kopf und erzählte in wenigen Worten von Jakob und mir. „Es sind so viele Seelen gebrochen, schonen wir seine kleine Seele noch eine Weile." Sie reichte ihr eine Tasse Kaffee. „Aber du wirst ihn zu dir holen."

Eine Margerite, noch eine und noch eine. Hannah hatte sich an den Rand eines Feldes gesetzt und betrachtete die weißen Blumen. Ihre Füße schienen sie nicht mehr tragen zu wollen. Sie sah zu den Blumen. „Wenn ich euch gepflückt habe, seid ihr gestorben." Sie beugte sich zu einer einzelnen Blüte herunter und sog den schwachen Duft ein. „Blümlein auf der Wiese fein." Ihre Mutter hatte immer ein Gedicht auf den Lippen. „Mutter", sprach sie laut aus. „Wo bist du?" Sie wollte nicht in den Himmel schauen und machte sich daran ihre Stiefel auszuziehen. Das erste Mal seit langem. Sie erinnerte sich nicht an das letzte Mal. „Wart ihr wirklich einmal Füße." Hannah schmunzelte, während sie weiter das betrachtete, was einmal ihre Füße waren.

Ihre Zehen waren angeschwollen, ihre Farbe irgendwie zwischen rot und blau, umgeben von Narben, die durch Blasen entstanden waren. Hannah sah sich nach einem Bach um und erschrak. Ein Knacken im kleinen Wald hinter sich ließ sie glauben, etwas hätte sich bewegt. Etwas? Nein, jemand? Unsinn, dachte sie weiter und wandte sich weiter ihren freigelassenen Füßen zu. Sie hatten angefangen zu pochen und Hannah fing an sie zu massieren. Als das Pochen nachließ, streckte sie ihre Beine aus und hielt einen Fuß neben ihre Margerite. Der Fleischklumpen bildete einen interessanten Kontrast zu der Blume und Hannah griff zu ihrem Rucksack. Ein Geräusch unterbrach ihre Malerei und sie sah in die Richtung des Geräusches. In der Ferne erkannte Hannah zwei Menschen, die einen bepackten Wagen mit sich zogen. Nun waren sie gezwungen alles zu verkaufen, um einigermaßen satt zu werden, bei Hannah wollte sich keine Genugtuung einstellen, denn am Ende wird ihr Hab und Gut doch wieder bei ihnen landen. Sie nahm ihr Zeichenheft und wollte es einstecken, dabei rutschte eine Skizze heraus, wehte kurz durch die Luft und landete auf der Margerite.

DAVOR

„Vielen Dank, Hannah Hertz." Der Professor ordnete seine Blätter, die Hannah soeben für ihn aufgehoben hatte, und sah seine Studentin amüsiert an. „Bitte sehr." Sie spürte, wie eine leichte Röte im Gesicht ausbrach, und ärgerte sich darüber.

„Bitte", sagte sie scheu, wandte sich ab und ging in Richtung Hörsaal. „Fräulein Hertz." Die Steinwände echoten ihren Namen durch die Flure. Sie blieb stehen und nickte einer Mitstudentin zu, die stehengeblieben war und den Professor beobachtete, der zu Hannah trat. „Sind Sie so lieb und tragen meine Tasche." Auch das noch. Diesmal bemühte Hannah sich erst gar nicht zu erröten. Die Farbe breitete sich gleichmäßig aus. Die Mitstudentin kicherte und verschwand schnell im Hörsaal. Was für ein Auftritt. Die strebsame Studentin trägt ihrem

Professor die Tasche. „Bitte nicht", sagte sie leise. Erstaunt über ihren Mut, hielt sie erschrocken nach Max Ausschau, vielleicht konnte er sie retten. Doch die Hoffnung war aussichtslos, Max würde zu spät kommen, wie immer. Sie griff in Richtung Tasche. Hatte jemals eine Studentin seine Tasche getragen. Hannah erinnerte sich nicht. „Nein, lassen Sie nur." Die Erleichterung ließ Hannahs Herz wieder ruhiger klopfen. „Ich kann es mir nicht leisten, mit der hübschesten Studentin zusammen aufzutreten." Er lächelte und kniff Hannah frech in die Wange. "Los, ab, ich werde Sie heute mit Michelangelo und Leonardo da Vinci quälen." Ob er noch etwas anderes gesagt hatte, wusste Hannah nicht mehr. Erleichtert und immer noch errötet war sie in den Hörsaal geflohen.

DANACH

Ein Rad erwischte die Blüte und zermalmte sie. Hannah zog, so schnell es ihre geschundenen Füße zuließen, ihre Schuhe über. „Kannst du uns ein bisschen ziehen helfen, Junge." Es klang wie ein Befehl und nicht wie eine Frage, doch wer war „Junge"? Hannah sah zu dem vollgepackten Wagen. Die Menschen darum wollte sie nicht ansehen, doch spürte sie ihre Blicke. „Und Junge", die männliche Stimme war immer noch nicht freundlicher geworden. Hannah nahm ihren Rucksack und stand auf. Immer noch sah sie sie nicht an. „Was bekomme ich dafür?" Hannah versuchte möglichst tief zu klingen, Gerdas Worte im Gedächtnis, wollte sie das Spielchen mitmachen.
„Das ist alles, was wir noch haben." Erwartete er tatsächlich ihr Mitleid? „Lass, Joseph, ich versuch ein wenig zu laufen." Joseph? Hannah sah auf den Wagen, auf dem eine voluminöse Frau versuchte herunterzuklettern. Er kam ihr zu Hilfe und Hannah erkannte den Grund für ihren runden Körper. Hannahs Hände wanderten in ihre Hosentaschen, ihr Gesicht ausdruckslos. Joseph und Maria auf dem Weg nach Bethlehem. Ihre Mutter hatte ihr die Geschichte erzählt, jedes Jahr, wenn die anderen in ihre Kirchen liefen. Die Geschichte von der schwangeren Frau, ihrem Mann und dem Esel, denen niemand Unterschlupf gewähren wollte. Unschuldig. Kurz schämte sich Hannah

nicht helfen zu wollen. Doch sie dachte an einen anderen Joseph. Doch dieser Joseph war nicht unschuldig. Im Gegenteil, er wollte sie alle vertreiben und wer es nicht geschafft hatte … Ihr Blick blieb ausdruckslos. Der Wagen setzte sich weiter in Bewegung und überrollte noch die eine oder andere Blume, gezogen von Joseph und seiner hochschwangeren Frau. Sie setzte sich noch einmal hin und versuchte die Blüten wieder aufzustellen. Doch sie kippten immer wieder um. Sie pflückte zwei und legte sie zwischen zwei Buchseiten. Als sie Joseph nicht mehr sehen konnte, steckte sie ihr Buch wieder ein. Und wieder flog eine Seite davon und Hannah lief hinterher. Also doch. Sie war nicht allein. Es hatte wieder geknackt im Wald hinter ihr und sie hatte ihn entdeckt. Sie nahm ihren Rucksack und Hannah setzte ihren Weg fort, ohne sich umzusehen. Doch so leicht wollte sie es ihrem Schatten nicht machen. Sie blieb an einem Haferfeld stehen, der Hafer hatte schon eine beachtliche Höhe erreicht, und trat lächelnd hinein. Wie Hannah vermutete, machte es ihm Schwierigkeiten ihr zu folgen, mit seinem Fahrrad nun auf der Schulter, kämpfte er sich durch das Feld. Sie war nicht mehr zu sehen. „Verflucht", stöhnte er, nahm das Fahrrad herunter und rieb sich sein schmerzendes Bein. Er sah in alle Richtungen nur nicht nach oben. Etwas fiel neben ihn. Ein kleiner Ast. Dann noch einer. Ein dritter traf ihn an die Schulter. Erst dann sah er nach oben. Sie hatte ihn bemerkt. Er wusste nicht, ob es ihn ärgern sollte, und wurde trotzdem verlegen, während sie oben sitzen blieb. „Gerda", es klang wie eine Frage und war doch eine Feststellung. Er nickte. „Ich bin müde", stellte Hannah fest und sprang geschickt herunter. Ich auch, dachte er und nickte ihr zu.

Die Kälte suchte und fand ihren Weg durch seinen Kragen und breitete sich von dort beginnend durch seinen ganzen Körper aus. An manche Befindlichkeiten wird man sich wohl nie gewöhnen. Oder doch? Sie schien nicht zu frieren. Zusammengerollt lag sie auf dem Heu und schien tatsächlich zu schlafen. „Pass auf sie auf, Neffe", hatte sie gebeten. Richard zog seinen Mantel aus und legte ihn vorsichtig über ihren mageren Körper. Wie sie wohl reagieren würde, wenn er sich einfach zu ihr legen würde, ging es ihr durch den Kopf. Ob ihr magerer Körper überhaupt Wärme für ihn übrighatte? Wie er sich wohl anfühlte? Richard tastete sich vorsichtig durch die Dunkelheit in Richtung

Scheunentor. Die dicke Pferdedecke hing nicht mehr da. Sicher hatten sie die anderen bekommen. Ihm blieben also nur warme Gedanken. Gedanken an Vera. Ihr weicher Körper mit ihren weichen Rundungen hatte immer genug Wärme für ihn übriggehabt. Nach einer Weile fiel auch Richard in einen unruhigen und kalten Schlaf, was wohl nicht nur daran lag, dass es nicht Vera war, die seine Gedanken kurz vorm Einschlafen beherrschte.

Katzen im Liebesakt. Richard schreckte auf und setzte sich hin. Und wieder ein lauter Schrei. Keine Katzen. Kein Gewehr neben sich. Ein erneuter Schrei. Auch Hannah war nun wach, hatte sich aufgesetzt und ihre Augen gerieben. Das Scheunentür öffnete sich. Eine Lampe in der Hand. Der Bauer. Es dauerte einen Moment, bis Hannah und Richard ihn erkannten.

„Ich versuche Wasser heiß zu bekommen." Nervös floh die Bäuerin aus dem Zimmer.
Ein neuer Schrei, diesmal direkt unter ihr, ließ Hannah kurz zusammenzucken. "Sei leise", wollte sie schreien. Wie gerne wäre sie laut gewesen und musste doch in ein dickes Kissen beißen. Und Miriam? Sie hatte auch kaum geschrien. Joseph saß bei seiner Maria und sprach besänftigend auf sie ein. „Sie kann kein Blut sehen." Es dauerte einen Moment, bis Hannah die Stimme dem Bauern zuordnen konnte. Das wenige Licht war auf das gerichtet, was sich unter ihr abspielte. „Nicht sehr förderlich für eine Bäuerin", stellte Hannah trocken fest und bat den Bauern nach dem Wasser zu sehen. Mit Maries Worten im Ohr machte sich Hannah an die Arbeit. Fast gleichzeitig mit den ersten Sonnenstrahlen des Tages begrüßte das Neugeborene lauthals den Morgen und sein Leben. Jakob hatte nicht schreien dürfen und Miriams Mädchen? Hannah musste schlucken, während sie sich ihre blutigen Hände abwusch.
Sie sah nur kurz zu der Mutter, die das Baby in ihren Armen hielt, und machte sich auf den Weg zurück zur Scheune. Ihr Schatten folgte.
„Behalten Sie es." Hannah sah auf das silberne Fischbesteck in ihren Händen, bevor sie es in ihren Rucksack steckte. „Und bleiben Sie bitte zum Frühstück." Der Bauer sah nun von Hannah zu Richard. „Nicke, Hannah, nicke", bat Richard so leise, dass es niemand hörte. „Nein,

ich …" Sie sah kurz zu Richard. „Also, ich muss weiter."

Sollte er doch bleiben und ausgiebig frühstücken? Kurz hatte auch sie gezögert, doch sie wollte nicht mit ihnen an einem Tisch sitzen. Überhaupt wollte sie schon lange weg sein. Warten, bis er eingeschlafen war, und ohne ihn den Hof verlassen. Doch sie war vor ihm eingeschlafen und leider nach ihm aufgewacht. „Warten Sie." Die Bäuerin trat zu Hannah und Hannah machte automatisch einen Schritt zurück.

Sie erkannte, dass die Bäuerin noch sehr jung war und etwas in der Hand hielt. Immer wieder Hühner, dachte Hannah, als sie erkannte, was die Bäuerin ihr entgegenhielt.

Bei diesem fehlte der Kopf und auch Federn hatte das Tier lassen müssen. „Bitte nehmen Sie das." Sie schaute nicht auf das, was sie in ihrer Hand hielt, sondern suchte Hannahs Blick und fand ihn nicht. Dann sah sie zu Richard, der ihren Blick aufnahm.

„Ich weiß gar nicht, was wir ohne Sie gemacht hätten", schien sie sich entschuldigen zu wollen und sah nun verlegen zu ihrem Mann. Nichts hatte Richard gemacht, nur dagestanden in einer dunklen Ecke des Raumes, auch er war nun verlegen. Hannah sah zum Huhn und schüttelte den Kopf. „Nein", setzte sie an und wurde von Richard unterbrochen, der rasch das kopflose Tier an sich nahm. „Danke, das Huhn nehmen wir gerne."

„Ab heute esse ich kein Fleisch mehr", hatte er stolz seinen Eltern verkündet. "Unser Führer isst schließlich auch kein Fleisch", hatte er seinem erstaunten Vater erklärt. Wie lange schien das her? Wie lange hatte er es durchgehalten. Richard wusste es nicht mehr.

„Warten Sie bitte noch einen Moment." Hannah vermisste das „Junge" und musste lächeln, als sie sich an das erstaunte Gesicht von Joseph in der Nacht erinnerte, als dieser erkannte, was und wen er vor sich hatte. Richard hatte das Fahrrad genommen und Hannah erfolglos gebeten auf der Stange Platz zu nehmen. Joseph war ein wenig außer Puste, als er bei ihnen ankam und mit einer Lampe wedelte. "Sie hat ein paar wenige Kratzer und zwei Mosaiksteine fehlen." Hannah erkannte, dass es sich um eine Jugendstillampe handelte. „Aber sicher bekommen Sie bei einem anderen Bauern etwas zu essen", versuchte er sein Geschenk zu verteidigen. Diesmal zögerte Richard und griff nicht zu. Hannah, die es noch immer nicht schaffte Joseph in die Augen zu sehen, schüttelte den Kopf. „Behalten Sie die." Sie holte kurz Luft. „Nicht für sich, sondern für Ihren Sohn." Sie ließ Joseph stehen und ging zum Fahrrad und setzte sich auf die Stange.

Die Kirchtürme kamen immer näher. Sie schienen sämtlichen Bomben getrotzt zu haben und ragten stolz in Richtung Himmel. „Wenn sie es geschafft hatten, vielleicht dann auch mein Elternhaus", hoffte Hannah. Je näher sie den Türmen kamen, umso mehr schwanden ihre Hoffnungen. Es war schwer ihre Straße zu finden. Der Lebensmittelladen drei Straßen weiter, zerbombt. Der Brunnen um die Ecke unter Schutt begraben. Es dauerte ewig, bis Hannah etwas bekannt vorkam. Ein Straßenschild am Boden, ein nichts bedeutender Name. Man traf sich nicht in einer Straße, sondern an markanten Punkten, wie eben dem Brunnen, dem Markt oder anderen markanten Orten. Straßennamen kannte Hannah kaum. Ein riesiges Skelett. Nur die Fassade stand noch. Wie ein riesiges Puppenhaus. Stumm blieb sie davor stehen, während er das Fahrrad an eine Litfaßsäule lehnte, aber seinen Blick nicht von ihr abwandte. Sie würde doch nicht? Wie sollte er sie abhalten, das, was vom Haus noch übrig war, zu betreten. Er hörte das Fahrrad auf den Boden fallen und hob es auf. Die Übelkeit setzte sofort ein und trotz des leeren Bauchs glaubte er sich übergeben zu müssen. EURE SCHULD. Richard starrte gebannt auf die Schrift, um nicht mehr auf das Foto sehen zu müssen, welches die Übelkeit in ihm ausgelöst hatte. „Gehen Sie mal bitte zur Seite." Er hatte die Frau nicht kommen hören, die nicht wartete, und Richard resolut zur Seite schob. Er sah kurz zu Hannah, die nun langsam auf die Ruine zuging. Dann sah er wieder zur Litfaßsäule. „Da sieht man ihn wenigstens", erklärte die resolute Frau und klebte den Zettel über die Stelle, die Richard übel hatte werden lassen. Über dem Foto mit dem Leichenberg klebte nun ein Zettel mit der Bitte, dass ein gewisser Heinrich seine Frau bei einer Familie Bathe finden könne. Richard überlegte kurz den Zettel umzukleben, aber die Furcht das Foto wieder ansehen zu müssen, hielt ihn ab. Wie hätte er ihn auch erkennen können? Zwischen den abgemagerten toten Körpern.

„Was passiert mit ihnen, Vater?" Es hatte Monate gedauert, bis Richard den Mut gefunden hatte ihn zu fragen. „Wem?", hatte er gefragt, an seinem Schreibtisch gethront, der einmal jemand anderem gehört hatte, und so getan, als wenn er konzentriert arbeitete. „Onkel Salomon zum Beispiel." Seine Faust flog so schnell auf den Tisch, dass Richard sie hatte nicht kommen sehen. Erschrocken sah er zu seinem Vater, dessen Gesicht nun alles andere als teilnahmslos und gelangweilt war.

„Er ist nicht dein Onkel, ist es nie gewesen", sagte er so bestimmt, dass Richard nie wieder nach ihm fragte.

„Irgendetwas muss doch noch da sein. Irgendetwas übriggeblieben." Richard war in die Wohnung getreten, in das, was noch erhalten war. Die aufgerissene Außenmauer spendete genug Licht. Zweiter Stock, schätzte Richard und sah zu Hannah. Sie kniete zwischen Schutt und Asche und wühlte am Boden nach Vertrautem. „Nichts." Sie sah in Richards Richtung ohne seinen Blick zu suchen, der auf ihr Gesicht gerichtet war. Ihre vom Schutt mittlerweile stark verdreckten Hände wühlten weiter. Buchfetzen, zerbrochenes Geschirr, Bilderrahmen ohne Bilder, Schutt und Asche. Sie schien etwas gefunden und hielt es hoch. Richard wusste nicht, wer von ihnen beiden mehr erschrak, als er den Gegenstand erkannte, den sie gerade ausgegraben hatte. Angewidert warf sie ihn zurück und verbuddelte ihn unterm Schutt. „Das kann nicht sein, es muss ihre Wohnung sein." Sie wischte sich mit den verdreckten Händen durchs Gesicht und hörte auf zu graben. „Was mache ich hier?" Sie sah sich um und ließ ihm keine Zeit eine Antwort zu formulieren. „Ich sollte mein Kind nehmen und einfach verschwinden. Ganz weit weg." Richard erschrak jetzt noch heftiger. Von welchem Kind sprach sie. War sie verrückt geworden? Eure Schuld. Das Foto drängte sich zwischen ihn und Hannah. Kein Wunder, dass sie verrückt geworden war. Er fing leicht an zu zittern, obwohl die Sonne reichlich Platz hatte ihn zu berühren. Wie sollte das jemand unbeschadet überstehen können? Was war da schon eine verirrte Kugel oder ein toter Kumpan am Wegesrand.

„Ich mache das hier nicht mehr mit", hatte er verkündet. „Das ist doch totaler Irrsinn." Seine Stimme laut und klar, dass jeder Widerspruch zu spät sein würde. Dann war er aufgestanden, hatte sein Gewehr abgestreift und von sich geworfen. Sprachlos hatte Richard ihm nachgesehen und sogar kurz überlegt ihm zu folgen. Weg von den Gräben, weg von den Schlachtfeldern, weg von den toten Kumpanen und weg von dem schon lange verlorenen Krieg. Alexander der Große hatte er ihn genannt, weil er wirklich fast zwei Meter maß. "Auf Wiedersehen", hatte Richard ihm hinterher geflüstert und er sah ihn wieder. Am nächsten Tag auf dem Weg von einem Graben zum nächsten Graben, von einem Schlachtfeld zum nächsten Schlachtfeld. *Verräter* stand auf dem Schild, welches an seinem aufgehängten Hals baumelte.

Was hat sie sehen müssen? „Komm, lass uns gehen." Was musste sie verdrängen?

Das, was vom Haus übriggeblieben war, wurde ihm immer unheimlicher, und er fürchtete, ein paar Schritte mehr und es würde unter ihnen einstürzen. Nach Hause, nur nach Hause, dachte er. Essen und Schlafen. Das Foto, den Schutt, den Wahnsinn vergessen. Einfach nur vergessen. Erleichtert sah er zu Hannah, die aufgestanden war und erfolglos versuchte sich die Asche abzuklopfen. Ohne in seine Richtung zu sehen, verließ sie den Raum. Vorsichtig trat er an die Stelle, wo sie zuvor noch gehockt hatte, und wühlte nach dem Gegenstand, den sie so angeekelt weggeworfen hatte. Flüchtig staubte er ihn ab, bevor er ihn in seine Manteltasche steckte und ebenfalls die Wohnung verließ.

Vor dem Haus bettelte ein Mann sie an. Hannah sah auf den Stumpf, zu dem vorher mal ein ganzes Bein gehört haben mochte. Sie schüttelte den Kopf und trat auf die Straße.

Vor einem Brunnen sahen sie weitere Menschen. Sie hatten eine Schlange gebildet, um in diverse Gefäße Wasser daraus zu füllen. Hannah sah auf das Treiben. Der Stumpf hatte jemanden gefunden, der ihm etwas zusteckte. Obwohl sie ihnen noch immer nicht in die Augen sah, setzte sich Hannah auf einen Stein und fing an zu malen, was sie sah. Den Stumpf, die Menschen mit ihren Gefäßen am Brunnen, ein vollgepackter Wagen, gezogen von einem viel zu mageren Pferd, das eine Bein mit jedem Schritt wegknickend. Das erste Mal das Gefühl von Mitleid bei Hannah, Mitleid für das magere Pferd, nicht für die leeren Gesichter um es herum. Frauen, die eine Kette bildeten, Kopftücher, ehemals bunte Kleider vom Schutt bedeckt. Ein Mann ohne Beine wurde mühsam durch die Straße geschoben. Höchstens 25 Jahre schätzte Hannah ihn, während sie ihn aufs Papier verbannte. Das Gesicht ebenfalls leer, so leer wie Hannahs Gefühle. Ihr bekommt mein Mitleid nicht, wollte sie rufen, doch auch die Genugtuung machte sie nicht froh und sie drehte sich um, weg von den Menschen, weg von den gelebten Leben. Sie drehte die Seite in ihrem Skizzenbuch um und sah zu ihrem Elternhaus, zumindest zu dem, was davon noch übrig war.

„Haben Sie nichts Besseres zu tun?" Die Stimme. Irgendwie klang sie Hannah vertraut, aber der Tonfall? Sie schaute zu der Frau, die zu ihr gesprochen hatte. Sie hatte sich weggedreht und war zu einem zerschossenen Laster geschlurft, der am Rande der Straße lag. Sie hob eine Plane und verschwand darin. Mit nun stark klopfendem Herzen packte Hannah ihre Zeichenutensilien ein und hörte nicht, dass Richard sie bat weiterzugehen. „Wenn wir noch etwas herausbekommen wollen, sollten wir losfahren." Richard sah in den Himmel. Die Zeit konnte er nur schätzen, seine Armbanduhr war schon Stunden vorher stehengeblieben. „Die Frau, ich kenne sie." Sie sah weiter gebannt zum Laster und Richard folgte ihrem Blick. So konnten sie sehen, dass die Plane zurückgeworfen wurde und die Frau herauskletterte und sich dabei eine Brille aufsetzte. Richard sah zu Hannah und glaubte ein leichtes Lächeln erkennen zu können. „Frau Klein." Hannah streckte ihr ihre Hand entgegen. Sie griff ins Leere. Hannah sah an sich herunter und dann wieder zu der Frau, die sie nun fragend ansah. „Tante Tilli", versuchte es Hannah erneut. Eine kleine Regung in dem strengen Gesicht. „Ich bin es, Hannah." Erkannte sie sie wirklich nicht? Wie oft war sie zu ihnen gekommen. Abends hatte sie Hannah ins Bett gebracht, während ihre Eltern im Theater oder ab und zu auch in die Oper gegangen waren. Als Dankeschön hatte Hannahs Mutter ihr versucht Klavierspielen beizubringen. Das schaurige Spiel drang durch die Wand in Hannahs Zimmer und es hatte viele nette

Worte gebraucht, ihr zu erklären, dass sie kein Talent besaß. Und doch war die selbst kinderlose Nachbarin weiter regelmäßig gekommen und hatte auf Hannah aufgepasst. Vielleicht, nein, sicher würde sie wissen, was mit ihren Eltern war. Wo sie waren. Hannahs Gedanken schlugen Purzelbäume. „Hannah Hertz." Hannahs Hand ruderte weiter ins Leere, während sie versuchte zu lächeln. „Hannah Hertz", echote die ihr so vertraute Stimme und doch blieb der Ton fremd. „Ich weiß, wer du bist." Sie spuckte auf den Boden und Hannah erschrak. „Euch haben wir das ja hier alles zu verdanken." Ihre kurzen Arme fuchtelten herum, bei dem Versuch, alles um sich herum zu zeigen. Hannah verfolgte irritiert ihren Blick. Richard trat zu Hannah und wollte sie wegziehen. Doch Hannah blieb wie angewurzelt stehen und ließ sich nicht bewegen. „Nur wegen euch musste unser Führer in den Krieg eintreten."

Sie spuckte erneut, doch diesmal nicht auf den Boden. „Ihr Juden", setzte sie erneut an, doch Richard unterbrach sie und ließ sie nicht weiter giften. „Entschuldigen Sie." Er nahm sich nicht viel Zeit seine Worte vorzuformulieren, wie er es sonst zu tun pflegte, sondern redete weiter. Nur nicht mehr sie sprechen lassen. „Entschuldigen Sie, meine Dame", wiederholte er. "Sie bringen da gehörig etwas durcheinander." Er hatte sich vor Hannah gestellt, um sie vor weiteren Angriffen zu schützen. Sie bewegte sich immer noch nicht. Die Spucke lief über ihre Wange und Richard wollte sein Taschentuch aus dem Mantel nehmen. „Oh, nein." Das Gift meldete sich erneut zu Wort. Eine Hand hielt ihn ab, das Tuch zu greifen. Sie legte sich in seine. Ihre, knochig und warm. Die Hand einer Jüdin, durchfuhr es ihn. „Komm, wir fahren weiter." Das Gift prallte an ihnen ab. Sie zog ihn weg, während sie mit dem anderen Arm die Spucke von ihrer Wange wischte. Sie ließ ihn los und verwirrt zurück. Er blieb stehen und sah ihr hinterher. Jemand packte ihn am Arm. Das Gift. „Sie sind rechtzeitig gesprungen." Richard sah, dass Hannah etwas suchte. „Auch das noch", sagte sie und ging um die Litfaßsäule herum. „Er hat sogar noch gelebt." Sie lachte auf und hielt ihn immer noch fest. Über was sprach sie. Er wollte sie abschütteln, doch sie hielt ihn fest und er sah zu ihr. "Brief", wiederholte er, immer noch nicht verstehend, von was sie redete. „Aber auch der ist noch Schutt und Asche." Sie sah zu dem, was vom Haus noch übrig war, und ließ ihn los. Er trat in Richtung Hannah, die immer noch zu suchen schien. Fragend sah er sie an. „Das Fahrrad“, erklärte sie und Richard verstand, aber nicht nur den Diebstahl, sondern auch das andere. „Warte bitte hier.“ Sie schlurfte zurück zum Laster. Diesmal griff er ihren Arm und drehte sie unsanft zu sich. „Wer ist gesprungen.“ Obwohl er die Antwort wusste, hoffte er doch sich geirrt zu haben. „Na, die Eheleute Hertz.“ Ihm wurde kurz schwindelig. Also doch.

„Und er hat überlebt?“ Hoffnung, ein bisschen wenigstens. Er wollte die Antwort nicht hören und sah zu Hannah, die zur Litfaßsäule sah, und wollte wieder zu ihr gehen. Nur weg, mit ein bisschen Hoffnung im Gepäck. Wenigstens ihr Vater. Er holte tief Luft, doch kam nicht zum Ausatmen. Sie griff erneut seinen Arm. „Niemand wollte dem Juden helfen, so ist er halt …“ Sie hielt inne und er schüttelte sie ab.

Hannah stand immer noch an der Litfaßsäule und nahm den Zettel über dem Foto ab. Richard versuchte nicht hinzusehen. Es gelang ihm nicht und wieder merkte er, wie ihm übel zu werden schien. Sie zerknüllte den Zettel, der eigentlich für Heinrich bestimmt war, und ließ ihn fallen.

Das Fahrrad war tatsächlich verschwunden, wie dumm von Richard es nicht abgeschlossen zu haben. Aber was war schon ein Fahrrad gegen das soeben Gehörte. Auf einmal hatte er es nicht mehr eilig loszugehen, was nicht am verschwundenen Fahrrad lag. Der Schutt wollte nicht weniger werden und Richard glaubte, dass auch seine Lunge inzwischen ein einziger Aschehaufen war. Jede Straße sah gleich aus, nur die kaum zerstörten Kirchentürme boten ein wenig Orientierung. Richards Bein schmerzte, doch das Näherrücken der Sperrstunde ließ ihn zügig vorgehen. Hannah lief ein gutes Stück hinter ihm und schien es nicht eilig zu haben. „Warum auch“, dachte er. Was würde sie erwarten? Er fragte einen Mann nach dem Weg. Unwillig antwortete er und Richard ging weiter in die beschriebene Richtung.

Menschen gingen rein. Menschen gingen raus. Hoffend rein und hoffnungslos raus. Hannah blieb vor dem Gebäude stehen und Richard glaubte sie ein wenig zittern zu sehen. Auch ihm wurde auf einmal kalt. „Weißt du, solange sie geglaubt hat, er lebt noch, sie …“ Hannah schien nach Worten zu suchen und sah in Richards Richtung. „Gerda, ihre Augen, sie verloren jeden Glanz, nachdem ich es ihr gesagt

habe." Richard nickte. Er hatte es ihr nicht gesagt, das, was die Nachbarin ihm zugegiftet hatte. Die Nachbarin, die einmal Tante Tilli war. Er versuchte Hannahs Glanz zu finden, doch sie sah zu Boden. Sein Bein schmerzte und er fing an daran zu reiben, während er die Menschen beobachtete, die vor dem Gebäude standen und die vielen Zettel studierten. Es wurden immer mehr. Onkel Salomon, ob ihn jemand suchte? „Vielleicht", sah er zu ihr, die sich immer noch nicht bewegte. „Wenigstens Bescheid geben, dass sie noch leben."
Sie nickte, schien aber noch nicht sehr überzeugt. „Können Sie für mich reingehen." Diesmal nickte er.

„Hannah." Jemand berührte vorsichtig ihre Schulter. Richard. Sie war eingenickt und es dauerte einen Moment, bis ihr bewusst war, wo sie sich befand. Richard setzte sich neben sie auf das, was vom Bordstein noch übrigblieb, und fing an sein schmerzendes Bein zu massieren, wissend, dass die Berührung keine Linderung herbeiführen würde. „Es hat noch niemand nach dir gefragt." Ihm war nicht aufgefallen, dass er sie geduzt hatte, zu sehr hatte er sich darauf konzentriert, das *noch* zu betonen. *Noch* hatte niemand nach ihr gefragt. Sie nickte und schaute auf ihre Schuhe. Er versuchte irgendetwas in ihrem Gesicht zu lesen. Es gelang ihm nicht. „Wir sollten auch einen Zettel schreiben." Er sah zu den Suchanzeigen. Kaum noch jemand stand davor. Sie schüttelte den Kopf und fing an ihren Rucksack zu öffnen. „Ich bin nicht alleine." Sie reichte ihm eine Zeichnung. Ein kleiner Junge, einen alten Teddybären in der Hand, verlegen grinsend durch eine breite Zahnlücke. „Jakob", erklärte sie und fing an von ihrem Sohn zu erzählen. Kurz erleichtert darüber, dass Hannah wohl nicht ihren Verstand verloren hatte, versuchte er zuzuhören. Doch ein Kind bedeutete auch einen Vater. Er wollte nicht weiter zuhören und nicht weiterdenken, sondern nur nach Hause. Der Himmel verlor seine Helligkeit. „Warte bitte hier auf mich." Er sah, wie sie aufstand und entschlossen auf das Gebäude zuging. „Nein", wollte er rufen, nachdem er noch einmal in den Himmel sah. Doch er blieb stumm und sah, wie sich die Tür hinter ihr schloss. „Pass auf sie auf", hatte Gerda gebeten und er fragte sich nun, warum er zugesagt hatte. Es wurde immer dunkler und die Menschen immer weniger. Nur noch vereinzelt irrten Menschen hin und her, einige, um sich einen Schlafplatz zu suchen. Sie trat heraus, aus der Entfernung war es Richard nicht möglich in ihrem Gesicht zu lesen. Ein dunkelhäutiger Soldat folgte ihr und machte sich daran, die schwere Tür abzuschließen. Dann sah er auf eine Armbanduhr, die scheinbar neben einigen anderen an seinem Handgelenk baumelte. Er sagte etwas und schien zu lachen. Hannah zeigte in Richards Richtung und das Lachen verschwand aus dem Gesicht des dunkelhäutigen Soldaten, der mit energischen Schritten auf Richard zukam. „Where do you sleep tonight?", fragte er und sah direkt in Richards fragendes Gesicht.

Das Huhn brutzelte in der Pfanne und verströmte seinen Geruch in der Küche. Brigitte trug über ihrem Unterkleid nur eine Schürze, einen Pfannenwender in der Hand, eine Zigarette im Mund sang sie laut und falsch mit Duke Ellington um die Wette. Die Schallplatte lief bereits zum zweiten Mal.

DAVOR

„Was ist das für eine Negermusik?" Er hatte seinen Vater nicht reinkommen hören und keine Zeit mehr, um die Schallplatte vom Abspielgerät zu nehmen, und doch versuchte er sie in der Hülle verschwinden zu lassen. „Ich gehe dann mal lieber", hatte Hermann, Richards Kommilitone, gesagt, seine Jacke geschnappt und das Haus verlassen. Niemand hielt ihn auf. „Woher hast du den Dreck?" Richard der Erste ließ seinem Sohn kaum Zeit zu erklären, dass Onkel Salomon ihm die gegeben hatte, bevor er verschwand. „Also nicht nur Neger, auch noch Judenmusik." Richard sah die Schallplatte nie wieder.

DANACH

Er hatte seine Jacke ausgezogen und lehnte sich aus dem geöffneten Fenster und pfiff ebenfalls falsch mit, bevor er zu Brigitte ging und sie von hinten festhielt und ihr einen Klaps auf den ausladenden Po gab.

Sie hörte auf zu singen und fing an zu kichern. Unbeschwertheit mischte sich mit dem Duft nach dem Huhn. Hannah glaubte das erste Mal seit langem wieder atmen zu können und holte ihren Zeichenblock heraus. Sie sah zu der Wäscheleine, die quer durch die Küche gespannt war und diversen Kleidungstücken, sowohl männlichen wie weiblichen, half zu trocknen. Und doch bedeckten sie nicht, was Richard sah. Sämtliche Büsten standen wie Trophäen im Raum verteilt. Richard zählte zehn. Er sah zu Tim, der seinem Blick nun folgte, bevor er scheinbar ein wenig erschrocken zu Hannah sah, die angefangen hatte zu malen.

Entweder hatte sie sie nicht gesehen oder wissentlich übersehen. Tim nahm Wäsche von der Leine und deckte die verschiedenen Hitlers geschickt und schnell zu. Brigitte reichte Hannah eine Tasse echten Kaffee, den sie dankend entgegennahm. Dann wandte sie sich erneut dem Huhn und dem Herd zu. „This or this." Brigitte sah zu Tim und hielt in der einen Hand eine Tageszeitung und in der anderen ein Buch. „Der Stürmer", versuchte Tim zu lesen, griff nach der Zeitung, zerknüllte sie und warf sie in den Herd. Das Buch, Richard konnte nicht erkennen, um welches es sich handelte, landete neben ein paar anderen Büchern neben dem Herd.

Teller wurden verteilt und auch Besteck, bevor Tim anfing das gebratene Hühnchen zu verteilen. Er sah zu Richard und hielt kurz inne, ein Stück des hellen Fleisches auf eine Gabel gespießt. Er legte das Fleisch auf den Teller und halbierte es geschickt, bevor er die andere Hälfte auf Hannahs schon gefüllten Teller legte. Die Strafe für den Besiegten. Richard überlegte, ob er die andere Hälfte auch noch Hannah geben sollte, doch ließ er es und nahm einen großen Schluck Wein, von dem Brigitte ihm eingegossen hatte.

Die Küche war warm, obwohl das Fenster offenstand, und das Sofa nicht unbequem, doch Hannah schaffte es nicht einzuschlafen. Sie dachte an Richard, der im Flur lag. Sicher nicht so bequem wie sie. Was Tim genau gesagt hatte, konnte Hannah nicht für sich übersetzen, aber es klang nicht sehr freundlich, als er Richard erklärte, wo er schlafen könne. Sie dachte kurz daran nach ihm zu sehen, aber wenn er wach war. Was sollte sie sagen? Sie stand auf und ging zum Fenster. Sie waren tanzen gegangen, wie Brigitte kaugummikauend erklärt hatte.

„Kein Sperrstunde für Brigitte", hatte Hannah gedacht und war doch erleichtert ein wenig Ruhe zu bekommen. Sie dachte an die Zigaretten auf dem Tisch, die ihr der dunkelhäutige Soldat in die Hand gedrückt hatte. „Only for you", hatte er erklärt, Hannah zugezwinkert und dann versucht streng zu Richard zu gucken. Ganz gelungen war es ihm nicht. Ihre erste Zigarette, irgendwann heimlich im Hinterhof, mit einer Freundin und großem Gehuste. Es blieb die erste und letzte. Sie ertastete die Zigarettenpackung und stieß an die Weinflasche. Der Wein hatte sie ruhiger atmen lassen und sie sehnte sich nach einem weiteren Glas, doch die Flasche war leer, und so zündete sie sich eine Zigarette an. Hannah hatte nicht nach ihren Eltern gefragt, nicht nach den wenigen Tanten und Onkeln. Nicht nach der Mutter ihres Vaters, zu der sie eh nie gefunden hatte. Eine harte und herrische Frau. Ob sie sie weich bekommen hatten? Hannah wollte es nicht wissen. Nur nach Miriam hatte sie sich getraut zu fragen und beobachtet, wie die Frau am Schreibtisch ihr gegenüber ellenlange Listen durchging. Es schien ewig zu dauern, bis sie aufsah und Hannah erfuhr, dass Miriam noch lebte. Sie war noch da. Ihr Danach hatte wohl noch nicht angefangen. Das Tor war offen, doch ihr Bett würde wohl immer noch die alte Pritsche sein. Hannah schauderte in der warmen Sommernacht, bei den Gedanken an ihr altes Zuhause, in dem ihre Freundin wohl noch hauste. Und doch legte Hannah sich nicht auf das Sofa, sondern davor, und schaffte es, zusammengerollt in einen traumlosen Schlaf zu fallen.

Richard schlief nicht und doch tat er so, als er hörte, dass der Soldat und sein Anhängsel das Haus betraten. Selbst wenn er geschlafen hätte, wäre er spätestens in dem Moment aufgewacht, als sie kichernd über ihn stiegen und er glaubte einen extra Tritt in den Rücken gespürt zu haben. Nachdem sie die Schlafzimmertür geschlossen hatten, setzte er sich auf und lehnte sich an die Wand. Vergeblich versuchte er die eingesetzten Geräusche aus dem Nachbarzimmer zu überhören. Ob Hannah sie auch hörte? Hannah. Wie lange sollte er auf sie aufpassen und warum? Warum stand er nicht auf und ging nach Hause. Sollten sie ihn doch verhaften. Wer war schon noch unterwegs. Wurde es nicht auch schon heller? Das Gestöhne im Nebenzimmer wurde kurz lauter und Richards Bein fing an zu pochen. Er hielt sich die Ohren zu und versuchte an Vera zu denken. Vera, ihre Weichheit, ihre Naivität, ihren einflussreichen Vater, den nicht mehr zu kennen es nun besser war.

„Richard." Er erschrak, während Hannah ihn vorsichtig an der Schulter berührte, und es dauerte einen Moment, bis ihm klar wurde, wo er sich befand. Er war doch eingeschlafen, irgendwann, als die Sonne anfing den Mond abzulösen. „Ich möchte weiter." Sie hatte sich neben ihn gekniet. „Wohin", fragte er, während er auf Geräusche im Schlafzimmer achtete, kein Gestöhne, kein Gekicher, aber auch kein Schnarchen. „Wohin", wiederholte sie und schien nachzudenken. „Nach Hause", wollte sie sagen, doch wusste nicht, wo das war. „Zu meinem Kind", antwortete sie stattdessen und Richard nickte, während er versuchte aufzustehen. „Natürlich zu deinem Kind."

Er hielt die Klinke schon in der Hand, als ihm noch etwas einfiel und er zurück in die Küche ging.

Eine Zeichnung lag auf dem Tisch. Richard erkannte Brigitte, lachend umarmt von einem dunkelhäutigen Soldaten mit Zigarette im Mund und Schalk in den Augen. Die präzise Darstellung bannte Richard kurz und er schien sein Vorhaben zu vergessen. Doch dann trat er zu den verdeckten Büsten, griff in seinen Mantel und griff nach dem, was er in der Wohnung ihrer Eltern gefunden hatte. Er sah zum Herd und fügte dem Gegenstand noch etwas hinzu, bevor auch er die Wohnung verließ.

Draußen empfingen sie die schon üblichen Bilder und Gerüche. In einer Ruine beobachtete Hannah kurz einen Vogel dabei, wie er sich ein Nest baute. So einfach, dachte sie kurz und lächelte, als sie sich dabei ertappte neidisch auf eine kleine Amsel zu sein. Richard, der die Ruinen nicht mehr sehen wollte, sah gebannt auf einen Gegenstand. Es stand da. Einfach so. Angelehnt an einen zerbeulten Blecheimer, bekam es von niemandem Aufmerksamkeit, nicht von einem Mann, der auf Krücken gestützt, ein Auge verbunden, an ihm vorbei humpelte. Nicht von den Frauen, die sich auf den Weg machten, um irgendwo Essen zu ergattern, und auch nicht von den vier Jungens, die versuchten mit einem verbeulten Ball Fußball zu spielen. Tatsächlich, er war näher ran gegangen, kein Schloss und die Räder strotzten vor Luft. „Nicht." Hannah war zu ihm getreten und berührte seinen Arm, der gerade nach dem Fahrrad greifen wollte. „Es gehört uns nicht." Richard sah sie ungläubig an und zog doch den Arm zurück.

Sie hatten die Ruinen hinter sich gelassen. „Danke", sagte sie, während sie sich eine Beere in den Mund steckte, die die Städter noch nicht entdeckt hatten.

Der Waldboden war weich unter seinen Schuhen und da sein Bein erneut schmerzte, suchte er auch nicht lange, bis er glaubte eine passende Stelle gefunden zu haben. Nur gewartet, bis sie am Horizont verschwunden war, hatte er. Richard griff in seine Manteltasche, den er um seinen Arm gelegt hatte, und holte die bronzene Statue heraus, die er doch nicht bei Tim gelassen hatte, und stellte sie auf ein Stück Moos am Boden. Langsam ließ er seine Hose herunter und hockte sich hin. So wie gewünscht, platschte die braune Masse auf seinen ebenfalls braunen ehemaligen Helden. Er trat einen Schritt zur Seite und betrachtete sein Werk, bevor er nach dem Buch griff, welches am Morgen noch neben dem Herd mitten in der zerbombten Stadt lag, und riss einige Seiten heraus um sich seinen Hintern abzuwischen. „Heil Hitler", schrie er in den Wald und spuckte auf die kaum noch zu erkennende Büste Hitlers zu seinen Füßen. Dann nahm er den Rest des Buches und riss wahllos Seiten aus dem Pamphlet, was einmal *Mein Kampf* hieß.

Die hohe Efeuhecke schützte das Haus vor neugierigen Betrachtern, was es vor Angriffen von oben geschützt hatte, konnte Richard nicht erklären, und er dankte Gott kurz dafür. Auf dem Gartentor saß ein kleiner Spatz und sang eine Willkommensmelodie.

„Aber er lebt doch noch, Vater." Es war auch ein Spatz gewesen, erinnerte Richard sich und sah, wie der kleine Vogel davonflog. Der andere Spatz war an die große Wohnzimmerscheibe geflogen und fast regungslos davor liegen geblieben. Richard war sofort rausgelaufen und hatte den Vogel in die Hand genommen. „Gib ihn mir", hatte sein Vater gesagt und sein Tonfall hatte Richard zögern lassen. „Sofort." Nun zögerte sein Sohn nicht mehr, sondern überreichte das Tier seinem Vater und sah hilflos zu, wie er dem kleinen Tier den Hals umdrehte. „Ich hätte ihn doch gesund machen können", hatte er siebenjährig gesagt und konnte nicht verhindern, dass dicke Tropfen seine Augen verließen. „Reiß dich zusammen, Junge." Der Knall auf seinen Hinterkopf ließ ihn kurz erstarren. „Mein Sohn weint nicht." Der Vogel flog im hohen Bogen in einen der Büsche, allerdings diesmal ohne Flügel.

Richard atmete tief durch und wollte gerade das Gartentor öffnen, der Spatz war schon davongeflogen, als er sah, dass jemand aus dem Haus gestürmt kam. Ihre sonst so korrekt frisierten blonden Haare hingen wirr herunter, von Locken keine Spur. Ihre Augen rotgeädert und von dicken Tränensäcken begleitet, sahen ihn nur kurz an. Nur die hohen Wangenknochen, die so gar nicht in das runde Gesicht passen wollten, und ihre vollen roten Lippen schienen Richard vertraut. „Vera."

„Ist sie nicht das Bild einer idealen Frau", hatte sein Vater mehr verkündet als ernsthaft gefragt. „Wenn du nicht weiter durch dreckige Gräben ziehen willst, solltest du sie heiraten." Er hatte hilfesuchend zu seiner Mutter geschaut, die, wie immer wenig auf ihrem Teller, eine Erbse hin und her schob. „Es könnte dich durchaus schlechter treffen", hatte sie gesagt und die Erbse aufgepickt. „Der Krieg wird sicher bald zu Ende sein und ein einflussreicher Schwiegervater hat noch niemandem geschadet." Die Erklärung war völlig unnötig, Richard wusste, wer Veras Vater war. „Warum reicht dein Einfluss nicht", hätte Richard am liebsten gefragt, doch er wählte andere Worte. „Wenn sie nicht an mir interessiert ist." Hoffte er es sogar? Ihm war sie natürlich aufgefallen auf einem der Empfänge, die seinen Vater weiter hoch in der Hierarchie katapultiert hatten. Nach den mittlerweile üblichen Hasstiraden auf die Juden, Kommunisten, Franzosen und die anderen Feinde der Nationalsozialisten hatte Richard Vera angesprochen. Drei Monate später feierten sie Verlobung.

Richard wollte sie festhalten, doch sie wand sich aus seinem Griff, wischte sich einige Tränen ab, ließ ihn stehen und lief davon.

„Was ist mit Vera?" Sie saßen am Esstisch vor vollen Tellern. „Wo warst du", überging Richard der Erste die Frage seines Sohnes. Richard sah zu seiner Mutter, die Gemüse auf den dritten Teller lud. „Ich denke, ich bin in einem Alter, in dem ich keine Rechenschaft mehr ablegen muss." Der Gedanke an den toten Vogel hatte ihn mutig sprechen lassen und doch merkte er ein leichtes Zittern aufkommen und vermied es seinen Vater anzusehen und sah stattdessen auf seinen Teller, der nun voll auf seinem Platz stand. Wie viele Menschen da draußen würden ihre Kinder verkaufen, um einmal wieder satt zu sein? Er dachte an Tim und das kleine Hühnchen. Und an Vera, die auch da draußen rumirrte. Er zögerte und setzte sich dann doch an den Tisch. „Vera ist Vergangenheit." War er über die Worte seines Sohns überrascht, zeigte er es nicht, sondern sprach ruhig weiter. „Wir müssen an die Zukunft denken." Er aß nun zügig und legte seine Serviette auf den noch halb vollen Teller, bevor er aufstand und hinausging. „Sie haben ihren Vater abgeholt", erklärte nun Richards Mutter. „Wohin?", fragte Richard und sah seine Mutter an, die auch nur fragend ihre Schulter hob. „Und Vater, holen sie ihn auch?" Er ließ es, die Worte laut auszusprechen und konzentrierte sich auf sein Essen. „Es wird nicht einfach, aber dein Vater möchte wieder als Anwalt arbeiten." Sie sprach leise und machte es ihrem Sohn schwer sie zu verstehen. Doch er verstand. „Und dazu braucht er eine weiße Weste." Auch diese Gedanken behielt er für sich und fing an auf dem zähen Fleisch herum zu kauen. Auch das würde sein Vater schaffen, wie er immer alles geschafft hatte.

„Gerda." Erschrocken sah Hannah zu der Frau, die in den letzten Tagen um weitere Jahre gealtert war. Die Wohnungstür war angelehnt und nichts war passiert, nachdem Hannah mehrmals geklopft hatte. Sie sah nicht auf und drehte einen Gegenstand in ihren Händen hin und her. Der Schaukelstuhl, auf dem sie saß, wackelte leicht von vorne nach hinten. Sein Schaukelstuhl und seine Pfeife, die Hannah nun in Gerdas Hand erkannte. Hannah trat zum Schaukelstuhl und hielt ihn vorsichtig an, bevor sie Gerda sacht an der Schulter berührte. „Mein eigener Bruder." Sie sah immer noch nicht zu Hannah, griff unter ihr Gesäß und zog ein vergilbtes Foto hervor und hielt es Hannah hin. Zwei kleine Kinder, das Mädchen große Schleifen im Haar, auf dem Arm ihrer Mutter, wie Hannah vermutete, Gerdas Mutter. Daneben ein Junge, höchstens fünf Jahre alt, in Matrosenuniform. Gerdas Bruder. „Ich war so vorsichtig." Nun sah sie das erste Mal zu Hannah. „Wir waren so vorsichtig." Sie fing wieder an leicht zu schaukeln. „Ich weiß es nicht." Hannah gab Gerda das Foto zurück. „Ich finde einfach keine

Antwort, Hannah, ich war so sicher, dass der Doktor es war." Sie steckte das Foto in ihre Kitteltasche und streichelte die Pfeife. „Es tut mir so leid, Hannah, du konntest doch nichts dafür." Hannah wusste nicht, ob sie erleichtert sein sollte. „Selbst, wenn ich wollte, ich wüsste gar nicht, wie ich es anstellen sollte." Obwohl scheinbar wirr, vermutete Hannah richtig, worüber Gerda nun sprach. Sie war aufgestanden und holte eine Dose Malzkaffe aus dem Schrank. „Kein Gas, keine Tabletten und schon gar keine Pistole."

Sie trat zum Fenster. „Und ob ich bei ihm landen würde oder doch eher im Rollstuhl ..." Sie sprach den Gedanken nicht weiter und sah in Hannahs ängstliches Gesicht. „Keine Angst, Hannah, komm, ich versuche Wasser heiß zu machen."

Gerda hatte die Tür geschlossen und Hannah alleine gelassen. „Wenn du möchtest, dass ich dir den Rücken schrubbe, ruf mich einfach", hatte Gerda gesagt, während sie den dritten Eimer heißes Wasser in die Wanne ließ. Obwohl sie genau wusste, dass sie hier sicher niemand klauen würde, hatte Hannah ihre Stiefel in die Toilette gestellt, den Deckel herunter gekippt und ihre Anziehsachen darübergelegt. „Sicher ist sicher", hatte sie gesagt und war in die Wanne gestiegen. Es war nicht sehr voll und das wenige Wasser schaffte es nicht Hannahs mageren Körper zu bedecken und dennoch genoss sie die Wärme und schloss die Augen.

„Was wirst du machen", hatte Gerda gefragt, während sie die schweren Wassereimer die Treppen hinauf trugen. Hannah wusste die Antwort, irgendwann in den letzten Stunden hatte sie sich gefestigt und sie hoffte es auch verwirklichen zu können. „Ich möchte Kinder auf die Welt bringen." Gerda setzte den Eimer ab und sah Hannah fragend an. „Hebamme?" Hannah nickte.

„Du solltest dein Talent nicht verschwenden." Gerdas Stimme klang fast ein wenig entsetzt, als sie den Eimer in den großen Kochtopf schüttete. „Du darfst doch dein großes Talent nicht vergeuden."

Sie hatte einige Anziehsachen des Professors in einen Wäschekorb gepackt und neben den Herd gestellt, als Hannah dazu trat, legte sie gerade noch einen Pullover dazu. „Vielleicht bringen uns die Sachen etwas zu essen." Sie dachte kurz nach. „Das Essen." Hannah sah Gerda fragend an. „Das Essen", wiederholte sie. „Es stand fast jeden Tag etwas zu essen vor der Wohnungstür, gerollt in Zeitungen oder anders versteckt, selten offen." Hannah sah immer noch fragend. „Komm, Hannah, setzen wir uns in die Stube und träumen uns in Essensträume." Sie schob den Korb nach hinten, ergriff Hannahs Hand und ging mit ihr ins Wohnzimmer. Dort machte sie das Grammophon an und während Don Giovanni Frauenherzen brach, stellten sie sich laut die leckersten Gerichte vor. „Jetzt kurz die Ohren zuhalten." Hannah, nun in Gedanken an Jakob, sah kurz zu Gerda. „Mir fallen nur noch Schweinefleischgerichte ein." Hannah tat Befohlenes und musste lächeln, als sie zwar leise, aber dennoch hörte, wie Hannah von Blutwurst schwärmte.

Es zischte kurz im Aschenbecher, als Richard der Erste seine Zigarre ausdrückte. Richard stand vor seinem Schreibtisch und vermied es seinen Vater direkt anzusehen. Er sah an die Wand hinter seinem Vater, an der einmal ein Bild eines jüdischen Künstlers gehangen hatte. Er hatte nie seinen Namen gewusst, aber Richard konnte sich noch genau an die Zeichnung erinnern. „Weg mit dem Judendreck", hatte sein Vater gesagt und es zu dem anderen *Dreck* gepackt, der sich in einem Papierkarton auf seinem Schreibtisch stapelte. Es hing immer noch kein neues Bild und Richard sah weiter auf die nackte Wand.
„Wir sind alle ein wenig durcheinander, Sohn." Er lehnte sich im großen Stuhl, den er nicht ausgetauscht hatte, zurück und versuchte den Blick seines Sohnes zu fangen. Es gelang ihm allerdings nur kurz. „Der Entschluss steht fest, mein Entschluss, Vater." Er dachte an den Spatzen, der am Morgen auf seinem Fensterbrett gesessen hatte. Vielleicht irgendein Spatz, vielleicht der Spatz vom Tag zuvor oder ein Nachfahre des Spatzen, der durch die Hände seines Vaters sein Leben beendet hatte. Auf jeden Fall ein Zeichen. „Ich werde Tierarzt, keinesfalls Jurist", wiederholte er den Satz, den er schon Minuten zuvor laut ausgesprochen hatte, nachdem er ihn leise in seinem Zimmer geübt hatte. Nun sah er nicht in einen Spiegel, sondern zu seinem Vater. „Und es ist völlig sinnlos mich davon abhalten zu wollen." Nun schaffte er es seinem Vater direkt in die Augen zu sehen. Sein Herz schlug so laut, dass Richard es hörte, und sich wunderte

noch ein anderes Geräusch zu hören. Es klingelte an der Haustür und erleichtert sah er, dass sein Vater sich nun auf den Weg zur Haustür machte. „Darüber reden wir noch", sagte er, bevor er die Tür öffnete.

Alles schien unverändert. Nur das weiße Tuch gegenüber hing nicht mehr aus dem Fenster.
Hannah merkte, wie sie ruhiger wurde, je näher sie kam. Und doch war sie kurz unruhig, als ihr eine fremde Frau öffnete. „Ähm, ich suche Frau Irene." Sie sah zum Klingelschild und nannte meinen Nachnamen. „Die ist bei ihren Verwandten in der Bäckerei." Sie sprach einen für Hannah unbekannten Dialekt und zeigte in Richtung Dorf.

Obwohl sie durchaus erschöpft war, hätte Hannah es doch sicher geschafft weiter zu radeln, zumal es dieses Mal nicht den Hügel hoch, sondern runter ging. Die Sonne stand am höchsten Punkt und schien erbarmungslos herunter. Hannah stieg vom Fahrrad und begann zu schieben. Sie glaubte die paar Minuten zu brauchen, die es nun länger dauern würde bei uns anzukommen, und atmete tief durch. Keine Geräusche, außer dem Singen einiger Vögel und dem leichten Rascheln der noch grünen Büsche war zu hören. Das erste Mal seit langem vermied es Hannah nicht, an die letzten Tage und Minuten zu denken, sondern sie beschwor sie extra rauf. Der kugelrunde nackte Bauch und der schwere Weg des Säuglings daraus. So nüchtern, wie sie mir erzählte, Hebamme werden zu wollen, so nüchtern nahm ich ihren Wunsch auf. Warum auch nicht? Auch das Herz blieb diesmal ruhiger, als sie erneut vor der Tür stand. Diesmal vor der Tür meines Bruders. „Es ist sicher nur vorübergehend", hatte der Mann gesagt, wichtig ein paar Papiere in der Hand durchsehend. „Wir müssen nun alle zusammenrücken", hatte er weiter erklärt und mich gebeten meine Sachen zu packen. Zwei Tage später war mein Haus nicht mehr meines. „Vorübergehend", hatte er erklärt und ohne eine Träne zu vergießen hatte ich es verlassen und war zu meinem Bruder gezogen. Vorübergehend! Auch für Hannah fand sich noch Platz unterm Dach in einer kleinen Kammer. Obwohl wir kein Brot mehr backen konnten, waren wir noch für die Verteilung zuständig und Elisabeth erzählte jedem, der es hören wollte oder auch nicht, dass eine fähige Hebamme nun unter ihrem Dach wohnte. Wer Hannah war, erzählte sie nicht. Ihr wären schon ein paar Geschichten eingefallen, erklärte sie, doch Wolfgang schaffte es, dass sie ihre Fantasie zügelte.

Nachdem das kleine Wesen endlich aus dem Bauch herausgekommen war, sah Hannah, dass sich seine Nabelschnur ungünstig um den Bauch gewickelt hatte, so dass es ein wenig dauerte, bis Hannah das Baby der Mutter geben konnte. „Sie sind ein Engel", sagte die Frau erleichtert und Hannah hoffte, dass niemand sah, wie erleichtert sie war. Eine fertige Hebamme war sie noch lange nicht. „Vielen Dank", sagte der Doktor, nachdem sie das Haus verlassen hatte. Hannah nickte und wollte zu meinem Fahrrad gehen. „Warten Sie." Sie trat zum Doktor. „Sie ..." Hannah räusperte sich. „Ich bin keine fertige Hebamme", versuchte sie zu erklären. „Ich weiß, Elisabeth hat es mir gestanden", antwortete er und zwinkerte ihr zu. „Und ich bin eigentlich schon eine ganze Weile pensioniert", erklärte nun er. „Aber glauben Sie nur, das ist im Moment das kleinste Problem." Hannah lächelte zaghaft und setzte erneut an ein Geständnis zu machen. „Auch das hat mir Elisabeth schon erzählt." Nun nahm er vorsichtig ihre Hand. „Und glauben Sie mir, das ist sicher im Moment ein Vorteil für jeden von uns." Er sah zu, wie sie losradelte, bevor auch er sich auf den Weg machte. Sie war nicht wieder aufgestiegen, sondern schob das Rad den ganzen Weg.

Der Andrang auf die wenigen Lebensmittel schien vorbei zu sein. Vor der Bäckerei stand niemand, auch Jakob spielte nicht davor. Etwas anderes allerdings bekam Hannahs Aufmerksamkeit. Ein Automobil an der Straße direkt vor unserem Haus. Daran lehnte ein Mann, der Hannah merkwürdigerweise vertraut vorkam. Und sie erschauderte und blieb abrupt stehen.

Ein Trenchcoat, ein Hut tief ins Gesicht gezogen, es fehlte nur noch der Stock. Sicher eine Verwechslung. Er sah in ihre Richtung und schien sie zu mustern. „Keine Angst mehr, es ist vorbei", sagte Hannah zu sich und wäre doch am liebsten umgekehrt. „Jakob, Jakob", sagte sie sich und ging weiter. Die Beifahrertür öffnete sich und eine Frau trat heraus. Noch bevor sie „Hannah", sagte, erkannte sie die Frau, die in den letzten Tagen um Jahre gealtert war. „Gerda." Hannah sah von der Dame zu dem Mann und zurück. Nicht nur die starke Ähnlichkeit mit seinem Sohn ließ sie kurz erschrecken, auch die Tatsache, dass er hier war. Hier mit seiner Schwester.

Hannah spürte, wie ihr Mund immer trockener zu werden schien. Jemand ergriff ihre Hand. Hannah sah herunter zu Jakob und versuchte ihn anzulächeln. Es gelang ihr nicht. Sie sah zu Gerda und versuchte ihren Blick aufzunehmen. Doch Gerda sah an ihr vorbei und Hannah erkannte die Frau wieder, die so sehr gegen die Idee ihres Mannes war, ein jüdisches Pärchen hinter ihrer Küche zu verstecken. Erst jetzt sah Hannah, dass der Mann eine Zigarre rauchte. Auch er sah an ihr vorbei und da sie nicht wusste, wohin sie sehen sollte, schaute sie auf seine Narbe, die an einer seiner Wangen prangte. „Es ist etwas mit Richard." Gerda sah sie immer noch nicht an und auch nicht, nachdem Hannah Jakob hochgenommen hatte, was ich von der Haustür beobachten konnte. Nur Elisabeth und ich hatten es bis jetzt geschafft, ohne dass Jakob anfing zu weinen. Ich sah Hannah nicken und die Frau sprechen, bevor sie, immer noch mit Jakob auf dem Arm, zu mir trat. „Ich werde eine Weile wegmüssen." Der Wagen schaukelte über die Landstraße und nur der Regenwischer, der versuchte den Sommerregen von der Frontscheibe zu wischen, unterbrach das Schnurren des Motors. Sonst war nichts zu hören. Gerda neben Hannah schwieg. Sie sah nach vorne in seinen Rückspiegel und kurz trafen sich ihre Blicke. Dasselbe Grün und doch nichts von seiner Wärme. Hannah sah schnell wieder auf ihre Hände im Schoss und vorsichtig zu Gerdas Händen, die auf Gerdas Schoß ruhten. Sie unterdrückte einen Impuls ihre Hand hinüber zu legen, zu groß war ihre Angst vor Gerdas Reaktion. Also doch der Doktor. Also doch ihre, Hannahs Schuld. Sie lehnte ihren Kopf an die Scheibe und schloss die Augen. Jakob. Er hatte ihre Hand genommen und sich auf den Arm nehmen lassen. Sie versuchte nun das Gefühl hoch zu holen, wofür zuvor keine Zeit geblieben war. Vielleicht konnte sie das Gefühl festhalten, jetzt, wo es sich durch ihr verkrustetes Herz durchgeschlichen hatte. Vielleicht es immer wieder heraufbeschwören. Sie öffnete die Augen und da waren sie wieder, die Ruinen, die Menschen, die Gegenwart. „Fahren wir nicht zuerst zu ihm?" Gerdas Stimme durchbrach das Schweigen. „Nein, heute nicht mehr." Hannah erkannte Gerdas Haus und das Auto hielt an. „Aber du kannst ihn doch nicht dalassen." Nun klang ihre Stimme ein wenig schrill. „Es ist spät", erklärte er und half seiner Schwester auszusteigen. Hannah wollte ihren Rucksack nehmen und ihr folgen, doch Gerda ging ohne sich umzudrehen in Richtung Haus.

Gerda. Hannah sah ihr nach. Wäre sie jetzt gerne lieber mit ihr gegangen? Warum war sie überhaupt zu ihr gegangen. Die Zeichnungen von Max und die ihn darstellten hätte sie holen sollen, ihre wenigen Habseligkeiten packen und gehen. Doch hatte Gerda sie nicht gebeten zu bleiben? Aber da vermutete sie ja noch, dass es der Doktor war, der sie verraten hatte. Jetzt wusste sie es.

Grüne hohe Hecken, das Haus bewachsen mit Efeu, viel mehr ließ sie die untergehende Sonne nicht erkennen. Die Kieselsteine knirschten unter ihren Füßen, während sie ihm zur Haustür folgte. Er hatte weiter geschwiegen auf der kurzen Fahrt zu seinem Haus, auch jetzt überließ er es seiner Frau zu reden. Sie hatte die Tür geöffnet und scheinbar enttäuscht gesehen, dass sie ihren Sohn nicht dabeihatten. „Wo ist er?", hatte sie gefragt und von Hannah zu ihrem Mann gesehen. „Wir werden ihn morgen holen", hatte er gesagt, seiner Frau mit spitzem Mund einen Kuss auf die Wange gegeben und war ins Haus getreten. Mit einem Blick, den Hannah nicht deuten konnte, sah die Frau nun zu ihr. Sie schien zu zögern, bevor sie Hannah die Hand entgegenstreckte. Oder bildete sie sich das ein. Der Händedruck war lasch und Hannah ließ schnell los. „Es ist gut, dass Sie mitgekommen sind. Ich hoffe, es kann ihm helfen." Es gab Strom und so leuchtete der helle Kristallleuchter, der über dem großen Flur hing und den Weg zur großen Treppe erhellte. „Sie haben bestimmt Hunger." Sie machte keine Anstalten Hannah ihren kleinen Koffer, den ich ihr mitgegeben hatte, abzunehmen, sondern stieg die Treppe hoch. „Nein, ich bin nur müde", log Hannah und sehnte sich nach der Einsamkeit. Und dann war sie da. Die Einsamkeit. Sie war nur noch einmal kurz gekommen. „Margot", hatte sie sich vorgestellt und ihr ein Tablett hingestellt. „Der Strom wird bald abgestellt", hatte sie erklärt und Hannah war sicher, dass sie das sagte, um schnell wieder aus dem Raum zu kommen. Hannah atmete tief durch. Noch zeigte ihr das Abendlicht, wo sie sich befand. Und obwohl es noch warm und schwül war, fröstelte sie und sie zog den Kragen ihres Wollpullovers übers Kinn. Max' Wollpullover. Er roch nach nichts, genauso wenig wie der Raum, in dem sie sich befand. Ein Mädchenzimmer. Hatte Richard etwas von einer Schwester erzählt? Hannah konnte sich nicht erinnern. Hatte er überhaupt viel erzählt? Hatte sie viel erzählt? Kein Foto, kein selbstgemaltes Bild, nur ein Bild von Runge, welches dickliche Kinder zeigte, an der Wand und trotzdem strahlte der Raum ein wenig Gemütlichkeit aus, die es aber nicht schaffte, sie von ihrer Einsamkeit zu befreien. Sie atmete tief durch und sah zum Tablett. Eine Scheibe Brot belegt mit Schmalz und ein kleingeschnittener Apfel. Geschält? Hannah konnte es nicht glauben und drehte ihn hin und her, bevor sie in ein Stück biss. Von irgendwo kam Donner her und Hannah trat ans Fenster. Was tat sie hier bloß? Warum war sie nicht einfach bei Jakob geblieben? Sie glaubte die Antwort zu wissen und hatte doch so viele Fragen. Warum hatte er mit seiner Schwester nicht offen gesprochen? Warum ihr das Essen heimlich hingestellt? Gab es nicht doch eine andere Möglichkeit? Warum fühlte sie sich so verpflichtet? Sie nahm ein weiteres Stück vom Apfel und roch daran. Erleichtert stellte sie fest, dass sie etwas riechen konnte. Diese Empfindung hatten sie ihr nicht genommen. Sie legte sich aufs weiche Bett und schloss die Augen. Doch der Schlaf wollte nicht kommen und sie stand auf. Vorsichtig öffnete sie die Tür und lauschte in den nun dunklen Flur. Nichts war zu hören, allerdings auch nichts zu sehen. Es dauerte einen Moment, bis das Wenige, was zu sehen war, für sie erkennbar wurde. Leise, aber nicht langsam, schlich sie die Treppe herunter. Sie musste erst einige Türen öffnen, bevor sie die Küche fand. So groß wie das Wohnzimmer ihrer Eltern. Das Licht ging an und Hannah erschrak. Tatsächlich war es nur ein Blitz, der den Raum kurz erhellt hatte. Hannah atmete beruhigt aus und entdeckte endlich, was sie suchte. Schnell griff sie zu und schlich wieder nach oben. Doch diesmal legte sie sich neben das Bett. Zusammengerollt, mit den dicken Stiefeln an den Füßen, kaute sie langsam und genüsslich auf einer Apfelschale.

Er war blasser als sie ihn in Erinnerung hatte. Vielleicht lag es aber auch an der Lampe, die von der Decke herunter leuchtete. Immer wieder hatten sie die Geschichte durchgesprochen. Während des Frühstücks und auch auf der Autofahrt danach. „Lass uns bitte sofort fahren", hatte Margot gefleht und ihren Mann angesehen, der in aller Ruhe seinen Kaffee trank. Echten, wie Hannah vermutete. Auch vor ihr stand eine Tasse des nun so wertvollen Getränkes, doch Hannah brachte keinen Schluck herunter. „Vielleicht können Sie ihn ja umarmen." Margot redete die ganze Fahrt und wiederholte das, was sie am Morgen besprochen hatten. Hannahs Kopf schwirrte und sie fand keine Gelegenheit ihn zu umarmen. Er saß und sie wurde gebeten sich zu ihm zu setzen. Seine Eltern blieben stehen und Margot fing sofort an zu reden. Die Übersetzerin, genauso wie der Mann vor ihrem Tisch, trug Uniform, und hatte Schwierigkeiten, den Redeschwall ins Englische zu übersetzen. „Margot, lass mich reden." Seine Stimme fest und klar, von Aufgeregtheit war nichts zu hören. Hannah drehte sich nicht um, sondern nahm Richards Hand in ihre und hielt sie fest auf seinem Oberschenkel. Sie spürte kurz seinen Blick und versuchte ein Lächeln, während Richard der Erste erzählte. Vom Versteck bei seiner Schwester, von dem er natürlich von Anfang an gewusst hatte. Seiner Idee von der getarnten Scheidung. Dass er schnell gemerkt hatte, wie die Nazis wirklich waren und er beschlossen hatte Karriere zu machen, nur um seinem Schwager zu helfen. Auch seinem Freund hatte er helfen wollen, doch hatten seine Beziehungen nicht gereicht ihn zu retten. Er schwieg einen Moment. Richard drehte sich um und sah, wie seine Mutter ihren Mann nun am Arm festhielt, um ihn zu trösten. Er musste schlucken und versuchte nicht daran zu denken, was sein Vater wirklich empfand. Um ihn zu unterstützen, nickte er ab und zu und versuchte sich auf Hannahs Hand zu konzentrieren, die leicht zitternd seine ebenfalls zitternde Hand fest umschloss. „Warum hat Ihr Schwager Deutschland nicht verlassen, als noch Zeit dafür war?" Die Übersetzerin stand nun direkt neben dem Uniformierten, der zuvor die Frage auf Englisch gestellt hatte, kaute Kaugummi und sah gelangweilt an ihnen vorbei. Nur der Soldat am Schreibtisch bohrte seine Augen in Richard den Ersten. Er zögerte nicht mit seiner Antwort und Hannah glaubte, dass dies ein Fehler war. „Ich habe ihn angefleht zu gehen, doch er wollte nicht." Sein Blick wanderte von ihm zu Hannah und hielt ihren fest.

„Und der Vater Ihres Kindes?" Er machte eine kurze Pause und fing in seinen Zettel an zu blättern. „Wie hieß er?" Die Frage stellte er direkt auf Deutsch und sah sie weiter an.

WÄHRENDDESSEN

„Hier hat keiner einen Namen mehr." Der Soldat hatte durch sie hindurchgesehen, bevor er weiter erklärte: „Sie sind nun nur noch eine Nummer und ein Dreieck." Er lachte, während er ihr den gelben Wimpel überreichte.

WEITER DANACH

Hannah merkte, wie ihre Hand feuchter wurde, oder war es seine? Sie schluckte und sah zur Seite. Die Tür war zu, aber nicht abgeschlossen. Sie konnte aufstehen. Einfach so, weg von Richard dem Ersten, seinem Sohn, weg von Gerda und weg von ihrem schlechten Gewissen. „Die Enge des Raumes, das ewige Zusammensein, die Angst und ..." Sie suchte die auswendig gelernten Worte und wählte doch andere. „Es hat unsere Liebe getötet."

„Warum machen Sie das?" Hannah hatte sich vom Anblick Richards und seiner Mutter, die ihn hoffnungsvoll umarmte, frei gemacht und war aus dem Gebäude getreten. Die Übersetzerin lehnte an einer Säule und zündete sich eine Zigarette an, bevor sie Hannah die offene Packung hinhielt. „Ich rauche nicht", wollte Hannah antworten und nahm doch eine. „Danke." Die Soldatin zündete ein Streichholz an und Hannah fiel keine Ausrede ein, warum sie die Zigarette nicht rauchen wollte. Sicher hätte sie dafür etwas zu essen eintauschen können. Sie nahm einen vorsichtigen Zug und war froh nicht husten zu müssen. „Was glauben Sie, wie viele von denen hier jeden Tag auftauchen." Sie bewegte ihren Kopf in Richtung des Gebäudes.
„Aber eine waschechte Jüdin im Schlepptau haben die wenigsten." Sie lächelte und Hannah sah auf ihre makellosen Zähne. „Versteckt haben sie sie alle." Sie nahm einen weiteren kräftigen Zug. „Auf jeden Deutschen einen Juden." Sie blies den Rauch hinaus und Hannah nahm auch noch einen Zug und überlegte, wie sie aus der Situation rauskommen sollte. „Nicht gerade unattraktiv das Bürschchen, aber ..." Nun schienen ihr die Worte zu fehlen und flogen ihr doch

gleich wieder zu. „Ich war dort, ich habe gesehen, was sie getan haben." Sie sah an Hannah vorbei und hielt kurz inne. „Drei Tage brachte ich kein Wort heraus und glaubte nie wieder ihre Sprache reden zu können." Hannah dachte kurz darüber nach sie zu fragen, warum sie so gut Deutsch sprach, und sah sie flüchtig an.

EINE WEILE DAVOR

„Aha." Ihr Vater blieb stehen und sah zu dem Plakat. „So sehe ich also aus." Hannah hatte es sich abgewöhnt die Plakate anzusehen. „Schau mal." Er hatte sich seitlich neben das Plakat gestellt und stand so nun hinter der Abbildung. „Und gut getroffen", kicherte er sogar, doch Hannah fand keinen Grund zu lachen und schob ihn weg von dem Plakat, auf dem mit großen Buchstaben stand: „Vorsicht vor Juden."

WEITER DANACH

Ob sie wohl auch? Hannah brauchte sie nicht mehr anzusehen, ihr Gesicht hatte sich schon eingeprägt. Auch sie hatte keinerlei Ähnlichkeit mit den Abbildungen von den Plakaten, die noch vor Monaten da hingen, wo jetzt die Vermisstenanzeigen ihren Platz eingenommen hatten.
Keine wulstigen Lippen, sondern ein schmaler Mund mit spitzer kleiner Nase, ähnlich ihrer eigenen. „Warum helfen Sie ihnen wirklich?" Sie sah zu Hannah, die einen neuen Zug nahm und weiter vermied ihn bis in ihre Lunge kommen zu lassen. Die ganze Nacht hatte sie sich diese Frage gestellt und doch keine Antwort gefunden. „Weil ich ihn liebe", antwortete sie und wunderte sich nicht, wie leicht ihr die Lüge über die Lippen kam. Auch das hatte sie dort gelernt.
„Ein schönes Märchen." Sie schnippte den Rest ihrer Zigarette auf den Boden und trat sie aus, bevor sie ihre Uniformjacke glattstrich, etwas aus ihrer Jackentasche holte und Hannah reichte.
„Alles Gute, Fräulein Hertz." Sie reichte Hannah die Hand und hielt

Hannahs kurz fest, bevor sie sich umdrehte und zurück ins Gebäude trat.

„Du kannst die Sachen ruhig erst einmal hier lassen." Hannah zuckte zusammen, sie hatte Gerda nicht an die Tür treten sehen. „Nimm seine Zeichnungen", hatte ich ihr noch ein paar Tage zuvor geraten. Vielleicht konnte sie irgendwann in Zukunft eine Ausstellung von seinen Bildern machen. Und auch wenn nicht, Hannah wollte nicht mehr hierher zurück. Der Koffer ließ sich leicht schließen. Gerda war zum Schaukelstuhl getreten und bewegte ihn sanft hin und her, den Blick auf den Boden gerichtet. „Was kann ich denn dafür", wollte Hannah sagen, nein brüllen. Sie hatte die Gesetze nicht gemacht, die sie zum Menschen gemacht hatte, der es nicht wert war zu leben. Sie hatte es sich nicht ausgesucht versteckt werden zu müssen. Sie hatte es sich nicht ausgesucht in dem Versteck ein Baby zu bekommen. Sie hatte keine Wahl und doch fühlte sie sich schuldig und wollte sich entschuldigen, doch auch die Worte konnten nicht gesprochen werden. „Du glaubst ihm", war alles, was sie herausbrachte. Gerda nickte, während sie weiter auf den Schaukelstuhl heruntersah. „Der Doktor, er war zu Richard gegangen und ..." Hannah versuchte nicht zuzuhören und kurz war sie froh, dass unten der Wagen mit seinen Insassen auf sie wartete. „Mein Bruder hatte ihn gebeten nichts zu verraten und ihn dafür bezahlt." Hannah bekam doch alles mit. „Er hat das Essen vor die Tür gestellt." Es war mehr eine Feststellung als eine Frage. „Ja, aber lange konnte er den Doktor nicht bremsen." Hannah versuchte sich an sein Gesicht zu erinnern. Doch zu sehr war sie damit beschäftigt Jakob auf die Welt zu bringen, und so erinnerte sie sich kaum. Sie nickte und nahm den Koffer. „Er wollte nicht, dass ich noch mehr Unüberlegtes mache, deswegen hat er mich nicht gewarnt, nur aus dem Haus gelockt, so dass ich nicht da war." Hannah runzelte kurz die Stirn. Warum hatte man aber nicht Gerda geholt? War sie nicht mitschuldig? Sie ließ die Fragen in ihren Gedanken und trat aus dem Raum, der so lange ihr einziges Zuhause war.

DAVOR

„Also, wenn du nicht so eine dicke Kugel unter deinem Kleid tragen würdest, also dann …" Max kicherte, während er den schweren Koffer die Treppe hochzog. „Also, dann müsstest du den Koffer ganz alleine schleppen", setze er seine Beschwerde fort und kicherte weiter breit, so dass seine Zahnlücke zu sehen war. „Pst." Hannah schaute sich nervös um. „Bitte sei leise, es soll uns doch niemand kommen hören", flüsterte sie. „Wie soll ich leise stöhnen, was hast du denn alles mit?" Erschöpft klopfte er vorsichtig an die Tür. „Wir werden nicht lange bleiben", hatte er gesagt und versucht, es wie ein Versprechen klingen zu lassen.

WEITER DANACH

Der Koffer war immer noch schwer und Hannah setzte sich auf eine Stufe. Schnell holte sie ihren Zeichenblock heraus und versuchte Max' Gesicht zu zeichnen, was sie glaubte, eben noch so deutlich vor sich gesehen zu haben. Doch kaum hatte sie den Bleistift gefunden, verlöschte sein Bild vor ihren Augen und Hannah lehnte ihren Kopf an die kalte Flurwand. Ein Schild neben einer Wohnungstür, aus Blech, ein Name, ein Titel. Doktor. Hannah spürte, wie ihre Hände anfingen leicht zu zittern. Schnell stand sie auf und sah sich um. Warum nahm sie nicht einfach ihr bisschen Vergangenheit in ihrem Koffer und verschwand aus dem Hintereingang zu Jakob und ihrer Zukunft. Sie schluckte. Kein Hinterausgang war zu sehen, kein Loch, durch das sie klettern konnte. Was war sie ihnen schuldig? Warum sollte sie ihnen helfen. Richards Gesicht erschien vor ihrem inneren Auge. Sein leicht trauriger Blick, das etwas Unbeholfene in seinem Ausdruck. Er würde ihm schon helfen können. Sein Vater war genau der Mensch, der alles erreichen konnte, das glaubte Hannah, und nahm ihre Faust, um an die Tür zu schlagen. Nichts rührte sich und doch klopfte Hannah weiter. Gegenüber wurde eine Wohnungstür geöffnet. „Na, na, mein Lieber." Hannah drehte sich nicht um, sondern lehnte ihren Kopf an die sich nicht öffnen wollende Tür. „Das Doktorchen ist doch nicht da." Hannah drehte sich in Richtung der Stimme. Ob ihr Gegenüber verwundert erkannte, dass es eine Frau war, mit der sie sprach, mochte Hannah nicht erkennen. Sie sprach unbeeindruckt weiter. „Am Ende haben sie auch ihn geholt." Sie schien mit dem Kopf zu wackeln. „Und bis heute ist er noch nicht zurück." Hannah nahm erneut ihren Koffer. „Ein so netter und freundlicher Mann." So nett und freundlich, echote es in Hannahs Kopf. „So nett und freundlich uns zu verraten", sagte Hannah laut und diesmal war die Dame an der Tür doch beeindruckt und sah verdutzt Hannah hinterher, die auf die Straße trat. Der Wagen stand immer noch da. Natürlich. Sie warteten ja auf sie. Margot schien auf die Straße zu sehen, Hannah erkannte nur ihren Hinterkopf. Richard der Erste hatte sich zurückgelehnt und hielt seine Augen geschlossen. Schlief er? Hannah spürte einen Schauer über ihren Rücken laufen. Wie konnte er so ruhig atmen, während sein Sohn in irgendeiner Zelle saß und nicht wusste, was ihm geschah? Wie konnte er schlafen? Wie konnte er? Lachende Soldaten neben ängstlichen Menschen. Dort. Wie konnten sie lachen, während … Sie wollte nicht weiterdenken und öffnete die Wagentür. Es war warm im Wagen und doch fröstelte es Hannah, während Margot redete. Ihr war immer noch kalt, als sie endlich alleine in dem Zimmer war, welches nun ihr Zuhause zu sein schien. „Zuhause." Hannah setzte sich auf den Boden vors Bett und zog sich den dicken Pullover über die angezogenen Knie und schloss die Augen. Ein Klingeln, die Haustür, vermutete Hannah und blieb sitzen. Es dauerte eine Weile, bis sie es schaffte ihre Gedanken und Bilder zu ordnen und sie ruhiger atmen konnte. Doch immer fand sie keine Antwort auf die Frage, warum sie nicht einfach Jakob holte und dieses kaputte Land verließ. Ja, sie hatte geschrien, aber sie hatte nicht darum gebeten den Doktor zu holen, sie hatte nicht darum gebeten sich verstecken zu müssen. Sie hatte nicht darum gebeten, Jüdin zu sein. Sie sah aus dem Fenster, durch das noch ein wenig Tageslicht hereinleuchtete. Wenn sie zeichnen wollte, dann jetzt. Doch was sollte sie malen? Max' Gesicht wollte immer noch nicht erscheinen. Seine Eltern waren tot. Nach ihnen hatte sie sich getraut zu fragen. Nach ihren eigenen nicht. Sie nahm ihre Zeichnungen und musste lächeln. „Naja, hab versucht ein wenig mitzuhelfen." Ich war verlegen, als ich ihr unsere Zeichnung gab. Von Jakob stammten zwei bis drei Striche, den Rest hatte ich versucht. Zwei Frauen und ein kleines Kind zwischen ihnen. Hannah nahm eine Stecknadel, die sie gefunden hatte, und hängte das Bild neben ihr Bett. Unten wurde die Haustür geschlossen und Hannah trat zum Fenster. Ein Mann, der kurz stehenblieb. Hannah glaubte ihn zu kennen, aber irgendwo glaubte sie, nun öfter Menschen schon einmal begegnet zu sein. Sie dachte an Frau Schmidt und trat zurück. Das Klopfen an ihre Zimmertür erschreckte sie und sie blieb regungslos stehen. „Es gibt Abendbrot, wenn Sie wollen, kommen Sie doch zu uns herunter." Ihre Stimme klang vorsichtig und doch freundlich, wie Hannah glaubte zu hören und doch wollte sie ihren Raum nicht verlassen und antwortete nicht. Auch, als das Tageslicht sich verabschiedete und es erneut klopfte, wollte Hannah, die noch immer an derselben Stelle saß, schweigen und nicht öffnen. „Ich habe etwas zu essen für dich." Margots Stimme klang zaghaft und leise durch die Tür und Hannah öffnete sie vorsichtig. Margot trug ein Tablett in ihren Händen und an ihrem Arm baumelte eine Stofftasche. Hannah trat zur Seite und ließ ihre Gastgeberin herein. „Ich sehe, du hast ein Bild aufgehängt." Margot stellte das Tablett ab und trat zur Zeichnung. „Bitte fühl dich wie zu Hause." Sie sah zu Hannah und erklärte, warum sie Hannah nun duzte. „Naja, als …", sie schien verlegen. „Als fast Schwiegertochter", versuchte sie weiter zu erklären und wollte scheinbar wieder den Raum verlassen. „Wer hat hier gewohnt?" Nun schienen Margot doch die Worte auszugehen und da Hannah sie nicht ansah, konnte sie auch nicht erkennen, dass Margot verlegen wurde. „Es ist einfach nur ein Gästezimmer", sagte sie leise und bemerkte den Beutel, der noch um ihren Arm hing. „Ach, der ist für dich abgegeben worden." Sie reichte Hannah den Beutel und schien froh den Raum verlassen zu können. Der Beutel flog auf das Bett und Hannah sah zu dem Tablett. Ein Glas Milch und eine Scheibe Brot mit Schinken.

MITTENDRIN

Er stieß Hannah in die Dunkelheit und es dauerte einen Moment, bis sie etwas erkennen konnte durch das wenige Licht, was die offene Zellentür hergab. „Ach, keinen Hunger gehabt." Hannah sah zu der Angesprochenen, die in der Ecke des kalten Raumes hockte und sich hin und her wog.

Vor ihr stand ein Teller mit einer unberührten dünnen Scheibe Brot und einer dünnen Scheibe Schinken darauf. „Na, den Apfel muss ich leider konfiszieren." Hannah sah, wie der Aufseher den Apfel an seiner Uniform abrieb. „Es handelt sich ja eindeutig um Diebesgut." Hannah hörte noch, wie er herzhaft hineinbiss, bevor sich laut die Zellentür schloss und Hannah in die Dunkelheit entließ. Nun war nichts mehr zu erkennen und Hannah spürte Panik in sich aufkommen, erst recht, als sie merkte, dass sich auch nach einigen Sekunden der Gewöhnung nicht das kleinste Licht zeigte. Sie ging langsam nach hinten und rutschte langsam an der Wand herunter. Sie atmete, wenigstens war Hannah nicht allein. Der Geruch des Schinkens schaffte es kaum, den Geruch nach dem Elend des Raumes zu übertünchen, und doch nahm Hannah ihn wahr.

„Natürlich kaufe ich kein Schweinefleisch und koche es auch nicht", hatte ihre Mutter erklärt. „Aber ich kann doch nicht jedes Mal fragen, um welches Fleisch es sich handelt, wenn ich einmal woanders esse." Auch wenn es ihre Großmutter immerzu versucht hatte ihre Schwiegertochter zur richtigen Jüdin zu machen, hatten das doch erst die Nazis geschafft. Koschere Küche hin, koschere Küche her. „Wo bist du, Mama?" Unbeantwortet halten die Worte durch den dunklen Raum und auch das Schinkenbrot blieb ungegessen.

WEITER DANACH

Hannah nahm das Brot und roch daran, bevor sie es in ein Stück Papier einwickelte. Inzwischen war es fast so dunkel, dass Hannah ans Fenster gehen musste, um meinen Brief zu lesen, den ich ihr mit in den Beutel gesteckt hatte. „Liebe Hannah", hatte ich geschrieben. „Frag bitte nicht, woher ich es habe, nimm es bitte. Es steht Dir zu. Irene." Viele Worte waren noch nie meine Art gewesen mich auszudrücken und so ließ ich es nur bei den zwei Zeilen. Hannah fing langsam an das Papier abzuwickeln.

„Ach, das ist ja sehr interessant." Mein Herz hatte sich noch nicht an die Situation gewöhnt und schlug immer noch laut und heftig. Woher ich den Mut hatte ihr einfach hinterher zu steigen, leise, um keine Geräusche zu verursachen, kann ich nicht genau sagen. Aber vielleicht war es nur ein Gefühl, was mich dazu getrieben hatte, oder mein Instinkt, der mich auch diesmal nicht im Stich gelassen hatte. Sie erschrak und ließ den Deckel fallen, doch nicht schnell genug und ich konnte sehen, was sie gerade versuchte unter ein Bett zu schieben. Auf einmal wurde ich ganz ruhig und warf ihr meine leere Tasche zu. „Na, dann packen Sie die mal schön voll." Sie sah mich trotzig an. „Das war nicht so abgemacht." Sie machte keine Anstalten den Koffer wieder hervorzuholen. Ich hatte mit ein wenig Schmuck gerechnet. Ihrem. „Na gut, dann werde ich wohl zu ..." Ich tat so, als ob ich überlegen müsste. „David." Ich sprach seinen Namen englisch aus und erklärte ihr, dass David unser Soldat war, der zwar die Bäckerei nicht mehr kontrollierte, aber noch immer in unserem Dorf stationiert war und es sicher interessant finden würde, was sie da in ihrem Koffer verbarg. Sie sah mich immer noch trotzig an. „Und dann werde ich warten, bis sie Sie holen, mich hierher schleichen und mehr als diese Tasche voll machen, aber es wird immer noch genug sein, um Sie zu entlarven und ich habe gehört, sie sind nicht sehr zimperlich." Natürlich war das Unsinn, sie würden den Koffer sicher sofort beschlagnahmen, doch mir fiel keine bessere Geschichte ein und ich sprach so schnell, in der Hoffnung, sie würde nicht darüber nachdenken und tatsächlich zog sie den Koffer wieder hervor. „Warten Sie unten." Sie zögerte den Koffer zu öffnen und wartete, bis ich den Raum verlassen hatte und ich war ganz froh nicht mehr hineinsehen zu müssen. Die Vorstellung allein, wem die Sachen einmal gehört hatten, jagten mir kalte Schauer über den Rücken. Die Tasche wog schwer in meinen Händen. „Sie halten sich an Ihre Abmachung." Ich vermied es in ihre kalten Augen zu sehen, glaubte aber das erste Mal eine Unsicherheit in ihrer Stimme wahrzunehmen. Hatte sie Angst? „Sie werden für mich aussagen." Natürlich wussten sie inzwischen, wo sie *gearbeitet* hatte und sie würde vor Gericht landen. Das hatte sich schnell rumgesprochen. „Habe ich das?" Nur ein guter Leumund schaffte es vielleicht sie vor einer harten Strafe oder vielleicht sogar dem Galgen zu bewahren. Das wussten wir beide. „Sorgen Sie dafür, dass der Inhalt des Koffers dorthin kommt, wo er hingehört." Ich trat zur Haustür. „Und zwar alles." Langsam öffnete ich die Tür. „Alles", wiederholte ich. „Frau Schmidt." Die Tür fiel ins Schloss.

Die Vögel hatten aufgehört laut zu singen. Der Tag hatte begonnen, unten im Haus vernahm Hannah Geräusche und Stimmen. Der Geruch nach Kaffee schien unter ihrer Tür hindurch zu dringen. Sie saß immer noch vorm Bett, den Schmuck auf ihrem Schoss. Nachdem sie sich im angrenzenden Bad gewaschen hatte, trat sie aus ihrem Zimmer und erschrak. „Entschuldigen Sie." Hannah trat zurück. „Guten Morgen." Keine Reaktion und es dauerte noch einen Moment, bis Hannah erkannte, wem sie gerade guten Morgen gewünscht hatte. Der Spiegel war ihr noch nicht aufgefallen und sie trat langsam an ihn heran und sah hinein.

LANGE DAVOR

„Diese Augen." Er grinste durch seine große Zahnlücke, die ihm etwas Spitzbübisches gab und es ihr unmöglich machte sich seinem Charme zu entziehen. „Nun zier dich nicht so." Nun sprach er diesmal mit frechem Berliner Dialekt. Es hatte nicht lange gedauert, bis er sie im Malsaal ansprach und nicht lange um den heißen Brei herumredete. „Sie dürfen Ihr Kleid auch anbehalten." Diesmal versuchte er sich im Wiener Dialekt mit ganz viel Schmäh, dazu hob er die Hand zum Schwur. „Das verspreche ich." Hannah musste lachen und gab ihm dennoch einen Korb. Keine zwei Monate hatte sie sich gewehrt und geziert, bis sie doch schließlich in seiner kleinen Wohnung landete und Modell stand. „Unglaublich, diese Augen", hatte er wiederholt, bevor er sie ins rechte Licht rückte und anfing sie zu malen.

Hannah legte ihren Stift zur Seite und betrachtete ihr Gesicht im Spiegel und dann die Zeichnung in ihrer Hand. Hannah sah noch einmal in den Jugendstilspiegel auf ihr immer noch viel zu mageres Ebenbild. Sie war schon an der großen Treppe nach unten angekommen, als sie sich noch einmal zum Spiegel umdrehte. Hatte sie wirklich dem Spiegel „Guten Morgen", gesagt. „Ja", antwortete sie selber und schaffte es nicht hinunter zu gehen. Der Lachanfall kam mit einer Macht, die sie nicht bewältigen konnte. Sie ging zurück in ihr Zimmer und merkte, wie die Tränen aus ihren Augen rollten, bevor sie ein Kissen nahm und es sich vor ihren Mund hielt. Es wollte nicht enden und Hannah glaubte die Treppentür quietschen zu hören. Sie hatte nicht abgeschlossen, wenn nun jemand reinkam und sie so sah. Die Vorstellung brachte einen neuen Lachanfall und inzwischen tat Hannah schon ihr Bauch weh und auch Bilder von Dort schafften es nicht sie mit dem Lachen aufhören zu lassen. „Bitte kommen Sie doch zum Mittagessen." Margots Stimme klang zaghaft durch die Tür. „Ja", antwortete Hannah, doch das „gleich" landete lachend im Kissen. Das kalte Wasser schaffte es Hannah wieder ruhig atmen zu lassen und sie ging nach unten.

„Ausgerechnet." Seine Stimme empfing sie noch auf der Treppe. Sie schienen in ein hitziges Gespräch vertieft zu sein, verstummten aber, als Hannah den Raum betrat. „Fräulein Hertz." Er nickte ihr zu. Hannah nickte zurück und sah seinen Sohn, der aufstand und zu Hannah kam, um ihre Hand zu nehmen. „Danke", sagte er und sah sie warm an. „Bitte", antwortete Hannah und merkte, wie dumm die Antwort zu sein schien. Noch bevor sie sich hingesetzt hatte, spürte sie erneut, was gleich mit ihr passieren würde. Sie griff nach der Serviette und dachte an DORT, an Miriam, ihre tote Tochter und doch drängte sich ihr Vater dazwischen. Damals in der Synagoge, Hannah brav oben neben ihrer Mutter auf der Empore, der Vater unten, mit seiner Kippa auf dem Kopf, hatte er zu ihnen nach oben geschaut, die Augen auseinandergezogen, um einen Chinesen zu imitieren, während der Rabbi vorne mit tragender Stimme ein Gebet aus der Thora vortrug. Ihre Mutter, die sie kniff, aber selber lachen musste, im Gegensatz zu Hannah aber leise und diskret. Unter den strengen Blicken der anderen Frauen hatte

Hannah laut lachend die Synagoge verlassen müssen. Die Serviette half nicht. Hannah lachte laut und erneut rollten ihr Tränen über die Wange. Sie sah zu Richard dem Ersten, der sie verunsichert ansah, was eine neue Welle bei Hannah auslöste. Sie wollte sagen, dass es ihr leidtat, doch durch das anhaltende Lachen war sie nicht zu verstehen. Richard und sein Vater lachten nicht. Margot goss verwirrt Wasser aus einer Kristallkaraffe in Hannahs Glas, welches sie sofort griff und einen großen Schluck nahm. Kurz schaffte sie es einzuatmen, doch das zu schnell getrunkene Wasser forderte seinen Tribut und ein Hicksen verließ Hannahs Mund. Auch das noch. Hannah nahm erneut einen Schluck und hoffte nun aufhören zu können, aber ein erneuter Schluckauf setzte sie Schachmatt und sie lachte erneut laut auf. Dabei landete ein wenig Wasser direkt vom Mund auf Margots Hand, die gerade dabei war Hannahs Teller aufzufüllen. Schnell nahm Hannah die Serviette wieder vor den Mund. „Tierarzt." Er sprach extra laut, um ihr Lachen zu übertönen und tat so, als wenn er es nicht wahrnehmen würde. Richard sah zu seinem Vater, ebenfalls verunsichert über Hannahs Gelächter und war froh über die Unterbrechung, obwohl er wusste, dass das Thema ihn nicht zum Lachen bringen würde. „Kühe im Hintern fassen und in ihren Därmen rumwühlen." Sie vermieden es Hannah anzusehen, die immer noch hinter ihrer Serviette aufgehört hatte gegen ihren Lachanfall zu kämpfen. Sie hatte kapituliert und lachte einfach weiter, während Margot ihren Mann bat sich zu beruhigen. Nun taten sie so, als wenn nichts wäre, und redeten weiter. Hannah schien ihren Körper zu verlassen und sah sich die Situation von oben an. Sie, lachend neben der Familie, die versuchte ihren Anfall zu ignorieren, einfach weiterredete und doch dachte, die Arme, nun ist sie wohl völlig verrückt geworden. Hannah behielt die Serviette vorm Mund und lief weiterlachend in ihr Zimmer.

Erneut war das Klopfen zaghaft. Richard? Hannah zupfte an ihren mittlerweile immer noch nicht langen Haaren und ging zur Tür, um sie zu öffnen. Margot. Hannah wollte nicht glauben kurz enttäuscht zu sein und schob das Gefühl zur Seite. Sie hatte wieder das Tablett in der Hand und Hannah erkannte das Mittagessen. „Eine dicke Suppe und ein Stück Brot." Sie ließ ihre Gastgeberin herein. „Du musst doch Hunger haben." Hannah überlegte kurz, ob sie sagen sollte, dass ein

Lachanfall wohl hungrig machte, ließ es aber sein und stellte erleichtert fest, dass sie nun wohl nicht mehr lachen würde. Sie nickte höflich. „Er." Sie stellte das Tablett auf den Tisch. „Also, mein Mann, er ist mit Leib und Seele Anwalt." Sie sah an Hannah vorbei. „Er war sogar kurz davor Richter zu werden." Sie unterbrach sich selber, doch Hannah ahnte, warum es nicht mehr dazu gekommen und war. „Wir hoffen, dass er es auch wieder sein wird." Sie machte eine kurze Pause. „Anwalt, meine ich. Er hat nichts Schlimmes getan, musst du wissen." Hannah zweifelte nicht daran, dass Margot tatsächlich glaubte, was sie da erzählte. Sie hatte er auch überzeugen können, aber Hannah? Was wusste Hannah schon, was wollte sie wissen? „Und sein einziger Sohn will nun nicht in seine Fußstapfen treten und Tierarzt werden." Sie lachte auf. „Naja, er wird sich schon sicher wieder beruhigen, jetzt lasse es dir bitte schmecken." Margot blieb stehen und wischte imaginär über eine Kommode. „Wirst du dein Kunststudium wiederaufnehmen?" War es Höflichkeit, die sie die Frage stellen ließ oder echte Neugier. Hannah sah kurz zu ihrer Gastgeberin. Sicherlich hatte auch sie schon glanzvollere Tage gehabt, aber im Gegensatz zu denen da draußen wirkte sie noch immer wie aus einer anderen Zeit. Die Haare ordentlich frisiert, konnte sich Hannah nicht vorstellen, dass ihr Gegenüber jemals etwas anderes getan hatte, als zu repräsentieren und in dem Moment verachtete sie Margot dafür. „Das wird mich nicht satt machen", sagte sie und erzählte kurz angebunden, dass sie versuchen würde sich zur Hebamme ausbilden zu lassen. „Hebamme?" Margot schien mit der Antwort nichts anfangen zu können und doch fand sie Worte. „Ich weiß zwar nicht, wie mein Mann dir da helfen kann, aber ihm wird sicher etwas einfallen." Sie trat zur Tür. „Da bin ich mir ganz sicher", dachte Hannah, behielt aber die Worte für sich.

Die Sonne strahlte vom wolkenlosen Himmel. Welcher Tag wohl war? Sie hatte sich in den Garten gesetzt und ihre Zeichnungen sortiert. Keine erhielt ein Datum. „Bis ein wenig Gras über die Sache gewachsen ist", hatte Margot geantwortet, noch bevor sie das Zimmer verlassen hatte. Hannah wollte wissen, wie lange sie ungefähr bleiben sollte. Wie lange wächst Gras? Sie strich über das Grün neben sich und sah auf ihre knochigen Finger. Sie sah ihn aus dem Haus treten und spürte, wie sie kurz unsicher wurde. Ärgerlich darüber wandte sie sich ihren Zeichnungen zu. „Danke." Er fragte sie nicht, ob er sich dazusetzten dürfe, sondern tat es einfach und setzte sich neben sie. Sie sah ihn kurz von der Seite an und sah ihm seine Strapazen der letzten Tage an. „Ich habe nichts mehr zu verlieren und daher werde ich tun, was ich möchte", sagte er bestimmend, mehr zu sich selbst, wie Hannah vermutete. „Mutter hat mir von deinem Wunsch Hebamme zu werden berichtet." Es erschien ihm erneut ein wenig komisch, Hannah zu duzen. „Wenn du möchtest, ich …" Er schien nach Worten zu suchen und schlug ihr umständlich vor, sie zu der Geburtsklinik zu fahren, damit sie sich vorstellen konnte. Wie naiv, dachte sie und sagte doch zu.

„Ein Fahrrad." Hannah sah zu dem Rad, welches am Gartenzaun lehnte. „Geklaut", verkündete er und gestand doch gleich, dass es nicht so war. „Aber nur eines", stellte Hannah fest, nachdem sie sich umgesehen hatte. Er folgte ihrem Blick und als sie wieder zum Rad sah, zeigte er auf den Gepäckträger. „Ich bitte Platz zu nehmen, Mademoiselle." Sie hob vorsichtig ihren Rock und fragte sich, ob sie nicht auffallen würden, bevor sie auf dem Gepäckträger Platz nahm. „Ich weiß nicht, ob das gut geht", bemerkte sie und ließ es doch zu, dass er losfuhr.

Niemand nahm Anstoß an ihnen. Kein Mensch schien sie zu beobachten. Die wenigen Männer, die sie sahen, halfen den vielen Frauen Steine und Schutt zusammenzutragen. Hab und Gut wurden durch die Straßen entweder geschoben oder gezogen. Hier und da sahen sie Panzer und Soldaten, die daran lehnten und beobachten, was um sie herum passierte. Hannah hielt sich am Sattel fest und war froh, so leicht zu sein. Sie holte tief Luft und schloss die Augen. Erst, als er anhielt, öffnete sie die Augen wieder. Ein großes Gebäude, kaum zerstört, Menschen gingen hinein, andere kamen heraus. Verletzte, geschoben in Rollstühlen, umwickelte Köpfe, brauchten sie hier eine Hebamme. Das Wort echote durch ihren Kopf. War es wirklich das, was sie wollte. Wollte sie nicht lieber malen, bei Jakob sein, weg von hier … Kurz verließ sie ihr Mut und auch ihr Willen, doch sie wusste, nur Malen würde sie und ihr Kind nicht satt bekommen.

„Kann ich Ihnen helfen?" Sie hatte den Mann im weißen Kittel nicht kommen sehen. Desinteressierte Augen hinter einer runden Brille.

Hannah versuchte seinem Blick standzuhalten, doch es gelang ihr nicht. Sie merkte, wie ihre Hände feucht wurden und auch ihr Hals wurde trocken, so dass sie glaubte kein Wort heraus zu bringen. „Ich glaube nicht", gelang es ihr doch. „Ich glaube doch." Richard war neben sie getreten. „Fräulein Hertz möchte sich über den Beruf der Hebamme erkundigen."

DRINNEN

„Was machst du?" Sein Kittel war dreckig und seine Augen auch desinteressiert. „Hebamme." Nur ein Wort, doch Hannah glaubte zu wissen, woher die Frau kam, die gerade ihren Beruf nannte. „Holland, Amsterdam, Van Gogh, Tulpen", hatte der Professor geschwärmt und ihnen von seinen Flitterwochen mit Gerda erzählt. Hannah erinnerte sich nicht mehr wann und versuchte sich auf die Männer vor sich zu konzentrieren. „Na, Hebammen können wir hier sicher nicht gebrauchen." Einer der Soldaten lachte. Hannah sah zu der stämmigen blonden Frau, die trotzig geradeaus schaute. Zitterte sie denn gar nicht. Hannah hatte Mühe ihre Hände unter Kontrolle zu bringen und versteckte sie in ihrer Manteltasche. „Naja, als Krankenschwester wirst du ja sicher auch was taugen." Der lachende Soldat schob sie zu einer Gruppe von Frauen, die ängstlich zusammenkauerten und warteten, was mit ihnen passierte. „Und du, Jüdin." Er spuckte in ihre Richtung. Hannah wich aus und sah ihn kurz an. Er schien es zu bemerken und diesmal schaffte sie es nicht auszuweichen, seine Hand klatschte in ihr Gesicht. „Wage es niemals mehr uns anzusehen." Wie befohlen starrte sie nun auf ihre Füße. „Verstanden." Seine Stimme schallte über den Platz. Hannah merkte, wie sie anfing zu weinen und ärgerte sich darüber und doch nickte sie. „Ich habe dich nicht verstanden." Obwohl nun leiser, hatte seine Stimme nicht an Schärfe verloren. Was wollte er von ihr? Sie überlegte kurz. „Jawohl", sagte sie und hoffte nicht zu jämmerlich zu klingen. Sie hoffte umsonst. „Also, was machst du?" Sie räusperte sich kurz und antwortete doch schnell, dass sie malen würde. „Und", er schien ungeduldig. Hinter Hannah standen noch mehrere Dutzend Frauen und Hannah überlegte, was sie sagen sollte und hob

doch nur ihre Schultern. „Na, sowas können wir hier mit Sicherheit nicht gebrauchen." Er schrieb etwas auf sein Klemmbrett, was er in der Hand hielt, und sah zu, wie ein Soldat sie wegführte.

„Warte." Ein weiterer Soldat kam zu ihnen und flüsterte dem Soldaten etwas zu, was Hannah nicht verstand. „Mitkommen", rief dieser und Hannah konzentrierte sich auf seine Stiefel, als sie hinter ihm herlief. Ihre Wange schmerzte noch, doch sie hielt ihre Hände weiter in der Manteltasche. Ein paar Stufen, ein Tisch, ein Blatt Papier und ein Bleistift. „Nun zeig mal, was du kannst."

WEITER DANACH

„Herrlich." Hannah sah zu Richard, der erneut ins grüne Wasser abtauchte. Sie musste kurz lächeln. Endlich hatten sie die Kittel der Vergangenheit zumindest für kurze Zeit verlassen. Sicher würden sie auch wieder Hebammen brauchen, hatte ihr ein weiterer sauberer Kittel erklärt und etwas von einer Ausbildung erzählt, aber auch davon, dass es sicher noch etwas dauern würde, bis ein wenig Normalität wiederkommen würde. Kaum etwas anderes hatte sich Richard in der Universität anhören können und dann verkündet: „Jetzt lassen wir die Zukunft mal Zukunft sein." Dann hatte er Hannah erneut auf seinen Rücksitz eingeladen und war mit ihr losgeradelt. Das leise Planschen von Richard, ein paar wenige singende Vögel und irgendwo ein Specht, der seinen Schnabel in einen Baum schlug, mehr hörte Hannah nicht und sie atmete tief ein und aus.

„Wasserratte", hatte ihr Vater sie gerne geneckt, wenn sie wieder in irgendeinen See gesprungen waren. Auch jegliches Meer zog sie an, so wie jetzt der grüne See. Sie sah sich um. Kein Mensch war zu sehen. Richard tauchte auf. „Es ist so herrlich, komm doch auch rein." Er spürte eine Unbeschwertheit aufkommen und hoffte sie so schnell nicht wieder zu verlieren. Hannah nickte ihm zu, während sie sich nach einem Versteck für ihre Stiefel umsah. Langsam zog sie ihre Stiefel aus und sah zu dem, was einmal schön geformte Füße waren. Wenigstens waren sie nicht mehr so geschwollen, stellte sie fest und fing an ihre Stiefel unter einem Baum zu vergraben und das, was noch zu sehen war, mit Ästen abzudecken. Erst dann streifte sie ihr Kleid ab und trat ans Wasser. Die Vorfreude gleich darin zu versinken, ließ auch in ihr eine kurze Unbeschwertheit aufkommen und blieb, als Hannah ganz untergetaucht war. „Und ist es nicht herrlich." Richards Haare trotzten der Ordnung und standen in alle Richtungen ab, was Hannah einen leichten Stich versetzte und sie kurz unruhig werden ließ. Schnell und verlegen versuchte sie Max' Gesicht heraufzubeschwören und tatsächlich gelang es ihr. Sie dachte kurz daran schnell raus zu gehen und es aufzumalen, doch das Wasser schien sie festzuhalten. „Es ist herrlich", rief sie. „Doch leider kann ich nicht schwimmen", rief sie weiter und tauchte unter. Hektisch schwamm Richard zu ihr und zog sie hoch. Sie ließ ihn gewähren. „Ganz ruhig, ich ziehe dich an Land", sagte er alles andere als ruhig. „Nicht nötig", antwortete Hannah und stieß sich von ihm ab, um dann kraulend zum anderen Ufer zu schwimmen. Richard blieb sprachlos und herzklopfend am Ufer stehen, bevor auch er lächeln musste. „Na, warte", dachte er und sah Hannah hinterher, die weiter schwamm. „Halt, was machen Sie da mit unseren Kleidern, lassen Sie die ja liegen!" Er rief so laut er konnte und sah weiter zu Hannah, die aufgehört hatte zu schwimmen und sich nun erschrocken umsah. Es dauerte einen Moment, bis sie gegen die Sonne blickend erkannte, dass ihr Kleid unberührt am Ufer lag. Immer noch kein anderer Mensch weit und breit zu sehen. Lachend schwamm sie zurück und spritze den ebenfalls lachenden Richard nass.

Die Sonne gab sich Mühe die beiden Körper zu trocknen. Ihre Unterwäsche klebte an den nassen Körpern, auch Hannahs Kleid darüber war nun feucht geworden, doch sie froren nicht. Sie lehnten an einem dicken Baumstumpf, Richard sah zum Wasser und Hannah malte Max' Gesicht, was sie nun endlich klar und deutlich wiedergeben konnte. Nachdem sie es fertig hatte, sah sie es lange an und wunderte sich, warum sie trotz Schmerz nicht die Leere spürte, die sie nun schon so lange begleitete. Hatte sie sich schon so daran gewöhnt? Sie überlegte kurz den See zu zeichnen, doch irgendwie hatte sie Hemmungen, und sie fragte sich, wann sie endlich anfangen konnte, wieder die Gegenwart zu malen. Ihre Gegenwart. Sie sah zum See und Richard traute sich, sie anzusehen. Das Kleid lag noch immer feucht eng an ihrem immer noch viel zu mageren Körper und doch wusste er in dem Moment, dass es nicht mehr lange dauern würde, bis sie zu ihrer ursprünglichen Schönheit zurückkehren würde. Die Erkenntnis erschreckte Richard und machte ihm Angst. Bald würde er ihren Anblick mit so vielen anderen teilen müssen. Über ihr Gesicht legte sich wieder die alte Traurigkeit, die ihm schon so vertraut erschien, und doch war er fast ein wenig stolz, dass sie es geschafft hatten, ein paar wenige Momente unbeschwert zu sein. Glücklich, stellte Richard für sich fest. Erschrocken darüber sah er wieder zum See und spürte, wie sein Bein wieder anfing zu pochen. Die verirrte Kugel brachte sich in Erinnerung, da nützte auch sein sinnloses Reiben über die schmerzende Stelle nichts. „Weiß man mittlerweile, wie viele?" Obwohl er jedes Wort gehört hatte, dauerte es einen Moment, bis er die Worte verstand. Er sah einer Schwanenfamilie zu, Vater, Mutter und zwei immer noch schwarze Kinder. Hannah sah ihn fragend an. Er schüttelte den Kopf und rieb weiter sein schmerzendes Bein. „Warum sitze ausgerechnet ich noch hier?" Erwartete sie eine Antwort? Er suchte, doch ihm fielen keine richtigen Worte ein. „Wenn es ihn gibt", sah Hannah in den Himmel. „Warum ich?" Er gab sich keine Mühe nach den richtigen Worten zu suchen, sondern sprach das aus, was ihm zuerst in den Sinn kam, wissend, dass es plump und auch ein wenig dumm war. „Vielleicht, weil du gut bist." Sie sah ihn fragend an und kurz trafen sich ihre Blicke. Ihrer immer noch fragend. „Entschuldige, viele waren gut", stammelte er und gab es auf, nach weiteren Antworten zu suchen. Woher sollte er auch wissen, wonach Gott entschied, wo er nicht mal wusste, ob es diesen Gott wirklich gab, und wenn ja, wo er gewesen ist, als das alles passierte. „Wie kannst du wissen, ob ich gut bin?" Nun sah sie ihn unvermittelt fragend an und beobachtete, wie er erneut nach der richtigen Antwort suchte. „Das Fahrrad", stammelte er und sah sie an. „Wenn du nicht gut wärst, hättest du es einfach genommen."

DANEBEN

„Warum dauert es so lange, mir ist schon ganz langweilig." Der Junge nestelte an seiner viel zu großen Krawatte herum. Das Mädchen, seine

Schwester, schien geduldiger. Hannelore, die blonden Haare zum Kranz auf dem Kopf gebunden, ihr Kleidchen sauber und gebügelt. Der Geruch nach Lavendel, den Hannah versuchte einzusaugen. Sie schubste ihren Bruder. "Sei ruhig, Walter, sie erzählt uns sicher die Geschichte weiter." Hannah dachte an ihre Mutter und versuchte sich ihr Gesicht vorzustellen, es gelang ihr nur vage. Doch an ihre Märchen erinnerte sie sich. Das dicke Märchenbuch dazu, doch die meisten Geschichten hatte sie so erzählt, ohne zu lesen. Jüdische Märchen, die gesammelten von den Brüdern Grimm und die aus tausend und einer Nacht. „Scheherezade", die immer weiter an ihrer Geschichte spann, damit sie weiterleben durfte. Wie lange konnte Hannah noch ihre Geschichte weitererzählen? Wie lange konnte sie noch an dem Bild rum malen, um diese Stunden Normalität genießen zu können? „Darf ich jetzt mal sehen?" Sie war aus der Küche gekommen, umweht vom Duft nach Gebackenem und dezentem Parfüm, erschien sie Hannah wie ein Wesen aus einer anderen Welt. Hannah konnte nicht sagen, ob sie schön war. „Nur die Kinder darfst du ansehen", hatte er gesagt und sie aus der Baracke gezerrt. Da saßen sie nun hübsch drapiert, der Junge in der noch zu großen Hitlerjungenuniform und die jüngere Schwester im Matrosenkleid mit ihrem gekranzten Zopf im deutschen Haar. „Nein, bitte erst, wenn es fertig ist." Sie wollte eigentlich ich sagen. „Wenn ich fertig bin." Aber ein ich war sie schon seit längerem nur noch in ihren Gedanken. Sie hatte die Staffelei eng ans Fenster geschoben, so dass die Hausherrin nicht sehen konnte, dass Hannah schon fast fertig war. Vielleicht konnte sie noch zwei Nachmittage herkommen. „Bitte weitererzählen", rief das Mädchen und ließ sich von ihrer Mutter auf den Schoß nehmen. Ein Anblick, der Hannah kurz schlucken ließ. Der Geruch der Kekse lenkte Hannah ab und sie sah auf den Teller, den die Frau zuvor ihren Kindern hingestellt hatte. Der Junge schien ihrem Blick zu folgen und nahm einen Keks und ging zu Hannah. „Bitte, für dich." Hannah schüttelte den Kopf. „Nimm ruhig", sagte die Frau und Hannah wagte es kurz sie anzusehen. Zu kurz, um ihren Anblick aufzunehmen, nur ihr Nicken hatte sie wahrgenommen. Schnell griff sie nach dem Keks, wissend, dass sie ihn lieber langsam essen sollte, stopfte sie ihn unfein in sich hinein, während sie aus dem Fenster sah. Auch wenn das Malen zuerst, dann der Keks und der Anblick der sauberen Kinder sie abgelenkt hatten, spürte sie die kleinen Viecher die ganze Zeit. Sie waren immer noch da. Wie jedes Mal, bevor sie zu den Kindern gebracht wurde, hatten sie Hannah unter eine Dusche gestellt, bevor sie in eine viel zu große weiße Bluse und einen zu weiten Rock gesteckt wurde. Doch die Biester auf ihren Haaren hatten wie immer überlebt. Sie versuchte sich auf das Gespräch der Mutter und ihrer Kinder zu konzentrieren und sah weiter in den wolkenverhangenen Himmel. Nur nicht kratzen. Hannah wusste, sie musste das Jucken aushalten. Sie sah zu dem Aufseher, der wie immer gelangweilt an der Flurtür lehnte und sie beobachtete. Manchmal hatte er die Augen geschlossen, wenn sie mit den Kindern allein war, dann hatte sie den Pinsel genommen und schnell mit der Rückseite über ihre kurzen Haare gestrichen. Doch diesmal hatte sie keine Chance. Wenn sie sehen würden, dass sie sich kratzte, dann wären ihre Portraitstunden vorbei, bevor das Märchen zu Ende erzählt war. Ob sie Hannah ins Badezimmer gehen lassen würden, sie glaubte die Antwort zu kennen und unterließ die Frage.

Sie kamen. Nun sahen alle aus dem Fenster. Das Geräusch der Sirenen kündigte sie an. Der Soldat nahm Hannah und zog sie in die Küche. „Wir können sie doch nicht hier alleine lassen, Mutter." Hannah hörte die entsetzte und ängstliche Stimme des Jungen, bevor die Küchentür zugeschmissen wurde. Kurz ging die Tür nochmal auf. „Rühr hier ja nichts an." Sie sah zu dem Aufseher hoch, aber ihr Nicken sah er nicht mehr, sondern schloss die Tür von außen ab, bevor wohl auch er in den Keller rannte. Fast erleichtert fing Hannah an sich zu kratzen. Der Schmerz schaffte es das Jucken zu verdrängen, was Hannah erleichtert wahrnahm und eifrig weiter ihren von Wunden übersäten Kopf kratzte. Dann sah sie aus dem Fenster und hörte die brummenden Flieger durch das Sirengeheul näherkommen. Drinnen schien es unruhiger zu werden. Einige Aufseher schienen ebenfalls Schutz zu suchen und liefen hin und her. Nur die Streifenhörnchen, so wie Hannah und Miriam sich und ihre Mitgefangenen manchmal nannten, schienen ungerührt an ihren Tätigkeiten weiterzumachen. Ob sie wohl dieselben Gedanken hatten? Hannah sah wieder in den Himmel. „Kommt, liebe Bomben, macht nun alles flach, nehmt ihnen alles und nehmt ihnen ihren Tag." Sollte sie nicht auch Angst haben? Wussten sie noch, was Angst ist? Hannah sah aus dem Fenster nach unten. Ein Holunderbusch würde sie sicher auffangen. Aber wie weit würde sie kommen? Sie sah einen

Soldaten unter seinem Turm Zuflucht suchen, eine fliehende Jüdin würde ihn sicher kurz von seiner Angst ablenken und er würde ohne zu zögern schießen, das hatte Hannah schon genug beobachtet. „Verflucht." Ihre Stiefel standen im Flur. Ein Wunder, dass sie sie anlassen durfte und erst im Haus Pantoffeln bekam, sie hätte darauf bestehen sollen, sie mitzunehmen. Die Zeichnung darin, von Jakob und ihr. „Jakob." Hannah sprach seinen Namen laut aus. „Lass bitte ihn überleben", betete sie zu dem Gott, an den hier schon lange niemand mehr wirklich glauben konnte. Aber vielleicht, hoffte sie und fuhr ihr Gebet leise murmelnd fort, während sie sah, wie einige Flieger näherkamen. Dann drehte sie sich zum Tisch um. Ein Korb mit Äpfeln, daneben eine Tageszeitung. Sie sah aufs Datum und hielt kurz inne. Konnte es sein? Das Lachen, was sich kurz ankündigte, blieb ihr aber im Hals stecken, als sie den kleinen hässlichen Mann erkannte, der vom Titel der Tageszeitung zum Durchhalten aufforderte und den sicheren Sieg versprach. Hannah hatte versucht nicht noch einmal auf den Obstkorb zu sehen, doch das rote Obst zog ihre Augen magisch an und auch ihre Hände schienen außer Kontrolle und so nahm sie einen Apfel und steckte ihn in ihre Rocktasche, während ein zweiter an ihrem Mund landete und sie beherzt reinbiss. Ein Zahn blieb darin stecken, der schon seit ein paar Tagen wackelte. Na und, dachte Hannah und biss erneut in den saftigen Apfel.

WEITER DANACH

Die Sonne wärmte ihre lauen Körper. Die Schwanenfamilie machte sich an das Wasser zu verlassen und im Schilf zu verschwinden. „Einen Apfel, den hätte doch jeder genommen", stellte Richard fest, erstaunt darüber, dass Hannah so offen erzählte.

WEITER DANEBEN

Die Flugzeuge waren über sie hinweg geflogen und hatten woanders ihren zerstörerischen Inhalt abgeworfen und dennoch schafften es die beiden Kinder nun nicht mehr still zu sitzen. „Welches Datum haben wir heute?" Sie sah zu dem Aufseher, der sich erneut an der Tür positioniert hatte, das Gewehr allzeit bereit geschultert, erschien er Hannah aber blasser als sonst. Er hatte Angst. Durchhalten, dachte Hannah. Sie würde durchhalten, da war sie sich kurz sicher und erklärte, dass sie das Datum brauchte, um es auf das Bild zu schreiben, auf ihre Signatur würde sicher kein Wert gelegt werden. Er sah nicht einmal in ihre Richtung. Sie kam immer noch sehr blass herein und sah zu Hannah. „Ist es fertig?" Hannah nickte, wie lange sollte sie denn nun noch daran herummalen. Vielleicht gab es ja noch andere Familien, die sie ein paar Stunden herausholen konnten. „Es ist großartig geworden." Hannah glaubte, dass sich ihre Wangen röteten, traute sich aber nicht sie weiter anzusehen. Auch das Mädchen hatte sich dazu gestellt und strahlte. „Fast wie ein Foto", stellte sie fest und lief zu Hannah und umarmte sie. Der kindliche Körper ließ sie steif werden und unsicher zu ihrer Mutter sehen, die immer noch auf das Bild sah. „Und jetzt erzähl uns die Geschichte weiter." Der Junge saß immer noch auf dem Sofa. Erst jetzt schien ihre Mutter wieder in der Realität anzukommen und ihr zuvor weicher verzückter Blick bekam eine Härte, die Hannah an ihr noch nie wahrgenommen hatte, und sie frösteln ließ. Sie ging zu Hannah und zog das Mädchen davon. „Schreib noch das Datum hin und dann geh." Sie nickte dem Soldaten zu und verließ mit der Tochter an der Hand den Raum. Sie bat den Soldaten erneut um das Datum und diesmal nannte er es. Die Zeitung war einen Tag alt und doch schrieb Hannah das Datum des vorigen Tages mit zitternden Fingern auf das Bild. Das Datum ihres Geburtstages. „Du kommst wieder." Die Worte des Jungen klangen nicht wie eine Frage, sondern eher wie ein Befehl. Hannah konnte nicht antworten und hätte auch nicht gewusst, was. Unsanft zog der Soldat sie vor die Tür. Sie bückte sich, um ihre Schuhe anzuziehen und hatte den Apfel vergessen, der nun aus ihrer Rocktasche direkt vor die Füße des Soldaten rollte.

Richard hätte gerne gewusst, was dann passiert war, doch er traute sich nicht zu fragen und erfuhr so nicht, dass sie der Diebstahl in das dunkle Verlies geführt hatte, in dem sie nicht enden wollende Stunden verbracht hatte. Es knackte irgendwo hinter ihnen. Doch das Geräusch schaffte es nicht die beiden aus ihren jeweiligen Welten zu holen. Richards schmerzendes Bein hatte ihn zurück in die Schützengräben geworfen und Hannah dachte an Jakob und vergaß kurz, wo sie sich befand. Es knackte erneut und diesmal drehte Richard sich um. Hannah hielt weiter ihre Beine umschlungen und starrte ins Leere. „Ein Wildschwein", flüsterte Richard und erreichte nun doch Hannah, die sich nun auch umdrehte. Tatsächlich trat ein Wildschwein aus einer Lichtung und sah neugierig zu den beiden Gestrandeten. Richard sah zu Hannah und wunderte sich kurz, dass sie nicht aufsprang. Das Wildschwein schaute nicht sehr freundlich und Richard glaubte, dass es sich um einen Eber handelte. Er sah vom Schwein zu Hannah. Was sollte sie schon so ein Wildschwein schrecken. Das Foto von der Litfaßsäule drängte in seine Gedanken und blieb kurz haften. „Wir sollten langsam gehen", bemerkte Hannah nach einer Weile. Das Schwein war wieder im Unterholz verschwunden und hatte jeden der beiden wieder in seine Geschichten entlassen. Richard sah in den Himmel. Wie lange sie nun dagesessen hatten, vermochte er nicht zu sagen. Er griff in seine Hosentasche und zog eine Armbanduhr heraus, die er sicherheitshalber nicht mehr am Handgelenk tragen wollte. „Stehengeblieben", stellte er fest und sah erneut in den Himmel. Die Tage waren lang, die Sonne ging spät unter und doch schien sie sich schon auf den Weg dahin zu machen. „Wir werden es vielleicht noch schaffen", glaubte Richard, war sich aber nicht sicher. Verfluchte Sperrstunde, dachte er und stand langsam auf. Verfluchtes Bein. Wie gern hätte er sich einfach wieder hingesetzt, sich an den Baumstumpf gelehnt und weiter die Schwäne beobachtet. Weit weg vom Schutt und ganz nah neben ihr. Ertappt und verwirrt, hatte er es auf einmal ganz eilig wegzukommen. Im Gegensatz zu ihr. „Und wenn wir es nicht schaffen." Sie saß immer noch am Boden, die Beine umschlungen auf das Wasser schauend. „Kannst du ein Feuer machen." Diesmal sah sie ihn an und Richard schaffte es nicht ihrem Blick standzuhalten und sah verlegen zum Wasser. „Ja, sicher kann ich das", antwortete er, in der Hoffnung, sie würde es ihm glauben. Sie hatten Streichhölzer benutzt, wenn sie mit den Pimpfen ihre Lagerfeuer gemacht hatten. „Du solltest Interesse an der zukünftigen Generation haben", hatte Richard der Erste gesagt und ihn aufgefordert aktiv dazu beizutragen. Richard warf die Gedanken an die Zeit ab und überlegte, ob nicht Mark Twain irgendetwas übers Lagerfeuer geschrieben hatte. Er liebte die Bücher über Tom Sawyer und seinem Freund Huckleberry Finn und konnte es auch nicht verhindern, dass auch diese Bücher aus seinem Zimmer verschwanden und im Feuer im Garten landeten. Äste lagen geschichtet auf einem Haufen und Richard kniete neben ihnen. Vorsichtig sah er zu Hannah, die etwas in ihr Heft zeichnete und ihn nur ab und zu beobachtete. Die Steine, die er aneinander rieb, schlugen keine Funken, ganz zu schweigen von einer Flamme. „Verflucht", dachte er. Hannah beendete die Zeichnung von Richard, der vergeblich versuchte ein Feuer zu machen und griff in ihren Rucksack. „Versuch es doch einmal damit." Richard sah neugierig in ihre Richtung und sah, dass sie ihm etwas zuwarf. „Streichhölzer", stellte er fest, nachdem er sie gefangen hatte. Er sah zu Hannah, die sich ein freches Grinsen nicht verkneifen konnte und musste nun auch lächeln. Es brannte und spendete tatsächlich Wärme und Licht.

„Jakob." Sie hatte ihr Zeichenheft genommen und hielt es Richard hin. Sie überlegte *mein Sohn* zu sagen oder *mein Kind* und doch hatte sie nur seinen Namen genannt. Die Sonne war nun schon fast untergegangen, doch das Licht reichte, um das gezeichnete Kind zu erkennen. Richard nickte und gab das Heft zurück. Gerda hatte ihm schon einiges erzählt. Das Versteck, die Geburt, der Verrat, das Ende. Ein lauter Knall ließ sie zusammenzucken. Irgendwo schien sich jemand sein Abendbrot zu schießen. Hannah steckte das Zeichenheft ein und versuchte sich vorzustellen, was wohl Jakob und ich im Moment taten. Ein neuer Schuss, diesmal noch näher. Richards Bein fing an zu pochen und er rieb daran. Auch er hatte geschossen und sich furchtbar erschrocken, obwohl er wusste, dass es laut sein würde. Es war noch nicht lange her, als sie seinen Kameraden an den Galgen gehängt hatten. Ein Schild um seinen Hals. Verräter. Er war noch nicht abgehängt, schon hatten sie für Ersatz gesorgt. „Natürlich werden wir siegen", hatte er verkündet, keine 15 Jahre alt, Nase, genannt nach seinem groß geratenen Riechorgan. Zu neu, um zu wissen, was auf ihn zukam, schlief er noch schnell ein. Irgendwo weinte ein Soldat, sein Schluchzen drang durch die Nacht und doch schien niemand Anstoß daran zu nehmen. Sie konnten es sich nicht mehr leisten gleich jeden zu erhängen, der nicht spurte. „Das hat doch alles keinen Sinn mehr. Ich mache das hier nicht mehr mit, sollen sie sich doch anderes Kanonenfutter holen", hatte sein Kamerad verkündet und ehe Richard reagieren konnte, hatte er sein Gewehr genommen und hatte sich davongemacht. „Keinen Sinn mehr." Richard sah sich um und nahm sich ein Tuch. „Endsieg." Glaubten sie wirklich noch daran? Bis zum letzten Mann kämpfen. Richard wollte nicht der letzte Mann sein. Der Knall war heftiger als der Schmerz und doch spürte er die Ohnmacht kommen. „Verdammt, wie ist das passiert." Richard sah nur noch verschwommen das Gesicht seines Offiziers. „Putzen", versuchte er noch zu murmeln, doch die Schwärze war schneller.

Die Scheite knackten und die Sonne war nur noch ein roter Feuerball, der kurz davor war in der Ferne unterzugehen. Sie hatte ein Stück Brot aus ihrem Rucksack geholt und hielt Richard ein Stück hin. Er schüttelte verneinend den Kopf, doch sie blieb hartnäckig, so dass er doch dankbar ein Stück nahm und anfing langsam zu kauen.

DANEBEN

Sein Bewusstsein war auch langsam wiedergekommen und der Schmerz war wieder sofort da. Nur nicht jammern. Er biss auf seine Zähne und öffnete die Augen. Weiß. Das Krankenlager. Nase stand an seinem Bett. „Die Blutung ist gestoppt, aber die Kugel konnten sie noch nicht holen." Jemand steckte ihm zwei Tabletten in den Mund und reichte ihm ein Wasser. Nase, eine Schwester? Die Schmerzen machten ihn benommen, doch die Stimme seines Offiziers machte ihn kurz klar und nüchtern. Er schob Nase zur Seite und kam mit seinem Gesicht ganz nah an Richards, so dass er seine Alkoholfahne riechen konnte. „Wenn es nach mir gehen würde, wärst du jetzt nicht hier, sondern ein paar Etagen tiefer." Richard musste würgen und versuchte die Worte zur Verteidigung zu finden, doch sein Vorgesetzter war schneller. „Komm mir nicht mit Unfall beim Reinigen, das hab ich schon vorher niemandem geglaubt." Er stand auf. „Ich glaube auch nicht, dass dein alter Herr dir das glaubt. Nur ihm hast du es zu verdanken, dass du noch lebst." Er spuckte in Richards Richtung, bevor er sich wieder davonmachte.

WEITER DANACH

Ihr Mund war leicht geöffnet und ab und zu fiel ihr Kopf zur Seite, den sie dann immer wieder hob, bevor sie sich nach einer Weile ihren Rucksack nahm und ihn unter ihren Kopf legte, den Rest des Körpers angezogen, versuchte sie weiterzuschlafen. Obwohl sein Bein aufgehört hatte zu schmerzen, schaffte es Richard nicht einzuschlafen. Er beobachtete weiter Hannah, die nun zu schlafen schien. Nur ab und zu schien sie nach einem imaginären Feind zu schlagen und das mit geschlossenen Augen, was Richard durch das wenige Feuerlicht sehen konnte. Welche Bilder hatten sich bei ihr unauslöschlich in ihre Träume und Realitäten geschlichen? Ihm wurden Monate gestohlen, doch wie viele Jahre waren es wohl bei ihr? Ein kalter Schauer lief ihm über den Rücken. Das Bild der Litfaßsäule warf sich über seine Gedanken an den Krieg. Er stand auf und legte Holz nach und erst, als die ersten Vögel anfingen, den neuen Tag zu besingen, fiel auch Richards Kopf zur Seite und er schlief ein. Eine Fliege. Richard wischte über seine Wange und merkte, noch bevor er seine Augen öffnete, dass es kein Tier war, was durch sein Gesicht lief, sondern Speichel. Schnell wischte er es weg. Hoffentlich sah sie es nicht. Er öffnete die Augen, das Feuer brannte kaum noch und der Tag blendete Richard, so dass es einen Moment dauerte, bis er sie sah. Sie lag auf ihrem Rücken und sah in den Himmel, das grüne Wasser unter Hannah. Ihr Kleid hing an einem Ast. Darunter lehnte ihr Rucksack, doch ihre Stiefel konnte er nicht sehen, suchte sie auch nicht, sondern sah wieder zu Hannah. Ein fremdes Gefühl überkam ihn kurz und verwirrte ihn. Einfach sitzen bleiben, nie wieder weggehen. Wenn er malen konnte, er sah zu ihrem Rucksack und verwarf den Gedanken, sich einfach einen Stift und Papier zu holen. Er würde sich den Moment merken müssen und hoffte ihn auch nicht zu vergessen.

Es hatte keine zwei Kilometer gedauert, bis sich die Kugel wieder meldete. Richard versucht sie zu ignorieren und radelte weiter. Hannah vor sich auf der Stange. Er hatte sich fest vorgenommen, einen Umweg zu nehmen. So wenig Schutt, so wenig Realität wie möglich. Er schaffte es nicht, der Schmerz wurde unerträglich und so wählte er doch den direkten Weg durch Schutt und Realität.

Sie hatten geschwiegen, auch nachdem sie abgestiegen waren und er das Fahrrad durch das Gartentor schob. Obwohl er gerne gewusst hätte, was sie nun machen wollte, traute er sich nicht sie zu fragen. Die Haustür wurde geöffnet und heftig zugeschmissen. Blonde lockige Haare verdeckten ihr Gesicht. Sie blieb abrupt stehen und wischte sich die Haare von den Augen. Hannah hielt kurz den Atem an, so sahen die Frauen aus, die auf Filmplakaten strahlten. Selbst die geröteten Augen nahmen ihr nicht ihre Schönheit. „Vera." Seine Stimme klang fragend, während er das Fahrrad an die Hauswand lehnte. Sie sah kurz zu Richard und dann zu Hannah, um sie von oben bis unten zu mustern. Verärgert über die Verlegenheit, streifte Hannah ihr Kleid nach unten und ging weiter an ihr vorbei. „Wie kannst du es zulassen, was sie mit uns machen." Aus ihrem Augenwinkel heraus erkannte Hannah, dass die blonde Frau Richards Arm nahm und festhielt. Schnell trat Hannah ins Haus.
Ihre Blicke hatten sich getroffen. Ertappt trat Hannah zurück und sah herzklopfend zur Gardine.
Vorsichtig trat sie wieder ans Fenster und sah an der Gardine vorbei. Ihre blonden Locken wippten hin und her, ebenso wie ihre wohlgeformten Hüften. Richard war nicht mehr zu sehen, als Hannah, kaum dass sie ihr Zimmer betreten hatte, zum Fenster gegangen war. Sie hatte immer noch dagestanden, sich ihre Nase geputzt, bevor sie nach oben gesehen hatte und sich ihre Blicke trafen.

„Vera", hatte Richard ihren Namen gesagt. Klang etwas darin, wie er ihren Namen ausgesprochen hatte? Wieso interessierte Hannah das? Irgendwann hatten Miriam und sie angefangen die Leben ihrer

Aufseherinnen zu neiden, sich erzählt, was sie machen würden, wenn sie in ihre Rollen schlüpften. Sie ertappte sich kurz Veras Leben leben zu wollen. Ein zaghaftes Klopfen holte sie in ihre Gegenwart zurück. Hannah erschrak und versuchte sich gleich zu beruhigen, gute Menschen klopfen nicht. Sie hatten nicht geklopft. Obwohl sie die Situation schon so oft durchlebt hatte, waren sie doch nicht drauf gefasst gewesen. Und trotz der Panik und Angst hatte sie Gott noch kurz gedankt, dass Jakob schlief, als sie ihn sich unter den Pullover schob, bevor die Tür aufflog und sie reinstürmten.

„Entschuldige." Hannah hatte gerade „Herein", gesagt, als Richards Mutter das Zimmer betrat. „Ich denke, Sie …" Sie räusperte sich. „Du wirst Hunger haben." Hannah sah zu dem Tablett, welches Margot auf den Sekretär stellte. „Manchmal machen die Menschen Sachen." Sie gab es auf eine Entschuldigung zu formulieren. „Auf jeden Fall ist es vorbei." Sie drückste weiter herum, während sie Hannah eine Tasse Tee eingoss. „Ist das hier …" Hannah nahm die Teetasse. „War das hier ihr Zimmer?" Sie nahm einen Schluck und sah zu Margot, die mit ihrer Antwort zögerte.

„Ja." Hannah glaubte Erleichterung bei ihr zu sehen. „Wir haben noch ein weiteres Gästezimmer, falls dir dieses nicht mehr recht ist." Hannah schüttelte den Kopf und wunderte sich selbst darüber, dass dieser Raum ihr ein wenig Sicherheit zu bieten schien und sie ihn nicht verlassen wollte. Wieder erschrak sie, als es klopfte. Diesmal weniger zaghaft. Schnell warf sie die Matratze über die Brote, die sie vom Tablett unter die Matratze geschoben hatte.

Große blaue Augen umrandet von dicken schwarzen Wimpern auf gut gepolsterten Wangenknochen, ein sinnlicher voller Mund, alles umrandet von blonden Locken auf einem weichen runden Körper. „Das Bild einer typischen Arierin." Er hatte kaum darauf gesehen und es wieder auf den Tisch gelegt. Hatte er sie nicht erkannt? Zugegeben, sie hatte sie nicht lange angesehen, aber auf ihr Gedächtnis konnte sie sich bei Gesichtern ganz gut verlassen. Nur Maximilian wollte immer noch nicht erscheinen. Selbst wenn er ihr nachts im Traum begegnete, klar und deutlich, verschwand es sofort noch vorm Aufwachen. „Es ist für dich." Sie wollte es ihm geben, doch er schüttelte desinteressiert den Kopf und warf doch einen kurzen Blick darauf.

„Vater, ich liebe sie nicht." Richard hatte vor dem Schreibtisch gestanden, an dem sein Vater saß, nein thronte, und an seiner Zigarre zog. Richards Herz klopfte und er fühlte sich Jahre zurückversetzt. Zwar war es ein anderer Schreibtisch, aber das Gefühl war kaum anders. Er wartete auf das Urteil seines Vaters. Damals gab es verschiedene Varianten, vom Essensverbot bis zum Rohrstock, doch diesmal, wusste Richard, stand das Urteil von vornherein fest. „Dann lerne sie zu lieben." Richard sah zu seinem Vater, dies war der Moment, in dem er seinen Sohn meist wegwinkte. Eine lapidare Handbewegung, doch bedeutete sie, dass sein Urteil unwiderruflich war.

„Es könnte dich durchaus schlechter treffen, sie ist eine Schönheit." Sein Blick war so streng, dass Richard glaubte, seine Nackenhaare würden sich aufstellen. Er wollte sich umdrehen und den Raum verlassen. „So viel Macht habe ich noch nicht, mein Sohn." Er hatte die Betonung auf das „noch nicht", gelegt. „Noch kann ich dich nicht von den Gräben fernhalten." Er nahm erneut einen tiefen Zug. „Aber dich", wollte Richard sagen, doch er traute sich auch diesmal nicht seinem Vater zu widersprechen, der nun anfing in seinen Akten zu blättern. Sein Zeichen, nun in Ruhe gelassen zu werden. Mit klopfendem Herzen nahm Richard das Zeichen wahr und verließ schnell den Raum, denn er wusste nicht, wie lange er die Tränen zurückhalten konnte, die sich aufmachten seine Augen zu verlassen. Wider Erwarten hatte sie es ihm leicht gemacht, mit ihrer fröhlichen naiven Art und ihrem weiblichen weichen Körper. Auch wenn sie es ahnte, dass die Verlobung und seine Gefühle arrangiert waren, hatte sie es weggelacht und ihn in ihr Leben und in ihr Bett gezogen. Und doch war er nie so engagiert beim Briefe schreiben, wie es seine Kameraden waren, wenn sie an ihre Frauen und Verlobten schrieben.

„Sie ist wunderschön", versuchte es Hannah erneut. Sie saß immer noch am Tisch, sämtliche Zeichnungen auf ihrem Tisch. Er glaubte auch eine vom See zu erkennen und sah zu Hannah. Ihre Haare reichten mittlerweile bis zum halben Hals, ob sie jemals wieder Rundungen haben würde, brauchte sie diese, um schön zu sein? Schöner. Er nahm aus Höflichkeit die Zeichnung und verließ das Zimmer.

„Achtzehn Monate." Es war mehr eine Frage als eine Feststellung. „Du denkst ernsthaft darüber nach noch über achtzehn Monate hier zu bleiben." Hannah hatte sich keine Zeit gelassen, während sie den Brief an den Arzt schrieb, den Richard der Erste wohl gut kannte. Sie wollte ihre Entscheidung nicht mehr überdenken, nicht mehr abwägen und sie wollte zu Jakob. Solange, bis es losgeht, wenn es losgeht. Diesmal war sie alleine mit dem Fahrrad zum Krankenhaus gefahren, zwei Passanten hatte sie nach dem Weg fragen müssen, schnell, ohne sie anzusehen, war sie weiter geradelt. Ihr Kreislauf ließ sie nach dem Absteigen kurz im Stich.

Sie atmete tief ein und aus und lief ins Gebäude. Er hatte sich ein wenig Zeit für sie genommen und ihr erklärt, wie sie üblicherweise Hebamme werden könnte, wusste aber nicht genau, wann es wieder losgehen würde. Er hatte den Brief an sich genommen und ihr freundlich die Hand geschüttelt. Erleichtert stellte sie fest, dass das Fahrrad noch da war, und wollte zurück radeln, entschied sich dann aber für einen Umweg.

„Hannah, das ist nicht dein Ernst." Ihre Stimme klang schrill und Hannah fremd, kannte sie die Stimme ihrer Freundin doch nur leise. Nicht dasselbe Lager, auch die Gerüche schienen anders und doch kamen die alten durch. Da halfen auch nicht die Desinfektionsmittel, die Hannah glaubte durchzuriechen. Auch die Geräusche waren nicht dieselben. Die Stimmen lauter, fester, ohne das ängstliche Wimmern. Und doch merkte Hannah, wie ihr unwohl wurde und sie sich auf den Moment freute wieder heraus zu kommen.

Auch ihre Haare waren gewachsen, doch waren sie nicht so dunkel nachgekommen wie bei Hannah. Sie erkannte einige graue Strähnen. Sie hatten sich lange in den Armen gelegen, wollten einander nicht loslassen, während sie weinten und nicht wussten, ob sie sich dafür schämen sollten. „Bitte sag, dass du das nicht ernstmeinst." Ihre Stimme, immer noch laut, überlegte Hannah, sie zu bitten leiser zu sprechen. Doch niemand schien von ihnen Anstoß zu nehmen. Sie sah sich um, ein Raum voller Gestrandeter.

Sie hatte ihre Namen auf den Lippen, doch sie wollten nicht gesprochen werden und so hatte Hannah andere Namen genannt. Den von ihrer

Tante Mimi, der Schwester ihres Vaters, im Gegensatz zum Rest der Familie streng gläubig, lief sie jeden Freitag in die Synagoge, Onkel David, der immer wie ein kleiner Hund seiner Frau folgte, die vor ganzer Gläubigkeit vergessen hatte, Kinder in die Welt zu setzen, wie es Hannahs Vater einmal beim Abendessen erklärt hatte, wobei ihn seine Schwester streng ansah. Sehr gut verstanden hatten sie sich wohl schon als Kinder nicht. Er hatte in seinen Papieren geblättert und emotionslos den Kopf geschüttelt. Ebenso nachdem sie den Namen der Brüder ihrer Mutter genannt hatte. Onkel Moshe, von dem sie wohl ihr Zeichentalent geerbt hatte, und Onkel Benjamin, sein Zwillingsbruder, vierzehn Minuten jünger. Weitere Namen, immer wieder Kopfschütteln.

Die Namen ihrer Eltern blieben unausgesprochen. Lieber mit der Hoffnung weiterleben als ohne … Hannah nannte meine Adresse und die ihrer Gastgeber und wollte schon gehen, als ihr noch ein Name einfiel. Sie ging zurück, diesmal lächelte er und nickte.

Eine Frau fing an zu husten und schien nicht mehr aufhören zu können. Erschrocken zuckte Hannah zusammen und sah sich ängstlich um. Doch die wenigen Soldaten beachteten sie kaum. Andere Uniformen und doch lösten auch sie ein unangenehmes Gefühl bei Hannah aus. „Wie kannst du ihnen nur ins Gesicht sehen." Dass Hannah ihnen nicht ins Gesicht sah, wollte sie nicht antworten, sie wollte sich überhaupt nicht rechtfertigen. „Die Menschen, die dich heute anlächeln, hätten dich gestern ohne mit der Wimper zu zucken ins Gas geschickt." Miriam sprach immer noch nicht leiser. „Nicht alle sind so." Hannah dachte an Miriam und mich, und auch kurz erschien Richards Gesicht vor ihrem inneren Auge, sonst fiel ihr niemand ein und sie fing an unruhig auf der Pritsche hin und her zu rutschen. „Ach, wo waren sie denn? Komm, Hannah, nimm deinen Jakob und komm mit mir nach Palästina." Noch als sie sich in den Armen gelegen hatten, hatte Hannah ohne auf die Frage zu warten von Jakob erzählt. Miriam, die glaubte ihre Familie überlebt zu haben, wollte auf dem schnellsten Weg Deutschland, seine Menschen und ihre Sprache verlassen. „Sobald ich dieses Land verlassen habe, wird niemals mehr ein deutsches Wort meine Lippen verlassen", hatte sie erklärt und auch wohl daran geglaubt. Sie teilten sich eine Scheibe Brot und tranken Apfelsaft, den

Hannah mitgebracht hatte. „Komm mit, Hannah, du brauchst auch keine Angst zu haben, ich bevorzuge eh dickere Mädchen." Nun lachten beide und Hannah musste an die Nächte denken, in denen sie eng aneinander geschmiegt durch alle Restaurants der Welt gelaufen waren. Sich stundenlang ausmalten, was sie alles essen würden, wenn sie das Martyrium überleben würden. „Ich würde sogar ein dickes Schweineschnitzel essen", hatte Miriam gesagt und sich über ihren Bauch gerieben. Hannah sah in Miriams noch immer lächelndes Gesicht. Hatte sie ihre Freundin jemals lächeln sehen? Sie wusste, dass sie dieses Bild festhalten musste und sie noch am selben Tag malen würde. Buschige Augenbrauen über dunkelbraunen Augen, das runde Gesicht mit vollen Lippen und einem Leberfleck direkt neben der Nase. Doch war es der rosa Wimpel, den Hannah als erstes wahrnahm, als sie Miriam das erste Mal sah.

DORT

Ein gelber Wimpel, genauso wie bei Hannah. Doch was das rosa Dreieck bedeutete, hatte Hannah noch nicht herausbekommen. "Nimm dich in Acht", hatte eine Mitgefangene ihre nicht gestellte Frage beantwortet und auf Miriam gezeigt. „Die macht es mit Frauen." Hannah hatte sich nicht in Acht genommen, was hätte ihr denn auch passieren können, als ein bisschen Wärme an dem kalten Ort. Nicht nur der rosa Anhänger unterschied Miriam von den anderen Frauen. Im Gegensatz zu ihnen schien Miriam nicht an Gewicht zu verlieren, sondern Hannah glaubte sogar zu sehen, dass sie mit der Zeit etwas runder wurde. Also doch nicht nur mit Frauen, dachte Hannah, die neben Miriam auf der viel zu engen Pritsche lag. Sie überlegte zu fragen, doch traute sie sich nicht. Zudem wollte sie sich nicht an Miriam gewöhnen, es war besser sich nicht anzufreunden. Zumal wenn sie rausbekommen sollten, warum Miriams Bauch immer dicker zu werden schien. Eine Woche hielt es Hannah aus, doch dann fing sie an von Jakob zu sprechen. „Ich mache einige Vorskizzen", hatte sie erklärt, als sie das Familienportrait angefangen hatte. Die Mutter hatte genickt und Hannah das wertvolle Papier gegeben. Schnell und geschickt hatte sie sich gemalt und Jakob, der in ihre offenen Arme läuft. Auch sein Gesicht hatte sie nicht finden können beim Malen und doch war es ihr Jakob. Irgendwann, als sie glaubte nicht beobachtet zu werden, hatte sie die Zeichnung geknickt und zwischen ihre Pobacken geklemmt. Hannah faltete das Papier auseinander und zeigte es Miriam. Sie hatte genickt und wortlos Hannah die Zeichnung zurückgegeben. Erst ein paar Nächte später, sie lagen nebeneinander und hielten ihre Hände, fing Miriam an zu erzählen. Davon, dass sie unbedingt ein Kind gewollt hatte und sich nur dazu mit einem Mann eingelassen hatte, der nichts von ihrem Wunsch wusste und sich nicht wunderte, dass Miriam nur alle vier Wochen Zeit hatte. Ebenfalls Jude und dazu noch verheiratet, kam es ihm gelegen, dass seine Geliebte nur wenig Ansprüche stellte. Ein Schrei unterbrach ihre Erzählung. Eine der vielen Alpträumer unter ihnen hatte angefangen zu jammern und wurde lauthals aufgefordert ruhig zu sein und doch dauerte es eine Weile, bis die Hannah vertraute Ruhe wieder einkehrte. Das, was sie Ruhe nannte, zwischen dem Rattengeschleiche, den Jammerklagen, dem Hundegebell draußen, dem Gekratze auf der Haut drinnen, die leisen Gebete in allen möglichen Sprachen und doch an denselben Gott, der sich hier schon lange nicht mehr gezeigt hatte. „Ich wollte unbedingt ein Kind."

WEITER DANACH

„Sie hatte nicht mal einen Namen." Sie waren vor einem Stacheldrahtzaun stehengeblieben und beobachteten ein paar Kinder, die sich eine alte Dose zuwarfen. Hannah nahm Miriams Hand, die einzige zärtliche Geste zwischen ihnen und doch so vertraut. „Ich weiß, es klingt abgedroschen und noch so weit weg, aber, Miriam, du kannst immer noch Kinder bekommen." Miriam schüttelte den Kopf und hob die Dose, die zu ihren Füßen gelandet war, auf und gab sie einem kleinen Mädchen, was sich in einer fremden Sprache bedankte, zurück. „Ich habe schon lange meine Periode nicht mehr bekommen." Sie lachte auf. „Dafür muss ich mich nie wieder mit einem Mann einlassen." Ihr Lächeln hielt nur kurz an, dann sah sie Hannah in die Augen, die ihren Blick festhielt. „Weißt du noch, wie sie ausgesehen hat?" Auf eine

125

negative Antwort gefasst, sah sie doch, wie Hannah ihr dickes Notizbuch aus dem Rucksack nahm und in den losen Zeichnungen solange blätterte, bis sie fand, was sie suchte. Die Dose landete erneut vor ihren Füßen, doch diesmal reagierten die beiden Frauen nicht. Hannah sah an den Kindern vorbei durch den stromlosen Zaun in die Ferne und Miriam auf die Zeichnung in ihrer Hand. Maries entschlossener Blick, das weinende Baby in der Hand, die neugierigen Frauen um sie rum, nur als Schatten ohne Gesichter gezeichnet. „Ja, so hat sie ausgesehen." Hannah hatte eine weitere Zeichnung versucht. Das schlafende Baby, wenige Stunden nach der Geburt, versteckt in der Ecke der Pritsche. Doch auch hier fand sich das Gesicht nicht in der Erinnerung. Und das Blatt war leer geblieben. Nur der Moment, als die Holländerin sich das Baby geschnappt hatte und von ihnen getreten war, hatte in ihrem Gedächtnis seinen Platz gefunden. Hannah spürte, wie sich ihre Augen mit Flüssigkeit füllten. Ihr war es egal und sie hielt die Tränen nicht auf, als sie kamen. „Wirst du mir bitte jedes Jahr ein neues Bild schicken." Hannah sah fragend zu ihrer Freundin, befürchtete aber zu wissen, was Miriam von ihr wollte. „So, wie es aussehen könnte, heute, nächste Woche, nächsten Monat, nächstes Jahr." Hannah wollte nicken, doch sie wusste, dass sie den Wunsch nicht erfüllen konnte, denn sie konnte nur das malen, was sie tatsächlich sah. „Es tut mir leid." Sie umarmten einander lange. „Versprich mir darüber nachzudenken, auch dort werden wir Hebammen brauchen." Sie waren zurück in der Baracke und hörten erneut das laute Husten. „Dort warten sie auch nicht auf uns, Miriam." Hannah dachte an das englisch besetzte Land, zu dem es ihre Freundin zog. „Noch nicht, aber wir werden unser eigenes Land haben, Erez Israel", sagte sie beschwörend und schien es auch tatsächlich zu glauben, im Gegensatz zu Hannah. „Ich bleibe hier, solange, bis Jakob Mama zu mir sagt." Hannah nahm zwei Packungen Zigaretten, die Richard ihr gegeben hatte, und legte sie Miriam unter ihr sauberes Kissen. Dann schrieb sie ihr meine Adresse auf einen Zettel und gab ihn Miriam. „Masel tov, Miriam." Das erste Mal gab sie ihrer Freundin einen Kuss auf die Wange und drückte ihre Hand. „Masel tov, Hannah", antwortete sie und nahm Hannah in den Arm. Sie war schon fast draußen, als das laute Husten erneut einsetzte. Resolut folgte sie dem Lärm und fand eine ältere Frau, die auf einer Pritsche saß und schwer atmete. „Kommen Sie." Hannah nahm vorsichtig den Arm der Frau und wollte ihr aufstehen helfen. „Lassen Sie mich Sie auf die Krankenstation bringen." Die Frau bewegte sich nicht und sah ängstlich zu Hannah. „Dort ist noch nie jemand lebend herausgekommen." Hannah versuchte ein Lächeln und schaffte es, dass die Frau aufstand. „Es ist vorbei, glauben Sie mir, niemand wird Ihnen mehr etwas tun."

Ihre Hände tauchten in den klaren Bach. Hannah füllte ihre Hände mit Wasser und tauchte ihr Gesicht hinein. Die Kälte erfrischte sie und gab ihr das Gefühl von Sauberkeit. Doch der Geruch ließ sich nicht wegwaschen und begleitete sie noch stundenlang. „Wenn sie mir heute anbieten ein Bad zu nehmen, werde ich es annehmen", dachte sie, als das Haus vor ihr erschien. Hannah hatte schon die Klinke des Gartentors in der Hand, als jemand aus dem Gebüsch zu ihr trat. Der Schreck hatte keine Zeit sich auszubreiten, denn sie fing sofort an zu reden. „Er wird dich niemals lieben." Sie versuchte wohl beherrscht zu klingen, dennoch verließen die Worte eher schrill ihren schön geformten Mund. Ihre Lippen waren angemalt und ihre ganze Erscheinung sah wieder so aus, als wenn sie aus einem amerikanischen Filmplakat gesprungen wäre. Hannah öffnete die Tür und beeilte sich hinein zu kommen. Doch eine Hand ergriff ihren Arm und hielt Hannah fest. „Sobald Sie Ihre Aufgabe erfüllt haben, wird Richard zu mir zurückkommen." Sie hatte ihre Fassung wiederbekommen und sah Hannah streng an, die versuchte sich loszumachen und es schließlich auch schaffte. „Was fällt Ihnen ein, fassen Sie mich nie wieder an." Kurz erschrak Hannah über ihre eigene Heftigkeit und ging zur Tür. Was sollte sie sagen? Erklären, dass sie es selbst nicht erwarten konnte diese Farce zu beenden. Sie öffnete die Tür und trat ein.
Mit klopfendem Herzen lehnte sie sich an die Tür. Nach alldem, warum warf sie diese Begegnung so aus der Bahn. Hannah blieb kaum Zeit darüber nachzudenken. Stimmen aus dem Wohnzimmer lenkten sie von Vera ab. „Es wird ja wohl noch eine Weile dauern, bis die Universitäten wieder öffnen." Die Tür war nur angelehnt und Hannah verstand gut, was Richard der Erste sagte, und auch eine gewisse Bestimmtheit, die Hannah nicht mehr fremd war, begleitete seine Worte. „Vater." Kurz erschrak Hannah, so laut hatte sie seinen Sohn

noch nie sprechen hören. „Ich werde kein Jurist werden, auch wenn du meinst, mich dann nicht mehr unterstützen zu müssen." Die Stimme war ruhiger, aber trotzdem klar und unmissverständlich. „Lange werden wir das hier eh nicht mehr halten können." Hannah sah zwar nicht, dass Richard um sich rum zeigte, stellte ihn sich aber so in dem Moment vor. Hannah löste sich von der Tür und ging möglichst ruhig zur Treppe. Die erste Stufe knatschte unter ihr. „Hannah." Sie erschrak und drehte sich nicht um. „Komm doch bitte, es ist noch etwas zu essen für dich da." Nun hatte seine Stimme die Melodie, die Hannah schon so vertraut war. Zu vertraut? Sie schüttelte den Kopf und stieg weiter. „Ich habe keinen Hunger", log sie und trat in ihr Zimmer. Was zuerst? Sie stellte ihren Rucksack ab und holte den Zeichenblock heraus. Miriams Lächeln saß fest in ihren Gedanken, also erst etwas essen. Sie ging zum Bett, hob die Matratze hoch und nahm sich ein Stück hartes Brot. „Hannah." Er hatte zaghaft geklopft und doch nicht auf ihr „Herein", gewartet. Schnell warf Hannah die Matratze über ihre Schätze und nahm ihr Zeichenheft aus dem Rucksack. „Er kann es einfach nicht akzeptieren, dass ich nicht in seine Fußstapfen treten möchte." Erst jetzt sah sie, dass er ein Tablett in der Hand hielt. Der Geruch nach warmem Essen machte sie kurz schwindelig. „Richard." Sie versuchte sich auf das Zeichnen zu konzentrieren und sah ihn nicht an. „Es ist ehrlich gesagt nicht mein Problem, ihr seid nicht meine Familie." Das „und werdet ihr auch nicht sein", schluckte sie herunter. „Nimm dein Kind und komm mit mir." Die Worte Miriams hatten sich festgesetzt und wollten Hannahs Gedanken nicht verlassen. Sie sah weiter zu ihrer Zeichnung. Miriams Gesichtsform erschien und Hannah fing an ihre Augen zu zeichnen. „Einzig allein deine Tante ist der Grund, dass ich hier bin", erklärte sie immer weiter zeichnend. Er stellte das Tablett auf das Bett. „Natürlich", sagte er und verließ den Raum. Hannah sah weiter auf das Papier unter sich, auf dem Miriams Gesicht fast fertig gezeichnet zu seiner Zeichnerin herauf lächelte.

„Diesmal wird dein Plan wohl nicht aufgehen." Sie war an die Seite ihres Mannes getreten, der hinter der zugezogenen Gardine stand und seinen Sohn beobachtete, der dabei war, das Fahrrad zum Gartentor zu schieben. „Was meinst du?" Er sah weiter hinaus. „Die Verlobungsfeier, ein paar Wochen warten, bis Gras über die Sache gewachsen ist, und dann verschwindet sie wieder", erklärte Margot.

Hannah trat zu ihrem Sohn, ihren Rucksack auf dem Rücken, eine weitere kleine Tasche in der Hand. „Sie hofft, dass ein Zug fährt." Margot reichte ihrem Mann eine Tasse mit Kaffeesatz. Die beiden verschwanden aus ihrem Blickfeld und trotzdem sah Margot weiter hinaus. „Wenn du glaubst, er wird sich in die Jüdin verlieben, kennst du deinen Sohn echt wenig." Er versuchte überzeugend zu klingen und die Erinnerungen an die Blicke seines Sohnes zu verdrängen. „Sorge lieber dafür, dass die Tochter vom Heinze hier nicht mehr auftaucht." Er nahm einen kleinen Schluck und verzog ein klein wenig das Gesicht, was er sich nicht anmerken lassen wollte. „Hatte er sie auch je so angesehen, wie er diese jüdische Frau ansieht." Er behielt diesen Gedanken für sich. Und auch die Idee, Vera vielleicht doch nicht so weit weg zu verbannen. „Jetzt mach uns mal eine richtige Tasse Kaffee und schütte die Brühe in den Ausguss."

„Achtzehn Monate und dazu noch die Zeit, bis die Ausbildung anfängt." Ich atmete tief durch. Solange zumindest würde sie bleiben. Würde Jakob noch bleiben, zumindest in meiner Nähe und kein Meer zwischen uns. Hannah hatte Jakob entdeckt, der sich nicht von uns unterbrechen ließ und weiter seine kleinen Geschichten erzählte und in Ein-Auge-Teddy einen geduldigen Zuhörer gefunden hatte. Er schien sie zu erkennen und ließ es zu, dass sie sich zu ihm auf den Boden setzte. Vielleicht auch froh, nun Antworten zu bekommen und so plapperte er abwechselnd mit seinem Teddy und mit Hannah, die geduldig zuhörte und Fragen stellte, obwohl auch sie sicher nicht jedes Wort und jeden Zusammenhang des Kindes verstand. Ihren Blick nur auf ihr Kind gerichtet, traute ich mich sie ein wenig zu beobachten. Die restlichen Brote waren im Ofen und wie jeden Morgen wussten wir nicht, wie lange wir noch das Privileg haben würden sie zu backen. Jeden Morgen wurden weniger Zutaten geliefert. Gerüchte, die Zutaten würden noch knapper, hielten sich schon lange.
Sie trug immer noch die dicken Stiefel um die schmalen Fesseln und doch schien sie nicht mehr so mager. Über die noch Wochen zuvor hervorspringenden Wangenknochen hatte sich ein vorsichtiges Polster gelegt und auch ihre Augen waren nicht mehr in Höhlen verschwunden. Ich spürte, wie sich meine zu füllen drohten und konnte sie doch nicht von ihr lassen. Ihre Haare waren länger und erreichten nun knapp ihre

Schulter. Sie sah kurz hoch und lächelte mich vorsichtig an. An diesen Anblick musste ich Jahre später denken, als ich an einem Kino vorbeiging und mich eine dunkelhaarige amerikanische Schauspielerin mit einer Zigarette in der Hand geheimnisvoll anlächelte und mich aufforderte bei Tiffany frühstücken zu gehen.

Jakob plapperte weiter und erzählte, dass Ein-Auge-Teddy nun Brownie hieß. Ein Soldat, der bei uns aufpasste, hatte mir versucht ein wenig Englisch beizubringen. Ein paar Farben hatte ich mir merken können. Brownie, ich hatte immer noch die Bilder im Kopf, wenn ich ihn ansah. Doch nun sah ich zu Hannah, die Jakob behutsam über den kleinen Kopf streichelte.

„Hannah." Elisabeth war aus dem Verkaufsraum getreten und ging mit ausgebreiteten Armen zu Hannah, die immer noch bei Jakob auf dem Boden saß. Und ich staunte, als Hannah sich tatsächlich kurz umarmen ließ, vermutete aber auch, dass sie keine Zeit hatte sich zu überlegen, wie sie die Begrüßung anders ausfallen lassen könnte.

Und auch, dass Elisabeth sie einfach duzte, erstaunte mich und ich beneidete meine Schwägerin erneut um ihre Unbeschwertheit. Wo war ich gewesen, als der liebe Gott sie verteilt hatte, und hatte er sich schon bei meinem Bruder verausgabt? „Ich hole schnell Matthias und dann erzählst du uns, wie es dir ergangen ist." Ohne eine Antwort oder Reaktion abzuwarten, ging sie nach nebenan. Ich sah wieder zu Hannah, konnte aber keine Reaktion erkennen, sie hatte sich gleich wieder Jakob zugewandt, der immer noch erzählte. Ich nahm ein Tuch und begann den Tresen abzuwischen, obwohl er schon längst saubergemacht war. Ich wartete, bis die Brote fertig waren. Vor der Ladentür waren schon einige Dorfbewohner erschienen, ich nickte ihnen zu. Wolfgang kam aus der Backstube und hielt seiner Frau und seinem Sohn die Tür auf. Inzwischen konnte Matthias schon sitzen und Elisabeth setzte ihn neben Jakob. „Hallo, kleiner Mann", begrüßte Hannah das Kind und streichelte nun ihm vorsichtig über sein Köpfchen. „Er heißt jetzt Matthias", verkündete Elisabeth und reichte ihm und Jakob jeweils ein Stückchen hartes Brot. „Oh, danke." Jakob nahm sein Stück und reichte es Ein-Auge-Teddy. „So zu heißen wie unser ehemaliger Reichsjugendminister, das wollten wir ihm nicht weiter antun", erklärte mein Bruder, bevor er wieder in der Backstube verschwand. „Auch." Ein-Auge-Teddy reichte Hannah ebenfalls ein

Stück Brot. Sie lächelte ihm zu und tat, als wenn sie hineinbiss.

Er hatte auch ein Stück Brot auf dem Schreibtisch liegen, allerdings ein mit Schinken belegtes. „Darf ich Ihnen etwas abschneiden." Er hatte ihren Blick gemerkt und sie sah verlegen an ihm vorbei. „Es wird sicher noch eine Weile dauern, bis hier alles wieder seinen geregelten Gang geht." Hannah nickte. „Aber ich denke, wenn Sie mögen, können Sie hier so lange mithelfen und schon Erfahrungen sammeln." Diesmal nickte Hannah nicht.

Die Glocke über der Tür fing an zu bimmeln und hörte nicht auf. In kürzester Zeit war der Laden voll. „Die Juden waren doch nach uns da. Mutter." Die schrille Stimme drang bis in die Backstube und verdrängte jedes Gemurmel. Selbst Jakob schien die plötzlich eingesetzte Stille zu wundern. Er stand neugierig auf, gefolgt von Hannah, die auf einmal unruhig wurde und sich nervös die Hände an ihrem Mantel, den sie noch trug, abwischte. Ich wollte die Tür zum Laden schließen, doch sie hielt mich am Arm fest und sah mich kopfschüttelnd an. Als ich zum Tresen trat, sah ich, dass nicht nur der Laden voll war, auch vor der Tür hatte sich eine Schlange hungriger Menschen gebildet, die geduldig warteten. Doch nur die Menschen, die im Laden standen, sahen abwechselnd von dem Mädchen zu dem Ehepaar. „Guten Tag, Frau Stein. Guten Tag, Herr Stein", unterbrach Wolfgang das nun langsam einsetzende Gemurmel. Ich sah zu dem Ehepaar. Er nickte und sie hielt sich an seinem Arm fest. Klammerte sich fest. Juden? Sie sah zu mir und unsere Blicke trafen sich, ich spürte, wie ich errötete und machte mich daran ein Brot zu nehmen und ihr über den Tresen zu reichen. Das hatte ich schon so oft getan. Manchmal hatten wir auch ein paar Worte gewechselt. Meistens sprachen wir über ihre Zwillingstöchter, die durch ihre unglaubliche Ähnlichkeit etwas ganz Besonderes in unserem Dorf war. Sie hatte vor ihrer Geburt als Kindergärtnerin gearbeitet und er war jeden Morgen mit einer Aktentasche unterm Arm zum Bahnhof gelaufen, um in die Stadt zu fahren. Und dann waren sie auf einmal weg. Aber der Krieg hatte so viele Menschen mitgenommen und genauso viele wieder bei uns ausgespuckt, so dass es mir müßig erschien, jeder Geschichte nachzugehen. „Mach doch was, Mutter." Sie rüttelte an dem Kleid ihrer Mutter, die versuchte das vorlaute Kind abzuschütteln. „Bekommen wir jetzt unser Brot?" Ihre Stimme war leiser und schien auch nicht mehr so fest, wie wir es gewohnt waren, und doch hielt sie ihren Kopf erhoben und drängelte an den Tresen, während Frau Stein und ihr Mann sich durch die nachdrängelnden Menschen nach draußen schoben. „Warten Sie." Elisabeth war zu mir getreten und gab mir Matthias auf den Arm. Sie hielt einen kleinen Brotlaib in der Hand, der eigentlich unser Abendbrot sein sollte. Als wenn unser Aufpasser nicht genau wusste, dass wir jeden Teigrest zusammenkratzten und meine Schwägerin ihn immer ganz heimlich versteckte, um ihn dann am Ende noch mithilfe der Restwärme zu backen, was nur selten gelang. Diesmal war es gelungen, das Brot war fest und ehe wir was sagen konnten, war Elisabeth schon zur Tür rausgegangen. „Tja, wenn es nach mir gehen würde ..." Mein Bruder sah auf seine mehlbehangenen Hände und drehte sie langsam hin und her. „Aber nach mir geht es hier schon lange nicht mehr und wie ist das mit Ihnen, entschuldigen Sie." Verunsichert sah ich zu unserem Soldaten, der aber nur Matthias anlächelte und ihn mir sogar abnahm, was sich der Kleine gefallen ließ und sofort anfing sich mit den Orden des Uniformierten zu beschäftigen. Ich griff erneut ein weiteres Brot und wollte es der Frau geben, doch mein Bruder nahm es an sich. „Verhalt dich nicht genauso wie sie." Obwohl ich das Schauspiel auch irgendwo tief in meinem Inneren genoss, fühlte es sich nicht richtig an, und ich sah meinen Bruder streng an. Er zögerte und ich fühlte auf einmal, wie das Kind, was ich einmal war und welches oft ihren kleinen Bruder glaubte in die richtige Richtung schubsen zu müssen, weil er mal wieder die Äpfel aus dem Garten des Pfarrers glaubte pflücken zu müssen. „Meine Schwester hat recht." Ich stutzte, nicht nur weil er mir noch nie laut recht gegeben hatte, sondern weil ich nun unmittelbar im Mittelpunkt stand und ich alle Blicke der hungrig Wartenden nun glaubte auf mir zu spüren. „Wir sind nicht so wie sie." Er reichte das Brot über den Tresen. „Bitteschön und guten Appetit", sagte er falsch freundlich lächelnd laut. Nur mich lächelte er echt an und machte sich weiter daran die Brote zu verteilen.

Jakob plapperte ohne Unterbrechung an meiner Hand. Nur ab und zu hob er etwas hoch, begutachtete seinen Schatz und ließ ihn meist fallen. Nur ein Stein und ein kleiner Stock wurden für gut befunden und landeten in seiner Hosentasche. Hannah schob den Kinderwagen mit dem schlafenden Matthias. Es hatte geregnet und Jakob entdeckte eine

Pfütze und ehe ich reagieren konnte, hatte er losgelassen und sprang in das Wasser und lachte, während es an ihm hochspritzte. Ich überlegte ihn zu tadeln, denn nicht nur seine Schuhe waren nass, sondern auch auf seiner Hose waren Wasserspritzer zu erkennen. Auf seiner einzigen Hose, die ihm passte. Hannah lachte und sprang zu ihm in die Pfütze. Nun musste ich auch lächeln, als ich die beiden so unbeschwert beobachtete, doch irgendetwas tief in mir tat auch weh, so als wenn mir jemand in meine Seele kniff. Wir würden reden müssen, doch irgendwie hatte ich das Gefühl, dass auch Hannah es nicht so eilig zu haben schien das Thema anzusprechen. Vielleicht war es Zufall, aber wenn ich ehrlich war, hatte ich uns doch mit ein wenig Absicht in die Richtung gelenkt und so erschrak ich auch nicht, als ich das Haus entdeckte. Zwei Jungen in zerlumpten Hosen schossen sich eine leere Dose zu. Ich kannte die Jungs und auch die Frau, die nun aus dem Haus kam und einen vollen Koffer auf einen schon gut bepackten Bollerwagen warf. Auch sie kannte ich, obwohl der Gesichtsausdruck, mit dem sie uns zunickte, mir fremd war. Sie schien immer freundlich, auch wenn sie die schlimmen Erlebnisse irgendwo weiter im Osten erwähnte, die sie wohl erlebt hatte. Ihr mir so unvertrauter Dialekt hatte es mir eh immer schwer gemacht zu verstehen, was sie erzählte, und so hatte ich meistens nur genickt, während ich im Laden stand und Brot verteilte. Auch jetzt verstand ich nicht, was sie vor sich hin fluchte. Die Dose landete vor Hannahs Füßen, doch sie machte keine Anstalten sie zurückzuschießen. Einer der Jungen holte die Dose und sie spielten weiter. Ich trat näher an das Haus. „So ein großes Haus für zwei Leute." Es dauerte einen Moment, bis ich verstand, was sie da andeutete, und ich spürte einen Stich im Herz. Zwei Leute. Sie waren tatsächlich nur zu zweit wiedergekommen. Maria und Marie erinnerte ich mich auf einmal. Die Kirche war fast voll, der Krieg noch in weiter Ferne, nur vereinzelte braune Uniformen auf den Bänken. Sie alle waren gekommen, um sich die Kinder anzusehen. Das kleine Wunder der Mädchen, die sich so ähnlich sahen. Ja, Marie und Maria, hatte unser Pfarrer gesagt, bevor er ihnen das Wasser über ihre kleinen Köpfe träufelte. Getauft, er hatte sie getauft und jetzt, wo waren sie? Sie rief etwas ihren Söhnen zu. Widerwillig gingen sie zu ihr. Die Dose landete auf dem Wagen und sie schoben und zogen mit ihm davon. Schweigend sahen wir ihnen eine Weile hinterher. Jemand kam aus dem Haus, ich erkannte nur einen zusammengerollten Teppich. „Den haben sie vergessen." Erst als er ihn ablegte, erkannte ich ihn. Er sah verwundert zu uns und nickte nicht unfreundlich. „Naja, vielleicht kommen sie ja noch einmal zurück." Er ließ ihn liegen und wollte zurück ins Haus treten. Ich kann nicht sagen, was in mir ihn nicht gehen lassen wollte, denn ich versuchte ihn zurückzuhalten. „Ich wusste nicht, dass sie ..." Nun fing ich doch an zu stottern, zumal er sich nun umdrehte und mich unverwandt ansah. Neugierde konnte ich nicht entdecken, etwas anderes glaubte ich in seiner ganzen Haltung zu erkennen, das, was mir am Morgen in der Bäckerei schon aufgefallen war. Die Bilder, die mich nie mehr ganz verlassen hatten, drängelten sich nach vorne und ich musste schlucken. „Ach ..." *Nichts* wollte ich sagen, doch er kam mir zu vor. „Sie wussten nicht, dass wir Juden sind." Er formulierte es nicht als Frage und doch antwortete er selbst. „Sind wir auch nicht." Nun wandte er sich ab und betrat sein Haus. Verlegen sah ich zum zusammengerollten Teppich.

Trotz des Hungers wollte das karge Mittagessen niemandem schmecken. Nur Jakob biss plappernd auf seinem Brotkanten herum. „Oh, wie konnte ich nur?" Wolfgang hatte es gerade geschafft, dass sich seine Frau wieder hingesetzt hatte. Schon am Abend zuvor war sie schon auf halben Weg zu den Steins, als er sie überzeugen konnte, doch wieder nach Hause zu gehen. „Warum lässt du mich nicht hingehen, ich möchte doch nur sagen, dass es mir leidtut." Sie waren wiedergekommen und hatten sich ihr Brot geholt und diesmal war es Elisabeth, die ihnen ihr Brot reichte. „Ein extra großes für Sie und Ihre Kinder", hatte sie gesagt und versucht ihnen verschwörerisch zuzulächeln. Das Lachen blieb ihr stecken, als ich ihr einen heftigen Tritt gegen das Bein gab. Doch es war zu spät, sie nahmen das Brot und verließen grußlos den Laden. Ich hatte es nicht erzählt. Vielleicht, weil keine Gelegenheit war, vielleicht, weil meine Gedanken nur noch um Hannah und Jakob kreisten. Ich wusste es nicht. „Ich hätte es dir erzählen müssen", entschuldigte ich mich ein weiteres Mal. Ein lautes Klopfen unterbrach unsere eingesetzte Stille. Wir fuhren zusammen. Wolfgang stand auf und öffnete die Tür und es dauerte nur einen Moment, als ein Mann, gefolgt von unserem Soldaten, in die Küche trat. Der Mann hielt einen Block in der Hand und ich merkte, wie meine

Hände feucht wurden. Hatten wir unsere Rationen nicht richtig verteilt? „Entschuldigen Sie die Störung." Er rückte seine notdürftig zusammengeklebte Brille zurecht und sah auf unseren Esstisch. „Hm, sieht gut aus." Ich sah zum Tisch. Die Suppenschüssel war leer und nur ein kleiner Kanten Brot lag noch auf dem Tisch. Ich überlegte es ihm anzubieten, doch er redete gleich weiter mit einer schnoddrigen, fast gelangweilten Stimme. Er stellte sich als Polizist vor. Ich überlegte, ob ich ihn schon jemals gesehen hatte. Ich erinnerte mich nicht. „Ein Mädchen ist verschwunden." Er sah auf seinen Block und las ihren Namen vor. „Hoffentlich taucht sie nie wieder auf." Diesmal war es mein Bruder, der ihr einen Tritt ans Bein verpasste. Elisabeth errötete und wischte sich über ihre tränenverschmierten Augen. „Entschuldigen Sie, mein Sohn hat Hunger." Ich wunderte mich über ihr so schnell wiedergefundenes Selbstbewusstsein und sah, wie sie Matthias aus seinem Stubenwagen nahm und die Küche verließ. „Hat sie jemand gesehen?" Er sprach so laut, dass Elisabeth noch hören musste, was er fragte. Ich schüttelte den Kopf. „Das letzte Mal am Morgen in der Bäckerei." Ich erzählte davon und der Polizist schrieb eifrig mit. Mehr konnten wir nicht sagen. Gefolgt von unseren Soldaten verließ er unser Haus.

Die Pfützen waren getrocknet und doch hatte Jakob auch diesmal wieder Spaß am Spazierengehen. Hannah hatte eine Blechdose gefunden, in der Jakob eifrig Steine und alles Mögliche, was auf seinem Weg lag, sammelte.

Wir waren wieder auf dem Weg zu ihrem Haus und doch war es mir unangenehm, direkt daran vorbei zu gehen. Doch um an den Wald zu kommen, mussten wir daran vorbei. Ein Fenster stand offen. Aus dem Kamin stieg Rauch. Von dem Paar war nichts zu sehen.

„Irene." Ich hatte mich auf die Bank vor unser Haus gesetzt und versuchte ein wenig zu lesen. Doch die Buchstaben verschwammen vor meinen Augen oder tanzten aus dem Buch heraus. Zu gerne hätte ich mich mit den Problemen der erfundenen Figuren Heinrich Manns beschäftigt. Eins der Bücher, die ich vor ihm, meinem Ehemann, retten konnte, und deren Worte doch nicht meinen Kopf erreichten, lag auf meinem Schoß und ich sah zu der Birke in unserem Garten. Was würde in einem Jahr sein. Wo würde ich sein? Wo würde Jakob sein? Sie hatte eine Wolldecke dabei, ihren Rucksack und fragte vorsichtig, ob sie sich zu mir setzen durfte. Ich nickte und rutschte ein wenig zur Seite, um ihr Platz zu machen. Sie breitete die Decke über unseren Beinen aus und ihre Nähe ließ mich verlegen werden. Unsere Beine berührten sich, doch niemand rutschte weg und so blieben wir sitzen. „Was wohl mit dem Mädchen ist." Auch sie schien zur Birke zu sehen und auf einmal schämte ich mich. Natürlich hatte ich auch zwischendurch mal an Christina gedacht, doch bis jetzt war es mir egal gewesen, was mit ihr passiert war. So war es. Jeder kümmerte sich um sich und seine eigenen Ängste. Hannah griff in ihre Kleidertasche, nahm etwas heraus, wickelte es aus und zerbrach es. Dann reichte sie mir die Hälfte. Mein erstes Kaugummi. Es schmeckte süß und blieb ab und zu an meinen Zähnen hängen. Ein komisches Gefühl, aber irgendwie nicht unangenehm. „Ich weiß es nicht." Gut, sprachen wir über die Tochter des Bürgermeisters, so mussten wir eben nicht über das Wesentliche, nicht über Jakob reden. Jeder Aufschub war mir recht, jede Minute, jede Stunde, jeder Tag, den es länger dauerte. Es fing an zu nieseln, doch Hannah machte keine Anstalten aufzustehen und ich wollte nicht fort aus ihrer Nähe. Wenn ich doch ein Mann wäre. Erschrocken über meine eigenen Gedanken, versuchte ich an Christina zu denken. Es gelang mir nicht. Ich spürte, wie ich rot wurde, und überlegte doch wegzurutschen, doch ich rührte mich nicht, und so schwiegen wir gemeinsam kurz in die nun einsetzende Nacht. „Natürlich, das war es." Die ganze Zeit hatte Hannah darüber nachgedacht, dass ihr etwas aufgefallen war. Ein Detail, so winzig, dass es Stunden gebraucht hatte, bis es ihr eingefallen war. Während ich erschrak, sprang sie auf und legte die Decke zur Seite. „Entschuldige, Irene, ich bin bald wieder da." Sie nahm den Rucksack und sah mich an. „Bitte pass gut auf ihn auf." Hannah drückte mir den Rucksack auf den Schoß und ich hätte vor Stolz zerspringen mögen. Egal wohin sie nun so eilig rannte. Ich hatte ihr Leben auf meinem Schoß und damit ihr ganzes Vertrauen. Die Tränen kamen so schnell und selbst wenn sie jemand gesehen hätte, es wäre mir egal gewesen. Ich weinte so heftig, wie schon lange nicht mehr, und hielt den Rucksack ganz fest an mich gepresst.

Das Fenster war geschlossen, ansonsten schien der Anblick derselbe. Den nun eingesetzten Regen nahm Hannah kaum wahr. Sie sah auf den

Boden und hatte Schwierigkeiten in dem Rest des Tageslichtes etwas zu erkennen und doch fand sie das Gesuchte. Ein Gegenstand, den Jakob zwar hochgehoben, aber doch gleich wieder runtergeworfen hatte. Hannah hob ihn auf und sah zur Eingangstür. Sie klingelte, doch es war nichts zu hören. Auch kein Strom, da nützten die Privilegien nichts. Nun klopfte sie laut und fest. Noch immer rührte sich nichts. „Machen Sie auf, hier ist Hannah." Hoffentlich war es noch nicht zu spät. „Hannah Hertz", wiederholte sie diesmal mit dem Nachnamen, doch wissend, dass den Bewohnern der Name nichts sagen würde. „Ich bin auch Jüdin." Das erste Mal in ihrem Leben hoffte sie, diese Tatsache würde eine Tür öffnen und nicht schließen. Ihre Hoffnung ging auf. „Ich bin kein Jude." Seine leeren Augen sahen durch sie durch. „Entschuldigen Sie, der Regen", stotterte sie und erst jetzt fiel ihr ein, dass sie sich keinen Grund für ihr Erscheinen überlegt hatte. „Es wird ein Gewitter geben und ich fürchte mich sehr." Sie glaubte wie eine schlechte Theaterschauspielerin zu wirken und hatte recht. „Da ist kein Gewitter in Sicht." Er hob nicht mal seinen Kopf und trat dennoch ein wenig zur Seite. „Bitte erzählen Sie mir nicht, dass Ihnen ein einfaches Gewitter noch Angst einjagen kann." Nun trafen sich ihre Blicke und das erste Mal nach der Begegnung mit Miriam war es nicht sie, die ihre Augen abwandte. Ertappt, natürlich hatte er recht, so schnell würde sie auch nichts mehr abschrecken und schon gar kein Gewitter, welches sich noch nicht einmal durch ein entferntes Wetterleuchten angekündigt hatte. Sie fühlte den Gegenstand in ihrer Tasche und versuchte in das Haus hinein zu hören. Keine außergewöhnlichen Geräusche. Was tat sie eigentlich hier? Der Regen wurde stärker und nun sah ihr Gegenüber doch in den Himmel und trat zurück, um Hannah reinzulassen. „Entschuldigen Sie, aber wir hatten noch keine Möglichkeit uns neu einzurichten." Er ging durch einen kargen kalten Flur in ein ebenso karges Wohnzimmer. Hannah musste schlucken, nicht mal die Möbel hatte man ihnen gelassen. Nur einen Holztisch mit zwei Stühlen darum. Im Kamin brannte ein kleines Feuer und spendete doch keine Wärme. Die Tür zum Garten wurde geöffnet und sie trat herein. Sie wollte gerade etwas sagen, als sie Hannah sah und erschrak. In der Hand hielt sie einen Teller. „Im Garten streunt eine Katze", sagte sie und selbst im fahlen Licht konnte Hannah sehen, dass sie nicht die Wahrheit sprach. Und doch war sie erleichtert und sie spürte, wie sie wieder mehr Mut bekam. „Was glauben Sie, wie oft ich nachts durch meine Vergangenheit laufe, mal mit einer Pistole, mal mit einem Messer oder einem dicken Stein, immer andere Gegenstände, immer andere Phantasien, aber immer dasselbe Ziel." Sie fröstelte und zog sich ihren Mantel enger um den mageren Körper. Sie versuchte ihre Blicke aufzufangen, es gelang ihr nicht und so sah sie ins Feuer und erzählte von ihren Phantasien. „Und doch weiß ich, dass die Befriedigung nicht lange anhalten würde, wenn es überhaupt eine Befriedigung ist." Sie dachte an Frau Schmidt und all die anderen, die nun ihr Leben ungestraft weiterleben durften. „Wir können helfen sie zu finden und sie vor Gericht zu stellen, doch richten dürfen wir nicht." Hannah nahm den Gegenstand, den sie die ganze Zeit festgeklammert hatte, und nahm ihn nun fest in ihrer Faust aus ihrer Manteltasche. „Richten tun andere." Sie machte eine kurze Pause. „Oder ein anderer." Hannah hatte schon lange nicht mehr an ihn gedacht. „Der ist hier schon lange nicht mehr, euer Gott, euer Jahwe", hatte Miriam eines Abends laut durch die Baracke gebrüllt und versucht die Freitagabendgebete zu durchbrechen, die aus der ein oder anderen Pritsche drangen. „Wenigstens wissen wir, dass heute Freitag ist", hatte sie mir zugeflüstert, ihre Tochter war nicht mal eine Woche zuvor geholt worden. Und doch hatte es Momente gegeben, dass auch Hannah zu ihm sprach. Manchmal sogar laut, so wie kurz bevor sie vor meinem Haus gestanden hatte, die Zeichnung im Schuh und voller Hoffnung. „Es bringt Ihnen Ihre Töchter nicht zurück." Sie öffnete die Faust. Eine rote Haarspange, die am Morgen zuvor noch in den Haaren des vermissten Mädchens geklemmt hatte, kam zum Vorschein. Kein Auge um Auge. Kein Zahn um Zahn, wollte sie noch sagen, doch sie ließ es und legte die Haarspange, Christinas Haarspange, auf den Tisch und trat hinaus in den kargen Flur.

Und wieder sprach sie laut, als sie die Tür hinter sich geschlossen hatte. „Lass sie zur Vernunft kommen." Wirklich gelernt zu beten hatte sie nicht, aufgewachsen irgendwo zwischen jüdischer und christlicher Religion. Sie ließ sich trotz des Regens Zeit zu uns zu kommen. Einen kurzen Gedanken zur Polizei zu gehen, verwarf sie sofort und war doch erleichtert, als ein blondes Mädchen schreiend an ihr vorbeilief. „Danke", sagte sie, sah in den Himmel und drehte sich um.

Das klamme Handtuch vermochte es nicht ihre Haare wirklich zu trocknen. Doch die Decke, die sie ihr um die Schultern gelegt hatte, spendete ein wenig Wärme. Inzwischen war die Nacht vollkommen angekommen und zwei Kerzen halfen dem mageren Feuer Licht zu spenden.

„Niemand hat etwas davon gewusst." Sie hatten ihre Geschichte sprunghaft erzählt, waren sich gegenseitig ins Wort gefallen, doch glaubte Hannah die Zusammenhänge verstanden zu haben. Ihre Eltern waren Juden. Der Vater, eigentlich Halbjude, war als deutscher Soldat in den ersten Weltkrieg gezogen und hatte mit Religion nicht viel zu tun. Er fühlte sich eher von den Schriften eines anderen Juden angezogen, der die Religion mit Opium verglich, und las begeistert dessen Schriften. So nannte er auch ihr zweites Kind Karl, wogegen die Mutter sich nicht wehren konnte, denn sie starb bei Karls Geburt. Hannah hatte genickt und weiter zugehört, während das Feuer weiter runter brannte und sie sich gegenseitig ergänzten, beim Erzählen ihrer Geschichte. Immer behutsam wartend, bis der andere ausgeredet hatte, und doch entstanden kaum Pausen, obwohl sie ein wenig in den Zeiten sprangen, hatte Hannah kaum Schwierigkeiten ihnen folgen zu können. Ihr Vater hatte erneut geheiratet, eine Christin, eine deutsche Christin, hatte sie beim Erzählen betont, aber auch davon gesprochen, wie gern sie ihre Stiefmutter hatte und es genoss nun an den christlichen Feiertagen teilnehmen zu können, trotz des allerdings geringen Widerstands ihres noch immer vom Kommunismus begeisterten Vaters. „Ich hatte selber fast vergessen, dass meine Eltern Juden waren, doch er hat mich daran erinnert." Sie räusperte sich und sah auf ihre gefalteten Hände auf dem Tisch. „Jüdin bleibt Jüdin", hatte er gesagt. Dann hatte er ihn angesehen. „Herr Stein", hatte er gesagt und nun ihn angesehen. Sie hatten vor ihm gestanden, jeder ein Mädchen an der Hand. Hoffnungsvolle Blicke auf den Mann gerichtet und auch auf die Frau, die an seinem Schreibtisch saß und mitschrieb. Seine Frau, die Frau des Bürgermeisters. „Sie hätte ihm doch nur ein Zeichen geben können, ihre Tochter ging in dieselbe Schule." Sie sah weiter auf ihre gefalteten Hände. Sie hatte kein Zeichen gegeben. „Also, Sie, Herr Stein, bei Ihrem Stammbaum sind keine Abartigkeiten zu erkennen." Er blätterte in irgendwelchen Unterlagen und fuhr fort, dass er sich nur scheiden lassen bräuchte. „Fangen Sie irgendwo ein neues Leben an, es muss dort ja niemand etwas von Ihrer Schande wissen." Er fing nirgends ein neues Leben an, sondern begleitete seine Frau und seine zwei Töchter dorthin. Hannah fasste über den Tisch und legte ihre Hand auf ihre. Einzig sein Schluchzen und das knisternde Feuer waren eine ganze Weile zu hören. Irgendwo glaubte Hannah ein Donnern zu hören, erst beim zweiten Mal verstand sie, dass es kein Donnern war, was sie kurz alle drei zusammenfahren ließ, sondern ein lautes Klopfen an der Haustür das Geräusch verursacht hatte. Hannah glaubte zu wissen, wer zu so später Stunde Einlass gewährt haben mochte. Herr Stein stand auf und ging zur Haustür. Hannah lag mit ihrer Vermutung richtig und es reichte die Stimme, um zu verstehen, wer gerade dabei war das Haus zu betreten. „Sie können sich ja sicher denken, was wir hier machen." Der Stuhl drohte umzukippen, so schnell stand sie vom Stuhl auf und ging in den Flur. „Nein, wir wissen nicht, was Sie zu so später Stunde hier machen." Sie versuchte Herrn Stein verschwörerisch anzusehen, doch es war zu dunkel. Also würden sie auch nicht sehen, wie sie rot wurde. „Dürfen wir eintreten." Der Polizist hatte nicht erkennen können, wer ihn da so forsch zurechtwies. Ohne eine Antwort abzuwarten, trat er ein und nickte Frau Stein zu, die nur kurz den Kopf hob. Er hatte wieder seinen Hut auf, doch der Soldat war diesmal ein anderer. „Das Mädchen." Er blätterte in seinem Notizbuch. „Christina", las er ihren ganzen Namen ab und berichtete, dass sie vor einer Stunde wiederaufgetaucht war und erzählt hätte … Hier räusperte sich, als er weiter ablas. „Die Juden haben mich geholt", hatte sie erzählt. Hannah wusste nicht, ob seine laxe Art Unbehagen oder tatsächlich Desinteresse widerspiegelte. Es war ihr auch egal. Sie hatte nie gut lügen können, ihr ganzes Talent war das Zeichnen. Schauspielern lag ihr nicht, das wusste sie, und doch setzte sie nun alles daran, genau damit zu überzeugen. „Dieses böse Mädchen, warum erzählt sie so etwas." Nun schien er doch aufmerksamer zu werden und sah Hannah neugierig an. Sie wich seinem Blick aus und sah an ihm vorbei zu Herrn Stein, dessen Blick nur auf seiner Frau ruhte, die immer noch am Tisch saß und ihren Mann ansah. „Als ich hier hergekommen bin am Nachmittag, habe ich sie in ihrem Garten spielen sehen." Er nahm einen Bleistift aus der Tasche und machte sich eine Notiz. „Aha." Er versuchte wieder erfolglos mit Hannah

Blickkontakt aufzunehmen. „Kann das jemand bezeugen, hat sie mit jemandem gespielt." Nun sah ihn Hannah doch an und er war es, der wegsah, denn obwohl das schwache Licht des Feuers ihn wenig sehen ließ, sah er, wie sie immer wütender zu werden schien. „Sie glauben mir nicht?" Sie sah zu Frau Stein und zu ihren Händen auf dem Tisch. Die Röte kam so schnell und schien ihre Stimme zu verdrängen, nachdem sie erkannt hatte, was dort auf dem Tisch lag. Sie nahm sich keine Zeit zum Nachdenken, griff ihren Rucksack und knallte ihn auf den Tisch, direkt auf die rote Haarspange Christinas. „Wie sollen sie das denn gemacht haben, bis heute Mittag war das Haus hier noch voller Leute." Die hoffentlich nun weit weg waren und wirklich nichts gesehen hatten. Ihre Geschichte hatte sie so eingenommen, dass Hannah nicht einen Moment darüber nachgedacht hatte, wie sie das Mädchen eigentlich tatsächlich entführt hatten. Es war ihr auch egal. „Sehen Sie sie doch an, glauben Sie auch nur einen Moment, dass diese Menschen die Kraft haben, so etwas Gemeines zu tun." Nun sah er Hannah doch direkt an. „Sagen Sie, wer sind denn Sie eigentlich?"

Der Regen war stärker geworden und tatsächlich kündigte entferntes Donnern ein Gewitter an. Aber nicht nur das drohende Gewitter hatte sie zügig zurückgehen lassen, allerdings nicht, ohne dass sie noch einmal zurückgegangen war, um ihren Rucksack zu holen. „Am besten, Sie verbuddeln sie im Garten", hatte Hannah gesagt und Frau Stein die Haarspange in die Hand gedrückt. Eine Reaktion hatte sie nicht abgewartet, sondern war wieder aus dem Haus getreten, vor dem der Kommissar wartete, um sie nach Hause zu geleiten. „Es war ein langer Tag, ich bin müde", hatte er erklärt und weiter, dass er keine Lust hatte, sie daran zu erinnern, was Ausgangssperre bedeutete, und doch hatte er darauf bestanden sie nach Hause zu bringen. Der Regen setzte ein und Hannah war froh, als sie an der Bäckerei ankamen. Sie hatte die Haustür schon in der Hand und setzte an sich zu bedanken, als er ihren Arm festhielt. „Warum sollte das Mädchen lügen?" Hannah traf die Frage nicht unerwartet und doch dauerte es einen Moment, bis sie ihre Sicherheit wiederhatte. Sie erzählte ihre erfundene Vermutung von dem Hass des Kindes auf Juden, der ja nicht einmal eine Lüge war, und auch das Nichtwissen, wo ihr Vater war, hatte sie sicher in eine Phantasiewelt verschwinden lassen. Sie wusste, dass er ihr kein Wort glaubte, aber sie hoffte auch, dass es ihn nicht interessierte, öffnete die Tür und verschwand im Haus.

Nun hatten sich Blitze zu dem Donnern gesellt und ließen mich nicht einschlafen. Auch Hannah schien nicht zu schlafen und wälzte sich hin und her. Nur Jakob zwischen uns schien ruhig zu atmen. Sie hatte sich lange bitten lassen mit in unserem Bett zu schlafen und wechselte auch meist in der Nacht ihren Platz und schlief mal auf dem Boden weiter, aber auch zusammengerollt auf dem Sessel hatte ich sie schon nach dem Aufwachen schlafen sehen. Ich nahm Jakobs Hand und versuchte ihn diesmal nicht erneut zuzudecken. Er würde die Decke doch wieder wegschieben. Auch Hannah war kaum zugedeckt. Um ihre Schuhe hatte sie ein altes Handtuch gewickelt. „Wessen Gesicht siehst du abends als letztes, bevor du einschläfst." Trotz des lauten Donners noch kurz zuvor, erschrak ich mit ihren Worten und ich konnte auch nicht sofort antworten. Kurz dachte ich sogar, irgendetwas zu erfinden, aber würde sie es glauben. Ich nannte ihr den Namen des Menschen: „Jakobs Gesicht." Ein Blitz erhellte kurz den Raum und ich drehte mich zur Seite, doch konnte ich sie nicht mehr sehen. „Gibt es sonst niemanden in deinem Leben?" Hätte ich traurig sein sollen in dem Moment. Ich war es einfach nicht, nur ängstlich und ich fing an ihr von Günther zu erzählen. Unser Kennenlernen, unsere unglückliche Ehe, nur von seiner Reaktion auf Jakob erzählte ich nichts, sondern ließ Günther sterben, bevor Jakob aufgetaucht war. „Und wessen Gesicht siehst du?" Noch bevor die Worte zu Ende gesprochen waren, wurde mir bewusst, wie dumm sie waren. Schnell überlegte ich eine weitere ablenkende Frage, doch Hannah war schneller. Sie schaffte es immer noch nicht, sich Max' Gesicht vorzustellen, obwohl sie ihn so gut beschreiben konnte. So gut, dass ich glaubte keine Schwierigkeiten zu haben ihn mir vorzustellen. Wessen Gesicht sich immer mehr in ihre inneren Bilder und Gedanken verirrte, nannte sie mir in der Nacht nicht, auch nicht, dass es immer noch andere Bilder waren, die sie immer wieder einholten. Ein lautes Donnern ließ mich zusammenzucken und an die Bombeneinschläge erinnern und würde mich immer daran erinnern. „Man kann beobachten, wie Seelen brechen." Sie setzte sich auf und zog ihre Beine an. „Ich habe es gesehen, so viele." Sie machte eine kurze Pause. Pathetisch, Hannah musste an den Professor denken. „Pathos", war eines seiner Lieblingsworte und doch vermied er es pathetisch zu reden. Und nun tat sie es. Sie musste lächeln und streichelte zaghaft über Jakobs immer noch schlafenden Kopf, bevor sie weitersprach. „Er ist noch so klein und würde es nicht verstehen." Ich nickte in die Dunkelheit und spürte, wie meine Kehle enger zu werden schien. „Du liebst ihn wirklich und ihm geht es so gut hier." Auch Hannahs Kehle wurde enger. „Ich kann und werde nicht auf ihn verzichten, wir werden es ihm erzählen, wenn er alt genug ist, es zu begreifen." Ich nickte, obwohl sie es sicher nicht sehen konnte. Sie gab mir Zeit, sie gab uns Zeit. Erleichtert schluchzte ich auf. „Ich weiß noch nicht, wie es weiter geht, aber es geht weiter", sagte sie versucht bestimmend, bevor sie sich wieder hinlegte und Jakobs andere Hand nahm. Der Kloß in meinem Hals hinderte mich daran ihr vom Doktor im Dorf zu erzählen, der sicher eine helfende Hand gebrauchen konnte, in der Zeit, bis Hannah mit ihrer Ausbildung anfangen konnte.

Erneut reichte die Schlange bis weit aus der Ladentür heraus. Wolfgang hatte die Aufgabe zu erklären, dass es Engpässe geben würde. Ich hatte eine andere Aufgabe und ließ meine Augen die Schlange absuchen. Sie waren nicht da. Noch nicht, wie ich hoffte. Aber auch Christina und ihre Mutter waren noch nicht da, obwohl sie sonst zu den ersten gehörten. Auch das war gut so. Ich nickte meiner Schwägerin zu, während ich einen Keil unter die Ladentür schob. Sie trat vor den Tresen, einen Zettel in der Hand, und wartete, bis ihr Mann zu Ende gesprochen hatte, dann ergriff sie das Wort. Unsicher sah ich zu unserem Soldaten, den ich gedanklich auch Brownie getauft hatte, aber er unterhielt sich mit einem anderen Soldaten. Dieser schien meinen Blick aufzufangen und lächelte mir zaghaft zu. Erst jetzt erkannte ich ihn, auch er war schon ab und zu bei uns gewesen, und hatte immer ein wenig mit den Kindern gescherzt. Bei meiner Schwägerin hieß er nur: "Dein Soldat", behauptete sie doch, er würde immer versuchen ein wenig mit mir zu flirten. „Unsinn", wehrte ich jedes Mal ab, und behielt es für mich, dass er mich tatsächlich ab und zu ein wenig verlegen anlächelte. Natürlich hoffte ich, würde er kein Wort verstehen und so tat er genauso wie Brownie, teilnahmslos, und beachtete meine Schwägerin kaum, die immer noch auf ihren Zettel starrte. Nur Wolfgang sah verwundert seine Frau an, ihn hatte sie wohl nicht eingeweiht. Ich musste schmunzeln, bevor sie noch einmal ansetzte. „Meine lieben Dorfbewohner", wiederholte sie und diesmal schien sie die Aufmerksamkeit zu bekommen, auch Brownie und mein Soldat sahen zu ihr. Und Brownie nahm tatsächlich einen Hocker und hielt ihn Elisabeth hin. Hatte sie ihn auch eingeweiht? Verwundert beobachtete ich weiter, dass er ihr auf den Hocker half, Elisabeth nickte ihm zu und sprach weiter. „Es ist viel Schlimmes passiert in den letzten Monaten, nein, in den letzten Jahren." Nun scharrte niemand mehr hungrig mit den Hufen und alle sahen zu meiner Schwägerin, die vom Unheil der letzten Jahre und der Schuld, die jeder nun mit sich trug, sprach. Wild gestikulierend fiel ihr der Zettel aus der Hand und sie fing an zu improvisieren. Dabei schien sie ihren Faden zu verlieren und fand ihn wohl doch, als sie von dem Unrecht, welches an den Steins verübt wurde, berichtete. Ich wurde nervös, befürchtete ich doch, sie würden gleich auftauchen. Wolfgang sah auf den heruntergefallenen Zettel und schüttelte den Kopf. „Hilf ihr", flüsterte ich, denn Elisabeth verlor sich doch in ihrer Ansprache, verlor den Faden erneut und kam nicht zum Wesentlichen. „Was meine Frau sagen möchte", unterbrach er sie und zog sie sanft vom Stuhl. Verdattert hatte sie keine Zeit sich aufzuregen. „Niemand zwingt Sie hier nun Lügen zu erzählen." Er räusperte sich und schien auch nach Worten zu suchen. Nervös sah ich aus dem Laden auf die Straße, ich hatte versprochen ein Zeichen zu geben, wenn sie kommen würden, aber auch wenn Christina mit ihrer Mutter kommen würde. Es war eh ein Wunder, dass sie noch nicht aufgetaucht waren. „Was Herr … der Bäcker sagen möchte." Eindeutig nicht mehr die Stimme meines Bruders, ich sah in seine Richtung und fuhr zusammen. Die Stimme mit leicht amerikanischem Akzent, ansonsten jedes Wort Deutsch, vielleicht ein wenig berlinerisch, aber auf jeden Fall gut zu verstehen. Ich merkte, wie mir die Knie weich wurden, und ließ sie schlottern. Er hatte seine Hand auf die Schulter meines Bruders gelegt und bat die Zuhörer, die nun mucksmäuschenstill geworden waren, sich zu überlegen, was sie im Fall - er sah zu meinem Bruder, der ihm den Namen des Mädchens zuflüsterte, - und fuhr fort mit der Bitte an die Dorfbewohner, die Steins doch nicht zu belasten und sich genau zu überlegen, was sie, sollten sie gefragt werden, der Polizei sagten. Er hob den Zettel und las, was darauf stand: „Vielleicht haben Sie sie ja doch am Nachmittag im

Garten spielen sehen." Er lächelte und erinnerte daran, dass nun niemand mehr Angst vor der Frau des ehemaligen Bürgermeisters haben musste. „Sie kommen." Elisabeth zupfte an meinem Ärmel, ich konnte meinen Blick nicht von dem Mann lassen, der soeben seine Rede beendete und mich nun wieder verlegen anlächelte. „Mein Soldat." Das Gemurmel der Dorfbewohner setzte langsam wieder ein, blieb aber ruhiger als sonst, was sicher daran lag, dass nun Christina fest an der Hand ihrer Mutter am Ende der Schlange erschien. Mit noch immer schlotternden Knien floh ich in den Backraum, in dem Hannah, mit Matthias auf dem Schoß, Bilder in die wenigen Mehlreste malte. Ich erkannte eine Schnecke und sah zu Hannah, die, ich sah noch einmal hin, denn den Gesichtsausdruck hatte ich bei ihr noch nicht gesehen. Grinste sie? Auch ich merkte, wie sich die absurde Situation keine drei Minuten zuvor in meinem Gedächtnis drohte zu wiederholen und zu verarbeiten. Doch es blieb keine Zeit, auch keine Zeit, um mir etwas auszudenken. Die Tür zum Laden ging auf und der Soldat, mein Soldat, kam, von Elisabeth begleitet, die eifrig unzusammenhängendes Zeug redete. Ich vermutete, sie versuchte eine Entschuldigung. Ungeschickt griff ich nach einem Tuch und wischte das Mehl vom Tisch. „Necke", beschwerte Jakob sich und ich streichelte ihm unbeholfen über den Kopf. Eine Hand erschien vor meinen Augen. Seine, wie ich vermutete, denn ich traute mich nicht hochzusehen. „Gestatten, Adler." Nun sah ich auf. Er lächelte. „Arnold Adler, geboren in Berlin und dort aufgewachsen." Tatsächlich hörte ich den Berliner Dialekt heraus und versuchte auch zu lächeln. Es gelang mir nicht. Er hielt immer noch meine Hand und sah mich fest an. „Schöne Kindheit, aber leider der falsche Stammbaum." Er ließ los und hob seine Schultern. Elisabeth stöhnte kurz auf, ihr Gesicht noch immer rot vor Verlegenheit. „Ebenfalls Jude, zwar nur fifty-fifty, aber das hat gereicht." Er sah zu Hannah. „Wo kommen denn auf einmal all die Juden her." Diesmal stöhnte ich auf, als ich verstand, was Elisabeth da gerade fragte. Verlegen starrte ich Hannah an und bemerkte, wie sich ihre Miene veränderte. Elisabeth, die gerade merkte, dass die Frage alles andere als passend war, fing wieder an sich hektisch zu entschuldigen. Ich sah weiter zu Hannah, die zum Soldaten sah, und ich sah zu dem Soldaten, der ihren Blick festhielt und auch seine Miene veränderte sich. Ich glaubte, er hätte sich verschluckt, und ich hielt den Atem an. Doch es war kein Husten, eher ein Bellen und es dauerte, bis ich verstand, was gerade passierte. Er fing an laut zu lachen. Ich sah zu Hannah, auch sie fing an zu lachen und hörte auch erst einmal nicht auf. Elisabeth stand mit offenem Mund irgendwo dazwischen und auch ich wollte mich nicht beherrschen und fing zwar nicht so laut wie die beiden, aber sicher auch so herzlich an zu lachen.

Der Laden war leer. Einige hatten gemurrt, dass die Rationen weniger wurden, mein Mitleid hielt sich in Grenzen. Sie hatten wenigstens etwas zu essen. Ich schöpfte mir ein wenig Wasser aus der Regentonne und setzte mich auf die Bank hinterm Haus. „Irgendjemand hat mal gesagt, im Krieg und in der Liebe ist alles erlaubt." Er wartete nicht, bis ich ihn aufforderte, sondern setzte sich direkt neben mich. Keine Nervosität überfiel mich und ich nickte. Wir sahen einander kurz an und schwiegen. Dann griff er in seine Uniformjackentasche und zog etwas hervor. Fotos. Ungefähr fünf Stück sah er sich an, dann hielt er mir eines hin. Eine Frau, ein Alter, was ich nicht schätzen konnte, irgendwo zwischen zwanzig und dreißig Jahre alt. Keine Schönheit, aber nicht uninteressant, lächelte mir milde entgegen. „Meine Frau." Er reichte mir ein weiteres Foto. Ein anderes Kleid, dieselbe Frau, diesmal nicht nur als Portrait. „Sie erinnert mich an dich." Die Rolle des Siegers gestattete es ihm mich zu duzen. Ich versuchte eine Ähnlichkeit auszumachen, doch mir fiel nur der große Bauch auf. „Ein Baby", sagte ich und wurde doch verlegen. „Ja, ich muss nach Hause." Er gab mir ein weiteres Foto. Ein pausbäckiges, noch sehr verrunzeltes Babygesicht sah mich an. Immer noch verlegen streichelte ich darüber. „Ich habe es noch nicht gesehen." Ich nickte ihm zu und reichte ihm das Foto.

„Du magst ihn." Dieselbe Bank ein paar Stunden später. Diesmal war es Hannah, die neben mir Platz genommen hatte, und wieder war ich verlegen. Verlegen, wie immer, wenn ich mit ihr alleine war. Verlegen und ängstlich. Ich nickte und sah nach vorne. Die Sonne warf noch ein paar letzte Strahlen in unsere Richtung. Ja, ich mochte ihn. Unseren Soldaten, irgendwie gehörte er schon zu unserem Inventar und doch war ich erleichtert, als er mir die Fotos seiner Familie zeigte. Warum eigentlich? Ich verwarf die Gedanken daran, was sein würde, er wäre nicht verheiratet. Er hatte von irgendwoher eine Flasche Schnaps gezaubert und an uns verteilt. Wir hatten auf sein Kind angestoßen und noch ein wenig gelacht über seinen Streich. Bis auf Wolfgang hatten wir ihm schon alle verziehen. Mein Bruder brauchte drei Schnaps, bevor er nicht mehr so beleidigt schaute. Vielleicht, nein, sicher war es der Schnaps, der mir den Mut schenkte und meine Zunge löste. Wir hatten die Matratze vom Bett genommen und neben ihre auf den Boden gelegt. Jakob schlief ruhig zwischen uns. Hannah hatte sich zusammengerollt, ein schon gewöhnlicher Anblick für mich, dazu die dicken Stiefel. Viel mehr konnte ich nicht erkennen. Ihr Atem war unruhig und ich vermutete und hoffte, dass sie noch wach war. „Wie wird es weiter gehen.“ Sie reagierte nicht und ich befürchtete, sie würde doch schlafen. Ich wollte nicht mehr warten. Ich wollte nicht mehr rauszögern. Vielleicht wollte ich den Schmerz, den sein Verlust mir bringen würde. Weinen, ein paar Monate hindurch, aufstehen, weiterleben, eine neue Aufgabe. Hier oder irgendwo anders. Die Ungewissheit wollte ich nicht mehr. Jeden Morgen aufwachen und glauben, es sei unser letzter Morgen. Der letzte Tag mit Jakob. Die letzten Stunden. „Wenn ich eines gelernt habe.“ Hannah war noch wach und auf einmal war ich nicht mehr sicher, ob ich wirklich bereit war für ihre Entscheidung. „Dort“, fuhr sie fort. Ich nickte, wissend, was sie meinte, aber auch wissend, dass sie meine Reaktion nicht sehen konnte. Die Dunkelheit gab mir den Schutz und doch fühlte ich mich ausgeliefert. Was hätte ich gemacht? Wie konnte ich sie nicht verstehen? Wäre es mir nicht egal gewesen, wie Jakob reagierte. Hätte ich ihn wirklich weiter bei mir Fremden gelassen. Ja, wahrscheinlich wäre er verstört gewesen, aber wie lange? Die Fragen, die mir durch den Kopf geisterten, schafften es nicht mich vor ihrer Antwort abzulenken. Sie redete weiter. „Das Jetzt zählt, Irene.“ Sie streckte sich und schien nach oben zu sehen. „Und jetzt fühle ich mich hier wohl, mit dir und mit Jakob.“ Erleichtert atmete ich aus und merkte es danach, dass es ein lautes Ausatmen war, und doch schlichen sich zu den Ängsten Zweifel. „Wie kannst du uns vertrauen?“ Sie drehte sich zur Seite und ich spürte trotz der Dunkelheit ihren Blick. „Woher weißt du, dass ich nicht auch zu ihnen gehört habe, und es vielleicht noch tue?“ Sie lachte auf. „Ach, Irene. Eine Judenhasserin steht nicht am Gartenzaun und verteilt Äpfel.“ Ich spürte ihre Hand über meiner Decke und überlegte, ob ich sie greifen sollte. Wollte es doch, traute ich mich aber nicht. Zudem spürte ich Tränen aufsteigen und ich versuchte, sie durch festes Schließen der Augen daran zu hindern diese zu verlassen. „Du liebst ein Judenkind wie dein eigenes, wie solltest du eine Judenhasserin sein." Ihr Arm blieb an der Stelle liegen, meine Tränen nicht. Während ihr Atem ruhiger wurde, weinte ich leise und erleichtert vor mich hin.

Mittlerweile waren sie zwei Tage nicht mehr da gewesen, um sich ihre Ration Brot abzuholen. Das Küchenfenster war offen. Die Haustür nur angelehnt. „Was machst du da?" Ich sah zu Hannah, die vorsichtig anfing die Tür zu öffnen. Sie reagierte nicht und machte vorsichtig einen Schritt durch die wenig geöffnete Tür. „Frau Stein, Herr Stein", rief sie und erschrak, als von innen jemand die Tür aufriss. „Fräulein Hertz." Ich konnte nicht erkennen, ob er überrascht, erfreut oder verärgert war. Er sah kurz zu mir, nickte und sah dann wieder zu Hannah. „Kommen Sie rein." Er hielt ihr die Tür auf, als ich eintrat, ließ er sie los und trat in den Flur. Hannah reichte ihm zwei Laibe Brot, die er nicht annahm. Sie legte sie auf eine Kommode. „Das ist nett von Ihnen", setzte er an und erklärte weiter, dass er und seine Frau das Dorf verlassen würden. „Ich verstehe." Hannah schien tatsächlich nervös, etwas, was ich bei ihr noch nicht erlebt hatte. „Ich nehme an, ich kann Sie nicht umstimmen." Er schüttelte den Kopf. „Wir eignen uns nicht als Mahnmal. Seht mal dort, die Steins." Seine Stimme war nun fester und lauter geworden. Fast ein wenig leidenschaftlich, so gut es für diesen Mann noch ging. „Lasset uns innehalten", fuhr er fort. „Lasst uns daran erinnern, was wir ihnen angetan haben und all den anderen. Ach, jetzt sind sie um die Ecke gegangen, nun können wir wieder fröhlich sein." Ich erinnerte mich an Hannahs Worte der letzten Nacht, doch konnten sie mir in diesem Moment in keiner Weise mein Gewissen reinigen und ich schämte mich und wusste nicht, wo ich hinsehen sollte. Obwohl ich in diesem Moment Luft zu sein schien, ein Gefühl, was mir durchaus bekannt war. „Wir können Ihnen ihr Gewissen nicht zurückgeben." Auf einmal war ich nicht mehr Luft. Er sah mich direkt an und ich schaffte es nicht seinem Blick standzuhalten und sah verlegen und hochrot zu Hannah. „Dann bleibt wohl nur Ihnen alles Gute zu wünschen." Er nickte und Hannah hielt ihm ihre Hand entgegen, die er ausdruckslos schüttelte. Meine Hand blieb in der Luft hängen. Wir waren schon draußen, als Hannah noch einmal zurück ging. „Wohin werden Sie gehen. Palästina, Amerika?" Ich konnte seine Reaktion nicht sehen. „Sie werden von uns hören", sagte er und Hannah bat um sein Versprechen sich daran zu halten. Er versprach es ihr. Wir schwiegen auf dem Nachhauseweg. Eigentlich hatte ich vor, bei dem Doktor unseres Dorfes vorbeizugehen, um ihn Hannah vorzustellen, doch jetzt war dafür kein Platz. Paradoxerweise musste ich lächeln. Jetzt zu leben, das zu lernen bezweifelte ich und nahm es mir doch vor. Elisabeth kam uns entgegen, Matthias im Kinderwagen, Jakob an der Hand, von der er sich sofort loslöste und auf uns zu kam und mich umarmte. Zuerst mich, dann Hannah. Ich wollte mich dafür nicht schämen und wusste doch, dass es jedes Mal einen Stich bei Hannah verursachte. Und auf einmal war mir das jetzt doch egal und ich dachte ans Morgen. Vielleicht würde es einmal anders sein und dann würde ich den Stich spüren. „Du hast Besuch, Hannah." Matthias hatte angefangen zu weinen und Elisabeth nahm das Baby aus dem Wagen. Ich sah zu Hannah, die auf einmal ganz aufgeregt erschien. Sie waren gekommen. Hannah hatte ihren Aufenthaltsort bei Gerda und auch bei Richard angegeben. Hannah zögerte, wenn sie es nun doch nicht waren.

Hannah blieb kurz stehen, bevor sie doch mit schnellen Schritten in Richtung unseres Zuhauses ging. „Richard." Sie verbarg ihre Enttäuschung nicht und spürte trotzdem einen leichten Stich im Herzen, was sie ärgerte und versuchte zu verdrängen. Er hatte auf der Bank gesessen und trat ihr entgegen. Sie sah in seine Hände. Kein Brief. Sein Blick, die gewisse Traurigkeit nicht weniger als sonst, aber auch nicht mehr als sonst.

DORT

„Manchmal, Hannah, wünsche ich es mir direkt, dass sie endlich kommen und auch mich holen." Miriam hatte sich nicht mal die Mühe gegeben leise zu sein. Und gleich reagierte eine Frau und schimpfte los, in einer Sprache, die sie nicht verstanden. Die Nächte waren kurz. „Hör

auf, Miriam", hatte Hannah versucht sie am Weiterreden zu hindern. "Lieber endlich ein Ende, als immer nur darauf zu warten."

DANACH

Vielleicht lebten sie ja doch noch. Sie fragte nicht. Warum auch. Woher sollte Richard es denn wissen? Oder doch. Sie standen einander gegenüber. "Guten Tag, Hannah." Verlegen reichte er ihr seine Hand, die sie zögernd griff und doch zuließ, dass er sie ein wenig länger festhielt. Mit ihrem Blick gelang es ihm nicht. Sie sah woanders hin. "Das Fest." Sie atmete auf und ließ seine Hand los. Das Fest. Der Geburtstag seines Vaters. Ihre Einführung. "Das Fest", wiederholte sie. Ihr Versprechen Gerda gegenüber. Natürlich sie würde hingehen. Sie würde das Spiel mitspielen. Eine Weile seine Verlobte sein, solange, bis Gras darüber wachsen würde.

"Schaut mal her." Mein Bruder hatte auf den nicht ganz so gewöhnlich kargen Abendbrottisch ein kleines Körbchen gestellt und zog feierlich ein Tuch darüber weg. "Brombeeren." Aufgeregt klatschte meine Schwägerin in die Hände. Über was wir uns mittlerweile freuten, ich musste tatsächlich lächeln und griff beherzt zu. Richard hatte ein großes Stück Schinken mitgebracht. Ein Stück Butter stand daneben, es hatte uns Vaters letzte Manschettenknöpfe gekostet. Geradezu ein Festmahl. Lächelnd beobachtete ich Jakob, der seinen Mund verzog, nachdem er eine Brombeere gekaut hatte. "Auer", sagte er und nahm ein Stück Brot. Das Tuch landete über den Brombeeren und Wolfgang griff nach dem Schinken, während er aus dem Fenster sah. Mein Soldat, inzwischen nannte ich ihn gedanklich auch schon so, kam, gefolgt vom Polizisten, durch unseren Vorgarten. Wolfgang ließ sie rein. Er nahm seine Brille ab und sah uns einzeln an. Bei Richard blieb sein Blick länger hängen und auch unser gedeckter Tisch bekam ein wenig länger Aufmerksamkeit. Er räusperte sich und nahm seinen Block aus seiner Jackentasche. Niemand forderte ihn auf Platz zu nehmen und so blieben sie stehen und wir sitzen. "Mittlerweile haben mehrere Dorfbewohner bezeugt, das Mädchen ..." Er sah auf seinen Block, bevor er ihren Namen nannte und berichtete, dass sie in ihrem Garten gesehen wurde. „Hat sie zugegeben gelogen zu haben?" Elisabeths Mund war mal wieder schneller als ihr Verstand. Ich fühlte das Bein meines Bruders, welches gegen ihr Schienbein trat. Sie verzog schmerzhaft ihr Gesicht, wollte wohl auch kurz wütend werden, als ihr einfiel, was sie für eine blöde Frage gestellt hatte. Sie wurde knallrot und stand auf. „Ich muss nach meinem Baby sehen", log sie hochrot und eilte aus den Raum. „Nein, hat sie nicht", antwortete er und sah Elisabeth hinterher. „Wie auch immer." Gefühlt demonstrativ schloss er seinen Block. „Ob ich das Ganze glaube oder nicht, mir sind die Hände gebunden." Er glaubte es nicht und ließ uns auch keine Zweifel an seiner Meinung. „Der Fall ist abgeschlossen." Seine Hand griff über den Tisch und hob das Tuch über den Brombeeren. Er nahm eine und steckte sie sich in den Mund. „Bemühen Sie sich nicht, ich finde hinaus." Gefolgt von meinem Soldaten verließ er das Haus und ließ uns einen Augenblick Zeit, bis die Erleichterung uns erreichte und wir fast gierig uns daran machten das Abendbrot aufzuessen.

„Ein Koffer." Ich erschrak. Hannah war aufgesprungen und blieb noch einen Moment stehen. Durchs Fenster bahnte sich die Morgensonne. Ich wusste nicht, wie spät es war, aber sicher noch sehr früh. „Die ganze Zeit habe ich überlegt, was mich gestört hat." Ich verstand nicht, wovon sie sprach. Vielleicht war sie gar nicht wach. Wahrscheinlich einer ihrer Träume, sie redete viel und oft in den Nächten. Nur aufgestanden war sie noch nie. Nun sah sie mich an, mit wachen Augen. „Ich habe kein Gepäck herumstehen sehen, sie hätten doch etwas packen müssen." Nun hatte ich eine Vermutung, wo sich Hannahs Gedanken gerade befanden. In dem kleinen Haus am Ende der Sackkasse. Bei dem Ehepaar Stein. Ich setzte mich auf. Jakob drehte sich und ich streichelte vorsichtig seinen Kopf. „Hannah, leg dich wieder hin. Sie haben doch nicht gesagt, wann sie gehen. Und vielleicht hat sie gerade gepackt." Ich verstand ihre Unruhe nicht, schaffte es aber auch nicht sie zu beruhigen. „Ich werde nachsehen." Sie machte sich daran etwas überzuziehen. Ich würde sie nicht aufhalten können und stand auch auf. „Also gut, warte." Sie war schon an der Tür. „Nein, ich frage Richard, ob er mitkommt." Er lag auf dem Sofa im Wohnzimmer und war schon lange wach. Hatte er überhaupt geschlafen? „Hannah." Verlegen sprang er auf und stellte sich hin. „Hoffentlich kommen wir nicht zu spät." Erstaunlicherweise machte ihm sein Bein keine Schwierigkeiten und er konnte ihr problemlos folgen. Zumindest körperlich, was sie antrieb, wusste er nicht, hatte aber auch keine Zeit sich Gedanken darüber zu machen. Die Tür war wieder nur angelehnt. „Frau Stein, Herr Stein." Sie trat ein und wartete. Niemand erschien. „Sein Blick." Richard wusste nicht, was sie meinte, spürte aber auch, dass sie eher mit sich als mit ihm redete. Sie kannte den Blick und doch hatte sie gehofft, sich geirrt zu haben. So hatte Miriam geschaut, als sie am Zaun gestanden hatte. „Aber er hat mir es doch versprochen." Richard folgte ihr auf den Weg nach oben. Ein aufgeräumtes Schlafzimmer. Sie trat ans Fenster an dem ein gerahmtes Foto lehnte. „Die Kinder." Hannah hielt es und sah ihn an. Diesmal hielt sie seinen Blick, doch er erkannte nicht, was er sagen sollte. Entsetzen, Trauer, Wut und Angst. Richard glaubte von jedem Gefühl etwas zu sehen. „Sie hätten das Foto doch niemals hiergelassen." Panik und Hoffnung, sie zog ihn am Arm. „Wir müssen sie finden, komm." Sie wollte an Richard vorbei und hinaus laufen, doch er hielt sie fest. Kurz sah sie ihn unsicher an und er wollte schon loslassen, doch irgendetwas hielt ihn noch ab. „Wo möchtest du suchen." Sie ließ ihre Schultern sinken und Richard ließ sie los und sah, wie sie sich auf das gemachte Bett setzte und ins Leere starrte. „Hannah." Sie erschraken, als sie meine Stimme hörten. Ich hatte vor der Tür einen Umschlag gefunden, auf dem ihr Name stand. Vorsichtig betrat ich das Haus. Hannah kam gefolgt von Richard die Treppe herunter. „Irene?" Fragend sah sie zu mir und dem Umschlag, den ich ihr entgegenhielt. „Was ist das?" Sie nahm den Umschlag und drehte ihn hin und her, bevor sie Richard bat ihn zu öffnen. „Liebe Hannah", Richards Stimme war brüchig, während er vorlas. „Sie haben recht. Ein Unrecht lässt sich nicht durch ein weiteres Unrecht vergelten. Auge um Auge. Zahn um Zahn? Selbst wenn es uns gelungen wäre, Rache auszuüben, das Gefühl der Befriedigung hätte niemals die Gefühle der Trauer und Leere ersetzen oder überspielen können. Was hat dieses garstige Mädchen schon angestellt? Obwohl, was haben unsere Kinder angestellt? Es ist wie es ist. Wir haben sie nicht beschützen können? Nur Gott allein kann uns das vergeben. Und wir hoffen, er kann uns vergeben. Liebe Hannah, wir wollen sie nicht mehr alleine lassen und werden ihnen nun folgen.

Bitte suchen Sie uns nicht. Wir haben eine andere Bitte. Unser Haus war früher ein Haus voller Leben und Liebe. Bitte füllen Sie es wieder damit. Die Vorstellung, einer von Ihnen wird nun einziehen, ist der einzige Wehrmutstropfen, den wir zurücklassen, aber auch die Hoffnung, Sie erfüllen unseren Wunsch und ziehen ein. Wir haben alles veranlasst. Die Papiere liegen in der Küchenschublade. Das bisschen Liebe, was noch von uns übrig ist, wünschen wir Ihnen, Hannah, und Ihrem Kind. Carola und Johann." Er ließ den Brief sinken. Unsere Blicke trafen und hielten einander kurz. „Sie geben sich die Schuld." Hannah sah auf den Boden. Auch sie gab sich die Schuld. Die Schuld dafür, dass sie verraten wurden. Und doch klang es so absurd, wenn andere dasselbe taten. „Sie waren doch nicht schuld, oder?" Sie sah mich an, die Tränen, die ihre Wangen hinunterliefen, machten mich verlegen, und doch trat ich zu ihr und wollte sie in den Arm nehmen. Sie ließ es nicht zu und lief zur Tür. „Ich werde sie finden." Diesmal hielt Richard sie nicht auf und wir ließen sie laufen. „Ich werde hier warten." Richard stand unbeholfen am Fenster und sah, wie Hannah davonlief. Ich nickte ihm zu, nachdem er mich ansah und erklärte, bei mir auf sie warten zu wollen. Er hatte sich an den Küchentisch gesetzt und sah auf den Brief. „… und Ihrem Kind", las er noch einmal leise. Die Ähnlichkeit hatte ihm einen Stich versetzt. Irgendwie hatte er es die ganze Zeit verdrängt daran zu denken, dass sie Mutter war, überhaupt hatte er versucht jeden Gedanken an sie zu verdrängen. Doch es war ihm immer weniger gelungen. Vera hatte ihn noch einmal erwischt. Vor dem Haus, diesmal ordentlich zurechtgemacht, und doch hatte er nur Mitleid für sie übrig. Sie wollte es nicht wahrhaben, dass er sie nun fallenließ, und tatsächlich hatte sie es geschafft, dass er sich schämte und sich Sorgen um sie machte. Aber Vera war hübsch, sie würde jemanden finden, hatte er sich eingeredet und war doch nicht beruhigt eingeschlafen. Sollte er Hannah suchen gehen? Er war eingeschlafen, den Kopf auf den Tisch gestützt. Bilder vom Schützengraben, Vera mit wirrer Frisur, nackig hüpfend über schießende Soldaten. Das Ehepaar Stein baumelnd an einem Baum. „Richard." Er fuhr hoch und sah in Hannahs Gesicht. Es dauerte einen Moment, bis er verstand, wo er war. Er stand auf. „Bleib sitzen, ich komme gleich wieder." Ohne nachzudenken setzte er sich wieder hin und sah in den Flur, Hannah nach, die die Treppe hochstieg. Er holte tief Luft und folgte ihr. Sie war dabei das

Ehebett frisch zu beziehen und sah ihn nicht an. „Werden bei euch auch Flüchtlinge untergebracht?" Richard verstand ihre Frage erst nicht. Er wollte auch nicht antworten, er wollte es hinter sich bringen. Durch die Trümmer und ihre Geschichte war Richard zu dem Haus geradelt. Zumindest von dem, was noch übrig war. Es war ihm schwergefallen, es zu finden. Schließlich hatte er es an dem verschrotteten Laster erkannt, der immer noch danebenstand. Doch von der Nachbarin fehlte jede Spur. Die einsetzende Dunkelheit machte ihn kurz nervös, doch er beschloss zu warten. Die bald einsetzende Sperrstunde drängte wohl auch sie zu ihrer Bleibe. Sie schlug die Plane hoch, als Richard sie leise ansprach. „Verschwinden Sie", sagte sie barsch. Sie erkannte Richard nicht und wollte ihn wegschubsen. „Ach, das Judenpack." Es hatte einen Moment gedauert, bis er sie beruhigen konnte und ihr sein Anliegen erklärte. Sie hatte geklingelt und ihr einen Brief gegeben. „Bitte geben Sie ihn Hannah", hatte sie gebeten. „Und wo ist der Brief", hatte Richard ihre Erzählung unterbrochen. „Na, was glauben Sie denn, was die mit mir gemacht hätten, wenn sie den Brief bei mir gefunden hätten?" Es war ihm egal, was ihr passiert wäre, entsetzt hörte er zu, wie sie ihn zerrissen und ins Feuer geworfen hatte. Richard dachte kurz darüber nach sie zu fragen, ob sie ihn denn gelesen hätte, doch er ließ es bleiben. Er wollte weg und hörte doch noch zu, wie sie erzählte, dass sie sich aufgehängt hatten. Richard fröstelte und er sah kurz das Bild der hängenden Steins, bevor es von dem Bild zweier anderer hängenden Menschen verdrängt wurde. „Und ihre Leichen?" Sie kroch in den LKW und zog die Plane herunter. Eine Antwort bekam er nicht und es dauerte einen Moment, bevor er sich auf den Heimweg machte.

„Deine Eltern." Es gab kein Zurück. Sie drehte sich nicht um, stand immer noch am Bett, doch bewegte sich nicht. Sie wusste, welche Worte folgen würden. Sein Blick, noch trauriger als sonst. Das war der Grund. Aber es waren doch nicht seine Eltern. Er sagte etwas, doch sie hörte nicht hin, sie wusste, was er sagte, und das reichte. „Was ist mit eurem Zuhause, werdet ihr auch Flüchtlinge aufnehmen." Erstaunt sah er sie an. Sie strich über das bezogene Bett. Hatte sie ihn nicht gehört. „Hannah, deine Eltern, sie ..." Nun sah sie ihn an. „Ja, das sagtest du, sie sind tot." Sie nahm einen Packen Bettwäsche aus dem Kleiderschrank und lud ihn ein im Haus zu bleiben, bevor sie mit der

Bettwäsche ins Kinderzimmer trat. Richard blieb regungslos stehen. Er war nicht nur gekommen, um ihr die schlimme Nachricht zu überbringen. Er sollte sie auch an den Geburtstag seines Vaters erinnern. Der Tag, an dem sie offiziell das erste Mal als Paar auftreten sollten. Was hatte er denn geglaubt, wie sie reagieren würde. Natürlich war jetzt nicht mehr daran zu denken sie zu fragen. Warum auch. Er trat ans Fenster. Was würde schon passieren. Sie konnten doch nicht wirklich alle wegsperren und wenn schon. Vera würde vielleicht warten. Und wenn nicht Vera, dann … Er spürte wieder ein Stechen in der Herzgegend. Sie nicht mehr wiederzusehen, er versuchte erneut seine Gedanken an sie zu verdrängen. Aber hier schien es unmöglich, in so unmittelbarer Nähe. Er wusste, dass es besser war zu gehen, doch er blieb noch eine Weile am Fenster stehen. Hannah blieb zwei ganze Tage und Nächte in dem ehemaligen Kinderzimmer in dem Haus, was nun ihr gehörte. Richard hatte mir erzählt, dass sie sich aufgehängt hatten. Hannahs Eltern dort in dem Haus, welches nur noch eine Ruine war. Mehr hatte die Alte nicht erzählt, dann hatte er mir einen Umschlag in die Hand gesteckt und erzählt, dass es die Einladung zum Geburtstag war und wir gerne mitkommen könnten, Jakob und ich, falls, ja falls Hannah doch kommen sollte. Ich saß auf der untersten Treppe und wartete auf Jakob, den ich nun am zweiten Tag erneut mit etwas Essen nach oben geschickt hatte und mit noch etwas anderem. Mein Herz wollte nicht aufhören zu rasen, doch ich konnte meinen Platz nicht verlassen, noch war Jakob nicht so sicher auf seinen Beinen und es war besser, wenn ich ihm noch die steilen Stufen herunterhelfen konnte. Ich weiß nicht mehr, wie lange ich dasaß, irgendwann hatte ich meinen Kopf an die Wand gelehnt und war eingeschlafen. „Mami." Erschrocken wachte ich auf. Jakob stand oben und machte sich langsam auf den Weg nach unten zu klettern. Sie half ihm und setzte sich auf halber Treppe hin. „Sie haben sich erhängt." Ich nickte ihr zu, noch halb benommen, ahnte ich nur, dass es später Nachmittag war. Ich wollte gerade ansetzen zu sagen, wie leid es mir tat, als sie mich fragte, was mit Jakob passiert war, nachdem sie ihn mir gereicht hatte. Ich sah zu dem Kind, das mit Ein-Auge-Teddy spielte und uns keine weitere Beachtung schenkte und fing an zu erzählen, entschied mich aber für eine Variante ohne Günthers Ängste und Aussichten am Baum zu landen. Jeder im Dorf hatte die Geschichte von der toten Verwandten in der zerbombten Stadt geglaubt. Jeder war mit sich beschäftigt, der Krieg bot keine Gelegenheiten nachzufragen und zu hinterfragen. Nur einer nahm sich die Zeit, das feiste Gesicht des Bürgermeisters schob sich vor mein inneres Auge.

Hannah war alleine abgereist. Jakob und ich wollten ein paar Tage später folgen. Auf den Brief, den ich Jakob mit in ihr Zimmer gegeben hatte, reagierte sie nicht. Aber warum auch? Sie hatte mir doch gesagt, dass Jakob noch bei mir bleiben sollte. Noch. Ich sprach sie nicht erneut darauf an.
Die Tür zur Küche war offen und angelehnt. Hannah griff zur Türklinke und erschrak. In der Küche standen zwei Männer, die Rücken ihr zugewandt, wollte Hannah gleich wieder zurücktreten. Aber irgendetwas ließ sie stehen und lauschen. Richard der Erste und ein fremder kleiner gedrungener Mann, ein seltener Anblick, jemanden zu sehen, der scheinbar keinen Hunger litt. Er hatte ein Akkordeon an seiner Schulter hängen und sprach wild gestikulierend. Irgendetwas schien Hannah an ihm bekannt vorzukommen und sie fing an zu zittern und trat doch zurück. „Fräulein Hertz." Zu spät, er hatte sie gesehen und versuchte zu lächeln. Es gelang ihm nicht. Erschrocken schob er seinen Besuch an ihr vorbei, bevor er Hannah die Hand reichte. Sein Besuch nahm nur kurz seine Mütze ab und grüßte sie. Erst jetzt sah Hannah, dass ihm der halbe Mittelfinger fehlte, sie nickte und sah, wie er schnell im Garten verschwand. „Wie schön, dass Sie da sind", sagte Richard der Erste und führte Hannah aus der Küche.

Sie würde die Treppe heruntersteigen und sämtliche Gäste verstummen lassen. Richard war froh, dass noch nicht so viele Gäste da waren, als es soweit war. Zuvor hatte er sie in ihrem Zimmer abgeholt. Hannah saß auf ihrem Bett und hatte sämtliche Zeichnungen ausgebreitet. Sie schien etwas zu suchen. „Er hat ein Akkordeon", schien sie zu sich zu sagen, während sie weitersuchte. Richard glaubte, sie würde Selbstgespräche führen, und bot an ein wenig später wieder zu kommen. „Dein Vater sprach mit einem Mann mit Akkordeon." Sie fing an ihre Zeichnungen zusammenzulegen und in ihrem Rucksack zu verstauen. Er wusste, von wem sie redete. Karl, der älteste Freund und Lakai von seinem Vater. „Große Karriere bei der SS und eigentlich untergetaucht." Verwundert sah er zu Hannah, obwohl, was wunderte ihn noch bei seinem Vater. Sie war aufgestanden. Ein weinrotes Samtkleid, der Stoff Richard irgendwie vertraut, starrte er sie an. Die Haare reichten nun schon bis zum Kinn. Ein wenig Rouge auf ihren mageren Wangen. Seine Mutter hatte nicht viel Mühe gebraucht ihr zu helfen. Er dachte an ein Märchenbuch, welches im Regal neben Hannah stand. Auf einem Frontbesuch hatte er es entdeckt und sich die Zeichnungen angesehen. „Schneewittchen." Sie sah ihn fragend an, erst dann merkte er, dass er laut gesprochen hatte. Verlegen sah er an ihr herunter. Ihre dicken Stiefel waren fast unter dem langen Stoff verschwunden.

Die Roben schienen dieselben und auch ihre Frisuren. Einzig die Uniformen hatten gewechselt, so wie sein Vater seine Gesinnung, und doch erkannte Richard kaum bekannte Gesichter. Automatisch schaute er nach Karl, wissend, dass der frühere Stammgast nicht da sein würde. Richard sah zu seinem Vater, der eifrig Hände schüttelte. Kurz bewunderte er ihn, gehörte er doch eigentlich auch auf die Flucht und hatte es doch wieder einmal geschafft auf der anderen Seite zu stehen. Seine Mutter winkte vom Büfett, an dem sie etwas dekorierte. Sicher es war nicht mehr so üppig und würde sicher sehr viel schneller leer sein als die Büfetts die Jahre zuvor und doch konnte es sich durchaus sehen lassen. Jemand hängte sich bei ihm ein. Hannah. Sicher spürte sie die Blicke noch mehr als er. Sicher war sie noch viel zu dünn und doch wusste Richard, dass es nicht das Büfett war, was die Gäste nun anzustarren schienen. „Schneewittchen." Diesmal dachte er das Wort nur und er fühlte eine Traurigkeit in sich aufkommen. Nun war er also gekommen, der Moment, an dem er nicht nur sie ansehen wollte. Nun würde er ihre Blicke teilen müssen. Kurz schob sich ein anderer Gedanke dazwischen, wenn es gar nicht ihre Schönheit war, die sie so schauen ließen. „Wenn es danach gehen würde, wäre ich ja wohl auch eine gespuckte Jüdin." Richard erinnerte sich an die Worte seiner Tante, bei einer ihrer seltenen Besuche daheim in ihrer kleinen Wohnung mit dem lauten Plattenspieler, der dazu diente eventuelle Hintergrundgeräusche auszublenden, eine Erkenntnis, die Richard nun auch bekam. Gerda hatte ihren Bruder gefragt, was einen Juden von jedem anderen Menschen auf dem Planeten unterschied. Und Richard der Erste hatte angefangen sich in Rage zu reden, wurde dann aber doch rapide von seiner Schwester unterbrochen, die tatsächlich auch dunkle Haare und dunkle Augen hatte, so wie einige andere Gäste auch, wie Richard erleichtert feststellte. „Möchtest du etwas essen?" Richard nahm einen Teller und hielt ihn Hannah hin, die nicht wusste, wo sie hinblicken wollte. Einzig die Uniformen gaben ihr ein wenig Sicherheit, schienen sie ihre unsichtbaren Verbündeten. Sie spürte ein leichtes Zittern und wünschte sich zu mir und zu Jakob. „Nein, danke, ich habe keinen Appetit." Nun schien sie zu lächeln. „Appetit", wiederholte sie. „Ein schönes Wort, wann habe ich es das letzte Mal benutzt?" Sie schien ernsthaft darüber nachzudenken, es schien genauso wenig in die Zeit zu passen wie das Wort satt. „Was machen wir hier?" Sie hatte die Frage geflüstert und doch hatte Richard jedes Wort verstanden. Auch er hatte sich die Frage nicht nur einmal gefragt. „Mir das Leben retten." Es war ihm egal, dass es pathetisch klang, war es doch wahrscheinlich schlicht die Wahrheit. Ohne sie, das wusste er, das wussten seine Eltern, wäre er schon lange auf dem Weg in den Osten oder er würde durch die Städte schleichen, so wie Karl. Ihre Blicke trafen sich kurz und verlegen griff Richard nach einem Stück Käse und wollte es auf seinen Teller legen. Es gelang ihm nicht und der Käse fiel zu Boden. Er bückte sich und Hannah tat es ihm nach. Ungeschickt steckte er sich das Stück in den Mund und blieb genauso wie Hannah in der Hocke. „Keine Möglichkeit gemeinsam zu fliehen." Nun sah sie ihn länger an und schien tatsächlich zu lächeln. „Vielleicht doch." Er trat immer noch in der Hocke zur Seite und hob die lange Tischdecke des Büffettischs hoch. Beide wussten, dass es albern war, und doch verschwanden sie unter dem Tisch und setzten sich kurz darunter. Richard im Schneidersitz und Hannah auf ihre Unterbeine. „Wir bleiben einfach so lange, bis es vorbei ist." Nun lachten beide und bevor der Moment vorbei war, wusste Richard, dass es der zweitschönste sein würde, an den er sich erinnern würde. Nach dem Moment am See, wo sie einfach nur nebeneinandersaßen. Es waren schon so viele Momente. Zu viele. Er spürte Tränen aufsteigen und ein Gefühl, was ihn gleichzeitig so ruhig und doch auch so ängstlich werden ließ. Und er wünschte sich erneut, den Moment festhalten zu können, so wie Hannah es konnte mit ihren Zeichnungen. „Verstecken gilt nicht." Die Tischdecke wurde angehoben, traurig, aber dann doch erleichtert, dass es das vertraute Gesicht seiner Tante war, das sie in die Realität holte, standen sie auf.

„Tante Gerda." Er begrüßte sie herzlich. Auch sie hatte sich zurechtgemacht. Doch das Leuchten fehlte noch immer, auch als sie Hannah ansah und lächelte. „Du siehst wunderschön aus." Sie merkten nicht, dass Richard der Erste sie beobachtete und überhaupt nicht froh darüber zu sein schien. Beunruhigt sah er zu seiner Frau, die versuchte mit Händen und Füßen mit zwei uniformierten Männern zu sprechen, die sie nur fragend, aber amüsiert ansahen. Er gab dem Pianisten ein Zeichen, der daraufhin aufhörte zu spielen, nahm sich ein leeres Glas und einen Silberlöffel, den er sich zurechtgelegt hatte. Sollte das Spiel weitergespielt werden. Er nickte seinem Sohn und seiner Begleitung zu und forderte sie auf zu ihnen zu kommen. Richard schüttelte den Kopf und blieb stehen. Inzwischen sahen die Gäste gebannt zum Gastgeber und er begrüßte sie laut und dankte für ihr Erscheinen. Dann sprach er etwas von seinem Geburtstag und trat zu seinem Sohn und Hannah und umarmte seinen Sohn. Eine Geste, die er nur öffentlich zur Schau stellte. Richard, der vermutete, was nun kommen wollte, zischte ein „Das war nicht so ausgemacht", doch sein Vater ignorierte ihn und verkündete laut und unbeirrt die Verlobung seines Stammhalters mit der anwesenden „Hannah Hertz", wobei er ihren Nachnamen noch ein wenig lauter und langsamer aussprach. Am liebsten hätte er noch das Wort Jüdin angehängt, vermute Richard, der keine Waffen hatte seine Rede zu unterbrechen. Hannah hängte sich erneut ein und Richard hielt ihren Arm fest und versuchte zu lächeln, auch noch als sein Vater die Geschichte vom Versteck erzählte und am Ende hoch und heilig versprach, das kleine Kind „welches im Versteck geboren wurde, selbstverständlich mit seinem Wissen, genauso zu lieben, wie ein richtiges Enkelkind was ja sicher auch noch kommen würde." Dass er dies mit allen Mitteln verhindern würde, verschwieg er selbstverständlich, ließ seinen Sohn los, faltete einen Zettel auseinander und fing an in der Sprache der anwesenden Soldaten, dieselbe Rede noch einmal zu wiederholen. Applaus. Volle Sektgläser wurden herumgereicht. Richard hätte am liebsten seines mit einem Zug gelehrt, so wütend war er. „Vater, das war nicht so ausgemacht", versuchte es Richard noch einmal. „Sag mal, mein Sohn", lächelte er immer noch. „Meinst du, ich kann jeden Monat so eine Feier aus dem Boden stampfen." Diesmal war er es, dessen Stimme zischte und doch lächelte er weiter und schüttelte Hände, die ihm gratulierten. Auch

Richard versuchte zu lächeln, während fremde Hände nach seinen griffen.

„Es ist nicht schlimm, nun haben wir es hinter uns." Hannah lächelte milde, als er sie die Treppe nach oben begleitete. Sie hatten tapfer ausgehalten, bis alle Gäste gegangen waren. Fragen zu ihrer Geschichte hatten sie den stolzen Schwiegervater beantworten lassen. Die Angst, dass die Versionen sich nicht glichen, hatten scheinbar nur Hannah und Richard. „Vielleicht hat die Farce ja dann doch schneller ein Ende." Sie winkte Gerda erleichtert zu, die sich von ihrem Bruder verabschiedete und die den ganzen Abend nicht von Hannahs Seite gewichen war und ihr das Gefühl vermittelte, nicht nur Teil eines Spiels zu sein. Und wenn doch? Waren sie zumindest fast quitt. Gerda lächelte zurück, obwohl sie es nun ohne Zeugen ja nun wirklich nicht mehr musste. Erleichtert stieg Hannah die Treppe herauf.

Es dauerte erneut einen Moment, bis Hannah klar wurde, wo sie sich befand. Sie sah Richtung Fenster. Dunkelheit. Hannah wusste nicht, ob sie erleichtert oder enttäuscht war, dass die Nacht noch nicht vorüber war. Er hatte seine Beziehungen spielen lassen und sie würde eine Hebamme kennenlernen und eine Weile begleiten dürfen, bevor sie mit ihrer Ausbildung anfangen konnte. Aber erst in ein paar Tagen, zuvor sollten Jakob und ich sie noch besuchen. Sie spürte ihre Blase und griff unters Bett um die Schüssel zu greifen. Sie hatte sich schon drüber gehockt, als sie beschloss, doch auf die Toilette zu gehen. Sie wollte sich nicht einschüchtern lassen und wer würde ihr schon in der Nacht auf dem Weg zur Toilette begegnen. An der Tür lauschte sie noch einmal kurz, bevor sie in den Flur trat. „Hannah." Sie erschrak, als sie ihren Namen hörte, und verfluchte sich innerlich. Wäre sie doch im Zimmer geblieben. Es war dunkel im Flur, doch der Mond und die Sterne spendeten genug Licht, um sie zusammenfahren zu lassen. „Alles in Ordnung, meine Liebe." Hannah konnte ihr einsetzendes Zittern nicht unterdrücken und trat zurück. „Es tut mir leid, ich wollte Sie nicht erschrecken." Sie trat auf Hannah zu, die ihren Blick nicht von dem schwarzen Kreuz abwenden konnte, welches auch bei dem wenigen Licht zu sehen war und die Brust des gelben Satinbademantels zierte, den ihre Gastgeberin trug. „Ist schon in Ordnung." Erst jetzt merkte Hannah die warme Flüssigkeit, die sich zwischen ihren Beinen entlud, und schloss schnell ihre Zimmertür. Das Zittern wollte nicht aufhören und Hannah blieb stehen und starrte auf die nun geschlossene Tür. „Bist du verrückt." Hannah trat automatisch zurück, als sie seine Stimme durch die Tür hörte, zwar gepresst, aber doch aufgeregt. Richard der Erste schimpfte, doch die Stimmen entfernten sich und Hannah schaffte es immer noch nicht sich zu bewegen.

Zum Hunger gesellte sich immer mehr die Kälte. Der heiße Sommer wich einem kühlen Herbst. Auch die Weinranken waren schon fast alle rot gefärbt, die das große Haus zum Teil umrankten. Aber nicht nur die Kälte ließ mich frösteln, als ich durch das Tor trat. Wir durften nicht mehr selber backen und auch das Verteilen war uns abgenommen wurden, und so hielt mich nichts mehr auf und ich folgte Hannahs Einladung ein wenig Zeit mit ihr zu verbringen. Jakob quengelte an meiner Hand, Reisen würde noch eine ganze Weile umständlich bleiben und viel Zeit kosten. Ich atmete tief durch. Die Gedanken, die mich im viel zu vollen Zugabteil schon begleiteten, wollten mich nicht verlassen, und ich war froh, dass sie niemand lesen konnte. Durfte ich mich wirklich nach dem Krieg zurücksehnen? Er hatte mir nie die Zeit gegeben über mein Leben nachzudenken. Während Günther noch lebte, hatte ich einen genau strukturierten Alltag und als mir Jakob in den Arm gelegt wurde, war er mein Alltag. Und nun? Das Haus sah genauso aus, wie Hannah es beschrieben hatte, und ich konnte mir sogar vorstellen, wie es riechen würde. Ich wurde nicht enttäuscht. Der Fußboden knarrte ein wenig unter meinen Füßen und ich sah beeindruckt zu der großen Treppe, die nach oben führte. Es roch nach alten Möbeln und Bohnerwachs und es war warm. Eigentlich fehlte nur ein Butler oder ein Hausmädchen, welches mir das Gepäck abnahm. Doch war es der Hausherr selber, der uns reingebeten hatte. „Herzlich willkommen", hatte er gesagt, mir die Hand fest gedrückt und so unehrlich gelächelt, dass mir sofort wieder kalt wurde. Das Kind sah er nur flüchtig an, es bekam nicht einmal ein falsches Lächeln. Ich ärgerte mich, dass er es schaffte mich einzuschüchtern. Fest sah ich ihn an. Das gute Aussehen, sehr ähnlich wie das seines Sohnes, doch es fehlte dessen Melancholie und Wärme. Wie zwei Menschen sich so ähnlichsehen konnten und doch so wenig. Wir folgten ihm ins Wohnzimmer, in dem ein Kaminfeuer loderte. „Es tut mir leid, die Damen sind noch nicht da." Er bat uns Platz zu nehmen, machte aber keine Anstalten sich zu uns zu setzen und ließ uns allein. Allein mit meinen Gedanken. Was tat ich hier? Jakob nahm Ein-Auge-Teddy und fing an sich angeregt mit ihm zu unterhalten. Die Haustür wurde geöffnet und meine Nervosität steigerte sich noch mehr. Trotz eines einfachen Mantels und dem Tuch im zusammengebundenen Haar strahlte sie Eleganz aus. Vielleicht nicht viel Selbstbewusstsein, aber unsicher schien sie keinen Moment. „Entschuldigen Sie, aber ich musste Suppe verteilen." Sie stellte eine Blechschüssel auf den Tisch, aus der noch Dampf stieg, und die einen Duft von Kartoffeln und Rüben verteilte. Sie kam auf mich zu. Ich stand auf und wir gaben einander die Hände. Sanfte Augen, zwar nicht so sanft wie die ihres Sohnes, aber auch nicht so kalt wie die ihres Mannes. Unergründlich, bis zu dem Moment, als sie sie aufriss. „Das ist ja unglaublich." Ihr Blick blieb auf Jakob heften, der sie neugierig ansah und sich doch an meinem Bein festhielt. „Diese Ähnlichkeit." Sie versuchte erst gar nicht ihre Überraschung zu verbergen und starrte weiter zu Jakob. Ich weiß nicht, wie lange wir dastanden und saßen und den spielenden Jakob beobachteten. Es war Hannah, die als nächstes unsere Aufmerksamkeit bekam. Sie war eingetreten und Jakob lief gleich freudig auf sie zu, was mir erneut einen Stich versetzte, und doch lächelte auch ich tapfer, als sie mir herzlich ihre Hand entgegenstreckte. Sie war nicht mehr aufzuhalten, ihre Schönheit hatte den scheinbaren Kampf gegen das hagere kurzhaarige Geschöpf, welches sie noch vor ein paar Wochen war, gewonnen. Ein Schmetterling kam mir in den Sinn. Und doch war es nicht nur ihre Schönheit, die auch mich gefangen nahm, schon von Anfang an, und ich freute mich erneut in ihrer Nähe zu sein. Margot hatte es geschafft ein Abendbrot herzuzaubern. Zu der mitgebrachten Suppe gab es frisches Brot und sogar zwei Äpfel standen geschnitten auf dem Tisch. Der Hausherr ließ sich nicht blicken und mir war es sogar lieb, dass wir alleine aßen. Sein Sohn kam etwas später. Ich ließ mir gerade ein Stück Apfel schmecken, welches ich eigentlich Jakob geben wollte. Doch Hannah und ihre Gastgeberin bestanden darauf, dass ich ein wenig Vitamine bekam. Margot fing gerade an, sich mit vielen Worten und wenig Inhalt zu entschuldigen. Ich verstand nicht, um was es ging. Ihr Sohn scheinbar auch nicht. „Wofür entschuldigst du dich." Er hatte sich auch ein Stück Apfel genommen und sich zu uns gesetzt. Das Stück biss er zur Hälfte ab und reichte den Rest Jakob, der sofort freudig zugriff. „Dafür gibt es keine Entschuldigung." Wir zuckten alle zusammen. „Deine Mutter hat den gelben Bademantel aufgehoben." Richard der Erste sah seinen Sohn an und hoffte wohl, dass dieser sofort wusste, um welchen Mantel es sich handelte. Er wusste es und brachte nur ein „Aha", heraus. Sie war so stolz, als sie ihn das erste Mal trug, ein Geschenk von einem der Hohen, einem derer, denen die Uniform viel zu eng war. Das Hakenkreuz war überall gegenwärtig und so im Alltag integriert, dass er es seiner Mutter gar nicht übelnehmen konnte, dass sie vergessen hatte, ihn auch zu vernichten, so wie all die Dinge, die eines Nachts im Kamin landeten und wo auch immer sie sein Vater verschwinden ließ. Was der Anblick allerdings bei Hannah auslöste, ließ ihn kurz zusammenzucken, und dennoch tat ihm auch seine Mutter leid, die sicher nichts Böses wollte und sich nun sicher schon die zweite Predigt ihres Mannes anhören musste.

Es gab wohl genug Zimmer im Haus und ich wunderte mich still, warum hier niemand einquartiert wurde oder sich die Besetzer das schöne Heim nicht zu eigen gemacht hatten. Auch auf dem Weg hierhin hatte ich Menschen gesehen, die ihr weniges Hab und Gut hinter sich herzogen, auf der Suche nach einem neuen Zuhause. Bei uns zu Hause war der Ofen mittlerweile kalt geworden. Das Brot wurde geliefert und zum Tauschen war kaum noch etwas da. Ich erzählte Hannah, während wir im Dunkeln zur Decke starrten, von den neuen Aktionen meines Bruders. Ich war in die Küche gekommen und hatte gesehen, wie er sich umständlich versuchte seinen Unterschenkel hinter seinen Oberschenkel zu binden. Kompliziert war es auch, da seine Frau ständig an ihm rumzupfte und meckerte. „Das kann man doch nicht machen", schrie sie hysterisch. „Wie soll ich uns satt bekommen?" Er schüttelte sie ab. „Aber doch nicht so", hatte sie weiter gejammert und doch begleitete sie ihn in die Stadt und setzte sich in Lumpen gekleidet neben ihn und hielt ihre Hand auf. Ich stellte sie mir vor und konnte nicht anders, ich musste lachen. Auch darüber, dass Hannah und ich fast gestritten hatten, weil keiner im Bett schlafen wollte. Margot hatte mir ein weiteres Zimmer angeboten, aber ich wusste, dass es nicht geheizt werden konnte, und ich wusste auch, dass Hannah und ich

Jakob bei uns haben wollten. So lagen wir nebeneinander auf Matratzen, während Jakob gemütlich im Bett lag und nur ab und zu ein leises Husten von sich gab. Sie setzte mit ein. Was sie zum Lachen brachte, wusste ich nicht. Es war auch egal. Wir lachten, bis mir der Bauch wehtat. Ich konnte nicht schlafen und starrte weiter an die Decke. Auch ihr Atem war ruhig, ein Zeichen, dass Hannah wohl auch nicht schlief. „Ist es wirklich außergewöhnlich?" Ich erschrak. Sprach sie mit mir oder schlief sie doch? Günther hatte manchmal im Schlaf gesprochen, in den wenigen Momenten, nachdem er von mir runtergerollt war und nicht gleich in sein Schlafzimmer ging. „Ich meine, hier zu bleiben, ihnen zu helfen ihre Kinder auf die Welt zu bringen?" Sie schlief nicht. Ich dachte kurz darüber nach, ob ich so tun sollte. Was konnte ich darauf antworten? Was würde ich tun? „Ich weiß es nicht", antwortete ich ehrlich. „Du kannst ja dann noch immer in ein anderes Land gehen", versuchte ich ihre Befürchtungen zu mindern. „Wohin?" Mein laut knurrender Magen unterbrach ihre Gedanken. Er knurrte selten, hatte er sich doch schon daran gewöhnt wenig zu bekommen. Sie setzte sich auf und griff irgendwo in Richtung Bett. Dann drückte sie mir etwas in die Hand. Ich roch daran. Eine Scheibe Brot, zwar schon trocken, aber ich konnte nicht anders und biss hinein. Vielleicht voll Schimmel, ich konnte es nicht sehen und nicht riechen, aber es war mir auch egal. Langsam lutschte ich an der trocknen Scheibe.

Sie hatte geklopft, bevor sie eintrat mit einem Tablett in der Hand. Die Haare erneut zusammengebunden, gehalten von einem bunten Tuch. Derbe Hosen, ich vermutete, dass sie einem ihrer Männer gehörten, stellte sie es auf den kleinen Tisch in unserem Zimmer. Erleichtert sah ich, dass sie uns Frühstück brachte. Wir würden nicht zusammen essen. Nicht unter dem kalten Blick des Hausherrn und den verliebten Blicken seines Sohnes. War es Liebe? Ich wusste nur, dass Günther mich nie so angesehen hatte oder doch? Ich vermied es ihn an zu denken und konnte gar nicht wissen, ob er mich je so angesehen hatte. Oder war es ihre Schönheit, die ihn so blicken ließ, auch mir fiel es schwer sie nicht anzustarren. „Es ist nicht viel, aber immerhin." Bedeutungsschwer zog sie ein Küchentuch von einem gekochten Ei. „Es tut mir leid, dass es nur eins ist." Sie wurde tatsächlich ein wenig rot, was sie mir sympathisch machte. Ich konnte meine Gefühle für sie nicht einordnen und sah sie an. Hannah war noch im Bad und Jakob schlief noch. Sein leichter Husten schwächte ihn und so ließen wir ihn schlafen. „Waren Sie dabei, als Ihr Mann ihnen das Essen vor die Tür stellte?" Es sollte so gar nicht zu mir passen, so völlig unüberlegt eine Frage auszusprechen, deren Beantwortung mich auch gar nichts anging. Verlegen sah ich zu Jakob, der noch schlief, und konnte nicht sehen, wie sie mich etwas fragend ansah. „Welches Essen?" Ich überlegte, ob ich sie daran erinnern sollte, was ihr Mann während der versteckten Zeit ihres Schwagers getan hatte. Oder wusste sie es nicht? Sicher nicht, er wollte seine Frau nicht gefährden. Jedes Mitwissen war eine Gefahr. „Ach, entschuldigen Sie, ich bin noch nicht ganz wach", log ich, ebenfalls eine Eigenschaft, die ich wenig beherrschte. „Na dann, guten Appetit." „Wie hat sie reagiert." Hannah kam aus dem angrenzenden Bad und sah mich erwartungsvoll an. „Hat sie es gewusst, dass ihr Mann uns Essen gebracht hat?" Ich konnte ihr die Frage nicht beantworten.

Sie stand am Fenster, den Vorhang in der Hand und sah Hannah nach, die sich auf den Weg ins Krankenhaus machte. Ihre Männer waren bereits fort.
„Ich habe mich geschmeichelt gefühlt, als ich den edlen Bademantel geschenkt bekommen habe." Margot hielt immer noch den Vorhang in der Hand. „Wir waren so gewöhnt an dieses unselige Kreuz, dass es einfach noch dauert, bis ich es ganz aus meinem Leben verbannen werde." Ich nickte, was sollte ich auch tun. Nun sah sie mich an. „Wir haben das doch alles nicht gewusst." Ich nickte erneut und fand nicht den Mut zu fragen, ob sie die Aussage ernst meinte. Ich hatte es gewusst. Das Lager war zu dicht. Manchmal glaubte ich sie nachts sogar weinen zu hören. Und sie hier in der Stadt? In ihrem Schloss. Vielleicht hatte sie wirklich nichts mitbekommen, nicht mitbekommen wollen. „Mami." Jakob hatte sich am Couchtisch gestoßen und kam weinend zu mir. Er ließ sich wie immer schnell trösten, wobei mich Ein-Auge-Teddy wie so häufig unterstützte. „Diese Ähnlichkeit, naja, bis auf die freche Zahnlücke, die wird er wohl vom Vater haben." Sie ging zu Jakob und streichelte ihm übern Kopf, der nun verlegen zu mir sah. „Weiß man, was mit ihm ist?" Ich nickte, bevor ich ihr von Hannahs

Vermutung erzählte, dass er tot sei. Die Details von der Deportation sparte ich allerdings aus. „Ich werde mit meinem Mann und meinem Sohn reden, aber ich denke, dass sie nichts dagegen haben, dass Jakob bei uns bleibt." Das Zittern setzte sofort ein und ich versuchte es zu verbergen, indem ich mich auf meine Hände setzte. „Ein Kind gehört zu seiner Mutter", sagte sie und setzte sich auf den Klavierhocker. Ich nickte ihr zu, unfähig zu sprechen. Sie schlug eine Taste an und der Klang weckte Jakobs Neugier. „Sie spielen Klavier", versuchte ich es doch zu sprechen und sie schien auch meine Worte zu verstehen. Inzwischen stand Jakob neben ihr und drückte auch vorsichtig eine Taste. „Nein, leider nicht." Also ihr Mann, dachte ich und konnte mir so gar nicht vorstellen, dass dieser Mann dazu in der Lage war. Brauchte Klavier spielen nicht eine Sensibilität, die ich mir so gar nicht bei ihm vorstellen konnte.

Der Koffer war gepackt, nun saß ich am Schreibtisch und versuchte meine Gedanken zu Papier zu bringen. Ein Kind gehört zu seiner Mutter, versuchte ich es und strich den Satz gleich wieder durch. Wie pathetisch und doch so wahr. Ihm würde es gutgehen, an nichts fehlen. Die fehlende Wärme Richards des Ersten würde sein Sohn ersetzen und Hannah, bei ihr fehlte es weder an Liebe noch an Wärme. Auch das Haus strahlte Wärme und Gemütlichkeit aus und vielleicht würde es doch eines Tages diese Wärme übertragen. Ich sah auf den Füllhalter in meiner Hand. A.B. Erst jetzt fielen mir die Initialen auf. Zu wem gehörten sie? Jakob drehte sich im Bett und erhielt wieder meine ganze Aufmerksamkeit. Ich würde ihn hierlassen. Warten, bis jemand wiederkam, in der Hoffnung, es wäre nicht Hannah. Auch ich würde eine Aufgabe bekommen, solange die Bäckerei geschlossen war. Hoffentlich am Abend so erschöpft sein, dass mir wenig Zeit zum Weinen blieb. In der Hoffnung, dass er jeden Tag ein wenig kleiner werden würde. „Liebe Hannah", versuchte ich es erneut. Unten wurde eine Tür geschlossen. Hoffentlich nicht Hannah, ich hatte gehofft unbemerkt aus dem Haus zu gehen. Nur Margot wollte ich einweihen. Meine Hoffnung erfüllte sich nicht. Hannah trat herein. Sie sah zu meinem gepackten Koffer und Jakob, der im Bett lag und schlief. „Ich hoffe, es ist nicht das, was ich vermute." Unsere Blicke trafen sich und ich konnte ihren Blick nicht deuten. Sie setzte sich aufs Bett. „Ich möchte Hebamme werden und wenn ich dann arbeiten kann, möchte ich kommen und in das kleine Haus am Ende der Straße ziehen." Sie streichelte Jakob über den Kopf. „Ich weiß, es ist viel verlangt, aber kannst du Jakob noch solange bei dir behalten." Erleichtert nickte ich ihr zu, wissend, dass sie genauso wie ich wusste, dass es nichts mehr gab, was ich wollte, als dieses.

Es war wieder da. Irgendwo zwischen Gedanken über die Anatomie war es aufgetaucht. Hannah hatte Bücher aus dem Krankenhaus mitnehmen dürfen. Richard hatte einen Band von Brehms Tierleben vor sich liegen und blätterte darin herum. Der Küchenherd spendete ein wenig Wärme. Der einzige Raum, der noch beheizt wurde. Margot und Richards Vater waren irgendwo im Süden. Wo, darüber wurde geschwiegen. Ich denke Nürnberg, hatte sein Sohn gemutmaßt, aber sich weiter keine Gedanken gemacht. Hannah vermied es eh Gedanken an ihre Gastgeber zu verschwenden. Ihr war es recht, dass sie weg waren. Sie hatte an Jakob gedacht und zu Richard gesehen, der ruhig las. Hatte sie Max je so ruhig erlebt? Selbst beim Malen schaffte er es kaum ruhig zu stehen. „Nun setzen Sie sich doch mal hin, Maximilian", hatte der Professor ihn des Öfteren im Versteck ermahnt, doch es bald aufgegeben. Selbst im Schlaf zuckte er und zog es daher vor, neben Hannahs Matratze zu schlafen. Die Zahnlücke. Hannah musste lächeln, als sie fertig war. „Endlich." Erleichtert, ihn wieder vor sich zu sehen und dazu noch auf der Zeichnung vor sich, atmete sie auf. „Max." Richard spürte, wie er errötete, und wollte gar nicht zu der Zeichnung sehen, die sie ihm hinhielt. Er nickte und sah kurz hin. „Nett." Was sollte er auch sagen. „Sie haben ihn erschossen." Sie, überlegte Hannah. Gesehen hatte sie nur einen Mann, der sie weggezogen hatte. Sie blätterte in ihrem Heft, während sie weitererzählte. Erleichterung wollte sich nicht einstellen. Wie sollte er je mit einem Toten konkurrieren. Er schaffte es kaum ihr zuzuhören. So sehr überschlugen sich seine eigenen Gedanken. Er war so sehr mit seiner Zukunft beschäftigt, dass er der Vergangenheit keinen Platz einräumen wollte. Er sah sie an und Tränen stiegen in seine Augen. Ein Toter auf Asphalt, schwarzes Blut an seiner Schläfe. Ein Mann, eine Pistole in der linken Hand. Keine weiteren Menschen auf der Straße, nur ein Mann in einem Hauseingang. Einen Hut tief ins Gesicht gezogen, gestützt auf einen Gehstock. Ein Schauer durchlief Richard. Seine Gedanken schwirrten durcheinander. „Habt ihr einen Fotoapparat?" Fragend, aber froh über die ablenkende Frage, sah er sie an. „Das beste Mittel Gesichter nicht zu vergessen ist, sie zu fotografieren."

„Lust, ein wenig zu stöbern?" Er klappte sein Buch zu und sah Hannah erwartungsvoll an. Sie nickte und klappte auch demonstrativ ihr Buch zu. Der Dachboden sah aus, wie ein Dachboden eben so aussah, und roch auch so. Ein kleines schräg an die Wand angepasstes Fenster hing voller Spinnweben, spendete Licht und machte es den Augen von Hannah und Richard leicht sich anzupassen. Die obligatorischen Kartons und Koffer standen ein wenig durcheinander im Raum. Ebenfalls von einigen Spinnennetzen überzogen, ergänzt von Staubschichten. Bis auf einige Kartons waren die meisten geschlossen und Richard stellte erleichtert fest, dass nichts Kompromittierendes aus den Kartons lugte. Aber er war sich sicher gewesen, dass der Bademantel wohl das einzige war, was er aufgehoben hatte. Und falls nicht, hatte er es sicher versteckt. Nur das Radio auf einem kleinen Tisch erinnerte noch daran. Er hatte sich denken können, was sein Vater tat an den Abenden, wenn er oben verschwand, in der Hoffnung, sein verletzter Sohn könnte ihm eh nicht folgen. An einem Abend hatte er es dennoch versucht, sein verwundetes Bein hinter sich hergezogen, hatte er gelauscht. Doch die verschlossene Tür ließ keine Stimmen herausdringen und doch wusste Richard, dass es keine guten Nachrichten waren, die sein Vater vernahm, als er wortlos an ihm vorüber wieder nach unten ging.

Richard pustete den Staub von dem Gerät und schaltete es an. Tatsächlich klangen Geräusche heraus. Richard suchte einen Sender und fand einen mit klassischer Musik. Er sah zu Hannah, die ihm zunickte. Lange würden die Batterien sicher nicht halten und doch ließ er das Radio an. Es nahm etwas von seiner Verlegenheit, die immer da war, wenn sie alleine waren, und doch spürte er, wie er ruhig wurde, dort oben auf dem Dachboden. Er sah auf dem Boden Mäusekot liegen und warnte Hannah davor, dass es eventuell Mäuse geben könnte. Doch sie lächelte daraufhin vor sich hin.

WÄHRENDDESSEN

„Hannah, was zum Golem machst du da?" Miriam sah schockiert zu ihrer neuen Freundin. Diese schmunzelte, als Miriam das Wort Golem aussprach. Sie hatte sich angewöhnt, wo es ging, jüdische Begriffe in ihre Sprache mit einzubringen. „Du glaubst doch nicht, dass, sollten wir das hier überleben, dass ich jemals wieder Deutsch sprechen werde", hatte sie vehement erklärt und auch Hannah darüber nachdenken lassen. „Sie ist auch ein Lebewesen, unsere Elfriede", hatte sie erklärt und weiter zwei winzig kleine Brotkrummen vor ihr Bett gelegt. Und zugesehen, wie die Ratte sich den Krümel holte. Inzwischen trieben die Tiere kaum noch Frauen auf die oberen Pritschen und Hannah beruhigte es, dass dieses Tier noch lebte. Vielleicht würde sie auch? „Dann nenne sie aber bitte Esther oder Ruth, aber nicht Elfriede", hatte Miriam ernst gesagt.

DANACH

„Manchmal habe ich einen Lachkrampf bekommen", erklärte Hannah Richard, der sich auf die Suche nach einem Fotoapparat gemacht hatte und dazu einzelne Kisten öffnete. „Ich auch", erklärte er. „Gerade dann, wenn die Angst am größten war", sagte er und sie nickte ihm verständlich zu. Fürs Fotografieren war Joris zuständig. Er hatte sämtliche Familienfotos gemacht. „Zu viel tauge ich ja nicht mehr", hatte er gesagt und feist gelacht. Als Kind hatte Richard immer Angst vor dem Mann, der seine linke Hand im ersten Weltkrieg gelassen hatte. Er hatte die Freundschaft nie verstanden. Im Gegensatz zu Karl. Ihn überfiel ein leichter Schauer, als er in Gedanken an ihn einen Karton öffnete und ihn schnell wieder schloss. „Alles in Ordnung?" Hannah sah, dass er zusammenzuckte. „Ja", log er und setzte sich auf den Karton. „Es ist sehr trocken hier und ich brauche einen Schluck Wasser." Zitterte er. Er erklärte, seine Eltern fragen zu müssen, ob sie eine Fotokamera hätten, und schlug vor nach unten zu gehen. „Wenn es für dich kein Problem ist, möchte ich nur gerne die Arie zu Ende hören." Hoffmanns Barcarole drang durch die staubige Luft.

DAVOR

„Mach das nicht, Mama." Sie war hereingekommen, ihr Vater saß am Klavier und spielte. Er spielte auch weiter, während Hannah sah, was ihre Mutter tat. Sie war fertig und griff und hielt Hannah ihre Hand hin. Die dunklen Locken, hier und da schon durchzogen von silbernen Fäden, die warmen gütigen hellbraunen Augen, ähnlich ihren eigenen, die rundlichen Wangen und der weiche Mund, mit den Lippen, die nun zu Hannah sprachen und sie baten, ihren, Hannahs Mantel auszuziehen, damit sie auch dort den gelben Stern draufnähen könnten. „Niemals werde ich den noch tragen", hatte Hannah verkündet und doch zugesehen, wie ihre Mutter den Stern darauf nähte, während der Vater weiter Klavier spielte.

DANACH

Sie sah ihn ganz deutlich, genauso wie ihre Mutter. Was für ein Tag. Schnell griff sie zu ihrem Rucksack und zog ihr Zeichenbuch heraus. „Mama", sagte sie, während sie konzentriert malte, aber nicht verhindern konnte, dass Tränen ihren Blick verschwimmen ließen. Und doch erschienen sie. Ihre Mutter, die Hand nach ihrem Mantel greifend, milde, ein wenig kapitulierend, und ihr Vater, ganz in Gedanken bei der Musik, die er selber erzeugte.

Sie wischte erschöpft die letzten Tränen ab und hielt sich die Zeichnung ans Herz. Sie wollte nicht runter gehen. Einfach sitzen bleiben. Irgendwo raschelte es. Vielleicht tatsächlich eine Maus. Irgendwo bei dem Karton, an dem Richard sich so erschrocken hatte. Was er enthielt, konnte Hannah nur ahnen. Vielleicht doch noch einen Bademantel. Eine Büste, einen Ausweis, eine Uniform. Sie wollte es nicht wissen und doch hörte sie ein weiteres Rascheln. Ob es die Maus oder die Neugier war, hätte sie sicher selber nicht beantworten können. Sie fand keine Maus und auch keinen Bademantel. Sie blieb an einem Spinnennetz hängen und versuchte es aus ihren Haaren zu entfernen. Dann öffnete sie vorsichtig den Karton. Erleichtert erkannte sie nur

Fotoalben, eingewickeltes Besteck und einen silbernen Kerzenleuchter, den sie vorsichtig herauszog. Eine Menora ähnlich der ihrer Eltern. Sieben Arme, in zweien von ihnen steckten noch Kerzenstummel. „Diebesgut." Hannah lachte auf und fragte sich, wem es wohl gehörte. Sie zog ein Fotoalbum heraus. Dicke Wolken machten es ihr schwer zu erkennen, wer sich auf den Fotos befand. Scheinbar ein Hochzeitspärchen. Er mit Kippa unter einem Pavillon. Lachende Hochzeitsgäste. Ein Mann mit Akkordeon, feist lachend in die Kamera. Klatschende Hochzeitsgäste. Richard? Sie sah aufs Datum. Nein, er konnte es nicht sein. Wenn, dann sein Vater. Wahrscheinlich nicht. Die Wolken machten es ihr unmöglich, weiter zu schauen und sie legte das Album zurück in den Karton.

„Meine Lunge scheint voller Staub zu sein." Hannah sah aus dem Fenster, die Wolken waren noch da, aber es war noch nicht spät. Sie klopfte sich den letzten Rest von ihren Anziehsachen und fragte Richard, ob er mit spazieren gehen wollte, und Richard wollte.

Die Kälte fand ihren Platz auf den unbedeckten Stellen und Richard zog seinen Schal fest um den Hals. Ihr schien sie nichts auszumachen. Ihr Gesicht blieb frei und auch ihre Schultern schienen entspannt herunterzuhängen. Die Steinhaufen hatten Pause, nur wenige Menschen waren auf den Straßen. Einige wenige schoben vollgepackte Wagen, Bilder, an die sie schon gewöhnt waren.
Ab und zu ein Automobil, ein dünnes Pferd zog einen Wagen, auf dem leer blickende Kinder saßen. Ein weiteres Pferd lag auf der Straße, zumindest schien es mal eines gewesen zu sein. Das Fleisch war rausgeschnitten worden und selbst für das Ungeziefer der Straßen und Lüfte war nichts mehr übrig. Eine Frau sprach sie an, ein Gesicht von vielen. Ein Dialekt, irgendwo aus dem Osten, er hatte Schwierigkeiten zu verstehen, dass sie eine Wegbeschreibung wollte. Er sah auf den Zettel in ihrer Hand. Eine Mitteilung, ein Kurt hatte geschrieben, wo er zu finden war. Die Straße, Richard kannte sie. An der nächsten Ecke links, bis zum Blumenladen, dann rechts bis zur Litfaßsäule, am weißen Haus vorbei. Das war einmal. Weder die Litfaßsäule noch der Blumenladen stand und was mal eine Ecke war? Er zeigte mit dem Finger in eine Richtung und nahm verwirrt schnell seinen rechten Arm

wieder herunter. „Eine Straßenbahn!" Nun vernahm auch Richard das unverkennbare Geräusch des sich nähernden Verkehrsmittels und beobachtete, wie sie angefahren kam. „Los." Er spürte ihre Hand in seiner und ließ sich mitziehen, dorthin, wo sie eine Haltestelle vermutete. „Was hast du vor?" Seine Frage war dumm, denn die Bahn hielt tatsächlich und Hannah zog ihn hoch. „Lass uns irgendwo hinfahren, wo es keinen Schutt gibt." Soweit würde sie sicher nicht fahren, dachte er und war froh ein wenig Kleingeld dabei zu haben. So leer die Straßen schienen, so voll war es in der Bahn. Die wenigen Sitzplätze waren belegt, Richard dachte an sein Bein, gewöhnt an den leichten Schmerz, sah er zu Hannah, die aufgeregt an den leeren Gesichtern vorbei hinaus aus dem Fenster sah. Die Straßenbahn bremste abrupt und Hannah wurde an Richard geschleudert, der sie sicher stützte. Er nahm ihre Hand und führte sie zu einer Stange. Sie lächelte ihn an und hielt sich fest. Zu gerne hätte er seine Hand auf ihre gelegt. „Falls Sie glauben, ich stehe für dich auf, dann täuschen Sie sich." Die Stimme klang schrill durch den Waggon und der Mensch dazu zog gleich alle Blicke auf sich. Ein Mann um die fünfzig Jahre, unversehrt saß er auf einer Bank und sah zu einer Frau, die neben ihm stand und sich mit einem Arm ihren runden gefüllten Bauch hielt. „Ich erkenne euch und nicht nur am Geruch." Die Stimme schrillte weiter.

DAVOR

„Komm schon." Die Straßenbahn hatte angehalten. „Wir bekommen ein Kind und der Weg ist weit." Hannah hielt sich ihre Mappe vor die benähte Brust. Max weigerte sich nach wie vor, den gelben Stern zu tragen, und zog Hannah in die vollbesetzte Straßenbahn. „Sie können uns nicht alles nehmen", hatte er gesagt und nicht mal versucht leise zu sprechen. Niemand schien sie zu beachten und niemand bot ihr einen Platz an, obwohl der Bauch schon deutlich sichtbar war.

DANACH

Doch im Gegensatz zu Hannahs Bauch ließ der Bauch der jungen Frau, die neben ihr stand, keine Zweifel aufkommen. Aber genauso wie damals jemand sich für Hannah zu interessieren schien, war diesmal niemand bereit der schwangeren Frau einen Platz an zu bieten. Jeder schien mit sich selbst beschäftigt. Außer. Er saß direkt vor der Frau und sah zu ihr hinauf. Um sie herum herrschte Stille, nur das Quietschen der Bahn auf den Schienen war zu hören. Gespannt sahen die Mitfahrer von dem kleinen Mann zu der Schwangeren und zurück. Er setzte sein Programm fort und spuckte ihr vor die Füße. Die Schwangere sah verwirrt zu dem Mann, der weiter anfing über Juden zu schimpfen, und den Leuten, die um sie herumstanden. Sie versuchte zur Seite zu treten, doch der voll besetzte Waggon machte es ihr nicht möglich. „Was ist Ihr Problem?" Richard hatte es geschafft zu der Frau und dem Mann zu gelangen. Hannah war ihm vorsichtig gefolgt. Der Mann sah kurz zu Richard, blieb aber nur kurz stumm. „Ich kann sie riechen, weil sie stinken, und ich sehe es ihr an, weil sie hässlich sind." Hannah spürte, wie ihr Herz schneller zu schlagen begann, hektisch nahm sie ihren Rucksack und hielt ihn sich vor die Brust, wo schon eine ganze Weile kein Stern mehr prangte. „Wenn hier einer hässlich ist, dann sind Sie es." Hannah glaubte ein wenig Aufgeregtheit in Richards Stimme zu hören und sah von ihm zu dem Angesprochenen, der ihn mit offenem Mund anstarrte und wohl vergeblich nach Worten suchte. „Ich bin gar keine Jüdin." Erleichtert und doch ängstlich trat die schwangere Frau zur Seite und versuchte wegzukommen. „Ob Jüdin oder nicht", beugte Richard sich zu dem Mann hinunter. „Sie werden sofort aufstehen und ihr Ihren Platz anbieten." Der Mann schien seine Stimme wiedergefunden zu haben und antwortete: „Niemals."

„Los, Richard, jetzt bist du dran." Ohne dass er es beeinflussen konnte, wanderten seine Gedanken von dem kleinen garstigen Mann zu einem anderen kleinen Mann. Er hatte sich kaum noch auf den Beinen halten können. Sein Gesicht war in der Dunkelheit kaum zu erkennen, ein Vollbart erschwerte den Blick auf den Mann, der nun seine Hände schützend vor sein sicher nicht garstiges, sondern nur ängstliches

Gesicht hielt. Der nächste Tritt ließ ihn zu Boden fallen. „Worauf wartest du noch." Wieder die befehlende Stimme. Richard sah zu dem jungen Mann in seiner braunen Uniform, der ihn auffordernd ansah. Zwei seiner Lakaien, ebenfalls in brauner Uniform, traten weiter zu. Richard vermied es zu dem wimmernden Mann zu seinen Füßen zu schauen. Vier gegen einen, und wenn es auch ein Jude war, war feige und blieb feige. „An dem mache ich mir doch nicht meine Stiefel dreckig", lachte Richard auf. Erleichtert, eine Ausrede gefunden zu haben, wandte er sich, ebenfalls in brauner Uniform, ab, verschwand in die Nacht, in der in ganz Deutschland Scheiben eingeschlagen wurden und Synagogen brannten.

Diesmal machte Richard seine Finger dreckig und zog den Mann von seinem Straßenbahnsitz hoch. „Jüdin oder nicht, die Dame ist schwanger und da gebietet es die Höflichkeit, dass Sie aufstehen." Richard hielt Ausschau nach der schwangeren Frau, die in der neugierig zuschauenden Menge verschwunden schien. Die Straßenbahn hielt an und der Mann stieg schnell aus der Bahn. Hannah und Richard stiegen eine Haltestelle später aus.
Es hatte angefangen zu nieseln, eine Mischung aus Schnee und Regen. „Ich hätte ihn am liebsten geschlagen." Er überlegte, ihr kurz vor der Novembernacht zu erzählen, ließ es aber. „Ich auch", antwortete Hannah. Ihre Blicke trafen sich und hielten einander kurz fest, bevor Hannah langsam zu lachen anfing, als Richard mit einsetzte, wurde sie lauter und schaffte es kaum noch aufzuhören. Der Regen setzte sich gegen den Schnee durch und ließ Tropfen an Richards Nacken runterlaufen. Er sah sich um. Tatsächlich hatten sie den Schutt hinter sich gelassen und damit Möglichkeiten sich unterzustellen. Sie liefen nun schweigend durch den dunklen Nachmittag und fanden eine kleine Kirche mit halb eingestürztem Dach. Eine Bank unter dem ganz gebliebenen Teil des Daches. Nicht warm, aber trocken. Ihre Oberschenkel berührten sich, während sie zum Altar sahen, zumindest von dem, was noch übrig war. Eine zerschlissene Decke, von Jesus keine Spur. „Nicht alle sind so." Wie gewohnt flüsterte er in der Kirche, und wusste selbst, wie naiv seine Worte bei ihr ankommen mussten. Er behielt recht. „Natürlich nicht." Sie lachte auf und flüsterte nicht. „Die wenigen von ihnen sind alle mit eurem Führer gestorben." Er wollte

widersprechen, sagen, dass es nicht sein Führer war. Aber er wollte nicht lügen. Nicht sie anlügen. Natürlich gab es sie. Überall und auch er hatte die Schwangere in der Straßenbahn gemustert. Gab es äußere Erkennungszeichen? War sie als Jüdin zu erkennen? Er schämte sich für seine Gedanken und wagte es nicht sie auszusprechen. Der Regen prasselte laut durch das kaputte Dach und hinterließ Pfützen im Kirchenraum. „Ich denke schon oft darüber nach, vielleicht doch wegzugehen." Richard spürte einen schmerzhaften Stich und sagte laut. „Nein." Überrascht sah sie zu ihm. Erschrocken über sich selbst sah Richard auf seinen Schoß. „Ich weiß auch gar nicht, wo wir hinsollten." Sie war immer noch verwirrt über sein heftiges Nein und hatte kurz das Gefühl ihn beruhigen zu wollen. Richard rieb sein Bein, was angefangen hatte zu pochen, auch sein Herz schien schneller als sonst. „Ich möchte nicht, dass du gehst." Er hatte sich den Moment so oft vorgestellt. Inzwischen war es schon ein Ritual vor dem Einschlafen, sich den Moment vorzustellen. Vera sah er schon eine ganze Weile nicht mehr, bevor er einschlief. Er sah zu Hannah. Der Regen hatte ihre Frisur bekämpft und ließ die Haare herunterhängen. Inzwischen reichten sie bis zum Hals. Er sah an ihr vorbei und ließ sich Zeit sie zu betrachten. Jetzt war der Moment, ihr Gesicht zu sich zu drehen, ihren Blick festzuhalten und die magischen Worte auszusprechen. Dann würden sich ihre Lippen treffen und lange nicht mehr trennen. Er hielt seine Hände auf dem Schoß. „Du kennst mich nicht, Richard." Hatte sie ihn je beim Namen genannt. Ihm blieb keine Zeit sich die Frage zu beantworten, denn sie redete weiter und erklärte ihm, dass er nicht wusste, wer sie war. Er hatte die Büchse der Pandora geöffnet, er wusste, nun konnte er nicht zurück, ob er wollte oder nicht. „Vielleicht kenne ich dich noch nicht, aber ich weiß, dass du gut bist." So eine doofe Formulierung hatte es in seinen Träumen nie gegeben. Die wenigen Momente, in denen er träumte sie würde sich wehren, endeten damit, dass Hannah aufstand und ging. Hannah blieb sitzen und lächelte ihn kurz an. „Warum, weil ich das Fahrrad nicht genommen habe? Ach, Richard, wenn du wüsstest." Sie überlegte ihm von dem geklauten Apfel zu erzählen, doch sie griff zu ihrem Zeichenbuch und reichte ihm eine Zeichnung. Eine Frau, zusammengekauert. Davor eine Aufseherin und drei Gefangene, wie Richard vermutete, eine schien Ähnlichkeit mit Hannah. Es war Hannah.

DORT

Diesmal war es kein Apfel, sondern ein Stück Brot und die Diebin hatte kein Glück gehabt. „Los, die nächste." Der Stock, der zuvor noch auf die Liegende eingeschlagen hatte, zeigte auf Hannah. „Bitte nicht", betete sie schweigend, nicht wissend, zu wem. Ihr Gebet wurde nicht gehört. Zitternd nahm sie den Stock. „Los." Hannah sah auf die weinende Frau zu ihren Füßen. Ein gelbes Dreieck. So wie bei ihr. „Ich kann das nicht." Sie wagte es nicht zur Aufseherin zu sehen. „Kein Problem, dann leg dich daneben, dreckige Jüdin." Hannah dachte tatsächlich kurz darüber nach sich daneben zu legen. Oft ist es einfacher, passiv als aktiv zu sein. Sie hoffte, der Schlag würde stärker aussehen als er tatsächlich war. „Das war gar nichts, muss ich wieder selber machen." Erleichtert spürte Hannah, dass ihr der Stock entrissen wurde, und diesmal mit aller Härte auf den menschlichen Körper unter ihnen schlug.

DANACH

„Ich habe zugeschlagen, Richard." Sie packte die Zeichnung zurück und presste ihren Rucksack an sich. „Ich hatte eine Wahl, Hannah, du nicht." Von den Toten auf den Schlachtfeldern wollte er nicht sprechen. Er wusste, dass er so schnell den Mut nicht wiederbekommen würde. Aus Angst, sie würde aufstehen und den Moment zerstören, nahm er seine Hand und legte sie auf ihren Rucksack. Hannah wusste, was nun kommen würde, und sie dachte wirklich daran aufzustehen. Aber irgendetwas, was sie selber nicht erkennen und benennen konnte, hielt sie ab. Er wagte es nicht ihr Gesicht in seine Hände zu nehmen, sondern sah den Regentropfen zu, die sich in einer der vielen Pfützen sammelten. „Ich liebe dich, Hannah."
Die zweite überfüllte Straßenbahn hielt sie auch diesmal ab zuzusteigen. Sie hatten einander nur zugenickt und sich zu Fuß auf den Weg gemacht. Richards schmerzendes Bein machte es ihm schwer neben ihr herzulaufen, so blieb er einen Schritt zurück und während seine Gedanken durcheinanderzupurzeln schienen, versuchte Hannah nichts zu denken, während die Trümmer immer näher kamen.

Sie waren wieder da. So gut es der regenwolkenverhangene Abendhimmel zuließ, sahen Hannah und Richard gleichzeitig Rauch aus dem Schornstein steigen. Weder bei Hannah noch bei Richard wollte sich Freude bei diesem Ereignis einstellen. Der geparkte Wagen vor dem Haus ließ keinerlei Zweifel mehr aufkommen. „Sie sind wieder da." Sie blieb vor dem Gartentor stehen und wartete auf Richard, der, mittlerweile leicht humpelnd, kurze Zeit später dazu kam. „Kannst du mich bitte entschuldigen." Hannah wartete seine Antwort nicht ab und ging zügig ins Haus und in ihr Zimmer. Erschöpft lehnte sie sich an die Tür und rutschte langsam an ihr herunter. Von unten glaubte sie Richards Mutter ihren Sohn begrüßen zu hören. „Ich liebe dich." Wie oft hatte sie die Worte gelesen, in den unendlichen Stunden auf der durchgelegenen Matratze sitzend, den Rücken an die Wand gelehnt, irgendeines der vielen Bücher in der Hand, welches Gerda ihnen gebracht hatte. Zusehend, wie ihr Bauch immer runder wurde und ihre Ängste immer größer. So groß, dass sie sich dabei ertappte, dass sie sie doch endlich holen sollten. „Stell dir vor, was sie mit uns machen, in der schlimmsten Form", hatte der Professor vorgeschlagen und ihr versichert, dass es ihm half. Hannah konnte sich durchaus vorstellen, was sie mit ihr machen würden, aber das Wiederholen dieser Vorstellungen machte ihre Ängste nicht kleiner. Sie schaffte es nicht sich daran zu gewöhnen und verschlang jedes Buch, denn diese schafften es eher sie von ihrer Angst abzulenken. Nur Max schaffte es im Hier und Jetzt zu leben und malte so viel es ihm möglich war. Hannah reichte ihm die ausgelesen Bücher, erzählte deren Inhalt und sah zu, wie Max daraufhin die Blätter vollmalte. Ich liebe dich. Gerdas Flüstern, wenn sie einander umarmten. Sein: „Es wird schon." Ich liebe dich. Richards Worte an sie gerichtet. Sie spürte einen kleinen Stich und dachte weiter an Max, dessen freches Grinsen sich vor Richards Profil drängte. Hatte er je die Worte gesagt? Sie versuchte sich zu erinnern, während sie unter ihrer Matratze ein Stück Brot ertastete und es sich ungesehen in den Mund steckte. Der faulige Geschmack ließ sie kurz daran denken, dass es wahrscheinlich schimmelig war, doch die Vorstellung, sich zu ihnen zu setzen, ließ sie weiter kauen. Kurz machte Max' konzentrierter Blick, während er malte, Richards Profil Platz und Hannah holte schnell eine Kerze vom Tisch. Sie versuchte nicht das Licht anzumachen, sondern entschied sich für die Kerze. Sollte jemand klopfen, könnte sie sich schlafend stellen und kein Lichtschein unter der Tür würde sie verraten. Inzwischen war es recht dunkel und Hannah war froh, dass die Kerze ihr die Möglichkeit gab nicht blind malen zu müssen. Doch Richard war weg. So sehr sie sich bemühte, Max drängte sich immer vor ihn und so malte sie ihn, den leicht geöffneten Mund, die etwas zusammengekniffenen Augen, den Stift in der rechten Hand und gebeugtem Kopf, während er malte. Ich liebe dich. Hannah wollte ihn malen und sie wollte sich keine Gedanken machen, warum. Nun würde sie sich nicht mehr einfach ans Klavier setzen können, ein wenig spielen und dabei die Fotos darauf ansehen können. Und auch auf den Dachboden konnte sie nun nicht mehr steigen. Die Sehnsucht nach Jakob ließ sie kurz nach einer Zeichnung von ihm suchen und sie sah das Bild eine Weile an. Sie brauchte einen Fotoapparat. Fotos. Hannah dachte kurz an den Dachboden und fragte sich, warum ihre Gastgeber Fotoalben auf dem Dachboden bewahrten, anstatt nach Jahren sortiert im Wohnzimmer.

„Sie könnte Schweinefleisch beinhalten." Hannah sah auf den Teller, den Margot ihr hinhielt. Das Kerzenlicht hatte ihr nicht geholfen. Ihre Gastgeberin hatte so lange geklopft, bis Hannah schließlich öffnete. Hannah sah zu Gerda, die sie gerade aufgeklärt hatte. Verlegen und ungeschickt nahm Margot den Teller wieder runter und kippte dabei ihr Weinglas um, sodass die Neige, die noch darin war, das weiße Tischtuch langsam rot färbte. So wie der Asphalt, nachdem der Professor … Hannah schüttelte sich und sah weiter zu, wie ihre Gastgeberin nun versuchte, mit Salz das Tuch zu retten. Irgendwer fing an zu kichern. Gerda sah nun lachend zu ihrem Neffen, der mit einsetzte und ebenfalls anfing zu lachen. „Das ist nicht komisch", empörte sich Margot, die nun dabei war, eine Stoffserviette zu ruinieren, indem sie damit auf dem Fleck und dem Salz rum rieb. „Doch", prustete Richard und lachte weiter und fand den Mut Hannah direkt anzusehen, die ebenfalls zu lächeln schien. „So, bevor du nun auf die Idee kommst, noch die Tischdecke runter zu reißen, setz dich bitte erst einmal hin." Er schaffte es zwar seine Frau zu beruhigen, aber seine Schwester und sein Sohn brauchten noch eine Weile, bis sie wieder ruhiger atmen konnten. Nur kurz hielten sie einmal den Atem an. Richard der Erste berichtete von seiner Reise nach Süddeutschland. Von Prozessen gegen alte Männer, denen er beiwohnte, und wohl auch als Zeuge aussagte. Obwohl er chronologisch und deutlich sprach, hatte Hannah das Gefühl, dass nur seine Frau an seinen Lippen hing. Richard und Gerda nickten an manchen Stellen, stellten aber nie eine Frage und auch sie mochte der heroischen Selbstdarstellung nicht aufmerksam zuhören. Während irgendwelche alten Männer ihre Köpfe hinhielten, zwar wohl ohne Reue, durften kleine Zwerge weiter ihr Gift in Straßenbahnen, Eisenbahnen und auf den Straßen verspritzen. „Und was macht der Führer." Er brauchte selber einen Moment, bis ihm klar wurde, dass dieses Wort nun jeder gehört hatte. „Führer." Sie sahen ihn alle an, außer seinem Sohn, dessen Gedanken zurückgewandert waren. Schmerzmittel hatten ihn müde gemacht und doch hatte er gemerkt, dass etwas anders war. Das Radio klang nicht mehr nach oben. Aber war es das allein. Er rief seine Mutter, doch sie antwortete nicht. Trotz des Schmerzes hatte er es geschafft nach unten zu kommen. Die Tür zur Bibliothek, die gleichzeitig als sein Arbeitszimmer diente, war geschlossen. Er wollte nicht gestört werden. Irgendwo schluchzte seine Mutter. Wahrscheinlich waren es die Schmerzmittel, die ihn mutig machten und ihn anklopfen und ihn unaufgefordert den Raum betreten ließen. Er saß am Tisch, den Kopf auf die Arme gestützt. Schluchzte er? Und waren auch das die Schmerzmittel, die seinen Verstand benebelten. „Vater." Er sah nicht auf. „Er hat uns alleine gelassen." Tatsächlich, er schluchzte. Verlegen sah Richard auf den großen weißen Fleck hinter dem Schreibtisch, an dem noch vor ein paar Tagen ein riesiges Portrait von dem Mann hing, den sein Vater nun betrauerte. Er hatte seinen Kopf gehoben, unsanft seine Tränen mit dem Ärmel abgewischt und seinem Sohn direkt in die Augen gesehen. „Unser Führer ist tot."

Er hatte nicht lange gebraucht, die peinliche Stille zu überbrücken, und hatte einfach weitererzählt, bevor Gerda bat, gehen zu dürfen. „Unmöglich", hatte ihr Bruder eingeworfen und sie an die Sperrstunde erinnert. Sie ließ sich nicht aufhalten und auch den Wunsch ihres Bruders, doch bitte bei ihnen einzuziehen, wollte sie nicht eingehen, versprach aber darüber nachzudenken. Richard hatte sich angeboten sie zu begleiten und doch war es Hannah, die neben ihr herlief. „Bei zwei Frauen sind sie sicher milder und wenn dann eine auch noch eine

Jüdin ist", hatte sie gesagt und Hannah milde zugelächelt, die darum bat, die Nacht bei Gerda bleiben zu dürfen. „Nun wäscht er sich rein, indem er sie mit Dreck bewirft." Sie zeigte auf zwei Frauen, die mit flinken Schritten durch die sonst leeren Straßen liefen. „Ich weiß nicht, ob ich ihm das abnehmen kann." Hannah wollte sie an die Pakete mit dem Essen vor der Tür erinnern, blieb aber stumm. „Und bei ihnen wohnen soll ich doch nur, weil er nun auch befürchtet Untermieter zu bekommen."

Die Tür war offen. Kein Atem und auch kein Schnarchen. Sie war allein und doch brauchte sie eine Weile, um ihre alten Ängste abzuschütteln. Sie wusste, der wenige Schlaf, den sie gerade hatte, würde der einzige bleiben. Er kam nicht. Genauso wenig wie die Nähe zu Max. Obwohl sie sein Gesicht inzwischen deutlich vor sich sehen konnte, waren es doch Richards drei Worte, die sich in ihre Gedanken mischten. Sie stand auf und fing an mithilfe einer Kerze Max zu malen. Erst nachdem sie ein Dutzend Zeichnungen fertig hatte und von draußen die Nacht sich verabschiedete, kam der Schlaf doch noch und sie rollte sich auf der Matratze ein, den Kragen ihres, Max' Pullovers weit ins Gesicht hochgezogen.

KURZ DANACH

„Wie kannst du ihnen helfen ihre Kinder zur Welt zu bringen." Miriam hatte den Satz wiederholt, als Hannah sie zum Bahnhof begleitete. „Wie kannst du hierbleiben", hatte sie gefragt, bevor sie in den Zug stieg, der sie in Richtung ihres gelobten Landes bringen sollte. „Ich hoffe, du schaffst es, dorthin zu kommen", hatte Hannah gesagt und sie gedrückt. „Falls ich es nicht schaffe, komme ich trotzdem hierhin nicht mehr zurück und werde auch nie wieder diese Sprache sprechen", hatte sie abschließend gesagt und war in den Zug gestiegen.

Sie trug einen weißen Kittel, hatte sich aber geweigert ihre Stiefel auszuziehen. Er hatte sie nicht weiter bedrängt und erklärt, dass es nur wenig Krankenhausgeburten gab. „Die meisten bringen ihre Kinder nach wie vor lieber zu Hause zur Welt", hatte er erklärt und sie gebeten, bis zum Beginn ihrer Ausbildung trotzdem im Krankenhaus zu helfen. Sie hatte genickt und es wieder nicht geschafft ihn anzusehen. So konnte er nicht sehen, wie verlegen der Arzt war, während er nach Worten suchte. „Hannah Hertz", fing er an zu stammeln und blätterte in einer Mappe herum. „Ein schöner Name", hatte er gesagt, bevor er ihr erklärte, dass es vielleicht einfacher wäre, einen anderen Namen für sie zu wählen. „Vorerst", hatte er gebeten, doch Hannah hörte nicht mehr zu und nickte nur, als er vorschlug sie doch als Hannelore vorzustellen. „Wie kannst du ihnen nur helfen ihre Kinder zur Welt zu bringen."

„Hannelore." Zweimal hatte er sie gerufen und es hatte jedes Mal einen Moment gedauert, bis sie sich tatsächlich angesprochen fühlte. Der Kamin spendete Wärme, während Hannah rasch ihre Zeichnung beendete. Verlegen sah sie auf das Foto, als sie es wieder weggestellt hatte. So sehr sie sich bemühte, wollte sein Gesicht nicht von allein vor ihrem inneren Auge erscheinen. Sie war allein und setzte sich ans Klavier, während sie weiter auf das Foto sah. Er trug einen Anzug und lächelte verlegen in die Kamera. Auf einem weiteren Foto stand er neben seinen Eltern vor einem geschmückten Tannenbaum. Hannah sah von Vater zu Sohn und wunderte sich erneut, wie zwei Menschen sich so ähnlichsehen konnten und doch so verschieden. Der kalte Vater und der warme Sohn. Trotz der Wärme des Kamins bekam Hannah eine Gänsehaut und sie wusste nicht, ob es die Härte des Vaters war, die sie berührte, oder die Wärme des Sohnes. Sie sah auf die Tastatur, verdrängte die Gedanken an die Frau, die nun in einem umgefallenen Laster hauste, und begann zu spielen. „Ich werde niemals ihre Sprache mehr sprechen." Ob sie auch nie mehr ihre Musik hören würde. Hannah versuchte an nichts weiter zu denken und konzentrierte sich auf die Mondscheinsonate ihres Lieblingskomponisten.

„Sie wünschen." Hannah hatte die Tür nur einen Spalt geöffnet. Es hatte einen Moment gedauert, bis sie das Klopfen gehört hatte. Fast zu spät. Sie waren schon auf dem Weg wieder zurück zur Straße. Ein Mann und eine Frau, dick eingehüllt in graue Mäntel, bei ihr ein Schal und bei ihm ein Hut, der versuchte die Kälte abzuhalten. Er drehte sich zuerst um und stieß die Frau neben sich an. Jeder hielt einen Koffer in der Hand, als sie auf sie zugingen. „Mehr, als ich hatte", dachte Hannah und fing an zu zittern, was wohl nicht nur an den Schneeflocken lag, die vom Himmel fielen. „Entschuldigen Sie", fing er an zu stammeln und diesmal sah Hannah ihrem Gegenüber fest in die Augen. „Vielleicht gehen wir auch besser." Sie schien noch nervöser als er und zog ihn am Arm. Er schüttelte ihren Arm sacht, aber bestimmend, ab, bevor er anfing zu erklären, dass sie aus dem Osten kamen, irgendwo aus der Nähe von Königsberg, hatte er gesagt und dass sie nun den Nachbarn zugeteilt wurden. „Aber dort hat niemand geöffnet." Hannah ließ sie herein und bat sie bei ihnen zu warten. Sie zitterte immer noch, als sie den Tee aufsetzte und das Tablett ins Wohnzimmer brachte. Er stand am Klavier und Hannah glaubte, dass er sich die Fotos darauf ansah. Sie hatten darauf bestanden ihre Mäntel anzubehalten und versucht den Schnee noch draußen abzuklopfen und doch hatte sich eine kleine Pfütze am Boden neben ihm gebildet. Ihr letzter Schnee würde sich wohl im Sessel, in dem sie saß, wiederfinden. Sie hatte das Tuch abgenommen und lächelte verlegen, während Hannah ihr die Tasse hinstellte. Einzelne graue Haare hatten sich wie ein Spinnennetz um ihren Haaransatz gelegt. Und auf einmal wurde Hannah ganz ruhig, während sie dem Mann wider die Vernunft die Teetasse auf das Klavier stellte. Schnell nahm er die Tasse in die Hand und nickte ihr dankbar zu. Der Hut machte es Hannah unmöglich zu sehen, ob auch er grau war. Ähnliche Augen, irgendetwas zwischen braun und grün, einmalig, so wie ihre. Natürlich, Geschwister, dachte Hannah und setzte sich auf das Sofa. Bestimmt jünger als sie selber und doch so schon grau. „Sie spielen Klavier." Hannah nickte. „Sie auch", fragte sie bemüht ein Gesprächsthema zu finden. „Meine Schwester spielt hervorragend." Hannah sah, wie die Angesprochene ihrem Bruder einen Hieb in die Seite gab, und bot ihm dennoch an, doch zu spielen, um dann zu sehen, dass sie sich ans Klavier setzte und anfing zu spielen. Hannah glaubte Haydn zu erkennen und spürte, wie ihre Nervosität einer unendlichen Traurigkeit Platz machte. Wie von unsichtbaren Fäden gezogen, stand sie auf und trat zu der Frau am

Klavier. Sie sah auf die Hände, Dreck, der nicht abgehen wollte, auf geschundenen Fingern. Hannah spürte die Tränen in ihren Augen aufkommen und versuchte nicht sie aufzuhalten. „Ich gehe mal kurz zur Toilette", hatte er geflüstert und Hannah hatte nur kurz nach oben gezeigt, während die Sonata weiter durch den Raum klang. So fehlerlos und traurig. Mit einer fahrigen Bewegung versuchte sie während des Spiels einen Ärmel ihres dicken Mantels zurück zu schieben. „Es reicht." Er war wieder zurück und zog den Ärmel seiner Schwester wieder zurück über den Arm. Aber nicht schnell genug. Hannah hatte die Nummer gesehen, doch wusste sie nichts damit anzufangen und erschrak, als er die Tastaturklappe herunterfallen ließ. „Vielen Dank für Ihre Gastfreundschaft, aber ich habe einen Wagen nebenan ankommen sehen." Hannah nickte und beobachtete, wie er seiner Schwester hoch half. Hannah und ihr Blick trafen einander, bevor sie, von ihrem Bruder gezogen, das Haus verließ.

„Ich liebe dich." Auch wenn sie versuchte an andere Dinge zu denken, waren es doch immer wieder Richards Worte, die sich in ihre Gedanken schlichen und nicht weichen wollten. Auch wenn sich sein Gesicht nur in kurzen Augenblicken zeigen wollte, seine Worte erreichten sie, im Original. Die weiche, leise, aber feste Stimme, als er es sagte. Sie wusste, dass es ihn Mut gekostet hatte, und musste lächeln. „Richard." Hannah sprach seinen Namen aus, während sie ins Wasser abtauchte. Wirklich warm war es nicht, aber es tat ihr gut. Sie hatte die Augen geschlossen und versuchte sein Gesicht zu sehen, doch es gelang ihr nicht. Irgendetwas wollte ihre Gedanken blockieren, doch sie wusste nicht, was. Sie tauchte auf und sah sich um. Ihre Stiefel hatte sie unterm Rucksack verstaut, darüber lag Max' Pullover, den sie anschließend an ihr Bad auch einmal waschen wollte. Jemand klopfte zaghaft an die Tür. Margot fragte, ob Hannah noch etwas brauchte. Als Hannah dies verneinte, lauschte sie noch kurz und war froh, als sie Margot die Treppe wieder runter steigen hörte. „Natürlich." Hannah sprach das Wort laut aus und fügte ein „Das war es", dazu. Schnell stand sie auf, musste sich aber kurz einem Schwindel ergeben, bevor sie aus der Wanne stieg. Schnell warf sie den Pullover in die Wanne und zog sich die Stiefel über ihre klatschnassen Füße, ansonsten wartete sie nicht und öffnete den Rucksack und fing an ihre Zeichnungen zu durchblättern, bei der letzten hielt sie inne. Die Stufen knirschten leise unter ihren Stiefeln. Sie hielt kurz an und lauschte. Nichts rührte sich. Sie hatte sich im Bett hin und her gewälzt und überlegt, ob sie nicht doch bis zum nächsten Tag warten sollte. Aber sie war nicht sicher, ob sie wieder allein sein würde, und die Neugier trieb sie mitten in der Nacht auf den Dachboden. Das wenige Mondlicht und die Kerze machten es ihr nicht leicht das Gesuchte zu finden. „Warum hebt man Fotoalben auf dem Dachboden auf?" Die Frage hatte sie sich schon gestellt, als sie das erste Mal das Album in der Hand hielt. Es war da, wo sie es hineingelegt hatte. Sie fand einen Platz für ihre Kerze und begann zu blättern. „Hannah." Sie erschrak und ließ beinahe das Album fallen, als sie seine Stimme an der Tür hörte. „Was machst du hier mitten in der Nacht?" Sie hatte die Fotos gefunden und hielt sie ihm hin, als er zu ihr trat. Eine Taschenlampe in der Hand. Richard brauchte einen Moment, bis er erkannte, wer in seine Richtung lächelte. Unangenehm berührt, überlegte er, was er sagen sollte, wusste aber, an der Wahrheit kam er nicht vorbei. „Das sind Karin und Heinrich", flüsterte er und räusperte sich weiter leise. So deutsche Namen, kurz war Hannah enttäuscht, war sich aber inzwischen sicher, dass aus ihrer Vermutung die schlichte Wahrheit geworden war. „Wo sind sie jetzt?", fragte sie weiter und spürte einen leichten Schüttelfrost. Max' Pullover klebte feucht an ihrem Körper, sie hatte minutenlang versucht ihn auszuwringen, aber gewusst, dass sie ihn, egal wie nass er war, anziehen würde. „In Amerika", antwortete er und gab ihr das Album zurück. „Und ihr Vater?" Sie sah auf ein Familienfoto. Der Vater, stolz die Hand auf der Schulter des Sohnes, der ebenfalls stolz in die Kamera lächelte, die Kippas auf ihren Köpfen neben Mutter und Tochter. „Bar Mizwa, vermute ich." Sie sah sein Nicken nicht und konnte auch seine Gedanken nicht lesen, die bei dem Tag waren, als außerhalb der Feier immer mehr Menschen offen ihren Hass gegen diese Menschen zeigten. Auch sein Vater war nicht begeistert gewesen, als er die Einladung erhielt, und war doch mit seiner Frau und seinem Sohn hingegangen. „Und ihre Eltern?" Er versuchte sie zu überreden, doch nach unten zu gehen. Seine Taschenlampe fing an zu flackern und würde nicht mehr lange Licht spenden. Sie wollte eine Antwort und er erklärte, dass auch sie sicher in Amerika waren. Hannah stand auf und legte das Album sicher zurück. „Ich weiß nicht, wo ihre Eltern sind, aber Karin und

Heinrich sind sicher nicht in Amerika und sind es auch sicher nie gewesen." Die Taschenlampe erlosch endgültig und Richard stieg benommen die Treppe herunter. Die Treppen waren es gewesen. Hannah hatte ihm gesagt, dass das Bad oben war, und hatte ihn nicht weiter beachtet, nachdem er das Wohnzimmer verlassen hatte. Woher hatte er gewusst, wo das Bad ist. Das Haus war groß und er zu höflich einfach jede Tür zu öffnen, und dazu ihr hervorragendes Gedächtnis, was Gesichter betraf. Auch wenn von den pausbäckigen Kindern auf den Fotos kaum noch etwas übriggeblieben war.

„Was ist hier los." Er hielt tatsächlich eine Pistole in der Hand, nahm sie aber schnell herunter als er seinen Sohn trotz der Dunkelheit erkannte, der erschrocken zusammenfuhr. „Richard." Er fing an am Lichtschalter zu drehen, aber wie erwartet blieb das Licht aus. „Was machst du mitten in der Nacht." Ein kleines Licht tauchte hinter Richard auf. „Ihr seid zu laut." Margot, im schlampig übergeworfenen Bademantel ihres Mannes, trat zu ihnen, eine Kerze in der Hand. „Wo ist Onkel Salomon?" Die Frage schallte durch den Flur und wurde von den Wänden zurückgeworfen. „Er ist nicht dein Onkel", flüsterte Richard der Erste und bat seinen Sohn zurück in sein Zimmer zu gehen, doch dieser dachte nicht daran und wiederholte seine Frage. „Wo ist Onkel Salomon?" Richard der Erste sah in die Richtung, aus der Hannah zu ihnen stieg. „Du weißt doch, dass er in Amerika ist." Hannahs Nähe bewusst, wurde sein Ton milder. „Ist er das?" Richards Ton änderte sich nicht und er beharrte auf einer Antwort. „Bitte besprecht das morgen." Margot legte beschwichtigend und doch erstaunt über den rüden Ton ihres Sohnes ihren Arm um ihn und glaubte für ihren Mann antworten zu müssen. „Du weißt doch von der Abmachung." Sie sah zu Hannah und erwartete fast, dass sie nach der Abmachung fragen würde. Doch sie dachte nicht daran danach zu fragen und trat in ihr Zimmer und schloss die Tür hinter sich.

Er war nicht so üppig wie schon die letzten Jahre zuvor. Hatte es in diesem Haus jemals einen üppigen Baum gegeben, daran dachte Richard, während er zu seiner Mutter trat, die rotwangig ein Lied singend dabei war, die glänzenden Kugeln anzuhängen. Vielleicht wirkte der Baum einfach auch kleiner in dem großen Wohnzimmer. „Mutter, was machst du da?" Damals wirkte er sehr groß, da war das

Wohnzimmer aber auch wesentlich kleiner. Erstaunt sah sie ihren Sohn an. „Was mache ich, ich schmücke den Baum." Auch damals hatte sie gesungen und ihm auffordernd eine Kugel hingehalten. „Und du darfst mir dabei helfen", hatte sie weitergesagt und ihn angelächelt. Richard lächelte nicht. „Das werde ich nicht tun, ich feiere doch nicht die Geburt eines Juden." Keine Stunde zuvor hatte er vor den Pimpfen gestanden und ihnen erklärt, warum sie zur Herrenrasse gehörten und die Juden eben nicht. Wirklich wohl gefühlt hatte er sich nicht dabei. Glaubte er wirklich, was er da predigte? Außerdem mochte er es nicht vor Publikum zu sprechen. Einer von vielen Gründen, warum er sich nicht vorstellen konnte Anwalt zu werden und eines Tages vor einem Gericht stehen zu können. Ganz im Gegensatz zu seinem Vater, der es anscheinend genoss ein Publikum zu haben. Doch so ganz sicher war Richard sich da auch nicht, glaubte er doch, je öfter er seinen Vater beobachtete, auch bei ihm Unsicherheiten zu erkennen, und so vermied er es, seinen Vater ins Gericht zu begleiten. Passend zu seinen Gedanken trat sein Vater auf, Beifall klatschend. „Bravo, mein Sohn." Auch er trug die so unkleidsame braune Uniform und nahm seine Kappe ab. „Aber wissen wir denn wirklich, ob Jesus Jude war?" Er gab seiner Frau einen trockenen Kuss auf die Wange und erzählte etwas von Völkerwanderungen und der Vermutung, dass Jesus sicher germanisches Blut hatte und sicher kein Jude war. „Hatte er wirklich geglaubt, was er da sagte?" Diesmal nahm Richard eine Kugel und hängte sie an einen grünen Ast, nicht ohne sich zu pieken. „Gerda, wie schön, dass du gekommen bist." Richard war so sehr in seinen Gedanken versunken, dass die Worte seiner Mutter ihn zusammenzucken ließen. Gefolgt von ihrem Bruder trat seine Tante herein. Kurz erleichtert, dem Gespräch mit seinem Vater aus dem Weg zu gehen, aber doch ängstlich zu wissen, dass er es noch führen würden müssen. Mit seinem nicht übersehbaren Hang zur Selbstdarstellung präsentierte Richard der Erste eine Forelle und berichtete, wie er sie ergattert hatte. Richard konnte seinen Worten nicht folgen, da er sah, dass auch Hannah wiedergekommen war. Sie sah noch trauriger aus als sonst und schaffte es, dass auch Richard eine unendliche Traurigkeit überfiel. Oh du fröhliche, oh du selige, Gnaden bringende Weihnachtszeit. Sie würden in die Kirche gehen und sicher am Ende das Lied singen. Richard spürte einen Kloß im Hals, als

Hannah in den Raum trat und den nun fertig geschmückten Baum ansah. Gerda nahm ihre Hand und hielt sie fest. Ihr letztes Fest davor war sicher bei Gerda gewesen. Vielleicht an dem Heiligabend, als sie vor dem Gottesdienst noch bei Gerda waren, Kaffee getrunken hatten und Stollen aßen, untermalt vom lauten Grammophon, Richard konnte sich nicht erinnern, welche Lieder es preisgab, genauso wenig, ob seine Tante nervös war.

„Dann mache ich mich noch geschwind an den Fisch, hilfst du mir, Gerda." Die Angesprochene nickte und verließ mit Margot das Wohnzimmer. „Und ich gehe mir mal die Hände waschen." Richard überlegte, ob er seinen Vater ansprechen sollte, doch er fürchtete die Antwort und ging zu Hannah, die immer noch auf den geschmückten Baum sah. „Ich war bei den Nachbarn", flüsterte er, befürchtete er doch, sein Vater würde wieder erscheinen. „Keine Flüchtlinge." Es war keine Frage, es war eine Antwort. Richard nickte. „Ich verstehe es nicht, er hat gesagt, dass er dafür sorgen wird, dass sie nach Amerika kommen. Alle." Er sah sie an und dachte doch an seinen Nennonkel und dessen zwei Kinder, die nur etwas jünger waren als er selbst, mit denen er gespielt hatte und denen er versprochen hatte auf ihre Bücher, ihre Noten und all das, was sie nicht mitnehmen konnten, aufzupassen, und was nun doch achtlos und vergessen in Kartons verpackt auf dem Dachboden lag. „Ich werde ihn noch einmal fragen." Er richtete die Worte doch eher an sich als an Hannah, die immer noch ihren Rucksack auf dem Rücken trug und keine Anstalten machte ihn abzunehmen. Und so blieben sie noch eine Weile stehen, sahen auf den Baum mit den noch jungfräulichen Kerzen, jeder in seinen Gedanken. Erst das Schlagen der Standuhr brachte sie zurück in die Realität. „Ich werde mich mal für die Kirche umziehen", sagte Richard und fragte sich, ob sie wohl mitkommen würde. Gerda fehlte nicht der Mut sie offen zu fragen. Hannah schüttelte den Kopf und sagte, sie habe sich für den Dienst im Krankenhaus eintragen lassen. Richard bot an sie zu begleiten, doch Hannah winkte ab und ging alleine los. Auch dort stand ein geschmückter Tannenbaum. Vom hektischen Treiben der letzten Tage war kaum etwas zu spüren. Wer konnte, war zu Hause. Eine Nonne stand vorm Baum und murmelte etwas. Ein Gebet, vermutete Hannah und wollte die Frau nicht stören. Sie nickte ihr zu und wollte weitergehen, doch die Nonne sprach sie an. Obwohl sie sicher nie böse

Absichten hatte, schaffte es Hannah auch nicht ihr in die Augen zu schauen. Sie sah auf ihre Stiefel, die einen starken Kontrast zum weißen Kittel bildeten, während die ältere Frau ihr gegenüber anfing zu sprechen. „Musste das sein?" Sie warf die Frage in den dunklen Flur. Licht gab es nur das nötigste. „So viele Kinder werden ihre Väter nicht kennenlernen können." Hannahs Mitleid hielt sich in Grenzen und doch nickte sie und sah zu, wie die Nonne anfing die Kerzen anzuzünden, während einzelne Patienten dazukamen. Irgendwo hatte eine Glocke geschlagen. Auch ihre Mutter hatte eine kleine Glocke und strahlte jedes Mal, wenn sie sie läutete. Sie hatten auch Weihnachten gefeiert, kleiner zwar, aber auch mit einem kleinen Tannenbaum und deutschen Liedern. „Schließlich war Jesus ja ein Jude", hatte sie erklärt und war sowieso nicht auf Widerstand gestoßen. Auch ihr Vater mochte Weihnachten, genauso wie Hannah. Sie wollte nicht weinen und ging in ein Patientenzimmer. „Sie müssen hier nicht bei mir sitzen." Sie schaffte es kaum die Worte auszusprechen und schon folgte erneut ein Hustenanfall. Hannah hielt ihren Kopf, sodass ihr das Husten leichter fiel. Was machte sie bloß hier? Warum war sie nicht bei uns, wo sie hingehörte? In ihrem Kopf zählte sie die Tage, bis sie kommen würde. Wie lange würde sie bei dem Spiel noch mitspielen? Ihre Gedanken flogen durcheinander und sie konnte der Frau nicht zuhören, deren Kopf sie immer noch hielt. Sie wollte Kindern helfen auf die Welt zu kommen. „Wie kannst du nur hierbleiben?" Miriams fragendes Gesicht. Wie viele Tage würde es noch brauchen, bis Jakob in ihr seine Mutter erkannte. Irgendetwas vom gefallenen Sohn und zerbombten Haus erzählte die Frau im Bett vor ihr und forderte Hannah auf, ihr Briefe zu reichen. Hannah war immer noch in Gedanken. „Hannelore, würden Sie mir bitte die Briefe geben." Hannelore? Hannah brauchte wieder einen Moment, bis sie verstand, dass sie die Angesprochene war. Sie griff zum Nachttisch und nahm das Bündel Briefe. „Das ist alles, was ich noch habe." Hannah wollte das Mitleid nicht fühlen, welches sich anfing in ihr auszubreiten, und wollte den Raum mit der Sterbenden verlassen, und doch blieb sie und fing an aus den Briefen vorzulesen. Stille Nacht. Ihr Atem ging ganz ruhig, auch hustete sie kaum noch. Sie hatte versucht sich nicht auf den Inhalt der Briefe zu konzentrieren, Briefe von verschiedenen Fronten, am längsten hatte ihr Mann sich am Leben halten können, bevor auch er sich für Reich und Führer irgendwo in Russland hatte erschießen lassen. Sie sah in Richtung des Kreuzes, welches hinter ihrem Bett hing. Inzwischen war es so dunkel, dass Hannah es nur erahnen konnte. „Es ist ein Ros' entsprungen." Das Lieblingslied ihrer Mutter. Leise fing sie an es zu singen, während sie die Hand der Schlafenden festhielt und es nicht mehr verhindern konnte, dass sie anfing zu weinen. „Hier sind Sie." Er hatte zwar geklopft, aber nicht weiter gewartet. „Kommen Sie, es wird tatsächlich ein Christkind kommen."

Es dauerte noch eine ganze Weile, bis das Christkind kam. Ein Mädchen. Hannah nahm es der Hebamme ab, die es gewaschen hatte, und legte es der erschöpften Mutter an die Brust. Die Hebamme nickte Hannah freundlich zu und sprach danach mit dem Doktor, der zuvor dem Kind einen kräftigen Klaps auf den Hintern gegeben hatte. Es hatte laut geschrien. Im Gegensatz zu Jakob, dem es nicht gestattet war das Leben laut zu begrüßen. Wie oft hatte Hannah ihm den Mund zugehalten, sie vermied es daran zu denken und nahm ihren Zeichenblock und fing an die junge Mutter und das Neugeborene zu malen. „Eine schöne Idee", sagte der Arzt, der ihr kurz über die Schulter sah, und ihr zuvor erklärt hatte, dass der Vater des Babys als vermisst galt und in russischer Kriegsgefangenschaft vermutet wurde. „So, das war es, ich werde jetzt nach Hause gehen, war ein langer Tag." Er nickte der jungen Mutter zu und forderte auch Hannah auf nach Hause zu gehen. Nach Hause. Wo war ihr Zuhause? Sie wollte nicht nachdenken und malte schnell und geschickt weiter. Als sie fertig war, legte sie die Zeichnung auf den Nachttisch der jungen Frau und verließ das Zimmer. Sie ließ sich Zeit beim Umziehen. In dieser hochheiligen Nacht würde sie sicher keiner der Soldaten daran hindern *nach Hause* zu kommen. Am Tannenbaum blieb sie stehen. Die Kerzen waren heruntergebrannt und es roch nach Tanne. „Warten Sie." Hannah erkannte den Arzt erst gar nicht ohne seinen weißen Kittel, in einen dicken Mantel gehüllt mit Hut. „Sie haben etwas vergessen." Er hielt ihr die Zeichnung, die sie soeben beendet hatte, entgegen. Fragend sah sie ihn an. „Sie müssen noch Ihren Namen drunter schreiben." Er hielt ihr einen Stift hin, den sie unsicher nahm. „Bitte mit Ihrem echten Namen, Hannah Hertz."

Das Haus war dunkel. Der Wagen stand davor, was nichts hieß, es gab kein Benzin mehr. Hannah hatte kein Zeitgefühl und ließ sich Zeit auf dem Heimweg. Kein Soldat hatte sich ihr in den Weg gestellt, auch die Kälte ließ sie nicht schneller werden. Es wartete ja doch nur ein kaltes leeres Zimmer, bei dem sie nun zu glauben wusste, wem es einmal gehört hatte. Sie griff nach dem Schlüssel, der versteckt hinter einem kleinen Busch in einer Kupferkanne lag, und öffnete die Haustür. Nichts rührte sich. Erleichtert, kein Gespräch führen zu müssen, wollte sie die Treppe heraufsteigen. Jemand kam von oben und Hannah erschrak und blieb stehen. Obwohl sich ihre Augen schon an die Dunkelheit gewöhnt hatten, dauerte es einen Moment, bis sie erkannte, wer sich ihr in den Weg stellte. Ihre Haare hingen unfrisiert herunter, das zerlaufene Make-up konnte Hannah nur erahnen. „Oh, wir haben Sie nicht so früh zurückerwartet." Sie hatte geflüstert und versucht lieblich und süß zu klingen. Es gelang ihr nicht und so zischte sie weiter, während sie Hannahs Arm festhielt. „Er liebt Sie nicht, er hasst Juden und Sie ganz besonders für dieses alberne Spiel hier." Irgendwer öffnete im ersten Geschoss eine Tür und Hannah schaffte es sich loszureißen. „Und wie er mich liebt, jede Nacht mehrmals und auch am Tag kann er die Finger nicht von mir lassen." Das war die Antwort, die ihr zuerst eingefallen war, und obwohl sie glaubte ihr rasendes Herz würde es unmöglich machen, wählte Hannah andere Worte und lief nach oben, wo Richard stand und versuchte zu erkennen, was sich dort in der Dunkelheit abspielte. „Vera?" Sie war gestolpert und die letzte Stufe heruntergefallen. Doch ehe Richard sie erreichte, hatte sie sich aufgerappelt und war aus dem Haus gerannt. Richards lahmes Bein und auch sein Unwillen machten es ihm nicht möglich ihr zu folgen. „Na und, ich liebe ihn ja auch nicht", hatte Hannah geantwortet, ziemlich ruhig und gefasst, wie Richard glaubte.

Das alte Jahr neigte sich dem Ende und ich hatte keine Lust das neue zu begrüßen. Wolfgang hatte ein paar Bewohner aus dem Dorf eingeladen, in der Hoffnung, das fremde Militär würde in dieser Nacht das eine oder andere Auge zudrücken und die Besiegten ihr erstes friedliches Silvester seit über fünf Jahren feiern lassen. „Schwesterchen, es wird auch Zeit für einen neuen Mann", hatte er verkündet und mich um die Schulter gefasst. Wenig begeistert hatte ich versucht zu lächeln, es gelang mir nicht. Sie saß auf dem Fußboden im Wohnzimmer, ihre Stiefel an den Füßen und den dicken Pullover über die angewinkelten Knie gezogen, schaffte sie es dennoch ein Buch auf ihrem Schoß zu platzieren. Grimms Märchen. Jakob, Ein-Auge-Teddy auf seinem Schoß, saß ihr gegenüber und lauschte gebannt ihrer ruhigen und leisen Stimme. Und auch diesmal spürte ich wieder diesen Stich im Herzen und fragte mich, wann es aufhören würde, dass es wehtat sie so zu sehen. Sie lächelte mir kurz zu, bevor sie weiterlas, wobei sie die gruseligen Stellen der Geschichte mit eigenen viel sanfteren Tönen ersetzte. Sie hatte sich angeboten die Kinder am Abend mit hoch zu nehmen und ich beneidete sie darum, nicht mit an dem Tisch sitzen zu müssen, den meine Schwägerin ergebnislos versucht hatte voll aussehen zu lassen. Fast alles Essbare hatte Hannah mitgebracht. „Gerda hatte mich gebeten zu bleiben", hatte Hannah erzählt, während sie die Lebensmittel auspackte. „Naja, halbherzig." Gerda hatte verstanden, dass Hannah zu ihrem Kind gewollt hatte, und hatte die Bitte ihres Bruders, Hannah doch zum Bleiben zu überreden, nicht sehr ernst genommen. Auch ihr Bruder hatte eingeladen und da wäre es doch gut, wenn Hannah dabei wäre. Er hatte versprochen, dass sie nicht mehr lange ihre Rolle als Verlobte spielen würde müssen. Und als Gerda mit der *schlechten* Nachricht kam, dass Hannah nicht da sein würde, war er doch erleichtert gewesen. Keinen Moment hatte sie geglaubt, dass Vera tatsächlich die Heilige Nacht mit Richard verbracht hatte. Erleichtert hatte er beobachtet, dass es ihr egal zu sein schien, mit wem ihr Verlobter seine Tage und Nächte verbrachte. Sie hatte nur desinteressiert ihre Schultern gehoben, während sein Sohn ihr erklärte, wie Vera ihren perfiden Plan durchgesetzt hatte. Sie hatte wohl beobachtet, wie entweder Richard oder Hannah den Hausschlüssel aus dem Versteck, einer Blechkanne vor der Haustür, geholt hatte. Das glaubte Richard zumindest und konnte es Hannah erklären, die mit ihren Gedanken aber ganz woanders zu sein schien. Im Gegensatz zu Richard, der, während er sprach, Hannah nicht aus den Augen ließ.

Meine Befürchtungen bestätigten sich. Der Abend war schier unerträglich und ich sehnte mich nach dem zwölften Schlag der Standuhr. Jeder berichtete von seinem Leid und es wollte keine gute Stimmung aufkommen, so sehr sich mein Bruder und seine Frau auch bemühten. Wir stießen mit einem Pfützchen Sekt im Glas an und ich wünschte mir, dass es bis oben gefüllt war, doch war ich mir nicht sicher, ob ich dann nicht meine Contenance verlieren würde. Wir hatten überlebt, einen Krieg, den wir nicht verhindert hatten, sondern den wir oder sie halfen mit anzuzetteln. Wir saßen in einer, zwar nicht sehr warmen, Bleibe und hatten etwas im Bauch. Froh, mich endlich entschuldigen zu können, stieg ich hoch in unser Schlafzimmer. „Na, hat dein Versuch, einen Mann für dich zu finden, geklappt." Ich war mir sicher, etwas wie Schalk in ihrer Stimme wahrzunehmen. Tatsächlich hatte sich ein Witwer in meinem Alter unter den Gästen befunden, aber ich konnte schon gar nicht mehr sagen, wie er hieß. „Hast du noch gar nicht geschlafen?" Waren wir zu laut gewesen? Sie saß vor meinem Bett, wieder mit angezogenen Beinen und dem schon ausgeleierten Pullover über die Knie gezogen, und sah mich an. Eine fast vollständig heruntergebrannte Kerze spendete etwas Licht. Ich setzte mich neben sie und wir schwiegen eine Weile, bevor sie mir die Geschichte erzählte, die ihr am Tag zuvor Gerda erzählt hatte. Sie war nun doch bei ihrem Bruder eingezogen, da wohl sonst doch Flüchtlinge zugeteilt würden. Obwohl sie das personifizierte schlechte Gewissen für Hannah darstellte, gab es doch einen Teil, der froh war, nicht mehr allein Richard und seinen Eltern ausgesetzt zu sein. „Er hat mir geschworen, dass er ihm geholfen hat, nach Amerika zu kommen." Fragend hatte Hannah zu Gerda gesehen, die sich im Zimmer umsah, was einmal ihnen gehört hatte. Onkel Salomon, wie Richard ihn nannte. Salomon, dem einst besten Freund seines Vaters. Mit dem er schon zur Schule gegangen war, bevor sie gemeinsam angefangen hatten Jura zu studieren, mit allem, was dazugehörte. Wie die Verbindung hieß, wusste Gerda nicht mehr, aber erinnern, wie sie nüchtern loszogen und meist weniger nüchtern laut singend zurückkamen. Und so verwunderte es auch niemanden, als sie beschlossen, gemeinsam eine Anwaltskanzlei zu eröffnen. Alleine hätte Richard der Erste auch gar nicht die Mittel gehabt, hatte Gerda weitererzählt. „Glaubst du ihm?" Hannah erinnerte sich, schon einmal die Frage gestellt zu haben. „Ich weiß es nicht, Hannah, habe ich eine Wahl, sie sind die einzigen, die mir geblieben sind."

Das Jahr war nur ein paar Stunden alt, als Jakob aufwachte und es begrüßte. Ich hatte es nicht fertiggebracht mich ins Bett zu legen und darauf bestanden, dass Hannah sich zu ihrem Kind legte, doch sie wollte nicht und so waren wir beide sitzen geblieben und ich spürte ihren Kopf auf meiner Schulter. Jakob kletterte an uns vorbei und weckte uns fast gleichzeitig. Mir tat der Rücken weh und ich sehnte mich ins Bett. Hannah stand auf und half Jakob sich anzuziehen. „Leg dich ruhig hin, ich kümmere mich um ihn", hatte sie gesagt und ich traute mich nicht ihr zu widersprechen und legte mich tatsächlich in das von Jakob noch warme Bett und zog die Decke hoch. Ihr Gemurmel machte mich wieder schläfrig und ich schlief sofort fest ein. Erst Matthias' morgendliches Verlangen nach der Brust meiner Schwägerin weckte mich endgültig auf. Schnell sprang ich auf und sah aus dem Fenster und tatsächlich konnte ich die beiden erkennen, die nebeneinander herliefen und sich etwas zu erzählen schienen. Wie immer, wenn ich sie alleine ließ, überkam mich die Panik und mein Herz fing an zu rasen. Schnell, aber fahrig, sah ich mich im Zimmer um. Sie würde doch sicher einen Abschiedsbrief dalassen. Ein-Auge-Teddy, der neben dem Bett lag, sah mich auffordernd an. „Mich lässt Jakob nicht hier", schien er zu sagen und doch war es ihr Rucksack, der mir die Sicherheit gab, sie würden zurückkommen. Sie hatte ihn dagelassen. Ich spürte die aufkommenden Tränen, wusste ich doch, einen größeren Vertrauensbeweis mir gegenüber gab es nicht.

Die Kälte konnte ihre Laune nicht trüben. Sie zeigte Jakob, wie die kalte Luft aus dem Mund kam. Er lachte und freute sich, als es im auch gelang. Sie erschrak kurz über ihre Leichtigkeit und versuchte sich daran zu erinnern, wann sie das letzte Mal so gefühlt hatte. Es gelang ihr nicht. Hannah wollte den Augenblick festhalten, sie setzte sich hin und stellte fest, dass sie ihren Zeichenblock gar nicht dabei hatte. Sie würde ihn sich merken müssen. Jakob, hinter seinem Atem herlaufend, blieb vor einer Haustür stehen. Ein Hund fing an zu bellen. Ganz in der Nähe von Jakob. Obwohl in einen Zwinger eingesperrt, bekam Hannah Panik und zog Jakob weg, der schon seine kleine Hand am Kopf des Hundes hatte.

DORT

„Holt mich doch, ihr bösen Bestien. Na, satt werdet ihr nicht werden. Aber Spaß könnt ihr haben." Sie stand direkt vor dem bellenden Hund und der Aufseher schien tatsächlich Mühe zu haben das Tier zurückzuhalten. Und doch schaffte er es amüsiert zu gucken und Miriam zu beobachten, die vor ihnen stand und auch anfing zu bellen. „Entschuldigen Sie bitte." Hannah hat nicht gezögert und versucht ihre Mitgefangene fortzuziehen. „Was hast du da gemacht." Es war noch nicht lange her, da hatten sie gemeinsam vor dem Zaun gestanden. Hannah wusste, dass sie kaum noch die Kraft besaß, Miriam immer wieder vor Dummheiten zu bewahren. Doch die Aussicht den letzten Menschen zu verlieren, den sie noch hatte, machte Hannah Angst, und doch war ihr Ton barsch, als sie mit Miriam schimpfte. „Ach, Hannah, wenn ich es nicht besser wüsste, könnte ich tatsächlich glauben, dir liegt etwas an mir." Hannah dachte kurz darüber nach, ob sie Miriam nicht einfach ihre Liebe gestehen würde. Aber es war nicht die Konsequenz, die dieses Geständnis nach sich ziehen würde, die sie abhielt. Sich ihrer Freundin körperlich hinzugeben, machte Hannah wenig Angst, aber sie wusste, dass sie nicht lügen konnte, und eine weitere Enttäuschung Miriam vielleicht doch noch umbringen würde.

DANACH

Jakob sah erschrocken zu Hannah, die erst jetzt erkannte, dass es sich bei dem Hund nicht um einen ausgewachsenen Schäferhund handelte, sondern um etwas Kleines, was mit dem Schwanz wedelnd am Käfig stand und winselte. Hannah ließ Jakob los und sah zu, wie er wieder zum Käfig ging und versuchte, durch die Gitterstäbe den Hund zu streicheln.

Es roch nach Seife und trotz der ungeheizten Räume strahlte das Haus erneut Wärme aus, als Hannah es betrat. „Mein Haus." Sie schritt durch die Räume und öffnete hier und da ein Fenster. Im Wohnzimmer blieb sie stehen und sah an die Wand, an der einige Fotos hingen. Sie erkannte Hannah erst auf den zweiten Blick. Sie waren einmal glücklich gewesen. „Warum ihr und nicht ich?" Ihr wurde schwindelig und sie rutschte langsam an der Wand runter. Jakob war noch nicht mit dem Erkunden des Hauses fertig und sah sich neugierig um. „Du wirst doch nicht der Grund sein, mein Kind, was mich Anna nennt." Sie dachte über Jakob nach und wusste nicht, ob sie die Kraft besaß und jemals besitzen würde sich allein um ihn zu kümmern. Wo war ihr kurzes Glücksgefühl geblieben? Sie schloss die Augen. „Ich liebe dich." Ganz kurz hatte er sich gezeigt, aber schaffte es nicht sie aus ihrer Melancholie zu befreien.

Ich konnte mir denken, wohin sie gegangen waren, und traute mich zuerst nicht ihnen zu folgen. Doch ich hatte einen Grund gefunden etwas zu essen. Das Zahlungsmittel und Geschenk der Zeit. Die Tür war nur angelehnt, vorsichtig trat ich ein und rief ihre Namen. Jakob kam sofort angelaufen, fröhlich lachend umarmte er mich. „Meinst du, ich muss sie hängen lassen?" Hannah stand vor der Wand mit den Fotos. Ich trat zu ihr und wusste keine Antwort. „Ich kann sie doch nicht in einer Kiste, irgendwo im Keller …" Sie dachte an die Kisten von Onkel Salomon, wie sie ihn inzwischen auch für sich nannte. „… auf den Dachboden bringen."

Sie hatte eine schöne Kiste gefunden, in der Briefe lagen, an die Hannah nicht ranging. Sie nahm die Fotos vorsichtig aus dem Rahmen und legte sie dazu. Nur ein Familienfoto ließ sie hängen und rahmte ihre Zeichnung von den beiden mit ein. Von hinten, wie sie das Dorf verließen. Sie eingehakt, die Haltung das erste Mal gerade. Ihre Leichen waren nie gefunden worden und so hofften Hannah und ich, dass sie es sich vielleicht doch anders überlegt und irgendwo ein neues Leben angefangen hatten.

Wir wussten nicht, ob nicht auch hier Flüchtlinge einquartiert werden würden. Jeden Tag sahen wir sie durch unser Dorf ziehen und ich hatte den einen oder anderen einen Tee gegeben. Ihre Geschichten wollte ich aber nicht hören. Alle waren sie Opfer und mich langweilte ihre Sicht auf das, was hier in den letzten Jahren passiert war. So nickte ich nur und war froh, wenn sie weiterzogen. „Vielleicht können wir dafür sorgen, dass eine jüdische Familie hier einzieht", hatte ich laut überlegt. „Oder doch du." Hannah lächelte, während sie die Erinnerungskiste schloss und auf eine Kommode legte. „Sobald ich mit meiner Ausbildung fertig bin", sagte sie und fügte in Gedanken Richard und seine Familie hinzu.

Das Jahr war nun ein paar Tage alt und Hannah hatte es geschafft, ihrem Haus schon ihre persönliche Note zu geben, ohne dass es den alten Charme verlor. Ich war beeindruckt und sah, wie sie ihre Zeichnungen aus dem Rucksack nahm. Wir überlegten, wo sie sie verstauen konnte, und entschieden, dass sie doch bei mir am sichersten waren. Ein Klopfen unterbrach unsere Gedanken und wir sahen einander fragend an. Hannah bat mich zu öffnen, sie ging nicht gerne zur Tür, und Jakob, der mit Ein-Auge-Teddy spielte, machte auch keine Anstalten sich zu bewegen.

„Sie verlässt euer Versteck nicht mehr." Er war eingetreten und ich glaubte eine Veränderung bei Hannah zu sehen, die mir einen leichten Stich versetzte. Kann man innerhalb von Sekunden noch mehr erblühen. Er trat nervös von einem auf den anderen Fuß und traute sich nicht sie anzusehen. „Gerda", erklärte er und erzählte, dass sie nur etwas aus ihrer Wohnung holen wollte und seitdem das Versteck nicht mehr verließ. Er hatte vor der verschlossenen Tür gestanden und auf sie eingeredet, doch sie hatte nur gesagt, er solle sie in Ruhe lassen. Er glaubte nicht, dass Hannah mehr ausrichten würde, aber er war froh einen Grund gefunden zu haben, sie wiederzusehen. Schweigend gingen wir zu Wolfgangs Haus, was ja nun schon eine ganze Weile auch mein Zuhause war. Nur Jakob plapperte ganz aufgeregt und lief zu seinem neuen Freund, der ihn schwanzwedelnd begrüßte. „Auch kein Tier sollte in einen Käfig gesteckt werden." Hannah hatte die Worte ohne nachzudenken ausgesprochen, während ich zu Jakob trat und ihn an die Hand nahm. Sie traten zu uns und wir sahen auf den Hund, der in dem kleinen Zwinger aufgeregt von links nach rechts lief. „Er sieht aus wie ein Kartoffelknödel", sagte Richard trocken und hielt seine Hand in den Zwinger. „Kartoffelknödel", wiederholten Hannah und ich gleichzeitig und sahen einander an. Ich weiß nicht mehr, wer anfing, aber irgendwann standen wir vier vor dem Käfig, riefen Kartoffelknödel und lachten, bis uns die Tränen aus den Augen liefen. Nur Jakob sah uns etwas verwundert an, lachte aber auch mit, aus Verwunderung oder echter Freude, mag ich nicht zu sagen. „Kann ich Ihnen helfen?" Die Haustür wurde geöffnet und es dauerte einen Moment, bis ich ihn erkannte. Herr Köhler, einer unserer Kunden, viel wusste ich nicht von ihm, hatte mich auch nicht interessiert. Während ich es kaum schaffte mich zu beruhigen, war es Hannah, die als erste ihre Fassung wiederfand. „Ein Hund gehört nicht in so einen kleinen Käfig." Er sah sie fragend an. Inzwischen war das Gerücht schon durch das ganze Dorf gewandert. Bei den Bäckersleut logierte ab und zu eine Jüdin. Er hatte sich sein Bild gemacht und es entsprach nicht der schönen Frau, die da so selbstbewusst vor ihm stand, und ihm jedes Selbstbewusstsein nahm. „Nödel, Nödel", rief Jakob aufgeregt und sah zu, wie ich unser neues Familienmitglied nach Hause trug.

Hannah klopfte erneut. Ein Schlüssel drehte sich in einem Schloss. „Endlich." Verunsichert trat Hannah zurück und es dauerte einen Moment, bis sie verstand, wer da vor der Tür stand und keine Anstalten machte sie herein zu bitten. „Gnädige Frau in Schrank", erklärte die Frau in einem Dialekt, den Hannah nicht zuordnen konnte, aber weit aus dem Osten vermutete. Sie wollte nicht weiter erklären, wer sie war, und wartete nicht mehr aufgefordert zu werden, sondern trat ein. Von der Wohnung war kaum noch etwas zu erkennen. Geöffnete Koffer bedeckten den Boden und überall lagen Kleidungsstücke herum. In der Spüle stapelte sich dreckiges Geschirr. Gerdas, wie Hannah durch die Dreckschichten glaubte zu erkennen. Der Geruch wollte sie erst wieder hinaustreiben. Die Mischung aus Schweiß und Angst war ihr vertraut und doch ekelte sie Hannah so, dass sie Max' Pullover über ihre Nase zog. Irgendwo in einem Nachbarzimmer fing ein Baby an zu schreien und die Frau verschwand. Das Regal war zur Seite geschoben und die Tür dahinter geschlossen. „Gerda, bitte mach auf." Zuerst versuchte sie es zaghaft, doch die Panik, Gerda könnte sich etwas angetan haben, ließ sie heftiger zuschlagen. Unter normalen Umständen hätte sie sicher den Schmerz, den das heftige Klopfen mit ihrer Faust verursachte, gespürt, doch sie spürte nur Angst alleine zu bleiben. „Bitte, Gerda, mache auf", versuchte es Hannah weiter und bekam nicht mit, dass die Tür langsam aufging. Sie hatte davor gesessen und war langsam aufgestanden. Hannah trat ein und brauchte einen Moment, sich in dem dunklen Raum zurecht zu finden. Gerda war an den Schaukelstuhl getreten, an dem sie oft gestanden hatte, um auf den Mann runter zu schauen, der meist darin saß, eine Pfeife im Mund, die nur selten rauchte. Sie schaukelte ihn langsam hin und her. „Wir hätten nicht kommen dürfen, wir waren so naiv." Hannahs Erleichterung hielt nur kurz. Gerdas Anblick am Schaukelstuhl des Professors holte ein

Gefühl hervor, was nie ganz weg war. Das schlechte Gewissen schmiss sich über sie und ließ sie zusammenhangslos reden. „Er hat versprochen, dass es nicht lange dauern würde." Und so schnell die Worte gekommen waren, genauso schnell schienen sie wieder weg. „Er ist wieder da." Hannah sah sie fragend an und wartete nicht, bis Gerda sagte, wer. „Der Doktor, er ist wieder da." Hannahs Herz, was gerade erst wieder anfing ruhiger zu schlagen, fing erneut an zu klopfen und ließ ihren Verstand aussetzten. Ohne ein weiteres Wort trat sie in die Küche und sah sich schnell um. Sie brauchte nicht lange zu suchen. Das Messer lag auf dem vollgepackten Tisch. „Wie kann er es wagen?" Sie hatte die Worte laut ausgesprochen und die Frau, die ihr zuvor die Wohnungstür geöffnet hatte, inzwischen ein kleines Kind auf den Arm, sah sie erschrocken an und wich ihr aus. „Hannah, mach keinen Unsinn." Gerda schaffte es gerade noch Hannah am Arm festzuhalten, doch sie riss sich los, dabei taumelte Gerda und fiel beinahe zu Boden. „Du bist nicht in der Lage jemanden umzubringen." Hannah hielt kurz inne. „Doch, ich kann", sagte sie und glaubte es in dem Moment tatsächlich. Auch seine Tür war verschlossen. Das Arztschild hing schief herunter. Da ihr die Faust doch ein wenig weh tat, trat sie diesmal mit dem Fuß gegen die geschlossene Tür. Auf alles war sie vorbereitet, dass er sie gar nicht erkannte. Und wenn doch, Trotz, Panik, Desinteresse, vielleicht Angst, gepaart mit einem schlechten Gewissen, aber nicht den Blick, den er ihr gab. Es dauerte tatsächlich einen kurzen Augenblick, bis er erkannte, wer vor ihm stand, und er schien tatsächlich erleichtert und freundlich. Hannah ließ das Messer fallen und ließ sich von ihm in die Praxis führen. Von der Praxis selber war kaum noch etwas zu erkennen. Eine Matratze lag auf dem Boden, daneben ein paar Bücher gestapelt. „Ich bin froh, dass Sie leben." Nun sah Hannah zu dem Mann, der ein wenig kleiner als sie war. Sie wich seinem Blick aus, konnte aber erkennen, dass die Brille, die er trug, nur noch ein Glas besaß und notdürftig zusammengeklebt war. Er trug zwei Mäntel übereinander, was aber nicht verbarg, dass auch nur ein Ärmel gefüllt war. Hannah ärgerte sich, dass sie kurz Mitleid empfand. Sie wollte ihn beschimpfen und brachte doch kein Wort heraus. Kein Trotz, kein schlechtes Gewissen, kein Desinteresse und auch keine Panik. Höflich bat er sie Platz zu nehmen und wies auf einen kleinen Tisch mit zwei Stühlen.

„Den Teufel wird sie tun." Er hatte die Wohnungstür nicht geschlossen, sodass Gerda ungehindert hereintreten konnte. „Frau Berggrün." Immer noch freundlich trat er auf Gerda zu, der nicht die Worte ausgegangen waren. „Nicht mehr Berggrün, schon lange nicht mehr, sagen Sie nicht, das haben Sie nicht gewusst." Er nickte. „Doch, aber für mich..." Er stotterte leicht, ließ sich aber nicht aus der Ruhe bringen. Hannah überlegte das Messer zu nehmen und es ihm an die Kehle zu halten. Sie wollte nicht hören, dass Gerda für ihn immer die Ehefrau des Professors war. Sie wollte wissen, warum er sie verraten hatte. Das hieß, nicht das Warum interessierte sie, sondern das Ob. Vor dem Haus waren laute Stimmen zu hören und Gerda sah aus dem Fenster. „Soldaten und meine ..." Gerda suchte das Wort für die Frau, die jetzt mit ihren Kindern in ihrer Wohnung hauste, und erklärte, dass sie wohl die Sache mit dem Messer gemeldet hatte. „Gut, wir können jetzt erstmal nicht raus." Hannah schloss vorsichtig die Wohnungstür und stellte erleichtert fest, dass das Messer auf ihrer Seite lag. „Schön, dann erzählen sie mal." Gerda hielt die Gardine in der Hand und sah zum Doktor. Er ahnte, um was es ging. „Ich hätte nie etwas getan, was Sie in Schwierigkeiten gebracht hätte." Diesmal sah Hannah in sein Gesicht. Die Verlegenheit hatte ihn rot werden lassen und doch war keine Unsicherheit zu erkennen. Entweder er log, zwar mit roten Wangen, oder aber er log nicht.

„Sie haben es doch längst gewusst." Hannah spürte den Schwindel sofort und musste sich an die Wohnungstür lehnen.

„Ich bin frei." Der Schnee knirschte unter ihren Füssen. Die Kälte fraß sich durch Max' Pullover und doch spürte Hannah nur ein Gefühl: Erleichterung. Sie atmete tief ein und hauchte die kalte Luft aus. „Sie haben es doch längst gewusst." Es war nicht ihre Schuld. Nicht Jakobs Geburt hatte sie verraten. Nicht der Doktor war es gewesen. Sie war frei und konnte hingehen, wohin sie wollte. Niemandem mehr etwas schuldig, kein schlechtes Gewissen und keine Versprechen, außer dem einen. Wenn sie es nicht mit Leben füllen würde, vielleicht konnte ich es tun. Solche und ähnliche Gedanken gingen ihr durch den Kopf, während sie durch den verschneiten Schutt lief. Er hatte sie nicht verraten. Doch wer war es dann? Was war es dann? Sie wollte nicht darüber nachdenken, das konnte Gerda übernehmen. Hannah wollte zu Jakob. Ein kalter Windstoß ließ sie doch frösteln. Sie sah zu ihren

Stiefeln und erschrak. Wie konnte sie ihn nur vergessen, ohne weiter nachzudenken drehte Hannah um.

Sie kniete am Boden und sammelte die losen Zeichnungen schnell, aber ungeschickt, ein. Ein weinendes kleines Kind saß neben ihr auf dem Boden, auf den die Frau in dem für Hannah so schwer zu verstehendem Dialekt einsprach. Der Rucksack lag ausgekippt daneben. Schnell trat Hannah zu der Frau und wollte sie grob zur Seite schubsen. Dabei sah sie eine Zeichnung von Miriam.

DORT

Sie lag auf dem Boden. Die kostbare Suppe ergoss sich über den dreckigen Boden, was einige nicht aufhielt sich zu bücken und ihre Hände hinein zu halten, um so noch etwas zu erwischen. „Verdammte Schweinerei." Sie hatte sich vor Miriam aufgebaut und wollte sie hochziehen, doch sie weigerte sich aufzustehen. „Dann bleib halt liegen, du dreckige Jüdin", schrie sie und forderte eine andere auf, das, was von der Suppe noch übrig war, aufzuwischen. Während Miriam nach ihrer Geburt durchaus Kräfte mobilisieren konnte, war nach dem Verlust ihres Kindes so gut wie keine Kraft mehr übrig. Anders konnte Hannah sich nicht vorstellen, warum Miriam hingefallen war. Dass es ein Bein einer Aufseherin war, bekam Hannah erst am Abend zu hören. Sie wollte ihr hochhelfen, doch auch bei ihr blieb Miriam liegen. „Lass mich doch einfach liegen." Nicht schon wieder, dachte Hannah, noch das Bild am Zaun im Kopf. Und kurz dachte Hannah tatsächlich daran, sie einfach liegen zu lassen. Sie trat auf den rechten Fuß und glaubte die Zeichnung im Schuh zu spüren. Ihre Motivation weiter zu leben, zu überleben. „Du glaubst, wir haben keine Waffen", flüsterte Hannah und streckte Miriam ihre Hand hin. „Wir werden das hier überleben und das ist das Schlimmste, was wir ihnen antun können."

Sie fuhr erschrocken zusammen und sah zu Hannah. „Und wir werden niemals so werden wie sie", dachte Hannah genauso wie dort. Sie bat die Frau höflich wegzugehen, damit sie alleine ihre Sachen wieder einpacken konnte. Erleichtert tat die Angesprochene ihr den Gefallen und erklärte, dass sie Angst hatte, als Hannah so entschlossen, das große Messer in der Hand, die Wohnung verließ, und sie ihren Sohn bat, Hilfe in Form zweier Soldaten zu holen. Kurz fragte sich Hannah, wo dieser Sohn wohl jetzt war, sah aber, dass die Frau mit ihrem Kind die Küche verlassen hatte. Hannah wusste nicht mehr, wie lange sie auf der Matratze gesessen hatte. Sie musste kein schlechtes Gewissen mehr haben. Sie war niemandem mehr etwas schuldig und doch hielt sich ihre Erleichterung in Grenzen. Wo sollte sie hin mit ihrer Freiheit? "Hannah." Gerda war in die Küche getreten. Mittlerweile war es recht dunkel und Hannah war eingenickt. Sie stand auf und trat zu Gerda, die sich an den Küchentisch gesetzt hatte. Sie war eine ganze Weile weggeblieben. „Wer hat uns verraten, Hannah?" Sie zündete eine Kerze an und deckte das dreckige Geschirr vom Tisch. „Du glaubst ihm?" Gerda hielt kurz inne und ihre Blicke trafen sich. „Ja, Hannah, ich glaube ihm." Sie erklärte zu wissen, wann sie angelogen wurde, und dass er ihr erzählt hatte, wie er eines Tages dabei ertappt wurde, wie er das Essen vor die Tür gestellt hatte, und doch sicher war, dass zu diesem Zeitpunkt das Versteck schon aufgeflogen war. Warum hatte sonst dieser Mann im Hausflur über Gerdas Wohnung gestanden und war sofort erschienen, als der Doktor wie immer laut geklopft hatte und schnell nach unten gestiegen war, so dass Gerda auch diesmal nicht sah, wer das Essen vor die Tür stellte. Und doch wurde er aufgehalten, als er zurück in seine Wohnung gehen wollte. Sofort an die Front oder ein unangenehmes Verhör? Sie hatten ihm tatsächlich die Wahl gelassen, während sie zu zweit in ihren dunklen Mänteln vor ihm standen. Noch am selben Tag war der Doktor losgegangen und hatte sich gemeldet, mit dem Wissen sowieso bald eingezogen worden zu sein. „Auch ihn habe ich auf dem Gewissen." Gerda hatte sich hingesetzt und starrte ins Leere. „Was?" Hannah musste fast lachen, kannte sie die Gefühle doch auch und merkte das erste Mal, wie absurd das schlechte Gewissen an dieser Stelle war. Und sie wusste auch, egal, was sie nun sagte, sie Gerda nicht von ihrer Unschuld überzeugen würde können.

Ein Kind weinte. Hannah schreckte auf. Jakob. Es dauerte erneut einen Moment, bis ihr klar wurde, dass es sich bei dem weinenden Kind nicht um ihr eigenes handelte. Sie war im Versteck und hatte das erste Mal danach mehr als ein paar Stunden durchgeschlafen. Das Weinen kam näher. Die Küchentür wurde geöffnet. „Ich müsste Wasser heiß machen." Hannah sah zur Küche und erkannte Gerda, die am Tisch saß, und nun der Frau zunickte, die vor ihr stand. Immer noch. Sie hatten am Tisch gesessen. Gerda, in unzusammenhängendem Monolog hatte sie Hannah gebeten sich hinzulegen und war wohl selber nicht ins Bett gegangen. In welches auch? Hannah bot Gerda an sich ins Versteck zu legen, während das Kind auf dem Arm seiner Mutter weiter weinte. Ohne nachzudenken nahm Hannah das Kind auf den Arm und schaffte es tatsächlich, Arno, so nannte seine Mutter es, zu trösten. Gerda sprach immer noch mit sich selbst, bevor sie zu Hannah sah und sie aufforderte sie zu begleiten. „Warum haben Sie mich nicht geholt?" Hannah hatte Schwierigkeiten der nun resoluten Gerda die Treppen herunter zu folgen und noch mehr ihren Gedanken. Sie waren schon aus dem Haus, als Hannah selbst ein Gedanke kam. Sie bat Gerda zu warten und ging zurück ins Haus.
Der Kamin spendete ein wenig Wärme, doch Gerdas inneres Frösteln vermochte er nicht zu stoppen. Hannah wollte nicht mit hinein gehen und versprach draußen zu warten. Sie ließ ihr halbes Gesicht im Rollkragen verschwinden und lief auf und ab. „Hannah." Sie hatte ihn nicht kommen sehen und bereute es. Sicher hätte sie sich versteckt und doch freute sie sich, als sie erkannte, wer sie ansprach. Auch sein Gesicht war eingewickelt, allerdings in einen Schal. „Warum gehst du nicht rein." Er widerstand seinem Drang sie an dem Arm zu berühren. „Vielleicht ist es besser, du gehst schnell rein", antwortete sie und versuchte ihn abzuschütteln, stellte aber erschrocken fest, dass es nicht das war, was sie wirklich wollte. Nun würde sie keinen Grund mehr haben, sich in seiner Nähe aufzuhalten. Endlich frei. Sie spürte die Leere erneut und versuchte an Jakob zu denken. Jakob, er kannte sie inzwischen und freute sich, wenn sie zusammen waren. Sie dachte kurz darüber nach, ihn doch nun bald zu sich zu nehmen. Sie wollte

die Leere nicht mehr spüren. Hannah wollte einen Grund weiterzuleben. Sie dachte an Miriam und fragte, ob sie wohl schon einen Grund gefunden hatte, dort, wo sie jetzt war. In Palästina, wie Hannah hoffte.

Richard der Erste thronte an seinem Schreibtisch, neben ihm stand ein anderer Mann und sie sahen sich irgendwelche Papiere an. Gerda kannte den Mann nicht. „Natürlich, Narben." Den Mann kannte sie, den, der so oft an der Seite ihres Bruders zu finden war, und dessen Abwesenheit Gerda erst jetzt einfiel. „Wie bitte?" Richard der Erste sah auf und bat seine Schwester einen Moment zu warten. „Ich denke gar nicht daran." Sie trat an den Tisch, nahm eines der beiden Cognacgläser und goss sich einen großen Schluck ein. Verwundert sah Richard der Erste seine Schwester an. Auch sein Besuch schien zu merken, dass es besser war sich zu verabschieden. Auch der Cognac schaffte es nicht Gerda zu wärmen und so goss sie sich noch einen großen Schluck ein und trank ihn ebenfalls ohne abzusetzen mit einem Mal. „Was hat mich verraten?" Immer verwunderter sah er zu seiner Schwester und Gerda glaubte ein leichtes Zittern zu sehen, als er nach einer Zigarre griff und sie sich mit einem Feuerzeug anzündete. „SS, praktisch, was?" Sie sah zu dem Feuerzeug, welches er wieder auf den Schreibtisch legte. „Salomon Silberstein. SS." Das Feuerzeug mit den Initialen verschwand unter ein paar Papieren. „Was ist passiert." Seine kurze Verlegenheit schien verflogen und er bat seine Schwester Platz zu nehmen. „Richard, was hat mich verraten?" Er tat so, als wenn er nicht verstand, was sie von ihm wollte, doch Gerda merkte, wie seine Unsicherheit immer mehr Schwierigkeiten hatte, sich hinter seinem Selbstbewusstsein zu verstecken. „Richard." Er sah zu seinem Sohn, der in den Raum getreten war. „Ich weiß nicht, was mit deiner Tante los ist." Sie überlegte sich noch ein drittes Glas einzugießen, merkte aber, dass schon die zwei großen Schlucke anfingen in ihrem fast leeren Bauch zu rebellieren. „Hast du es gewusst, Richard." Sie sah zu ihrem Neffen, der wirklich nicht zu verstehen schien, um was es ging, und fragend die Schultern hob. „Mein eigener Bruder, mein eigenes Fleisch und Blut." Der Alkohol musste ihre Zunge zwar nicht lösen, brachte sie aber noch mehr durcheinander als sie schon war, und doch bekam sie eine Idee und bat ihren Neffen nach einem Foto von dem besten Freund ihres Bruders zu suchen und ihr zu bringen. „Es gibt kein Foto von Karl." Er versuchte seine Beherrschung nicht zu verlieren und wollte seinem Sohn resolut verbieten nach einem Foto zu suchen, und sah doch verärgert, wie sein Sohn den Raum verließ. „Du glaubst ernsthaft, ich hätte dich verraten, meine eigene Schwester." Er nahm einen kräftigen Zug von seiner Zigarre und ließ die Luft langsam heraus. „Ich glaube es nicht nur, ich weiß es." Margot, die ihren Sohn die Treppen hochsteigen und die Tür zum Dachboden öffnen hörte, kam ins Wohnzimmer. Lockenwickler im Haar, wie ihr Sohn feststellte, der seine Mutter noch nie so gesehen hatte, hielt ein Fotoalbum in der Hand. „Danke." Gerda wartete nicht ab, sondern nahm sich das Album. „Was ist hier los." Margot sah fragend zu ihrem Mann, der ihr von dem Verdacht seiner Schwester erzählte und dabei unverhohlen empört tat. „Vielleicht schaffst du es ja sie zu beruhigen." Nun goss er sich einen Cognac ein und Richard sah, dass er dabei zitterte. „Ich möchte mich nicht beruhigen, ich möchte Antworten, hier und jetzt." Der Cognac verlor und sie spürte, wie er langsam wieder nach oben kam. Gestützt von ihrem Neffen ließ sie sich zur Toilette führen. „Ich bin schuld, ich hätte darauf bestehen müssen, dass wir in die Schweiz gehen, aber er hat gesagt, der Spuk dauert nicht lange. Der Spuk." Richard wollte sie beruhigen, doch sie schloss die Tür und er konnte sie würgen hören. Er lehnte seinen Kopf an die Tür, bevor er zurück ins Wohnzimmer trat. „Stimmt das, Vater, hast du sie verraten?" Er hatte immer etwas von einem Nachbarn erzählt, der sie verraten hatte, auch jetzt fing er an von ihm zu reden und Richard fragte sich, warum er nie genauer nachgefragt hatte. Auch ihn hatte es stets gewundert, dass bei den wenigen Besuchen bei seiner Tante immer die Musik lauter als gewöhnlich lief, doch an Nervosität bei seiner Tante konnte er sich nicht erinnern. Dann hatten sie ihn geholt, während Gerda bei ihnen war, und nur kurz hatte er sich Gedanken darüber gemacht, dass es keine Konsequenzen für sie hatte, schließlich war sie die Versteckerin. Aber kaum etwas folgte einer Logik in dieser Zeit und so hatte er auch die Frage danach nicht laut gestellt. Er sah zu seiner Mutter. Glaubte sie ihm? „Natürlich, das war es." Sie war blass und lehnte sich an den Türrahmen. „Du bist unangemeldet gekommen, hast laut geklingelt." Sie lachte. „Wir waren im Bad. Die wenigen Minuten, die wir allein waren. Erst hatte ich gedacht, es ist wieder der anonyme Essensspender, doch der klopfte immer. Ich wollte so tun, als wenn wir nicht da wären, doch der Professor war schnell im Versteck verschwunden." Gerda hielt kurz inne und sah in die Ferne. „Er hat gesagt, ich solle öffnen. Du standst vor der Tür und hast gebeten deine Hände zu waschen. Ich wollte nicht, dass du in die Küche gehst. Das Baby war ein paar Tage alt und ich hatte so Angst, dass es weinen könnte, also habe ich dich gebeten ins Bad zu gehen." Margot sah verwirrt zu ihrer Schwägerin und führte sie zu einem Sessel im angrenzenden Wohnzimmer und Gerda nahm benommen Platz. „Das Toilettengespenst, am Ende hat es mich doch noch geholt." Er lachte wieder und sein Sohn konnte nicht erkennen, ob es Verlegenheit war. „Es sind schwierige Zeiten, bitte ruhe dich ein wenig aus." Er nahm noch einen Schluck. „Welches Toilettengespenst." Margot zweifelte kurz an dem Verstand ihrer Schwägerin und hörte dann, wie Gerda davon erzählte, wie ihr Bruder sie als Kind immer geneckt hatte, wenn sie sich beschwerte, dass der Toilettendeckel nicht geschlossen war. Richard verstand die Kommunikation nicht, auch seine Mutter schien nicht mehr folgen zu können und nahm auf der Sessellehne neben Gerda Platz. „Ich muss gehen, Hannah wird noch erfrieren." Gerda stand auf und ließ sich von Richard zur Tür führen. Diesmal würde er Fragen stellen und bekam Antworten, die ihm nicht gefielen, und ihn doch so mutig werden ließen, zurück ins Wohnzimmer zu gehen.

„Deine eigene Schwester." Er stand immer noch am Schreibtisch, nur seine Frau hatte den Platz gewechselt und saß vorm Schreibtisch. „Jetzt fang du nicht auch noch an." Obwohl jegliche Verunsicherung weg zu sein schien, war etwas anders. Das Kartenhaus schien zu bröckeln oder war er doch unschuldig. Er sah zum Feuerzeug, welches unter den Papieren hervor sah. SS. „Wer seinen besten Freund verrät, wird auch vor seiner eigenen Familie nicht haltmachen." Die Faust flog auf den Tisch und ließ Richard auch an die Schläge in sein Gesicht erinnern. Doch diesmal stand er nicht direkt vor ihm und diesmal war er kein kleiner Junge mehr. „Sie sind nicht in Amerika, sind es nie gewesen." Er spürte die Hand seiner Mutter an seiner Schulter und ließ sie liegen. „Du weißt es auch nicht." Es war mehr eine Hoffnung als eine Frage, der Blick in ihr Gesicht zeigte ihm, dass sie auch nichts gewusst hatte. Er erzählte von dem Besuch, den Hannah empfangen hatte, und von den Fotos, auf denen sie die beiden Kinder erkannt hatte, denen mal das Haus gehört hatte. „Du hast dir alles angeeignet mit dem Versprechen, darauf aufzupassen. Warum musstest du ihn ins Gas schicken, wenn du doch geglaubt hast, dass auf deutschem Boden niemals mehr Juden leben würden." Er vernahm, wie seine Mutter den Arm runternahm und leise aufschluchzte. „Jetzt reicht es, Richard, ich bin dir keine Rechenschaft schuldig, dir nicht." Sie putzte sich die Nase. „Aber mir, Richard, stimmt das?" Er holte tief Luft, bevor er erklärte, dass sie doch Juden waren. Und niemand, auch nicht Amerika, diese Untermenschen im Land haben wollte. Richard war nicht entsetzt, er hatte nur kurzzeitig die Reden seines Vaters verdrängt und war sich auch nie sicher, ob seine Hassreden wirklich ernst gemeint waren oder doch nur Zeichen seiner Anpassung an sie und ihre braunen Uniformen. Nun wusste er es. „Hannah ist Jüdin." Richard lächelte. „Ich wollte doch gerade *Vater* sagen, aber du bist nicht mehr mein Vater." Er nahm das Fotoalbum, welches Gerda liegen lassen hatte und ging Richtung Wohnungstür. „Auch, wenn sie mich nie lieben wird, diese Jüdin." Er drehte sich um und sah seinen Vater an, der Mühe hatte seinem Blick standzuhalten. „Ich liebe sie." Er war schon an der Tür, als er noch einmal zurück ging. „Du wirst dafür sorgen, dass sie ihr Haus wiederbekommen." Dann sah er direkt in die erstaunten Augen seines Vaters. „Auch ich bin in der Lage ein Familienmitglied zu verraten."

„Und, hängt es gerade." Hannah hielt das Bild und sah zu mir. Langsam bekam das Haus am Ende der Straße ihre Handschrift, ohne den Charme der Menschen, die zuvor darin wohnten zu verraten. Ich ertappte mich dabei, mit einziehen zu wollen. Die Gemütlichkeit zog auch mich in ihren Bann. Draußen zogen noch immer Menschen, vom Osten kommend, mehr oder weniger beladen, durch das Dorf. „Nödel." Ich erschrak und sah zu dem Hund, der an Hannah hochgesprungen war und dabei die Nägel vom Stuhl runtergefegt hatte. Kopfschüttelnd sammelte Hannah die Nägel ein. Ihr würden sie sicher nicht zumuten Untermieter aufzunehmen. „Ich werde wieder zurück in die Stadt müssen", stellte sie fest und beobachtete, wie Jakob anfing mit Nödel zu spielen. Ich nickte, wir hatten schon über ihre Ausbildung gesprochen und wussten nicht, wo sie nun wohnen sollten. „Vielleicht kann Gerda doch ihre Wohnung wiederbekommen." Von der Entschlossenheit des frühen Morgens war nichts mehr übrig gewesen, als sie aus dem Haus ihres Bruders trat. Hannah hatte wie versprochen gewartet. „Am Ende war es ganz alleine meine Schuld." Gerda hatte sich eingehakt, es war nicht nur verdammt kalt, sondern auch sehr glatt. Und so gingen sie langsam zurück zu Gerdas Haus. „Ich wollte ihn in meiner Nähe behalten und habe ihn nicht genug bedrängt Deutschland zu verlassen." Hannah wusste, egal was sie sagen würde, sie konnte ihr das schlechte Gewissen nicht nehmen, zu vertraut war ihr das Gefühl. „Vielleicht kann sie ja hier leben", unterbrach Hannah selbst ihre Gedanken. „Aber da müssen wir das Haus auch warm kriegen." Ich mochte die Kälte, die sich trotz der Gemütlichkeit nicht verdrängen ließ, ausblenden. Ich zog mir Handschuhe über und sehnte mich nach einem heißen Getränk. Kurz dachte ich darüber nach Jakob an mich zu ziehen und mich von seinem kleinen Körper wärmen zu lassen. Doch, wie immer, hemmte mich Hannahs Nähe daran, zu sehr mit Jakob zu kuscheln und so schnappte ich mir den Hund und vergrub kurz mein kaltes Gesicht in seinem warmen Fell. „Ja, es ist kalt, eigentlich wollte ich mal hier schlafen, aber vielleicht warten wir doch den Frühling ab." Sie nahm Jakob auf den Arm und drückte ihn fest an sich. Seine Arme umschlangen ihren Hals und ich spürte erleichtert, dass mir dieser Anblick immer weniger Angst zu machen schien. Hannah trug Jakob und ich Nödel, während wir durch den tiefen Schnee liefen. Der weiße Schnee und die Sonne, die vorsichtig zwischen weiteren Schneewolken hindurchsah, blendeten mich, und doch erkannte ich ihn sofort an seinem Gang. Ich blieb stehen und sah zu Hannah. Auch sie schien ihn zu erkennen, zeigte aber nicht, was sie fühlte. Er war nicht allein gekommen, neben ihm lief ein anderer Mann. Ein wenig kleiner und irgendwie kompakter. Der Gang ähnlich schleppend wie Richards, kamen sie langsam auf uns zu. Ihn erkannte Hannah nicht. Zumindest nicht sofort. Wenig war von ihm übriggeblieben. Ihrem Huck, wie sie ihn manchmal genannt hatte, nach ihrer Lieblingsromanfigur Huckleberry Finn. Der Freigeist, erfunden von Mark Twain. Die Leichtigkeit, die er schaffte auch in den schwierigsten Momenten auszustrahlen. Als es Hannah endlich gelungen war ihn zu zeichnen, hatte sie ihn als Huck gemalt, mit Strohhut, Sommersprossen, einem Grashalm zwischen den Zähnen mit der großen Zahnlücke. Richard war stehengeblieben und auch ich spürte, dass ich lieber stehenbleiben sollte. Sie drückte mir Jakob in den Arm, Nödel fiel unsanft herunter und lief zum Haus. Sie sprachen nicht. Sondern hielten einander eng umschlungen fest. Ich sah zu Richard, der angefangen hatte, mit seiner Schuhspitze Kreise im Schnee zu malen. Auch wenn er nach unten sah, wusste ich, dass er im Moment der Verzweifeltere von uns beiden war. Ich hatte immer gewusst, dass ich sie eines Tages verlieren würde und hatte mir den Moment immer wieder ausgemalt. Doch Richard? Ich ging zu ihm und hakte mich mutig bei ihm ein, so gut es mit Jakob ging, und führte ihn zu dem Haus, welches gerade mein Zuhause war.

So sehr ich mich bemühte, gelang es mir kaum, die Buchstaben zu ordnen, die vor meinen Augen zu tanzen schienen. Elisabeth schien es zu merken und nahm mir das Märchenbuch ab und begann Jakob daraus vorzulesen. Obwohl es in der Stube warm war, fröstelte ich immer noch. Jakob wurde nicht müde, obwohl es draußen schon eine ganze Weile dunkel war. Spürte er, wer noch immer mit seiner Mutter vor der Tür stand? Ich sah zu Richard, der gerade einen Bauern nach vorne schob. Es war schwer ihn zum Bleiben zu überreden. Doch auch ihm war klar, dass er es nicht mehr nach Hause schaffte, und nach Hannahs Erzählungen konnte ich mir auch vorstellen, dass er auch nicht nach Hause wollte. Mein Bruder und ich sahen uns kurz an und Wolfgang hob fragend die Schultern, bevor er bereits das dritte Mal in Folge: „Schachmatt", sagte. Nur Matthias schlief ruhig in seinem Körbchen. Das Märchen war vorbei und aus dem Frosch war ein Königssohn geworden. „Ich habe es nicht gewusst." Sprach er von seiner Schachpartie? Elisabeth, die an Matthias' Körbchen stand, sah ihn ebenso fragend an wie ich. Er nahm den schwarzen König in die Hand und drehte die Figur hin und her. „Ich wollte es nicht wissen, wir alle wollten es nicht wissen." Mit Nachdruck stellte er die Figur zurück. „Es war einfacher sich vorzustellen, dass er in Sicherheit war. Er hat mich oft geneckt, aber ich habe ihn gemocht und nicht nur, weil er ein Onkel war. Mein ganzes Zimmer hing voller Bilder von ihm. Einige habe ich versteckt, weil ich wusste, dass er sie vernichten würde." Er sah mich an und erzählte weiter, wie sein Vater doch so erschüttert war, als sie seinen Schwager fanden, und vor allen so überrascht tat. Sie hatten Hochzeitstag gefeiert, kleine Runde, und doch hatte er darauf bestanden, dass seine Schwester mit ihnen feiert, als einziger Gast. „Es war nie ein besonderer Tag und Mutter hatte ihn auch oft daran erinnern müssen." Matthias meldete sich und Elisabeth nahm ihn heraus. „Ich lag im Graben, aber auch wenn ich dort gewesen wäre, nie hätte ich gedacht, dass er seine eigene Schwester ins Unglück stürzt." Wolfgang hatte angefangen die Figuren aufzuräumen, da er befürchtete, sein Gegenüber würde beginnen sie durch die Gegend zu werfen. Genauso wie seine Frau verstand er nicht, was sein Gast da so zusammenhangslos redete. Ich verstand und hätte auch gern gewusst, wie Richard der Erste es geschafft hatte, dass seine Schwester ungeschoren davonkam.

Es hatte geklopft und Elisabeth und ich sahen zu Wolfgang, der wortlos aufgestanden war und die Haustür öffnete. Instinktiv zog ich Jakob an mich ran, um ihn gleich doch neben mich zu setzen. Sie klopften ihre Schuhe ab, bevor sie in die Stube traten. „Das ist Maximilian", stellte Hannah ihren Begleiter unnötigerweise vor. Er nickte uns nacheinander zu, ohne uns wirklich anzusehen. Nur durch einen Menschen sah er nicht durch, sondern sah ihn an. „Jakob." Ich hielt die Luft an und sah zu dem Kind, was ein wenig ängstlich zu dem Mann sah, der ihn betrachtete. Ich brauchte Mut zu ihm zu sehen und tat es doch, um es gleich zu bereuen. Ich weiß nicht, was mir zuerst ins Auge getreten war. Die Hand, beziehungsweise, was davon übrig war, die aus seinem Mantel herausschaute oder das gelbe Zeichen, was an seinen Mantel genäht war. Ich hatte es schon oft gesehen, und doch hatte ich mir nie darüber Gedanken gemacht, als es aus unserem Straßenbild verschwunden war. Erst dort war es mir wieder begegnet. Haufenweise auf den Mäntel, die sie aufgestapelt hatten, dort hatte ich nicht wegsehen können, im Gegensatz zu den Zeiten, als sie an meinem Haus vorbei marschierten und ich es nicht schaffte, mich von ihrem Anblick zu lösen, und ihnen immer wieder etwas zusteckte, nicht wissend, welches Risiko ich damit einging, nur ahnend, sodass ich es immer heimlich machte und mich schämte ihnen nicht alles zu geben. Ich hatte es gewusst, dass sie dort nicht nur zum gemütlichen Arbeiten geschickt wurden. Ich hatte es gewusst, dass dieses Symbol ihr Todesurteil war und außer einem Apfel hier und einem Stück Brot dort hatte ich nichts gemacht. Ich konnte es nicht verhindern, der Schluchzer hatte sich nicht angekündigt und unterbrach die gespenstische Ruhe in dem Raum. Der nächste Schluchzer folgte, diesmal nicht von mir. Ich sah zu Elisabeth, die versuchte ihr Gesicht in Matthias' Körper zu vergraben. Selbst Wolfgang hatte Mühe seine Gefühle in den Griff zu bekommen und starrte angestrengt auf das nun leere Schachbrett. Nur Richard hatte kapituliert und seinen Kopf auf seinen Arm gelegt, genauso unfähig wie wir den Raum zu verlassen. „Schön." Er hatte ihn auf den Arm gehoben, seine Furcht ignorierend hatte er auf ihn eingeredet und das Schweigen unterbrochen. Und dann war es ausgerechnet das, was Jakob die Furcht vergessen ließ und der Neugier den Raum gab sich auszubreiten. „Sieh mal, ich hab noch einen für dich." Er hatte Schwierigkeiten, um das Kind herum in seine Manteltasche zu greifen und schaffte es doch, einen weiteren Stern herauszuholen. „Bitte nicht." Hannah nahm ihm das Teil ab, bevor Jakob danach greifen konnte. „Warum nicht, es ist das, was mich zu dem gemacht hat, was ich nun bin." Er reichte Hannah Jakob, der aber weiter zu dem Mann sah, der sein Vater war, und gähnte. „Ich bringe Jakob ins Bett." Froh, aus der Situation fliehen zu können, wollte ich Jakob nehmen, doch er stellte sich zwischen Hannah und mich. „Ach, Sie bestimmen hier, was mit meinem Sohn passiert." Ich konnte nicht ausmachen, ob er aggressiv klang oder einfach nur müde, und trotzdem trat ich zurück. Nödel hielt seine Emotionen nicht im Zaum, sondern fing an den Mann anzuknurren. Mit einem Tritt versuchte er den Hund von sich zu entfernen. „Lass das." Hannah gab mir Jakob und nahm den Hund auf den Arm. „Er kann nichts dafür. Max." Sie reichte Wolfgang, der sich wieder an den Tisch mit dem Schachspiel gesetzt hatte, das weiße Bündel. Ich sah zu Richard, der inzwischen seinen Kopf gehoben hatte, und versuchte seine Gedanken zu lesen, was mir natürlich nicht gelang. Ich überlegte, ob ich jemals ein verzweifelteres Gesicht gesehen hatte. Er hatte nicht sofort reagiert, sondern eine kleine Pause gelassen, so als ob er seine Worte erstmal für sich vorformuliert hatte. „Max gibt es nicht mehr. Max ist tot." Hannah trat zu ihm und hängte sich ein. „Komm, wir gehen nach oben." Diesmal war es Hannah, die er wegschubste. „Nein, ich bin hier und nehme meinen Sohn mit. Komm, Jakob." Instinktiv drückte ich Jakob fester an mich, der sofort reagierte und anfing zu schluchzen. „Maximilian, du hast es versprochen, ihm geht es hier gut." Im Gegensatz zu mir war Hannah keineswegs verzweifelt, sondern stellte sich resolut zwischen uns. „Ja, unsere Eltern haben es auch versprochen, der Professor hat es auch versprochen. Ach, das sind alles nur Phrasen, sie werden uns nichts tun." Er griff erneut in seine Manteltasche. „Und was ist aus ihren Versprechen geworden, durch die Schornsteine haben sie uns gejagt. Nur deswegen." Ich weiß nicht, wie viele es waren, aber auf jeden Fall eine ganze Menge gelber Sterne, die nun ihren Weg aus seiner Manteltasche fanden und auf dem Fußboden landeten. „Versprich mir nie wieder etwas, Hannah." Sie trat zu ihm und nahm ihn in den Arm. „Doch, Maximilian, ich verspreche dir, dass ich alles dafür tun werde, dass es Jakob gut geht und gut gehen wird." Regungslos sah ich zu den beiden Menschen, deren Kind ich immer noch auf dem Arm hielt, und glaubte sogar die Dämonen zu spüren, die um sie herumflogen, und war doch nicht in der Lage den Raum zu verlassen. „Warum weinst du?" Jakob sah mich erschrocken an und fing an mit seinen Fingern meine Tränen aufzusammeln. Und wieder mal war es Elisabeth, die es schaffte, uns aus unserer Starre zu befreien. „Komm, Jakob, ich erzähle dir ein Märchen." Sie kam zu mir und nahm Jakob zu sich. „Ein Märchen, was leider kein Märchen ist."

MÄRCHEN

Es war einmal ein Land, das hieß Deutschland und heißt es noch. Dieses Land liegt mitten in Europa und da hat es für einen fürchterlichen Krieg gesorgt und verloren. Wie Marionetten, die keine Puppenspieler mehr hatten, saßen die Deutschen auf dem Boden und waren fürchterlich verloren. Sie hatten das Gefühl, niemand kümmerte sich um sie, und sie wurden auch immer ärmer, hatten Hunger und wenig Arbeit. Da machte sich ein Marionettenspieler aus dem Nachbarland auf und nahm die Fäden der Marionetten in seine Hand. Doch er nahm nicht alle Marionetten in seine Hände. Um den Marionetten Arbeit und Nahrung zu geben, brauchte er jemanden, dem er die Arbeit wegnehmen konnte und dem er einfach die Schuld für alles Elend in die Schuhe schieben wollte. Er wählte eine Gruppe von Marionetten, die sich eigentlich gar nicht von den anderen Marionetten unterschieden. Sie liebten dieselben Dinge, sahen genauso aus und beteten zum selben Gott. Nur beteten sie ein wenig anders zu Gott und nannten ihn auch

anders. Diese Marionetten hießen Juden und er ließ sie einfach liegen und sah zu, wie die aufgerichteten Marionetten über sie stiegen, sie traten und wegschleppten. Blind folgten die Marionetten ihrem Puppenspieler und taten, ohne viel nachzudenken, das, was er wollte. Er hatte ja die Fäden in der Hand und wer nicht mitmachte, dem schnitt er einfach seine Fäden ab. Böse war der Puppenspieler und er wollte, dass Deutschland noch größer würde und dass er der größte Puppenspieler von allen Europäern wäre. Und so sorgte der böse Puppenspieler für einen neuen Krieg, bei dem viele, viele Marionetten ihre Fäden verloren und starben. Doch der böse Puppenspieler hatte nicht mit vielen anderen Puppenspielern aus den anderen Ländern gerechnet, die zusammen stärker und besser waren als der böse Puppenspieler, und sie befreiten die Marionetten von ihrem bösen Puppenspieler, indem sie alle Fäden durchschnitten und der böse Puppenspieler wusste nicht, wohin er fliehen sollte und so machte er sich selber kaputt. Doch nun liegen die deutschen Marionetten ohne ihre Fäden am Boden und langsam wird ihnen bewusst, dass der böse Puppenspieler und seine Mitspieler sie ausgenutzt haben und sie nun alleine ließen. Und so wird es sicher noch eine ganze Weile brauchen, bis die Puppen wieder aufstehen und laufen lernen und es ist ihnen zu wünschen, dass sie es schaffen, ohne dass sie erneut auf einen bösen Puppenspieler hereinfallen.

DANACH

Irgendwann während ihrer Erzählung war Jakob auf meinem Schoss eingeschlafen. Wolfgang war in der Küche und kochte Tee. Richard hatte sich in den Flur zurückgezogen. Hannah saß an die Wand gelehnt neben Maximilian und hielt seine Hand, zumindest das, was davon übriggeblieben war. „Ihr entschuldigt mich." Elisabeth nahm Matthias aus seinem Korb und ging nach oben. Ich sah unsicher zu Hannah, die mir zunickte und mich bat, Jakob auch zu Bett zu bringen. Es dauerte länger als sonst, bis Jakob einschlief, ob es an meiner eigenen

Nervosität lag oder ob er tatsächlich spürte, wer nun da unten erneut in sein Leben trat, vermochte ich nicht zu sagen. Ich spürte auch keine Erleichterung, als ich seinen Atem ruhig und gleichmäßig vernahm. Ich hatte mir kaum Gedanken über seinen Vater gemacht. Hannah hatte mir ihre Zeichnungen von ihm gezeigt und gesagt, dass er tot sei. Und irgendwie schien er tatsächlich tot zu sein, nicht nur seine rechte Hand, von der nichts mehr übrig zu sein schien als ein verklumpter Haufen Haut. Maximilian war nicht tot, er lebte, und er würde sicher das tun, was Hannah noch vor sich herschob. Er würde Jakob mit sich nehmen. Erstaunt, doch ziemlich gefasst zu sein, legte ich mich zu Jakob und versuchte erfolglos ebenfalls einzuschlafen.

Es war ruhig im Raum. Nur ihr Atem war zu hören. Er hustete ab und zu. Maximilian. Hannahs Verlobter und der Vater ihres Kindes. Wo war er so lange geblieben? Richard hatte vermieden die Frage zu stellen, während sie sich auf den Weg zu Hannah machten. Und auch, wenn er schwieg. Maximilian hatte geredet. Erzählt, dass er schon einmal bei ihnen gewesen war. Dass Richard der Erste nicht sagen konnte, wo Hannah sich befand, und ihn unfreundlich fortgeschickt hatte, und auch sagte, dass seine Schwester es nicht wüsste, nachdem er ihm den Zettel gezeigt hatte, auf denen die Adressen standen, wo Angehörige Hannah finden konnten. Meine Adresse hatte sie wohl nicht angegeben. Und dann war Richard doch neugierig geworden und hatte wissen wollen, von wem er denn nun wusste, wo sich seine Verlobte befand, obwohl er glaubte die Antwort ohnehin zu wissen. Er wurde nicht enttäuscht. Natürlich hatte sich sein Vater auch die Adresse von Max geben lassen, bevor er ihn wegschickte aus Angst, die Verlobung seines Sohnes mit der Alibijüdin könnte platzen. Sicher war für Richard den Ersten sicher. Er war nicht selber gegangen, sondern hatte seinen Lakaien geschickt. Maximilian brauchte ihn nicht lange zu beschreiben. Ein Zischen unterbrach Richards Gedanken, der immer noch am Tisch saß und seinen Kopf auf die Arme gelegt hatte. Es roch nach Rauch. Jemand hatte eine Zigarette angezündet und nahm einen Zug. Maximilian. Richard hob seinen Kopf und brauchte einen Moment, bis sich seine Augen an den fast dunklen Raum gewöhnten.
„Ich, ähm …" Er wusste nicht, wie er sich aus der Situation schleichen sollte. Maximilian, tatsächlich mit einer Zigarette in der Hand, nickte

ihm zu, und auch Hannahs und sein Blick trafen sich kurz, diesmal war er es, der ihn nicht festhalten konnte und verlegen wegsah und den Raum verließ. Er wollte die Tür schließen, doch irgendetwas ließ ihn zögern und er lehnte sie nur an, bevor er sich auf den Boden daneben setzte und wartete, dass der Tag einsetzte. Irgendetwas, was sein Gesicht abschleckte, ließ ihn zusammenfahren. „Mensch, Nödel", flüsterte er. „Du musst sicherlich mal." Er erhob sich leise und trat aus dem Haus. Der Hund rannte sofort los und Richard versuchte ihn zu beobachten, während er die Haustür angelehnt festhielt. Er sah in den dunklen Himmel. Der Tag war noch fern und doch überlegte er, einfach loszugehen. Die Tür zu schließen und loszugehen. Nichts verband ihn nun mehr mit der Frau, die nun neben dem Vater ihres Kindes saß, und die wahrscheinlich ihre Zukunft planten, eine Zukunft ohne ihn. Er wischte sich die Tränen nicht ab, als er sich erneut neben die Wohnzimmertür setzte und Nödel auf seinem Schoß Platz suchte. Mechanisch fing er an den Hund zu streicheln.

„Sie haben gefragt, was mein Beruf ist." Er sprach leise und doch verstand Richard jedes Wort. „Vielleicht hätte ich länger darüber nachdenken sollen, aber mir fiel nichts ein außer der Wahrheit." Hannah konnte er nicht verstehen, aber vielleicht sagte sie auch nichts, sondern hörte nur zu, so wie Richard. „Sie haben mich in eine Schreibstube geschickt." Eine Schreibstube? Richard hätte gerne gewusst, was dort geschrieben wurde, doch er erzählte es nicht und Hannah schien auch nicht weiter zu fragen. Er erzählte nur, dass ihm dort die harte Arbeit erspart blieb. „Eigentlich ging es uns ganz gut." Nun lachte er auf. Hatte er das wirklich gesagt? Er war dort leichtsinnig geworden. Es gab Papier und Stifte und so hatte er angefangen zu malen, heimlich, das, was er dort sah, vor der Schreibstube. Und unvorsichtig wie er war, hatte er sich ertappen lassen. Richard hielt sich die Ohren zu, weil er nicht hören wollte, was sie dann mit Max' Hand gemacht hatten.

„Verdammt", kam es so laut, dass Richard es durch seine Hände hindurch hören konnte. Er hatte das, was einmal seine Hand war, auf den Tisch gehauen. Inzwischen war er aufgestanden und lief auf und ab. Hannah saß noch auf dem Boden und nahm Nödel, der schwanzwedelnd auf sie zu kam und dann innehielt und knurrend zu dem wütenden Mann am Tisch sah. „Ich wäre so gerne ein Held gewesen, Hannah. Sieh mich an, was ist aus mir geworden." Hannah stand auf und legte ihre Hand auf seine Schulter. „Nur Lebensmüde haben sich ihnen in den Weg gestellt. Wir hatten doch keine Waffen. Nur den Willen zu leben, Maximilian, und den lassen wir uns nicht nehmen." Diesmal schloss Richard die Haustür von außen und lief los. Dichte Schneeflocken und sein schmerzendes Bein machten es ihm zusätzlich schwer wegzukommen und er blieb einen Moment stehen. Er hatte seinen Kopf an die Tür gelehnt. „Irgendwo musste ich hin mit meiner Wut, manchmal möchte ich loslaufen und sie alle suchen und …" Zuvor noch leise gesprochen, wurde er lauter, doch beendete er den Satz nicht. „Und jetzt bin ich für meinen einzigen noch lebenden Verwandten ein Fremder." Erneut schlug seine kaputte Hand gegen den Rahmen. „Noch, Max, früher oder später …", versuchte sie ihn und vor allem sich einzureden. „… wird er wissen, wer wir sind." Er lachte auf und drehte sich um. „Ach, Hannah." Er schob sie etwas von sich weg um sie ansehen zu können. „Du hast es wenigstens geschafft, ein wenig die alte zu bleiben, ich bin es nicht mehr." Sie sah auf den gelben Stern, unfähig die richtigen Worte zu finden. „Mach ihn ab, Max." Er schüttelte den Kopf. „Noch nicht." Oben begann weiteres Leben zu erwachen, die Dielen knarrten. „Wo ist eigentlich dein Verehrer?" Maximilian war in den leeren Flur getreten. „Wer", versuchte Hannah beiläufig zu fragen, sicher, es war nicht beiläufig genug. Er sah sie streng an. „Hannah, mein Herz ist ein verkrusteter Haufen, das hier auch." Er hielt die kaputte Hand in die Höhe. „Doch meine Augen sind es nicht. Hannah." Verlegen fing sie an, ihre Kleider glattzustreichen. „Du bist jetzt da, Max, wir …" Er ging auf sie zu und legte seine intakten Finger auf ihren Mund. „Nein, Hannah, es wird noch dauern, bis die Kruste geplatzt ist, und so wie er, ich könnte dir nicht versprechen, ob ich dich jemals so ansehen würde wie er." Erleichtert und auch ein wenig überdreht fing Hannah an unkontrolliert zu lachen. „Du solltest Dichter werden, Max, herrlich, wie du sprichst." Nun fing auch Max an zu lachen und es war ihnen egal, dass sie nun nicht mehr leise waren. „In dir ist noch ganz viel Max, glaub mir." Sie umarmte ihn und er ließ es sich gefallen. „Nun aber los, Hannah, gehe ihn aufhalten." Nun schob er sie sacht zur Haustür.

Sein Bein schmerzte noch immer und hinderte ihn weiter daran weiterzulaufen, doch er musste weg und so ging er weiter. Inzwischen würde es sicher eine Mitfahrgelegenheit geben und wenn nicht, irgendwie würde er schon zum Bahnhof kommen. Eine Katze streifte sein kaputtes Bein und er überlegte sie wegzuscheuchen, doch anstatt dessen bückte er sich und streichelte sie. Wo sollte er hin? Hier hatte er keinen Grund mehr zu bleiben. Doch nach Hause? Er beobachtete eine Frau, die ihre mürrische Tochter hinter sich herzog, und immer wieder „Ich will hier nicht weg", rief das Kind mit den langen blonden Zöpfen. Doch die Koffer, die die Frau mit sich zog, bedeuteten, dass der Wille des Kindes wohl nichts galt. Sie kamen an ihm vorbei. „Was schauen Sie denn so, helfen Sie mir lieber." Ohne weiter nachzudenken, nahm er ihr den größten Koffer ab und folgte ihnen, so gut es ihm sein schmerzendes Bein gewährte. „Richard." Ihre Stimme irgendwo zwischen dem Gejammer des blonden Kindes und der ungeduldigen Mutter. Er musste lächeln, so weit war es schon. Seine Fantasie spielte ihm einen Streich, wie sollte er etwas hören können, zu ihrem Disput machte es der Wind und die dicken Schneeflocken, die immer noch erbarmungslos vom Himmel fielen, etwas anderes zu hören und doch glaubte er noch einmal seinen Namen zu hören. Sie war stehengeblieben und sah ihn an. „Sind Sie Richard?" Er nickte verwirrt und sah zu der Hand, die nun hinter ihn zeigte. Er drehte sich um. Sie trug wie immer den dicken Wollpullover über den noch immer viel zu dünnen Körper, nach dem er sich aber so sehr sehnte. Dazu hatte sie sich einen Schal um den Kopf gewickelt und doch hingen ein paar schwarze Haare darunter hervor, die nun über die Schulter reichten. „Hannah." Jemand riss ihm den Koffer weg. Die mürrischen Stimmen entfernten sich. Richard war stehengeblieben, unfähig, sich zu bewegen. Auf einmal waren sie weg, die Kälte, der Hunger, die Schmerzen im Bein und seine Einsamkeit. Sie kam näher. „Richard, ich möchte nicht mehr immer daran denken, was gestern war, und ich weiß nicht, was morgen ist. Aber." Nun stand sie vor ihm. „Das einzige, was ich sicher weiß. Ich möchte bei dir sein." Doch die Fantasie. Er wollte schon umdrehen, doch jemand hielt ihn fest. Hannah. Sie nahm sein Gesicht in ihre Hände und das erste Mal hielt sie seinem Blick stand und er spürte, wie sich sein Gesicht verschleierte, auch ihres war nun nicht mehr nur vom Schnee feucht. „Hannah." Er flüsterte ihren Namen, bevor er den Mut fand, nun auch ihr Gesicht in seine Hände zu nehmen.

„Nödel." Jemand hatte die Tür aufgelassen und der Hund machte sich auf den Weg nach draußen. Ich schaffte es gerade noch, mir den Mantel zu schnappen und lief schnell hinterher. Die Kälte schlug erneut erbarmungslos zu und ich versuchte schnell den Mantel anzuziehen, während ich dem weißen Bündel Hund folgte. Der dicke Schnee am Boden und der neu von den dicken Wolken dazugeworfene, machten es mir schwer zu sehen, wohin Nödel lief. Irgendetwas unter der Schicht bekam seine Aufmerksamkeit und er fing an zu buddeln. Ich atmete tief durch, um doch gleich wieder meine Luft anzuhalten. Also war es dann doch nicht Max. Sie hielten einander fest umschlungen und schienen alles um sich herum vergessen zu haben. Kurz beneidete ich Hannah, solche Augenblicke zeichnerisch festhalten zu können, und doch war es der Schmerz, der jegliches andere Gefühl überdeckte. Ich weiß, ich hätte gerührt sein müssen, vielleicht auch ängstlich, unsicher, was dieser Anblick für Jakob bedeuten sollte. Für Jakob und mich. Oder verschämt, einem so intimen Moment beizuwohnen. Und doch war es der Schmerz und die dazu gehörige Erkenntnis, die ich so lange zu verdrängen schaffte, die Erkenntnis, dass ich diejenige sein wollte, die dastand und Hannah festhielt. Nun setzte die Scham ein und ich ließ Nödel weiterbuddeln und ging zurück ins Haus.

Sie hatte sich eingehakt. Erneut entließen die dicken Wolken ihre weiße Pracht und doch schaffte es der Schnee nicht, das Elend der Ruinen zu überdecken. Weiter waren vor allem Frauen damit beschäftigt, die Ruinen freizuräumen. Mit jedem Schritt, den sie sich näherten, nahm Richards Aufgeregtheit zu. Auch sein Mund wurde immer trockener und er befürchtete, dass er kein Wort rausbringen würde. Doch er wusste, er durfte nicht schweigen, und seine Wut setzte wieder ein und ließ ihn schneller laufen. Richard wusste nicht, wie lange sie so dagestanden hatten. Eng umschlungen den Moment festhalten zu wollen, doch dann hatte sie sich gelöst, seine Hand genommen und ihn mit zu uns genommen. Maximilian hatte erzählt, wie er ihn von Hannah und Jakob getrennt hatte. Die Pistole in der Hand, hatte er sie um die nächste Hausecke getrieben. Passanten waren vorbei gegangen oder hatten die Straßenseite gewechselt. Niemand kam ihnen zur Hilfe. Er hatte nicht lange gefackelt und dem Professor direkt in den Kopf geschossen. Maximilian, unfähig, einen Gedanken zu ordnen, hatte vergebens versucht sich Hannahs Gesicht oder Jakobs vorzustellen. „Das war es, was ich zuletzt sehen wollte." Und doch war es ein Mann, dem der braun uniformierte Mörder zunickte und der auf einen weiteren Laster zeigte. „Ein Mann", hatte mein Bruder ihn unterbrochen. Uns allen fiel es schwer seinen Schilderungen zu folgen. Nur bei der Beschreibung des braun Uniformierten sprach er ruhig und sachlich. Während Hannah versuchte eine Skizze anzufertigen, wusste Richard sofort, um wen es sich bei der Beschreibung handelte. So gut Maximilian ihn beschreiben konnte, bei dem Mann, bei dem er glaubte, dass er genickt hatte, fand er keine weitere Beschreibung. „Der Mann mit Hut", hatte Hannah laut gedacht und war sich auf einmal sicher auch zu wissen, wer er war. Der Vater des Mannes, der nun ihre Hand hielt. „Wahrscheinlich hat mich der andere Laster gerettet, sicher war es ihnen dann doch zu heikel, mich vor den anderen so kaltblütig zu ermorden." Wahrscheinlich. Oder er war den Männern einfach egal. „Er hat mich zu dem anderen Laster gebracht, der eifrig dabei war, die letzten von uns einzusammeln." Hannah ließ Richard los und stellte sich hinter Maximilian, um ihn zu umarmen. „Egal warum, Max, du lebst." Er sah zu ihr hoch. „Nein, Hannah, an dem Tag bin ich gestorben."

Das Haus war umhüllt, ebenso die Hecken, auch sie waren, wie zu erwarten, weiß. „Möchtest du wirklich mitkommen, Hannah." Er nannte oft ihren Namen, als wenn er sich selber daran erinnern wollte, dass es wahr war, dass sie nun an seiner Seite war. Nur jetzt war er sich nicht sicher, ob es besser wäre, sie bliebe draußen, und doch war er erleichtert, dass sie mit ihm das Haus betrat. „Richard." Sie strahlte, zwar unsicher, aber sie schien sich wirklich zu freuen, als sie ihren Sohn wiedersah. „Mutter." Er zögerte kurz. Bei seinen ganzen Gedanken an das Gespräch hatte er sie vergessen und auch die Gefühle, die er noch für sie besaß. Er schob seine Gefühle zur Seite und ging in Richtung Wohnzimmer. Die Tür zum Arbeitszimmer war geschlossen. Richard trat ohne zu klopfen herein. Sein Vater stand am Schreibtisch, ein Papier in der Hand und unterhielt sich mit einem dunkelhäutigen Soldaten. „Nicht jetzt, Richard." Kurz sah er verwirrt zu seinem Sohn und der Frau, die er an der Hand hielt, hatte sich aber gleich wieder

unter Kontrolle. „Doch, jetzt, Vater, gerne auch vor Zeugen." Der Soldat sah fragend zwischen den beiden Männern hin und her und verstand wohl, dass er nun fehl am Platz war. Er sprach kurz mit Richard dem Ersten und schüttelte seine Hand, bevor er einige Papiere vom Tisch nahm und freundlich nickend das Haus verließ. „Geh schnell deine Hände waschen, du hast gerade einem Neger die Hand geschüttelt." Er spürte, wie seine Sprache sich zu überschlagen drohte und drückte zur Beruhigung Hannahs Hand. „Bist du verrückt, Richard, ich versuche hier gerade alles, um auch deinen Kopf aus der Schlinge zu ziehen." Seine Sprache überschlug sich nicht, aber Hannah sah, wie wütend er jetzt war. Reflexartig trat sie hinter Richard und fing an zu zittern. Auch Richard zitterte und sprach doch weiter. „Na, wen musst du dafür alles verraten. Auch deinen besten Freund?" Schon als Richard noch ein kleines Kind war, war er an der Seite seines Vaters gewesen. Gerne ein wenig betrunken, oft mit seinem Akkordeon ausgestattet, deutsche Lieder singend und auch gerne antijüdische, gehörte er wie ein Stück Möbel zum Leben seines Vaters und zu seinem eigenen. Und doch war es ihm nicht aufgefallen, dass er schon lange nicht mehr gegenwärtig war, der Mann mit den Narben, die er seit seiner Kindheit mit sich herumtrug, und bei dem Richard nun mit Sicherheit wusste, dass er es war, der den Professor kaltblütig ermordet hatte. „Was willst du?" Er versuchte ruhig und gelassen zu klingen und setzte sich auf seinen Schreibtischstuhl. Hinter ihm die leere Wand, an der noch Monate zuvor sein Portrait gehangen hatte.
„Er ist tot." Nie hatte er seinen Vater weinend gesehen. Nie so verzweifelt. Er hatte vor dem Portrait gestanden und es angesehen, bevor er es abnahm und in den Garten trug, um es dort zu verbrennen. Lange hatte er nicht getrauert um seinen Führer, und sich dann daran gemacht, sich und seine Familie reinzuwaschen. „Antworten, Vater." Er wollte wissen, was den Professor verraten hatte. Tatsächlich der Klodeckel oder doch das nervöse Verhalten seiner Tante, wenn sie zu Besuch waren? Er wollte wissen, wie Vera an Weihnachten ins Haus gekommen war. War es ihre Idee gewesen oder seine? Hatte er wirklich an das geglaubt, was er lebte, oder hatte er sich angepasst und die Chance ergriffen seinen Anwaltskollegen, dem alles zuzufliegen schien und den er dafür wohl hasste, loszuwerden? Er wusste, er würde die Wahrheit nicht erfahren, nur eine gedachte Frage wurde beantwortet.

Richard sah, wie sein Vater sich tatsächlich die Hand abwischte, die gerade die Hand des Soldaten geschüttelt hatte. Er musste fast lachen, bevor er anfing sein eigentliches Anliegen vorzutragen. „Zwei Monate, ab heute, hast du Zeit, ihnen ihr Haus wiederzugeben." Sie hatten versucht den Aufenthaltsort der Geschwister rauszubekommen, tatsächlich hatten sie sich eintragen lassen. Richard nahm den Zettel aus dem Mantel und legte ihn auf den Schreibtisch, dann trat er zu Hannah und legte seinen Arm um ihre Schulter. Jetzt lachte Richard der Erste und wischte den Zettel vom Tisch. „Das Haus gehört mir." Jemand zupfte an seinem Arm. Seine Mutter, er ließ ihr keine Zeit zu Wort zu kommen. „Du hast es dir erschlichen, du hast Onkel Salomon versprochen, dass er es wiederbekommt, wenn er zurückkommt. Dabei hast du doch dafür gesorgt, dass er nicht wiederkommt." Er wusste, dass er pokerte. „Nein, das ist nicht wahr, Richard, wir haben gehofft, dass er wiederkommt." Glaubte sie, was sie sagte. „Wie denn, Mutter, Deutschland sollte judenfrei werden und bleiben, das verlangte doch dein tausendjähriges Reich." Eine Faust flog auf den Schreibtisch. Die Faust Richard des Ersten. „Selbst, wenn, mein Sohn, du hast keine Beweise." Er war aufgestanden und schien seine Gelassenheit zu verlieren. Nun griff Richard erneut in seine Manteltasche, überrascht, dass er immer ruhiger zu werden schien. Ein Foto landete nun auf dem Tisch. Die Hochzeitsgesellschaft von Gerdas Heirat. „Sieh mal, auch auf dem Foto hat er sein Akkordeon dabei, Gerda erzählte, dass er auf der Feier das eine oder andere Lied gespielt hat. Naja, da konnte man ja auch noch auf eine jüdische Hochzeit gehen." Richard der Erste warf einen kurzen Blick aufs Foto und sah dann tatsächlich kurz verwirrt zu seinem Sohn. „Du hättest ihn auch erschießen lassen sollen." Er räusperte sich, bevor er weitersprach. „Er hat ihn erkannt, den Mörder deines Schwagers, und er glaubt auch dich erkannt zu haben." Er pokerte weiter und sah, dass er ins Schwarze getroffen hatte. Sein Vater verlor jede Sicherheit. „Du warst auch da, Vater, du hast ihm befohlen ihn zu erschießen. Warum?" Er stritt es nicht ab, sondern erklärte, dass niemand einem traumatisierten Juden glauben würde. „Du hättest ihn im Glauben lassen sollen, Hannah sei in Amerika, als er sie hier gesucht hatte. Was hättest du gemacht, wenn sie da gewesen wäre." Richard war klar, dass er auch auf diese Frage keine Antwort bekommen würde. Maximilian hatte erzählt, dass er dann doch einen Brief mit meiner Adresse bekommen hatte, zwar anonym, doch gab es kaum Zweifel am Absender. „Richard, ich werde es niemals zulassen, dass mein Sohn eine Jüdin heiratet." Richard drückte Hannah, die nicht aufhören wollte zu zittern, fester an sich. „Vielleicht werden sie einem Juden nicht glauben, warum auch, der Hass ist ja immer noch da, aber einem arischen Arzt werden sie glauben." Maximilian, voller Todesangst, konnte nicht beschwören, dass der Mann mit dem Akkordeon auch der Mann war, der den Professor erschossen hatte, doch der Doktor erkannte sofort den Mann, der ihn erwischte, als er den Karton mit dem Obst vor Gerdas Tür gestellt hatte, und der ihn vor die Wahl stellte, Gefängnis oder Front. Sie konnte ihr Schluchzen nicht unterdrücken. Lange hatte Gerda gehofft, dass es doch eine andere Erklärung dafür gab, dass das Versteck aufgeflogen war, und sie nur zufällig zu der Zeit bei ihrer Schwägerin eingeladen war. Sie bat Hannah und Richard sie allein zu lassen, nur der Doktor durfte bei ihr bleiben und ihre zitternden Hände halten. „Wobei mich doch interessieren würde, wie du es geschafft hast, dass Gerda nicht bestraft wurde." Interessierte es ihn wirklich? Er wusste es gar nicht mehr, nur eines wusste Richard sicher. „Vielleicht bin ich noch dein Sohn, aber mein Vater bist du nicht mehr. Einen Vater, der sein eigenes Fleisch und Blut so ins Unglück stürzt, darauf spucke ich." Richard spürte, wie eine Hand seine ergriff, bevor er tatsächlich spucken konnte. Hannahs, er hielt sie fest und drehte sich um. „Tut mir leid, ich werde ganz sicher eine Jüdin heiraten." Dann drehte er sich um: „Zwei Monate oder dein ganzes Kartenhaus fällt zusammen. Va ..." Er sprach das Wort nicht aus, schob seine Mutter, die ihn versuchte aufzuhalten, sacht zur Seite und wollte mit Hannah das Haus verlassen. „Du wirst mit in den Abgrund stürzen." So hysterisch hatte Richard seinen Vater nur einmal erlebt, damals, als er am Feuer stand und sah, wie Hitlers Gesicht vom Feuer zerstört wurde. Richard ließ Hannah los und trat zurück ins Arbeitszimmer. „Das Risiko gehe ich ein." Er sah ihn fest an. „Zwei Monate." Diesmal kam er nicht in die Versuchung *Vater* zu sagen.

Es hatte aufgehört zu schneien, als sie aus dem Haus traten, und doch nahm die Kälte wieder sofort Besitz von ihnen. Margot folgte ihnen immer noch aufgewühlt. „Ich habe ihm geglaubt, dass er nichts mit dem Verrat zu tun hatte, genauso wenig, dass er …" Sie rang nach Worten und fand sie doch, sie hatte auch daran geglaubt, dass Salomon sein Haus wiederbekommen würde. Nur das Unaussprechliche nannte sie nicht, dass ihr Mann dafür gesorgt hatte, dass sowohl der Professor als auch Onkel Salomon sterben mussten. „Glaub mir bitte." Er nickte. Sie hatte genauso wenig nachgefragt wie er selber. Jegliche Vermutungen beiseite geschoben, verdrängt. „Ich glaube dir", sagte er ehrlich und schob sie sacht ins Haus zurück. „Aber im Gegensatz zu ihnen haben wir die Wahl und können entscheiden, wie unser Leben weitergeht und mit wem." Er gab ihr einen Kuss auf die Stirn, da ihre Wangen feucht von Tränen waren. „Er ist mein Mann, Richard, und dein …" Nun hielt er einen Finger auf ihren Mund. „Nein, mein Vater ist er nicht mehr." Der dunkelhäutige Soldat stand am Eingangstor und rauchte eine Zigarette. Als er Hannah und Richard kommen sah, nahm er einen Zug und lächelte. Dann griff er in seine Jackentasche und holte ein Päckchen Zigaretten raus und hielt es den beiden hin. Richard nahm eine Zigarette, aber nicht von den angebotenen. Der Soldat schaute verwundert, als er sah, was mit der Zigarette geschah, die sich gerade noch in seinem Mundwinkel befand. Richard hatte sie gegriffen und nahm einen tiefen Zug. Er nahm die Hand des noch immer überraschten Soldaten und schüttelte diese, bevor er mit Hannah auf die Straße trat und noch einen Zug nahm, aus der Zigarette, die eben noch der dunkelhäutige Mann in seiner Hand hielt und die seine dunklen Lippen berührt hatten.

„Seit wann bist du wach." Er hatte sich aufgestützt und beobachtet, wie sie wach wurde. „Seitdem die Morgensonne mir das Licht gab dich anzusehen." Sie lächelte und versuchte ein paar Haare von seiner Schläfe hinter sein Ohr zu streichen. Eine Geste, die Richard schon bei Hannah beobachtet hatte, wenn sie es bei Jakob versuchte. Er war tatsächlich hier bei ihr. Die Praxis, die gleichzeitig Wohnung des Doktors war, gab ihnen Platz und einen Raum für sich. Die zerborstenen Scheiben hatten sie versucht mit Decken und Zeitungen abzudecken, aber genauso wie sich die Sonne ihren Weg bahnte, war es auch die Kälte, die den Raum ergriff. „Es tut mir leid, so sentimental rede ich eigentlich nie. Bitte gewöhne dich nicht daran." Sie lachte und zog ihn an sich. „Schade, ich könnte mich daran gewöhnen." Er spürte sofort wieder die Lust, aber er wollte sie nicht drängen, und dachte kurz daran, wie sie sich in der letzten Nacht für ihn geöffnet hatte. Ein wohliger Schauer durchlief ihn, während er beobachtet, wie sie aufstand. Die Kälte schien ihr nichts auszumachen. So konnte er noch eine Weile ihren fast nackten Körper betrachten, als sie sich ihren dicken Pullover überzog. Er wusste, dass dieser einmal Maximilian gehört hatte, doch jagte ihm das nun keine Angst mehr ein. Er gehörte zu ihrem Leben, genauso, wie das Kind, was sie zusammen hatten und auch hoffentlich bald bei ihnen sein würde. Und doch war er es, Richard, den sie nun anlächelte und anfing zu zeichnen. „Gegenwart", hatte sie darauf geschrieben und sich doch entschuldigt, dass sie ihre dicken Stiefel noch immer nicht ausziehen wollte und konnte. Es klingelte. Mittlerweile gab es hin und wieder Strom. Jemand klopfte zaghaft und wartete auf Hannahs „Herein". Gerda trat in den Raum. „Hannah, kannst du mal bitte kommen, Wolfgang ist da."

Sein heftiges Husten ließ uns erneut zusammenfahren. Er öffnete kurz seine Augen, um sie gleich wieder zu schließen. „Das ist der Preis." Ich sah zu Hannah, die seit Stunden seine Hand hielt. Ich sah zum Fenster. Draußen war es dunkel, ich hatte keine Ahnung, wie spät es war. Meine Armbanduhr hatte Wolfgang gegen eine Ration Fleisch eingetauscht. Ich wusste auch nicht, wie lange wir schon dasaßen. Schweigend, nur ab und zu durch sein heftiges Husten unterbrochen. „Was redest du da, Hannah." Ich tauchte den Lappen erneut ins Wasser und legte ihn auf seine kleine Stirn. „Ich habe nicht umsonst überlebt, warum hätte er auch ausgerechnet mich überleben lassen." Ich drehte ihr Gesicht zu mir. Genauso wie ich trug sie einen Mundschutz. „Tuberkulose", vermuteten sie und wollten uns gar nicht zu ihm lassen. „Lieber Gott, wenn es dich geben sollte, ich verzichte auf alles, aber lass ihn leben." Ihr schien es ernst. Ich nahm meinen Mundschutz herunter und sah sie an. „So ein Unsinn, Jakob wird das hier überleben und du, nein, ihr werdet glücklich werden." Ich weiß nicht, wie ich es schaffte so stark zu sein. Ich wusste nicht mal, ob ich selber glaubte, was ich sagte. Aber ich wollte es glauben. „Sie sollten sich ein wenig ausruhen." Eine Nonne kam ins Zimmer, ohne Mundschutz, wie ich verwundert sah, und forderte uns auf, doch ein wenig schlafen zu gehen. Sie bot an Jakobs Hand zu halten. Ich sah zu Hannah, die immer noch Jakobs

Hand hielt und nicht bereit war sie loszulassen. Loslassen. Nun war er also gekommen, auch diesmal hatte er sich nicht angekündigt und doch wusste ich diesmal, dass er nun da war, der Moment, den ich nun schon seit Jahren fürchtete. Es war kein Schmerz, der mich nun ummantelte, aber auch keine Erleichterung ließ er mich spüren. Ich nickte der Nonne zu und sagte, dass die Mutter bei ihrem Kind bleiben würde. Ich nahm den Lappen und gab Jakob einen Kuss, dann drückte ich sanft Hannahs Schulter und folgte der Nonne. An der Tür blieb ich stehen und sah zu ihnen. Hannahs und mein Blick trafen und hielten sich fest. „Er wird überleben, das verspreche ich dir." Ich trat in den dunklen Flur und schloss die Tür und dann kam er doch, der Schmerz, und die Angst. Ich schluchzte ohne es zu wollen laut auf.

TRAUM

Das Wasser umschlingt ihren nur mit schwarzen schweren Schnürstiefeln bekleideten, mageren Körper und zieht sie immer weiter runter in die Tiefe des dunklen Sees. In der Mitte des Wassers schafft sie es zu wenden und nach oben zu schwimmen.

JAHRE SPÄTER

Die Gänsehaut setzte, wie zu erwarten, ein. Der Walzer, mein Lieblingsteil. Ihre Hand in meiner. Ich sah von den Tänzern, die sich im Takt drehten, zu meiner Nachbarin, deren Hand ich hielt. Sie hatte die Augen geschlossen, nicht fest, so dass einige Tränen ungebremst die Wangen herunterlaufen konnten. Hannah weinte, um ihre Eltern, den Professor, das Ehepaar, in dessen Haus sie nun wohnte, um die verkrustete Seele Maximilians und um die anderen Millionen, die ihr Leben lassen mussten. „Der einzige Ort, an dem ich weinen kann", hatte sie erklärt, als sie mit den Eintrittskarten zu dem Ballett zu mir kam. Auch ich schloss meine Augen und fand mich in meiner

Vergangenheit wieder. „Nun musst du auf meine Mami aufpassen." Jakob hatte Ein-Auge-Teddy vom Bett genommen, der schon lange kein Würgen mehr bei mir verursachte. Er drückte dem Teddy einen nassen Kuss auf das Fell und drückte ihn kurz an sich. „Nicht traurig sein, du kommst mich sicher besuchen." Er reichte mir das Kuscheltier und nun drückte ich es an mich. Im Haus roch es nach frischem Brot. Wir durften wieder backen, zwar noch unter Kontrolle, aber so mussten wir nicht so viel Hunger leiden, wie die Millionen da draußen, für die ich auch langsam anfing wieder zumindest ein wenig Mitleid zu empfinden. Wenigstens für einige. Ich wohnte immer noch bei meinem Bruder und seiner kleinen Familie, da mein Haus noch immer besetzt war und auch sicher noch eine Weile fremdbewohnt blieb. Immer noch kamen Flüchtlinge aus dem Osten und zogen durch unser Dorf. Er hatte seinen kleinen Koffer auf unser Bett gelegt und fing an Kleidungsstücke hineinzulegen. Fragend sah ich zu ihm und wusste doch, was in ihm vorging. „Jetzt bin ich doch schon eine ganze Weile bei dir gewesen", erklärte er und ich war überrascht, wie klug er schon sprach. „Nun gehe ich zu meiner anderen Mami." Er schloss den Koffer und hievte ihn vom Bett. „Das verstehst du doch?" Er sah mich fragend, aber entschlossen an. „Natürlich", antwortete ich, nicht zu mehr in der Lage, da der Kloß, der sich in meinem Hals bildete, mir es unmöglich machte weiterzureden, und ich hoffte, wenigstens meine Tränen so lange zurückzuhalten, bis ich die Haustür hinter Jakob geschlossen hatte. „Ich bin ja in deiner Nähe", hatte er gesagt, mich umarmt und war losgegangen. Schnell war ich in die Küche gegangen und hatte ihn durchs Fenster beobachtet, wie er mit dem kleinen Koffer davonzog. Und wieder beneidete ich Hannah um ihr Zeichentalent. „Warte." Er war noch nicht weit gekommen, als ich ihn noch erwischte. Fragend sah er mich an, während ich ihm meine Bitte vortrug, und nickte dann doch. „Wird gemacht, Mama zwei." Er fuhr seinen Weg fort und ich folgte ihm ungesehen. Tatsächlich blieb er vor ihrem Haus stehen und stellte seinen Koffer ab. „Mama", rief er, so laut es seine von der Tuberkulose geschwächte Lunge zuließ, und wartete. Nödel kam ums Haus gerannt. Kaum war Richard, war Hannah eingezogen, war er nicht mehr von der Seite seines Retters gewichen. Hannah folgte und sah zu dem Kind, was sich nun aufmachte in ihre ausgebreiteten Arme zu laufen, genauso wie auf der Zeichnung, die ich

Jahre zuvor im Mülleimer gefunden hatte und die ich noch am selben Abend in meinem Schlafzimmer aufhängen würde. Etwas wurde in meine rechte Hand gedrückt. Ein Stofftaschentuch. Gerdas, ich nickte meiner anderen Sitznachbarin dankbar zu. Sie lächelte, das erste Mal nach langem. Sie hatte erst einmal genug geweint. Sie trug immer noch schwarz und war zum zweiten Mal Witwe geworden. „Doch diesmal habe ich ein Grab, an das ich meine Blumen bringen kann", hatte sie gefasst erklärt. Ein paar Jahre waren ihnen geblieben. Ihr und dem Doktor, dessen rechter Arm sie geworden war und doch noch so viel mehr. Nur zu uns ins Dorf ziehen wollte sie nach seinem Tod nicht. „Einen alten Baum verpflanzt man nicht", hatte sie erklärt. Ich sah zur Bühne und dann ins Publikum. „Es gibt sie überall, die Pockengesichter, die Frauen von Bürgermeistern, Gauleitern oder wie sie sich nannten, und auch die Frau Schmidts", hatte sie erklärt und sich nicht nehmen lassen zu uns ins Dorf zu ziehen. Das Pockengesicht war verschwunden, auch die Frau des Bürgermeisters mit ihrer garstigen Tochter, doch Frau Schmidt gab es noch. Ich wollte sie anzeigen, doch sie war mir zuvorgekommen und hatte ihren Besitz nicht mehr versteckt. Ich brauchte Ablenkung ohne Jakob und war zu ihrem Prozess gegangen. Wollte ich wirklich ihren Tod? Ich dachte darüber nach sie zu entlasten. So viele Schuldige lebten weiter unbehelligt weiter. „Wird man sie zum Tode verurteilen?" Ich fing ihren Anwalt vor dem Gericht ab. „Ich denke nicht", hatte er kurz angebunden gesagt und erklärt, er müsse viele Fälle wie diese bearbeiten. Ich traute mich nicht bei der Urteilsverkündung dabei zu sein und war doch erstaunlich emotionslos, als ich von ihrer Gefängnisstrafe erfuhr. Hannah schluchzte leise und schien doch zu lächeln. Der Walzer war zu Ende. Ein Tänzer hob Odette hoch.

„Du musst mich nicht über die ..." Hannah war nicht weitergekommen, Richard hatte sie hochgenommen und seine Braut über die Schwelle getragen. Die Kugel wanderte nicht mehr durch sein Bein, dennoch plagten ihn noch ab und zu Schmerzen darin. „Hauptsache, die Arme sind gesund", hatte er erklärt. Die waren es, die er brauchte, um den Kälbern in der Nähe auf die Welt zu helfen. „Richi bringt die Kälber, du die Babys", hatte Jakob richtigerweise erklärt und wusste nicht, was ihn mehr beeindrucken sollte.

Odette starb und ließ ihrer Konkurrentin Platz. Richard der Erste war nicht so schnell gestorben. Die Entnazifizierungen schienen abgeschlossen und Richard der Erste wurde für die Alliierten uninteressant. Der Denunziant hatte seine Arbeit getan, der Denunziant konnte gehen. Sein Versuch als Anwalt wieder Fuß zu fassen, blieb auf kleinen Füßen. Ohne seinen Kompagnon, der mit ihm die Fälle teilte und bei dem man nun wusste, dass er wie seine Frau in einem KZ ermordet worden war, bekam er kaum noch Fälle. Dazu besaß er auch kein Haus mehr, in dem er sich präsentieren konnte. Nur Gerda durfte es noch betreten, sie nahm sich der beiden Kinder an und war dankbar, dass sie es zuließen und sie sehen konnte, wie sie das Haus mit ihrem Leben füllten. Wobei nicht sicher war, ob sie nicht vielleicht doch alles verkaufen und dann doch nach Amerika gehen würden. Der Krebs fraß sich langsam durch seinen Körper. „Bitte versöhne dich mit ihm", hatte Margot gebettelt. „Nein", hatte Richard seine Mutter abgeschüttelt und war dann auf Hannahs Bitte ins Krankenhaus gefahren. „Vielleicht wird er sich entschuldigen", hatte sie gesagt und war ihm ins Krankenzimmer gefolgt. Es dauerte einen Moment, bis er erkannte, wer ihn besuchte. „Raus mit der Jüdin", hatte er gekrächzt, mehr ließen seine zerfressenen Lungen nicht zu. Dann hatte er gesehen, was unter Hannahs Bauch wuchs, und hatte weiter geschrien. „Raus, du Blutschänder." Während Hannah den Raum verließ, sah Richard das letzte Mal zu seinem Vater, bevor auch er das Zimmer wortlos verließ. Hannah gab vor eine befreundete Hebamme noch etwas zu ihrer bevorstehenden Geburt fragen zu wollen und kehrte um und ging zurück ins Krankenhaus. Er hustete und niemand war bei ihm. Hannah schloss die Tür und trat an sein Bett. Sie griff nach dem Kissen unter seinem Kopf und hielt ihm den Mund zu. Seine Augen weiteten sich vor Panik. „Du hast das Leben deiner Schwester versucht zu zerstören und auch meines." Sie flüsterte und war sich doch sicher, dass er verstand. „Doch dafür wirst du dich an anderer Stelle rechtfertigen müssen." Sie nahm die Hand von seinem Mund und schob das Kissen wieder unter seinen Kopf. „Wir werden uns nicht wiedersehen, ich denke nicht, dass auf mich die Hölle wartet." Sie beugte sich herunter und gab ihm einen Kuss auf die Stirn. „Jetzt ist es ausgerechnet eine Jüdin, die dir einen deiner letzten Küsse gegeben hat, und die deinen Enkel austragen wird." Sie streichelte ihren Bauch, bevor sie das Zimmer verließ. Vor der Tür setzte das Zittern so schnell und heftig ein, so dass sie sich auf den Boden setzte. Eine Krankenschwester trat zu ihr und sah sie besorgt an. „Hannah, ist mit Ihnen alles in Ordnung, soll ich einen Arzt holen." Hannah erkannte die Krankenschwester und schüttelte den Kopf. „Nein, Schwester Patricia, es ist alles in Ordnung." Sie wollte sich beim Aufstehen helfen lassen, hielt aber kurz inne. „Ja, es ist wirklich alles in Ordnung." Es dauerte noch einen Augenblick, bis sie aufstand. Verwirrt sah die Krankenschwester ihrer Hebammenkollegin hinterher, die nun barfuß und ohne Stiefel das Krankenhaus verließ. Bei der Beerdigung ein paar Wochen später fehlten drei Gäste.

Das Ballett war zu Ende. Tschaikowskys Musik verstummt. Applaus setzte ein und der Vorhang fiel nach unten, um sich gleich wieder zu öffnen. Hannah klatschte begeistert und sah zu den Tänzern, bevor sich der Vorhang abermals senkte. Da die Zuschauer klatschten, wurde der Vorhang erneut gehoben und die Tänzer verbeugten sich einzeln. Erprobt hörte Hannah auf zu klatschen und sah auf den nun endgültig geschlossenen Vorhang.

Die Weinblätter leuchteten dunkelrot in der untergehenden Sonne. Gerda hatte sich bei mir eingehängt und ich fragte, ob wir noch einen Wein trinken gehen wollten. Ich merkte, dass bei Hannah etwas nicht stimmte, und hoffte, sie würde erzählen, was los ist. Jakob war mit seinem Stiefvater angeln gefahren und sie wollten dort am See auch übernachten. Und Hannah wollte nach Hause zu ihrer Tochter, auf die Elisabeth aufpasste. Das sagte sie auf jeden Fall und entschuldigte sich und ließ uns stehen. Kaum zu Hause lief sie ins Wohnzimmer und nahm ein gerahmtes Bild von der Wand, um zurück zu dem kleinen Theater im Nachbardorf zu fahren. Sie hatte den Taxifahrer gebeten zu warten und war außer Atem, als sie ankam. Das Theater war dunkel. „Wein trinken", überlegte sie und setzte sich erneut auf das Fahrrad. Tatsächlich, das Restaurant war gut besucht. Hannah erkannte den Dirigenten und einige Tänzer. Und dann sie. Mit klopfendem Herzen trat sie zu der dunkelhaarigen Ballerina.

Liebe Hannah,

endlich finde ich die Zeit und die Ruhe Dir zu schreiben. Ich sitze hier in einem kleinen Hotel, zu schreiben *unser* Hotel fällt mir noch schwer, obwohl sie darauf besteht, dass es unseres ist. Liebe Freundin, es gibt keinen Ort auf der Welt, an dem ich jetzt lieber wäre, als hier mitten in Jerusalems Altstadt. Das erste Mal in meinem Leben bin ich wirklich angekommen und glücklich. Ich war sicher auch vorher schon einmal glücklich, an dem Tag zum Beispiel, an dem du mir Jakob in den Arm gedrückt hast. Doch wusste und betete ich dafür, dass dieses Glück nur geliehen war, und noch heute danke ich Gott dafür, dass es so war. Auch dieses Glück ist geliehen, doch ich hoffe so lange, bis eine von uns beiden geht. Auch wenn wir unsere Liebe nicht öffentlich zeigen können. Jakob reist mit seinem Vater durch dieses aufregende junge Land. Maximilian wirkte sehr aufgeräumt bei unserem Wiedersehen. „Ich hatte so viel Wut in mir", hatte er erklärt und sich sofort nach seiner Ankunft hier der Hagana angeschlossen, der jüdischen Untergrundorganisation, die gegen die Engländer kämpften. Doch der Kampf hat ihn nicht erlöst, auch nicht der folgende gegen die Araber und so ist er in die Nähe von Tel Aviv gezogen und ist dabei einen Kibbuz aufzubauen und wohl auch eine Familie, wie er andeutete. Aber das wird Dir sicher alles Jakob erzählen, wenn er wieder heimkommt. Maximilian hat gesagt, er möchte sich noch einmal den Dämonen seiner Vergangenheit stellen und wird Jakob heim zu Euch bringen. Bitte kommt uns bald besuchen. Es ist kein großes Hotel, aber ein gemütliches. Als wir ankamen, die Sonne glühte unerbittlich vom Himmel, kniete sie gerade und war dabei Blumen einzupflanzen. Ich hielt Deine Zeichnung in der Hand, doch die Sonne blendete uns. Ich wollte eigentlich nicht dabei sein, doch Ursula hatte darauf bestanden, dass ich mitkomme. Während unserer Reise hatte sie viel geredet. Von der Frau, die sie aufzog und sich ihre Mutter nannte und doch so anders aussah. Du hattest Recht, sie haben wohl gehofft, dass sie genauso aussehen würde, wie die Frau, die sie getragen hatte, und waren entsetzt, als die Haare nicht blond werden wollten. Der Versuch der *Mutter*, sie trotzdem zu lieben. Das Zusammenbrechen, als sie gestand, wie Ursula wirklich zu ihr kam. Die Schwester, ihre Tante, eine von Agnes' Gefolge, hatte sie gebracht, ihr, die keine eigenen Kinder bekommen konnte und sich doch so sehr eines wünschte, dass sie jede

Moral vergaß. Die Tante, die irgendwann verschwand und über die nie mehr geredet wurde. Ich setzte mich auf einen Stein. Ursula trat zu ihr. Sie kniete immer noch, die Hände voller Erde stand sie langsam auf und wischte sich mit dem Arm den Schweiß aus ihrem Gesicht. Ursulas Lippen, die ein Wort formten, was ich unmöglich hören konnte und doch verstand. Vier Buchstaben nur und doch die ganze Welt. „Mama." Es dauerte einen Moment, bis Miriam verstand, wer da vor ihr stand, trotz der verblüffenden Ähnlichkeit. Und doch dauerte es einen weiteren Moment, bis sie sich in den Armen lagen.

Danke, Hannah, dass du mich überzeugen konntest herzukommen. Es war keine Liebe auf den ersten Blick, vielleicht nicht mal auf den zweiten. Sie hat so viel durchgemacht und dank Dir habe ich auch ein wenig verstanden. Ganz verstehen werden wir, die, die es nicht erleben mussten, wohl nie. Es ist keine stürmische und auch keine leidenschaftliche Liebe. Leiden wollen wir beide nicht mehr. Doch es ist eine wärmende, stille und zärtliche Liebe. „Ich bin glücklich, wenn du es bist", hat Ursel ihre Bedenken zerstreut. Miriams Liebe reicht für uns beide. Ursel möchte hier leben, allerdings noch mehr herausbekommen über die Frau, die Du Marie genannt hast, und deren Nummer Du Dir ja doch merken konntest. Was sie dann hier machen wird, weiß sie noch nicht, aber das spielt im Moment keine Rolle. Und da sitze ich nun, in *unserem* Hotel und warte, dass Du mich besuchen kommst, meine beste Freundin. Bitte Grüße Deine kleine Marie und sag ihr, dass hier die Orangen tatsächlich an den Bäumen wachsen. Grüße Richard, Gerda und auch Margot. Nur meine Familie musst du nicht grüßen, denn ich habe noch ein wenig Zeit, bevor die ersten Gäste nach ihrem Frühstück verlangen, und die Zeit nutze ich nun, um Ihnen auch noch zu schreiben.

In Liebe, Deine Irene

TRAUM

Das Wasser umschlingt ihren nur mit schwarzen schweren Schnürstiefeln bekleideten, mageren Körper und zieht sie immer weiter runter in die Tiefe des dunklen Sees. In der Mitte des Wassers schafft sie es zu wenden und nach oben zu schwimmen. Dann taucht sie auf.